UM BEIJO DE INVERNO *na* LIVRARIA *dos* CORAÇÕES SOLITÁRIOS

ANNIE DARLING

UM BEIJO DE INVERNO *na* LIVRARIA *dos* CORAÇÕES SOLITÁRIOS

Tradução
Cecília Camargo Bartalotti

7ª edição

Rio de Janeiro-RJ / São Paulo-SP, 2024

VERUS
EDITORA

Editora
Raïssa Castro
Coordenadora editorial
Ana Paula Gomes
Copidesque
Maria Lúcia A. Maier

Revisão
Raquel de Sena Rodrigues Tersi
Diagramação
Beatriz Carvalho
Júlia Moreira

Título original
A Winter Kiss on Rochester Mews

ISBN:
978-85-7686-825-5

Verus Editora Ltda.
Rua Argentina, 171, São Cristóvão, Rio de Janeiro/RJ, 20921-380
www.veruseditora.com.br

CIP-BRASIL. CATALOGAÇÃO NA FONTE
SINDICATO NACIONAL DOS EDITORES DE LIVROS, RJ

D235b

Darling, Annie
Um beijo de inverno na livraria dos corações solitários / Annie Darling ; tradução Cecília Camargo Bartalotti. – 7. ed. – Rio de Janeiro [RJ]: Verus, 2024.
; 23 cm. (A livraria dos corações solitários ; 4)

Tradução de: A Winter Kiss on Rochester Mews
Sequência de: Loucamente apaixonada na livraria dos corações solitários
ISBN 978-85-7686-825-5

1. Romance inglês. I Bartalotti, Cecília Camargo. II. Título. III. Série

20-64381 CDD: 823
CDU: 82-31(410.1)

Meri Gleice Rodrigues de Souza - Bibliotecária CRB-7/6439

Revisado conforme o novo acordo ortográfico.

A Mr. Mackenzie, o mais esplêndido espécime de felinidade do mundo.

Trinta dias para o Natal

— Até logo! Volte sempre! — Com um largo sorriso, Matilda Smith se despediu do último cliente do dia no salão de chá da Felizes para Sempre e trancou a porta depressa. Seu celular, no bolso do avental, zumbia como uma abelha furiosa com novas mensagens ao longo dos últimos cinco minutos.

Mattie pegou o aparelho ainda vibrando, para lê-las; eram todas de uma mesma pessoa.

REUNIÃO DE EMERGÊNCIA!!!!!

A urgência das letras em maiúsculas não a impressionou. Acordada desde as sete da manhã, com os pés prestes a entrar em greve, essa tal reunião de emergência poderia muito bem acontecer sem ela.

— Achei que o Anorak Bege não ia sair daqui nunca — Mattie comentou a respeito de seu cliente mais assíduo. — Estou pensando em falar para ele que só pode se apossar de uma mesa de quatro lugares por no máximo uma hora.

— Pelo menos dessa vez ele dividiu a mesa — ressaltou Cuthbert, enquanto, devagar e amorosamente, limpava Jezebel, a máquina de café. A barista anterior, Paloma, havia largado o emprego para viajar, e Mattie entrara em desespero imaginando que nunca encontraria alguém que soubesse lidar com a muito temperamental Jezebel, até que conheceu Cuthbert Lewis, um senhor de setenta e dois anos.

O celular de Mattie vibrou de novo. Outra mensagem de uma pessoa que precisava de fato parar de gritar em maiúsculas e ir direto ao ponto.

NÃO SE TRATA DE UMA SIMULAÇÃO.
É UMA EMERGÊNCIA DE VERDADE!!!!!

— Aposto que não é uma emergência de verdade — exclamou Mattie.

— Problemas? — perguntou Cuthbert.

— Só a dramaticidade habitual aí do lado.

Cuthbert inclinou a cabeça na direção das portas duplas de vidro, à esquerda do balcão.

— Eles são bem propensos a dramatizar, é verdade; enquanto nós dois temos um temperamento mais calmo.

Agora que o Anorak Bege havia finalmente ido embora, Mattie pôde começar a lavar o chão. Ela mergulhou o esfregão no balde de água morna com sabão que havia enchido.

— Nós somos zona livre de drama. Ao contrário *deles*.

Mattie e Cuthbert eram seu próprio pequeno feudo dentro do território maior da Felizes para Sempre, a livraria que ficava além das portas duplas de vidro. O salão de chá tinha as próprias tradições, o próprio modo de fazer as coisas, o próprio conjunto de regras, mas eles coexistiam de maneira bastante pacífica com a livraria. Prestavam atenção para que nenhum cliente trouxesse livros que ainda não tinham pago ao salão de chá, onde havia o risco de derrubar comida ou bebida neles. Checavam todos os dias se Strumpet, o gato gorducho e guloso de Verity, a gerente da Felizes para Sempre, estava trancado em segurança no apartamento em cima da loja. Vários incidentes já haviam ocorrido com Strumpet fugindo da prisão e indo direto para o salão de chá e para o colo de qualquer pessoa que estivesse perto de um pedaço de bolo.

REUNIÃO DE EMERGÊNCIA NO MIDNIGHT BELL AGORA!!!!!!
POR QUE VOCÊ ESTÁ IGNORANDO MINHAS MENSAGENS?
EU JÁ NÃO FALEI QUE É UMA EMERGÊNCIA?

— Não entendo por que ela não pode andar cinquenta metros e vir aqui falar comigo pessoalmente — murmurou Mattie, parando de passar o esfregão para ler mais uma apavorada mensagem.

— Uma moça no estado dela não pode ficar andando para lá e para cá — observou Cuthbert, dando um último polimento afetuoso em Jezebel.

Cuthbert estava certo. Cuthbert estava certo sobre tudo quase todas as vezes.

Mattie enfiou o esfregão em um cantinho difícil de alcançar.

— Sim, mas... mas... parece que ela pode andar até o Midnight Bell para essa tal reunião de emergência — disse ela. — Quer que eu justifique a sua ausência?

— Por favor. Minha Cynthia está me esperando para jantar — disse ele, referindo-se ao amor de sua vida: a esposa. — Agora aproveite o sono da beleza, minha querida — ordenou Cuthbert para seu segundo amor, colocando uma capa especial sobre Jezebel. — Amanhã será outro dia cheio, então você precisa descansar.

Era muito tentador perguntar a Cuthbert se ele e Jezebel gostariam de alguma privacidade. Mattie sacudiu a cabeça e deu um tapinha no ombro de Cuthbert enquanto se espremia para passar por ele (era bem apertado atrás do balcão) para esvaziar o balde e terminar a limpeza.

— Então te vejo amanhã, Cuthbert.

— Com certeza — ele respondeu, enfiando o casaco e pondo na cabeça um estiloso chapéu de feltro para a caminhada de cinco minutos até seu apartamento no belo prédio de moradia social em estilo art déco dos anos 20 ali pertinho.

O celular de Mattie vibrou outra vez.

NÃO ME IGNORE, MATTIE! POR
QUE VOCÊ ESTÁ ME IGNORANDO?

Provavelmente seria uma boa ideia responder a uma dessas tais mensagens urgentes, decidiu.

Eu não estou te ignorando. Estou arrumando o salão para
amanhã e te encontro no Midnight Bell assim que terminar.
Espero que tenha uma grande taça de vinho branco e uma
porção de fritas com queijo me esperando. Bjs, Mattie

Não precisava dar nem um passo muito grande para entrar na cozinha minúscula escondida dos olhos do público por uma cortina adornada com pequenos bules de chá. A cozinha era tão pequena que, se Mattie esticasse os braços, podia tocar as paredes.

Mas ela não esticou os braços; em vez disso, lavou as mãos e começou a preparar a massa folhada para as comidinhas do dia seguinte: croissants, *pains au chocolat*, *pains aux raisins* e várias outras delícias amanteigadas que derretiam na boca. A massa precisava descansar durante a noite, e era por isso que ela ainda não estava virando taças de chenin blanc no pub.

Após tirar o avental e pegar a bolsa no único armário que cabia na cozinha, Mattie apanhou o estojo de pó compacto para confirmar o que já sabia: seu rosto — do mais claro e delicado tom de caramelo com um salpicado de sardas sobre o nariz — precisava de uma generosa camada de pó matte para amenizar os efeitos de trabalhar com um forno quente o dia inteiro. Depois de aplicar uma camada de batom rosa-escuro, retocar o rímel e verificar rapidamente se os dois riscos de delineador líquido da manhã continuavam em ordem, tudo que lhe restava era garantir que não houvesse nenhuma mancha de farinha ou gordura em seu conjunto de calça e suéter pretos, e Mattie estava pronta para sair.

Ajudava bastante o fato de ela ter um look e se manter fiel a ele. Mattie havia visto o filme *Cinderela em Paris* em uma idade muito impressionável e, embora já fosse uma mulher bem crescida de vinte e oito anos, ainda desejava ser Audrey Hepburn, a balconista de livraria que partiu para Paris com Fred Astaire e trabalhava como modelo para uma revista de moda quando não estava dançando free jazz em bares decadentes.

Mattie não só trabalhava *ao lado* de uma livraria, como também havia estado em Paris. Na verdade, morara em Paris por três anos inteiros e dançara free jazz em bares decadentes em várias ocasiões. Mas isso ficara no passado e Paris agora estava morta para ela; no entanto, ainda se vestia como Audrey Hepburn em *Cinderela em Paris*: cabelos longos castanho-escuros presos em um rabo de cavalo com uma franja reta e espessa que combinava com perfeição com suas sobrancelhas permanentemente arqueadas, sobre olhos do mesmo tom de um casaco de marta pertencente à sua avó.

E, como Audrey, Mattie sempre usava preto. Antes de Paris e especialmente depois de Paris ela usava preto. No verão, uma camisa de algodão preta com as mangas enroladas até os cotovelos e calça cigarette cropped, preta e justa, e o mesmo par de sandálias Birkenstock que costumava usar no verão havia anos. Nos dias de inverno, como o de hoje, trocava a camisa por um suéter, a calça cropped por uma versão mais longa, e a Birks por um tênis preto de cano alto.

Usar a mesma roupa todos os dias (Mattie tinha muitas camisas, suéteres e calças pretas, tanto longas como cropped — não que ela usasse as mesmas duas peças todos os dias até que elas pulassem sozinhas no cesto de roupas para lavar) era prático e rápido. Nada de ficar indecisa na frente de um guarda-roupa cheio de diferentes cores e estilos. O que era ótimo, porque Mattie saía para o calçamento de pedras da Rochester Mews e trancava a porta à noite e a destrancava outra vez às sete e meia na manhã seguinte. Essa era a sina de alguém que tinha uma infinidade de pães e bolos para assar antes que o salão de chá abrisse às nove horas.

Agora seu celular zumbia insistentemente.

CADÊ VOCÊ? QUANTO TEMPO DEMORA PARA FAZER UMA MASSA FOLHADA?

Mas isso era amanhã. E Mattie não ia pensar no dia seguinte, especialmente na parte de ter que se levantar às seis horas, quando ainda estava escuro. Ia pensar na grande taça de vinho que a esperava.

E ela não se decepcionou. Assim que abriu a pesada porta do pub próximo da Felizes para Sempre, trocando o cheiro de peixe e fritas do restaurante em frente pela atmosfera abafada de cerveja, alguém lhe acenou freneticamente.

— Mattie! Aqui! — gritou Posy, a proprietária da Felizes para Sempre e autora das várias mensagens de texto desnecessariamente dramáticas, como se não estivessem ocupando a mesa de canto habitual e Mattie pudesse não saber onde estavam. — Seu vinho está perfeitamente frio.

Mattie se largou com alívio sobre um banco vazio e pegou a taça de chenin blanc.

— Obrigada — disse, de coração. — E saúde!

Enquanto todos faziam tim-tim com os copos, Mattie procurou sinais de pânico nos olhos de suas colegas. Posy, que estava já bastante pesada pela gravidez, bebia refresco de flor de sabugueiro e água com gás, com o copo apoiado no alto da barriga, e parecia serena. Verity, a gerente da livraria, tinha um gim-tônica e uma expressão ligeiramente agoniada — apesar de ela sempre parecer ligeiramente agoniada. E também havia Tom, e Mattie não estava de fato muito preocupada com o estado mental de Tom, porque Tom fazia parte da lista.

E a lista de Mattie, como Tom bem sabia, não era uma boa lista para estar, então ela o ignorou.

— Como vocês estão? — ela perguntou a Posy e Verity. — Como foi o mundo da venda de livros hoje?

— Muito, muito movimentado — respondeu Posy com uma calma satisfação. Ela passou a mão na barriga e, muito gentil e delicadamente, arrotou. — Que alívio. Eu já falei para vocês que minha digestão é terrível?

Sim, ela já havia falado. Várias vezes por dia, desde que passou pelo marco dos três meses e pôde contar a todos que estava grávida. Agora com sete meses não podia nem olhar para um tomate, quanto mais comer um.

— Eu li em algum lugar que, quando a gente tem má digestão na gravidez, é porque vai nascer um bebê com bastante cabelo — disse Verity, o que não animou muito Posy.

— O Sebastian tem muito cabelo, então, obviamente, é culpa dele — respondeu ela, em tom de lamento. — Eu queria ter me apaixonado por um homem careca.

Por mais fascinante que fosse tudo aquilo, realmente não explicava por que Mattie havia sido chamada com tanta urgência.

— E todas aquelas mensagens sobre uma emergência? — indagou Mattie. — Por acaso a Rochester Mews foi marcada para demolição ou algo assim?

— O quê? Não! É muito mais sério que isso. — Posy suspirou e virou para Mattie com uma expressão subitamente ansiosa. — Você tem ideia de que dia é hoje?

Seria algum tipo de pegadinha ou era coisa de grávida? Mattie deu uma olhada para Verity, que sacudiu a cabeça dando a entender que ela própria já havia recebido a mesma pergunta de Posy. E, então, Mattie trocou um olhar com Tom. Não pôde evitar de sentir um arrepio e o lábio superior de Tom se curvou, o que significava que ele estava prestes a fazer alguma observação irritante, mas, antes que a fizesse, Posy bateu as mãos.

— É vinte e cinco de novembro — ela gritou. — Vinte e cinco! Você sabe o que isso significa, Mattie?

— É uma daquelas datas nacionais nada a ver que foram inventadas por publicitários ou relações-públicas de empresas? Dia Nacional da Torta? Não, eu saberia se fosse. Dia Nacional de Abraçar um Cãozinho?

— Acho que deve ser o Dia Nacional de Agradar Mulheres Grávidas — murmurou Tom, com o sorrisinho tolo que alguém deveria alertá-lo de que era muito pouco atraente.

— Não! Está mais para o Dia Nacional de Irritar Mulheres Grávidas — revidou Posy, dando uma cotovelada na costela de Tom, que arrancou o sorrisinho do rosto bem depressa. — Falta um mês para o Natal! Pior! São só trinta dias em novembro, então, na verdade, são trinta dias até o Natal. Trinta dias!

A declaração de pânico foi recebida com olhares atônitos.

— Como isso pode ser uma novidade para você? — arriscou Tom, ajustando os óculos de aro escuro para olhar com seriedade para o rosto corado de Posy. — Não se pode ligar a TV sem cair em algum comercial natalino meloso e sentimental com animaizinhos da floresta. Os supermercados estão atulhados de tortinhas de frutas secas e outras coisas de Natal desde agosto.

Tom tinha um bom argumento.

— Certamente você notou que as ruas de Londres estão enfeitadas com luzes e decorações de Natal, não? — perguntou Mattie.

Posy pôs uma das mãos de cada lado da barriga.

— Me desculpem por ser um pouco preocupada — disse ela, ofendida.

— Eu falei sobre as promoções de Natal e os horários de abertura estendidos *várias* vezes — disse Verity, em um tom mais conciliador. — Tivemos uma conversa sobre comprar luzes de Natal novas para as árvores na praça.

— Não. Eu não me lembro de nada disso — insistiu Posy, com a voz começando a tremer, o que significava que logo ia chorar. Quando não estava tentando arrotar, Posy estava tentando não chorar. A gravidez realmente não vinha sendo fácil para ela. — E agora eu recebi um e-mail da Associação de Comerciantes da Rochester Street pedindo para eu pagar minha parte nas decorações conjuntas de Natal, e todas as outras lojas já estão com horários estendidos...

— É, e eu realmente falei sobre isso — murmurou Verity, recebendo um rápido olhar solidário de Mattie. — E não foi só uma vez.

— Devia ter falado com mais ênfase — disse Posy, remexendo-se no banco para encontrar uma posição mais confortável. — Tem tanta coisa para fazer... Não começamos a pôr os festões e nem fizemos um display com os livros que poderiam ser presentes maravilhosos para o Natal. — Ela torceu as mãos. — Mattie! Por que você ainda não começou a vender as tortinhas de frutas secas? Você costuma ser muito mais organizada do que isso.

Mattie se orgulhava de suas habilidades de organização, mas se recusou a morder a isca. Não ia entrar no clima de drama.

— Eu já tenho meus planos para o cardápio de Natal, que vão entrar em vigor dia primeiro de dezembro e nenhum dia antes. Nem todos querem o Natal enfiado pela garganta assim que acaba o horário de verão.

— A Pret a Manger já está vendendo seus sanduíches de Natal há semanas, a M&S também — disse Tom, e ele devia saber, porque *nunca* comprava o almoço no salão de chá. Se tivesse experimentado, veria como era delicioso e nutritivo e não precisaria devorar as fritas com queijo como estava fazendo naquele momento.

Mattie apertou os lábios. Ela não ia se alterar. Não. Ainda que Tom sempre lhe desse vontade de rosnar para ele como um gato bravo.

— Bom, as livrarias Waterstones já estão com as promoções de Natal *deles* há *semanas* — ela revidou.

Tom levantou a taça de vinho, como para dizer "Touché", mas o comentário teve um efeito prejudicial em Posy, que gemeu parecendo sentir dor e agarrou a barriga como se um alienígena estivesse prestes a explodir de dentro dela.

— Precisamos fazer um brainstorm de Natal. AGORA — ela anunciou, com uma voz estridente.

— Eu achei que este *fosse* um brainstorm de Natal — falou Mattie, porque Posy amava um brainstorm quase tanto quanto amava Sebastian, livros românticos e sacolinhas estampadas com citações de livros.

— Este é mais um brainstorm pré-brainstorm de Natal — explicou Tom, solícito, recusando-se a soltar a tigela de fritas com queijo e a movendo para fora do alcance de Mattie quando ela tentou pegar uma. — Ei, peça uma para você.

— Primeiro de dezembro é mais que suficiente para executarmos nossos planos de Natal — Verity disse com firmeza, arrancando a tigela das mãos de Tom e movendo-a de volta na direção de Mattie. — E eu detesto dar uma de filha do vigário, mas, na verdade, nem se deveria pôr decorações de Natal antes da véspera do Natal. E também não deveríamos fazer um brainstorm de Natal sem a Nina. A Nina *adora* o Natal.

— Ah, estou com tanta saudade da Nina! — exclamou Posy, a primeira lágrima começando a lenta descida pela face direita.

— Todos estamos com saudades da Nina — Mattie disse mansamente, porque, quando Posy estava tendo um momento sentimental, era melhor não fazer nenhum barulho alto. — Mas ela vai voltar logo, não vai? Ela só ia ficar fora seis meses e foi embora em maio, e já é quase fim de novembro...

Nina era uma parte muito amada da família Felizes para Sempre, mas no momento estava fazendo uma road trip pelos Estados Unidos com seu namorado, Noah, enquanto trabalhava com o marketing da loja a distância. Ela era o equilíbrio perfeito para a quieta Verity, a frenética Posy e o sério, sarcástico e presunçoso Tom.

— Bom, espero que ela volte antes de eu dar à luz — lamentou Posy. — Eu gostaria de sair de licença-maternidade antes de começarem as contrações. Ai! Contrações! Sinceramente, essa brincadeira de gravidez é uma tragédia atrás da outra. Eu já falei como meus tornozelos incharam? Enfim, o que vamos fazer quanto ao Natal? Temos tanta coisa para decidir e quase nenhum tempo! Estamos ferrados. Completamente ferrados.

— Imagina. Os doces de Natal estão sob controle e prontos para começar — disse Mattie, com um pouco de desespero. Ela não era uma grande fã do Natal e todo aquele estardalhaço pela aproximação da data estava lhe dando um peso no estômago. — E, afinal, quanto tempo pode levar para pendurar uns festões na loja?

— Vamos ter que fazer um pouco mais do que pendurar festões — disse Posy, as lágrimas agora em um fluxo contínuo. Tom se moveu no banco para pôr um pouco de distância entre ele e a mulher aos soluços, com uma expressão de puro medo no rosto normalmente tão cheio de arrogância.

— Socorro! — ele sussurrou para Mattie e Verity.

Mattie encolheu os ombros e Verity suspirou e se inclinou para a frente.

— Eu ia esperar... Mas, bom, nenhum momento é melhor que o atual e não vejo motivo para adiar a notícia, já que agora vamos começar a abrir até mais tarde todas as noites, e não é nenhuma grande coisa, é só uma coisa bem média na verdade. — A enrolação de Verity havia feito as lágrimas de Posy pararem e ela agora estava com uma cara apavorada. Até Tom pareceu perceber que aquilo justificava largar a tigela de fritas com queijo.

— Ah, não, você vai sair da livraria? — ele perguntou, que era exatamente do que Posy também havia desconfiado, a julgar pela expressão desolada de seu rosto.

— Não! Que bobagem. Por que eu ia sair da livraria? — respondeu Verity, perplexa. — De onde você tirou essa ideia maluca? Embora... imagino que, de certa maneira, eu esteja saindo da livraria.

— Por favor, Very, minha pressão não aguenta tantos sustos — gemeu Posy.

— Pelo amor de Deus, Very, fale de uma vez ou me mate logo — disse Tom e, pelo menos agora, Mattie concordou com ele.

Verity levantou os olhos para o céu.

— Eu estou saindo... — Ela fez uma pausa e houve uma puxada de ar coletiva que fez Mattie desconfiar de que Verity estava gostando daquilo um pouco mais do que devia — ... do meu quarto no apartamento em cima da livraria. Mas eu me sinto muito valorizada por ver como vocês ficaram tão aterrorizados com a ideia de eu ir embora da Felizes para Sempre. É bom saber que sou querida.

— Por um terrível instante eu achei que ia ter que fazer todos aqueles cálculos de impostos sozinha e a minha vida inteira passou diante dos meus olhos — disse Mattie, e Posy se inclinou sobre a mesa, com alguma dificuldade, para bater sua taça na dela em solidariedade.

— Eu também — disse ela, virando o rosto sentido para Verity. — Quando você vai se mudar? No começo do ano?

— Bom, um pouco antes. Se começarmos a abrir em horário estendido, o que significa abrir aos domingos, então acho que terá que ser... há, depois de amanhã, se estiver tudo bem — disse Verity, quase pedindo desculpas. — Eu poderia deixar para o próximo ano, mas o Johnny instalou uma daquelas torneiras de onde sai água fervendo para eu poder fazer chá na hora, e ele pôs uma poltrona nova no meu cantinho de leitura favorito perto da janela, é muito confortável, e como eu passo todo o meu tempo na casa dele mesmo... Ah! Sim, eu vou me mudar para a casa do Johnny — ela acrescentou, como se houvesse alguma dúvida disso.

Johnny era o amor de Verity. Um rico arquiteto que, muito como Darcy no livro favorito dela, *Orgulho e preconceito*, com sua "excelente propriedade em Pemberley", tinha uma casa de cinco quartos em Canonbury e ninguém com quem dividi-la. Até aquele momento.

— Ah! Very! Por que você não contou nada antes? — exclamou Posy, agarrando a mão da amiga. — Quero ver o anel! Ah... não tem anel.

— Porque nós não estamos noivos. Só vamos morar juntos.

— Vivendo em pecado — entoou Tom, com as mãos em posição de oração, agora que havia comido até a última batata com queijo sem pensar em mais ninguém. — Logo você, a filha de um vigário.

— Tom, essa fala é da Nina. Não funciona para você — disse Verity. — Além disso, bem-vindos ao século XXI!

Mattie estava realmente muito feliz por Verity. Ainda que morar com um homem fosse a sua ideia de inferno. Tentou sorrir com alegria e sinceridade enquanto pensava em qual seria o tempo aceitável que precisaria deixar passar antes de perguntar, pedir, até implorar a Posy se poderia...

— Bom, se a Very vai se mudar, então eu vou ficar com o quarto dela — disse Tom calmamente, como se morar no apartamento sobre a livraria sem ter que pagar aluguel fosse um caso decidido. — É justo, não é?

— Espera aí, não, não é justo! — exclamou Mattie. — Eu ia pedir se poderia ficar com o quarto.

— Devia ter sido mais rápida — retrucou Tom, com aquele seu jeito condescendente que a fazia ter vontade de bater na cabeça dele com a coisa mais pesada que estivesse à mão. No caso, um extintor de incêndio. — De qualquer modo, o apartamento é para funcionários da livraria.

— O salão de chá é muito parte da livraria — disse Mattie friamente, apesar de sempre insistir que, mesmo estando muito grata pelo movimento gerado pelo público comprador de livros românticos, ela estava administrando um negócio autônomo. — Mas muito obrigada por fazer eu me sentir parte da família Felizes para Sempre.

— Caso você tenha esquecido, eu trabalho na Felizes para Sempre desde muito antes de você ficar com o salão de chá — Tom a lembrou, com altivez.

— Você trabalhou meio período durante anos — disse Mattie calmamente, embora, por dentro, estivesse fervendo. — Aposto que, se somar todo o tempo que eu já passei no salão de chá, daria mais horas do que você na livraria. Chego lá às sete e meia todas as manhãs e não saio muito antes das oito na maioria das noites, e agora você quer me privar das duas horas de sono que eu poderia ter a mais.

— Sua reação é totalmente exagerada — disse Tom, azedo, embora ele trabalhasse com mulheres há quatro anos e soubesse muito bem que dizer a uma mulher que ela estava reagindo com exagero quando ela, na verdade, estava reagindo *na medida exata* era praticamente um crime de ódio. — Posy, a decisão é sua.

Posy arrotou.

— Minha azia voltou. Vocês dois me deram azia e eu estou pensando em não deixar nenhum dos dois ficar no apartamento. — Arrotou de novo. — Eu não posso ficar me estressando, então decidam entre vocês quem vai ficar com o apartamento. Amanhã — ela acrescentou. — Agora, um de vocês me traga outro refresco de flor de sabugueiro e água com gás, porque eu estou precisando arrotar como nenhuma outra mulher já precisou arrotar antes.

— Você está arrotando há uma hora — arriscou Verity, porque ela era uma mulher muito mais corajosa que Mattie.

Posy suspirou. E arrotou de novo.

— Acredite em mim, isso é só um aquecimento — disse ela, com tristeza. — Tem um dos bons em algum lugar aqui dentro só esperando para sair.

Vinte e nove dias para o Natal

Na manhã seguinte, depois do movimento usual de clientes desesperados por um dos especiais de café da manhã de Mattie e o blend de café exclusivo que ela mandara trazer de Paris, ela, Posy e Tom inspecionaram o apartamento do andar superior.

Mattie não queria criar muitas esperanças, embora já tivesse pronto um discurso veemente sobre as razões pelas quais ela deveria se mudar para o quarto que Verity ia desocupar. Seu coração estava acelerado enquanto percorria as várias antessalas da livraria, passava pela sala principal, atravessava uma porta e subia um lance de escadas. Se morasse ali, estaria em casa agora, em vez de precisar demorar uma hora no trajeto para ir e voltar de Hackney, ou mais, se o trânsito estivesse terrível.

— Faz séculos que estou para lhe dizer isso, Pose, mas a gravidez lhe fez muito bem — disse Tom, com ar muito sincero, enquanto Posy destrancava a porta.

Era mesmo muita baixaria da parte dele; suas tentativas de ganhar a preferência de Posy eram risivelmente transparentes e de jeito nenhum Posy cairia nelas.

— Isso foi muito gentil — disse Posy, com um sorriso lacrimoso, e o coração já acelerado de Mattie acelerou um pouco mais. — Bela tentativa, Tom, mas eu sou uma observadora neutra nesta questão e, além disso, vou anotar você no livro de assédio sexual.

— Você sabe tão bem quanto eu que o livro de assédio sexual nem existe — murmurou Tom, ficando de lado para deixar Mattie entrar no apartamento primeiro, porque ele de fato tinha um mínimo de boas maneiras, isso ela precisava admitir. — E, se ele de fato existisse, acho que vocês perceberiam que a única pessoa assediada sexualmente neste local de trabalho sou eu. Por mulheres na pós-menopausa que, com suas mãos bobas, chegam a assustar. E, em vez de receber apoio das minhas colegas, eu sofro ainda mais abusos.

Mattie não entendia o que as mulheres na pós-menopausa viam em Tom. Objetivamente, se ela estivesse sob juramento, seria obrigada a admitir que ele tinha uma boa aparência. Ele era alto e ficava ainda mais alto com o cabelo loiro que usava com um topete na frente e curto atrás e dos lados. Mattie nunca olhara o suficiente para os olhos dele para saber de que cor eram, porque estavam escondidos atrás de óculos com aros escuros antiquados que pareciam ter sido distribuídos de graça pelo Serviço de Saúde na década de 50 e que, de alguma forma, combinavam bem com ele. Também tinha um corpo decente, embora Mattie nunca tivesse passado muito tempo especulando como seria Tom por baixo das roupas. Credo!

Seus atributos físicos podiam ser passáveis, mas suas roupas já eram outra questão. Uma questão séria. Ele usava calças que pareciam ter começado a vida como parte de um terno pertencente a um padre do interior ou a algum outro tipo chato de homem que tivesse vivido oitenta anos atrás e nutrisse um amor especial por tweed sóbrio. Suas camisas, sempre brancas, não eram muito criticáveis, mas as gravatas que ele usava, às vezes uma exuberante gravata-borboleta de bolinhas, às vezes uma gravata *de tricô*, e o cardigã com os detalhes de couro nos cotovelos eram ofensivos para os olhos de Mattie.

E, para completar, havia sua personalidade. Mattie sabia que ele era do tipo intelectual: tinha passado os quatro últimos anos trabalhando meio período na livraria enquanto estudava para um ph.D. em filosofia, literatura medieval ou algum desses temas bolorentos e cansativos. Ele se recusava a entrar em detalhes, por isso Mattie sempre teve certeza de que devia ser algo muito chato e entediante, porque, caso contrário, para que tanto segredo? Ainda assim, Tom nunca deixava ninguém esquecer que ele era respeitado entre os literatos. Tinha sempre aquele ar superior, pronto a fazer um comentário inteligente, cheio de palavras complicadas. Era um espanto ele trabalhar em uma livraria de ficção romântica quando seu lábio superior se curvava de desgosto diante de qualquer menção a esse gênero literário.

Mattie não conseguia entender por que Posy o mantivera ali por tanto tempo, deixando-o passar para tempo integral quando finalmente terminou seu ph.D. Ou por que Tom não quis seguir uma carreira acadêmica. Provavelmente porque, na universidade, havia uma tonelada de homens presunçosos vestidos de tweed e, na Felizes para Sempre, pelo menos ele tinha o valor da novidade.

Mas de jeito nenhum, nenhum mesmo, Tom ia tomar aquele quarto dela, Mattie pensou, enquanto olhava para a grande sala de estar com sua lareira original e o belo contorno ladrilhado e, como era inevitável, as estantes de livros totalmente abarrotadas de ambos os lados. Havia também um horroroso conjunto de sofá e duas poltronas em tecido floral.

— É bem mais confortável do que parece — Posy garantiu. — E, seguindo o corredor, aqui é o banheiro. Acabamos de instalar um chuveiro novo.

— Perfeito, eu adorei o que você fez aqui — murmurou Mattie.

— É mais do que perfeito — declarou Tom. — É muito raro eu encontrar uma banheira grande o suficiente para conseguir me esticar dentro dela.

— Não vou me envolver — cantarolou Posy, com um humor muito melhor nessa manhã do que na noite anterior. Aparentemente, havia bebido um frasco de remédio para azia no café da manhã e sua digestão estava temporariamente sob controle. — Este quarto é o da Nina. É o quarto maior, mas ele não conta, porque ela deve estar voltando logo, eu espero.

— Então ela ainda não confirmou nada? — indagou Mattie enquanto todos olhavam para a porta fechada do referido quarto.

Posy sacudiu a cabeça.

— Não. Ela tem trabalhado para valer nesse lance todo de marketing a distância, mas, toda vez que eu pergunto quando ela vai voltar, ela não me responde. Isso é muito irritante, especialmente porque eu estou muito grávida.

— Você está só de sete meses. Acho que ainda tem umas semanas pela frente antes de estar muito grávida — disse Tom, afastando-se da porta para não ver os dardos que Posy lhe lançava com o olhar.

— Como você sabe? — perguntou ela. — Quando foi a última vez em que esteve muito grávido?

Tudo estava indo bem melhor do que Mattie havia imaginado. Tom ia se queimar sozinho na briga pelo quarto sem precisar de nenhuma ajuda dela. Mesmo assim, um empurrãozinho não faria mal.

— Homens também não têm menstruação. Ou menopausa. Nem precisam manter padrões de aparência ridículos para se ajustar a um ideal de sociedade patriarcal de como uma mulher deve ser — disse Mattie, com um suspiro triste.

— Bons argumentos, Mattie, mas eu continuo neutra — retrucou Posy, com um olhar de desaprovação. — Vocês querem ver a cozinha antes de irmos ao quarto? E tire a mão da porta, Tom. Não quero saber de você entrando aí e tentando tomar posse e depois declarar que se apossar do quarto faz ele ser legalmente seu, como você fez naquela vez em que o Midnight Bell só tinha mais uma tigela de fritas com queijo.

— Aquilo foi só uma vez! — Ele se afastou da porta do quarto de Verity e continuou pelo corredor em direção à cozinha, fazendo uma pausa na frente de um estranho dispositivo de campainha e alavanca fixado à parede para lhe fazer um afago. — Deus a abençoe, Lady Agatha.

A primeira proprietária da livraria havia sido Lady Agatha Drysdale, que recebera a loja de presente de seus pais para distraí-la de suas atividades de sufragista, com sucesso apenas limitado: Lady Ag era tão apaixonada pela causa do voto feminino quanto por livros.

— Isso é um sino de mordomo que Lady Agatha instalou para poder chamar seus funcionários da loja — explicou Posy, fazendo ela também um afago no objeto. — Aparentemente, os fios se desintegraram em algum momento na década de 70, o que foi uma pena. Teria sido ótimo poder fazer algumas chamadas com isso quando o Sam e eu morávamos aqui.

Posy e seu irmão mais novo, Sam, moraram no apartamento em cima da loja quase a vida inteira. Lavinia, a filha de Lady Agatha que, então, havia herdado a loja e parecia ter sido uma mulher esplêndida, contratara o pai de Posy para administrar a livraria e a mãe dela para cuidar do salão de chá. No entanto, com a morte dos dois em um acidente de carro cerca de dez anos atrás, Lavinia deixou Posy e Sam continuarem morando no andar de cima e, quando ela também morreu, deixou a livraria e o apartamento para Posy. Era como se ela também tivesse deixado Sebastian, seu neto audaciosamente atraente, mas incrivelmente desagradável, para Posy, pois eles agora estavam casados e esperando um bebê, e moravam na casa que fora de Lavinia, do outro lado de Bloomsbury.

— Embora, claro, vocês pudessem chamar por mensagem de texto — disse Mattie, arrependendo-se logo em seguida do que tinha dito, porque parecia que estava desmerecendo Lady Agatha, quando não estava; queria apenas ser prática. Também sentiu que não seria adequado acariciar o sino de mordomo, então baixou a cabeça enquanto passava por ele em seu caminho até a cozinha.

— É terrivelmente pequena — disse Tom enquanto avaliavam os gabinetes antiquados pintados de um alegre amarelo-claro com arremates azuis e o balcão de fórmica cinza. Não era tão pequena quanto a cozinha do salão de chá, havia espaço até para uma mesa pequena, duas cadeiras e uma geladeira com freezer, e Mattie não deixaria Tom enfraquecê-la.

— É uma cozinha bonita e, de qualquer modo, o tamanho não tem nada a ver. Uma vez eu fiz um bolo de três camadas em um fogão de acampamento. — *Toma para você*, ela quis acrescentar e mostrar a língua para Tom, mas resistiu, embora isso tenha lhe custado cada fraçãozinha de seu autocontrole.

— Agora, o quarto — anunciou Posy, com as mãos onde seu estômago costumava ser, para massagear a barriga em pequenos círculos calmantes, o que ela sempre fazia quando estava agitada. — Este antes era o meu quarto. Tem um bom tamanho e as janelas dão para a praça.

Ela se espremeu para passar por Mattie e Tom, voltar pelo corredor de onde tinham vindo e abrir a porta de um quarto. *O* quarto. O mais perfeito dos quartos. Era confortável e aconchegante, e grande o suficiente para uma cama de casal, um guarda-roupa, uma cômoda e, claro, várias estantes de livros. Havia duas janelas amplas e, naquele dia luminoso, mas frio, davam passagem ao fraco sol de inverno.

— É lindo — disse Mattie, com sinceridade.

— Eu fico com ele — declarou Tom, peremptório, como se não quisesse ouvir protestos de Mattie, no que estava fadado a se decepcionar. — Eu trabalho na livraria há mais tempo até do que a Verity e a Nina, e mesmo assim elas tiveram preferência para ficar com os quartos, o que foi muito injusto, embora eu não tenha mencionado nada sobre isso na época. — Ele bateu no peito. — Aquilo me magoou, Posy.

— Ah, meu Deus. — Posy fez uma careta. — Foi só porque a Verity é a gerente e eu achei que ela e a Nina ficariam mais à vontade no apartamento, por serem, bom, mulheres. Duas mulheres.

— Esse tipo de pressuposição desmerece a mim e a você mesma — disse Tom, muito sério.

Mattie viu uma chance e a agarrou.

— Não fale assim com a Posy! — ela exclamou, com ar chocado. — E ela está grávida! Realmente seria incômodo você dividir o apartamento com a Nina, sendo a Nina uma mulher, mas eu sou uma mulher também, então aí não teria incômodo nenhum.

— A Nina é minha amiga muito querida — disse Tom, os olhos fuzilando atrás dos óculos, embora sua amiga muito querida Nina tivesse confidenciado certa vez a Mattie que desconfiava que Tom nem *precisava* de óculos e só os usava para ficar com mais aparência de nerd de tweed do que já tinha normalmente. — Além disso, estamos no século XXI e, se você não me deixar dividir o apartamento com uma mulher, eu não quero fazer isso, mas teria um ótimo caso para levar a um tribunal de discriminação sexual.

— É, boa tentativa — Mattie se irritou, sentindo o apartamento escorregar entre os dedos.

Tom assentiu com a cabeça.

— Talvez até a Corte Europeia de Direitos Humanos. A decisão é sua, Posy.

— Não é minha, nada — disse Posy, saindo do quarto. — Não vou tomar nenhuma decisão que possa fazer minha pressão subir. Já estou estressada o suficiente com toda essa história do Natal. Decidam entre vocês, como os adultos crescidos e sensatos que eu sei que podem ser.

Mattie detestava implorar, mas o mero fato de detestar algo não era razão suficiente para não fazê-lo.

— Não, Posy, por favor, por favor, me deixe ficar com o quarto. Eu tenho que estar aqui às sete e meia, oito horas no máximo. Levanto às seis todas as manhãs. Seis horas! E tenho que fazer os preparativos à noite, o que significa que não chego em casa muito antes das nove, então não tenho nenhuma vida social e moro com a minha mãe, e por favor, Tom. Não seja escroto comigo.

— Eu não estou sendo escroto — disse Tom, embora estivesse sendo totalmente escroto pela perspectiva de Mattie. — E as minhas condições de vida atuais também estão longe de ideais — acrescentou rigidamente, depois apertou os lábios enquanto Mattie e Posy aguardavam, em expectativa.

— *Longe de ideais*, você disse? — Posy incentivou, voltando para o quarto com os olhos brilhantes diante da consideração de finalmente descobrir alguma coisa, qualquer coisa, sobre a vida particular de Tom.

— É — respondeu Tom, sem se alterar. — Foi isso que eu disse. Você não precisa saber da minha vida pessoal.

— Ah — disse Mattie, fazendo questão de arregalar muito os olhos. — Que estranho!

— O que é estranho? — indagou Posy, sentando-se com alguma dificuldade na linda poltrona de leitura de veludo azul de Verity.

— Bom, é que o Tom não quer que ninguém saiba da vida pessoal dele, mas quer se mudar para o apartamento em cima da livraria. — Mattie fez sua melhor cara de tristeza, como se tivessem acabado de lhe contar que seu chocolate francês favorito para cozinhar não estava mais disponível na Inglaterra. — Eu sinto tanto, Tom, mas não vejo como vai manter esse equilíbrio entre trabalho e vida pessoal, que é tão importante para você, se ficar com o quarto.

— Eu vou, porque, ao contrário de vocês, sou perfeitamente capaz de separar as coisas e também de pôr um cadeado na porta do meu quarto — disse Tom, com muita seriedade.

Posy fez um som de desdém.

— É, sei. Eu já te pedi para fazer alguns consertos domésticos e você não sabia fazer nenhum.

— Não sabia ou não queria — disse Tom, e Posy pareceu furiosa, mas lembrou que estava sendo neutra e se afundou de novo na poltrona.

— Resolvam entre vocês — ela repetiu, e estava claro que Tom não cederia um centímetro, e Mattie não via por que ela deveria ceder, então só havia uma saída.

— Vamos jogar no cara ou coroa — disse ela. — Não vejo nenhum outro modo. Você vê?

— Não — concordou Tom, já tirando um punhado de moedas do bolso. — Cara ou coroa?

— Cara — disse Mattie, de dedos cruzados, enquanto Tom entregava a Posy uma moeda de uma libra.

— É melhor você fazer as honras — disse ele, com um sorriso de gato de Cheshire, como se o apartamento já fosse dele. — Já que é a parte neutra.

Posy jogou a moeda para cima, não conseguiu pegá-la e ela caiu no chão, ricocheteou no assoalho, e Mattie e Tom ficaram a um fio de cabelo de bater a cabeça um no outro na pressa de ver de que lado a moeda havia pousado.

— Ah, coroa — disse Tom, nem se preocupando em disfarçar a alegria. — Que azar, Mattie.

— É, sinto muito — falou Posy, com um movimento lento das mãos. Depois as moveu fracamente de novo. — Será que vocês poderiam me dar uma mãozinha para sair desta poltrona? Ou contratar um guindaste?

Tom e Mattie pegaram um braço cada um e içaram Posy das profundezas de veludo azul. Não havia mais nada a fazer agora a não ser voltar ao salão de chá e, talvez, se Mattie trabalhasse como louca o dia todo, conseguisse sair quinze minutos mais cedo do que normalmente saía.

— Você está bem, Mattie? — perguntou Posy, enquanto voltavam para o corredor. — Se a história servir de parâmetro, o Tom logo vai se ajeitar com alguém e querer se mudar daqui. Quem imaginaria que, no espaço de um ano, a Nina, a Verity e eu estaríamos em relacionamentos estáveis? Acho que a Lavinia deve ter lançado um feitiço na livraria antes de morrer. Mattie! Mattie, eu sei que você deve estar chateada, mas que tal começar a se mexer? Sabe como é, trabalho a fazer, essas coisas...

Mattie estava colada ao chão, olhando para uma porta fechada, atrás da qual poderia haver...

— Isto aqui é um quartinho de despejo? — ela perguntou, porque, se fosse um quartinho de despejo grande, talvez...

— Ah, você não vai querer ver isso. Não é nada — Posy disse depressa, com uma das mãos nas costas de Mattie para impulsioná-la para a frente. — Absolutamente nada.

— Eu realmente não queria me meter, mas esse não costumava ser o quarto do Sam? — perguntou Tom, com uma voz resignada.

— Quarto?! Isso nem é um quarto — disse Posy, espremendo-se para passar por Mattie e formar uma barreira humana grávida na frente da porta. — E tem coisas lá dentro. Nossa, muita coisa mesmo.

— Mais uma vez, sem querer me meter, mas, quando você diz "coisas", está se referindo, na verdade, a uma enorme quantidade de livros que você: (a) não conseguiu levar para sua mansão em Bloomsbury; ou (b) não pode levar porque garantiu categoricamente para o Sebastian que aqueles eram mesmo os seus últimos livros depois de ter enchido duas vans com eles? Ou será que (c) você na verdade matou a Nina alguns meses atrás e é aí que o corpo dela em deposição está enrolado em sacos de lixo? Eu bem que achei que estava sentindo um cheiro estranho.

Posy deu um tapinha no braço de Tom.

— É claro que eu não matei a Nina. Acho que o cheiro é só a mais recente vela de meditação da Verity.

— O que nos deixa com as opções (a) e (b) — disse Mattie, cruzando os braços e se postando firmemente sobre os dois pés para deixar Posy encurralada. — Qual das duas?

— Está bem, é a opção (a) — admitiu Posy. — E também a (b). Esse era o quarto do Sam e agora é o meu quarto de livros que não têm para onde ir. — Ela fez um beicinho cativante de um jeito que teria feito Sebastian Thorndyke concordar em construir uma extensão para sua casa já muito grande só para ela poder ter mais livros. — Eu enchi todas as prateleiras e estantes que nós temos, e o Sebastian me fez prometer sobre minha primeira edição de *I Capture the Castle* que, para cada livro novo que eu levar para casa, um livro vai ter que sair. Isso foi muito injusto da parte dele.

Mattie nunca conseguiria entender o que se passava com os funcionários da Felizes para Sempre e todos os seus muitos, muitos, muitos livros.

— Posy, sinceramente, você não poderia passar para livros digitais? Tem alguma ideia de quantos livros cabem em um e-reader?

Posy bufou furiosamente.

— Melhor não mexer com isso — aconselhou Tom enquanto estendia o braço por trás de sua chefe ofendida para abrir a porta de sua biblioteca não oficial. — Seja como for, olhe, não cabe nem um alfinete aí dentro.

Mattie espiou pela fresta da porta e, por um momento, teve de admitir contra a sua vontade que Tom estava certo. Havia pilhas de livros, livros e ainda mais livros, e era um espanto que as vigas do chão não tivessem cedido. Mas, quando tentou visualizar o quarto sem nenhum livro, ele era... não propriamente espaçoso, mas definitivamente maior que um quartinho de despejo.

— Caberia uma cama de solteiro aí — ela decidiu, o que não era nenhum problema, porque ela não compartilhava uma cama com ninguém desde... Enfim, não tinha nenhum plano de compartilhar sua cama com ninguém. Nunca. — E uma arara de roupas. Talvez até uma prateleira na parede.

— Acho que... E se eu dissesse para o Sebastian que esqueci alguns livros? — disse Posy, esfregando a barriga. — E eu estou com o filho dele aqui dentro, o que é algo muito útil para mencionar quando quero ganhar uma discussão. Além disso, o Sam se virou perfeitamente bem nesse quarto durante anos.

Mattie sorriu agressivamente para Tom, que pareceu bem surpreso e piscou, hesitante.

— Bem, parece que nós dois vamos nos mudar para cá, então.

— Acho que sim — disse Tom.

Mattie fez um gesto indicando o quarto.

— E eu tenho certeza de que você ficará confortável aqui. Se era bom para o Sam, sem dúvida será bom para você.

— Por que eu deveria ficar com este armário metido a besta? — perguntou Tom, incrédulo.

— Porque você é homem — disse Mattie, com um gesto de desdém, como se a dita natureza masculina de Tom estivesse em questão.

— Isso é sexismo reverso — protestou Tom.

— Não é, não. Significa que eu sou mulher, então, obviamente, tenho mais coisas que você — explicou Mattie, ligeiramente a contragosto. — Roupas e outras coisas.

Tom passou os olhos por Mattie e então foi sua vez de fazer um gesto de desdém.

— Você não pode ter tantas roupas. Usa a mesma coisa todos os dias.

— Não é exatamente a mesma coisa! Eu tenho várias peças. Não sou porca! — Mattie raramente se sentira tão ofendida. Paranoica, teve até vontade de dar uma cheiradinha disfarçada em cada axila.

— Seja como for, eu ganhei no cara ou coroa pelo quarto que era da Very, então você vai ter que se virar com este. — Tom agora estava sorrindo, como se sua capacidade intelectual superior tivesse triunfado mais uma vez.

— Não é justo. Vamos jogar de novo — exigiu Mattie, com tanta vontade de bater os pés no chão que seus dedos se encolheram dentro do tênis.

Mas, no fim, ela perdeu novamente, embora não achasse impossível que Tom tivesse uma moeda de uma libra especial com coroa dos dois lados só para poder ganhar. Então não teve outra opção a não ser dar um sorrisinho educado.

— Muito bem. Espero que você seja feliz em seu quarto desnecessariamente grande.

— Obrigado. Eu sei que vou ser — disse Tom, com outro sorriso zombeteiro, e foi só quando se viu de volta em seu próprio território que Mattie pôde dar vazão a seus verdadeiros sentimentos.

— Eu odeio esse cara! — exclamou, para a surpresa de Cuthbert e vários clientes.

— *Odiar* é uma palavra muito forte — Cuthbert a repreendeu, pondo as mãos sobre duas alavancas de Jezebel, como se não quisesse que a máquina de café ouvisse palavras tão duras.

— Não é forte o suficiente — disse Mattie, pisando duro em direção à cozinha que, infelizmente, não tinha uma porta para bater.

Vinte e oito dias para o Natal

Na noite seguinte, a última que todos teriam livre até depois do Natal, Verity se mudou, Posy tirou seus livros, e Tom e Mattie se instalaram.

A logística não foi ideal. Na verdade, foi um pesadelo. Mattie havia chegado em casa na véspera e trabalhado até muito tarde da noite embalando todos os seus pertences e se mantendo em pé com café preto na veia.

Depois espremeu em uma manhã o trabalho de um dia inteiro na cozinha do salão de chá para que, após o movimento da hora do almoço, pudesse correr de volta para Hackney e terminar de arrumar suas coisas.

Enquanto isso, para marcar a ocasião auspiciosa, a Felizes para Sempre e o salão de chá fecharam as portas às três horas, para que a Tarde de Muitas Mudanças pudesse acontecer.

- Não vai demorar muito para tirar algumas caixas de livros — Posy havia dito alegremente, o que não se revelou verdadeiro.

Apesar de umas tantas mensagens tensas sobre horários, quando Mattie chegou às quatro horas, no carro de sua mãe, os livros de Posy *ainda* estavam sendo transportados, ao mesmo tempo em que Verity e Johnny tentavam fazer a poltrona de veludo azul descer pela escada estreita sem quebrá-la.

Não havia muito espaço para estacionar na praça, ainda mais com duas vans paradas. Mattie ia dar ré para sair quando ouviu uma buzina furiosa atrás de seu carro e foi bloqueada por mais uma van. Olhou pelo retrovisor e viu o rosto de Tom, gesticulando freneticamente para ela.

Sentiu-se tentada a gesticular de volta, mostrando o dedo do meio.

— Que ódio, sempre irritadinho.

O irmão de Mattie, Guy, que tinha vindo para ajudar, virou imediatamente para trás e gritou quando a irmã lhe deu uma cotovelada nas costelas.

— Eu conheço mais alguém que está sempre irritadinha — reclamou ele. — Eu só queria ver se ele era bonito.

— Bom, eu poupei seu tempo — disse Mattie, avançando com cuidado com seu pequeno e ágil Nissan para estacionar no lado oposto da praça, perto da fileira deteriorada de lojas abandonadas, que Sebastian vivia falando em reconstruir. — Você conhece o Tom, então já deve saber que ele não é bonito. Ele é o antibonito, e eu não sou nem um pouco irritada.

Guy trocou um olhar com a amiga de Mattie, Pippa, que também tinha vindo para ajudar.

— Se você está falando...

— Parem com isso — Pippa os repreendeu. — Eu já disse três vezes para vocês: é preciso trabalho de equipe para fazer o sonho acontecer.

Mattie se controlou para não revirar os olhos. Pippa trabalhava para Sebastian (foi assim que Mattie soube do salão de chá vago, e foi por isso que Pippa conseguiu umas horinhas de folga) como gerente de projetos especiais, o que significava que tinha excelentes capacidades organizacionais e era uma grande fã de discursos empolgantes, recheados de frases motivacionais.

— Sim, eu estou falando — disse Mattie, porque ela não era irritada e também porque preferia morrer a deixar Guy ter a última palavra. Além disso, ela era capaz de discutir com Guy, seu irmão mais velho, por dois minutos inteiros sem se alterar. Na verdade, ela podia fazer todo tipo de coisas com um mínimo de agitação. Era capaz de lidar com o movimento da hora do almoço, preparar um pedido especial de última hora para um bolo de aniversário e enfrentar Jezebel porque Cuthbert tinha dado uma saidinha de cinco minutos, tudo ao mesmo tempo, sem nem ficar corada, ou resmungar, ou se atrapalhar com um pedido de um macchiato com leite de amêndoas e sem espuma. Havia apenas dois homens que a faziam perder a calma, e Tom era um deles, o que não o tornava especial, mas apenas muito, muito irritante.

Os três saíram do carro ao mesmo tempo em que Tom descia de sua van, que agora bloqueava a entrada da praça. Ele podia até ter um Ph.D, mas não tinha nenhum bom senso.

Em consideração à Tarde de Muitas Mudanças e da necessidade de trabalho braçal, Tom havia deixado de lado sua gravata-borboleta e seu cardigã e estava usando um suéter muito puído sobre a camisa mostarda muito pouco atraente. E não tinha vindo sozinho... ele trouxera algumas *pessoas* junto. Ao contrário de seu coleguinha de tweed, os amigos de Tom (seriam mesmo amigos dele?) preferiam jeans apertados e camisetas justas com decote profundo, que revelavam muitos músculos. Todos eles pareciam ter tatuagens tribais no braço e muitos produtos no cabelo. Mais produtos do que qualquer cabelo realmente precisava. Mattie não queria ficar olhando, mas Guy já estava indo para lá.

— Tom! — Guy e Tom já haviam se encontrado várias vezes em eventos da Felizes para Sempre, incluindo a inauguração do salão de chá. Eles apertaram as mãos e Guy sorriu, porque não tinha nada a ver com a briga dos outros e também porque não podia resistir a marcar um ponto em cima de Mattie. — O que acha de ajudarmos a Very e a Posy a tirar as coisas delas para ver se a gente consegue entrar antes da meia-noite?

— Eu já ia sugerir isso mesmo — disse Tom, algo de que Mattie solenemente duvidava. — E daqui a pouco vai começar a escurecer.

— Vou fazer um café — Mattie decidiu, porque com Guy e Pippa, que já estava consultando a planilha que havia montado para obter o resultado mais rápido e vantajoso na mudança de todos os bens de Mattie, e Tom e seus três... *ajudantes*, ninguém precisava dela para carregar caixas pesadas. Além disso, Mattie não podia correr o risco de machucar as mãos, que precisavam cozinhar.

— Eu prefiro chá — gritou Posy em um dos bancos no meio da praça, de onde podia supervisionar melhor a situação. Ela usava um enorme casaco acolchoado e estava enrolada em um cobertor de viagem, embora, para uma tarde de fim de novembro, o clima na verdade estivesse bastante ameno.

— Por que você precisa de chá? Está com frio? Você devia ter dito! — Sebastian Thorndyke se posicionou rapidamente ao lado da esposa. — Eu bem que falei que não tinha necessidade de você vir, Morland.

— E *eu* falei que não ia te deixar levar a minha preciosa coleção da Chalet School para o bazar de caridade mais próximo — respondeu Posy. — E eu não quero chá porque estou com frio, quero chá porque estou com sede.

Sebastian se ajoelhou na frente da esposa, sem se preocupar com o terno que provavelmente custava mais do que o salário inteiro de Mattie.

— Será que você está desidratada? Seus rins estão doendo? O bebê está pressionando seus rins?

Posy bateu afetuosamente na mão dele.

— Acho que estou com sede só porque já faz uma hora que tomei minha última xícara de chá.

— Vou pôr a chaleira no fogo — disse Mattie e, embora ela achasse Sebastian excessivo, ele de fato era apaixonado por Posy e parecia fazê-la absurdamente feliz. E ele não estava nem de longe vestido de forma apropriada para a ocasião. — Eu não diria que um terno é uma roupa prática para quem vai carregar caixas por aí.

O rosto prepotente de Sebastian ficou ainda mais prepotente.

— Eu não carrego — disse ele, como se Mattie o tivesse acusado de brincar de invadir propriedades. — Eu pago pessoas para carregarem. Neste caso, o Sam e seu jovem amigo, que lamentavelmente chamam de Pants.

Como se seguissem a deixa, Sam e Pants surgiram de dentro da livraria carregando uma grande caixa cada um.

— Eles têm horário livre na escola no fim da tarde de quarta-feira, então tudo funcionou bem. Estão fazendo um ótimo trabalho, meninos

— gritou Posy, incentivando-os, e Mattie se apressou para ir ao salão de chá preparar bebidas para as massas trabalhadoras.

Quando a última caixa de livros foi levada, Mattie já havia feito uma segunda rodada de chá e uma fornada rápida de cookies de chocolate e avelãs, que trouxe para fora enquanto Verity saía do apartamento pela última vez com seu bem mais precioso. Em uma bolsa de transporte especial, miando infeliz, estava Strumpet, seu imenso gato inglês cinza de pelo curto. Ele estava indo viver em uma casa esplêndida de cinco quartos em Canonbury, com um jardim enorme nos fundos, mas isso não podia nem de longe competir com morar ao lado de um restaurante de peixe e fritas e de uma delicatéssen sueca com sua própria casinha de defumação de salmão.

— Você é um ingrato, Strumpet — disse Verity, sofrendo com o peso e o volume do enorme felino. Seu namorado, Johnny, correu para aliviá-la da valiosa carga.

— Tenho certeza que ele vai se acalmar quando chegarmos à minha... — Ele fez uma pausa. — Minha, não. Nossa. Quando chegarmos à *nossa* casa.

De modo geral, era muito difícil decifrar Verity, a não ser quando ela fazia o balanço do caixa para pequenas despesas, caso em que ficava claro que estava realmente muito estressada e que era melhor deixá-la em paz. Mas, nesse momento, ela sorriu para Johnny, que tinha um rosto tão absurdamente bonito que parecia passar o tempo livre trabalhando como modelo para a Burberry.

— Não é a nossa casa — ela o corrigiu. — É o nosso *lar*.

Era tudo muito adorável e comovente, Mattie pensou, mas seu coração se recusava a se emocionar. Ele continuou exatamente como estava, batendo em um ritmo estável, o que por si só já era um milagre, considerando todos os traumas que ela já havia enfrentado.

— Detesto estragar o momento — disse Pippa sem rodeios, porque havia um limite para quanto tempo Verity e Johnny poderiam ficar ali com olhares melosos um para o outro enquanto todos seguiam o cronograma. — Mas, de acordo com a minha planilha, vocês dois já deviam estar fora daqui vinte e sete minutos atrás.

Claro que, a essa altura, Tom e seus *amigos* haviam desaparecido, deixando a van bloqueando a entrada para a praça, de modo que Verity, Johnny, Posy e Sebastian não podiam sair. Após várias mensagens de texto de Posy, ele acabou reaparecendo com sua pequena gangue, todos com paninis do café italiano próximo dali, embora já passasse das cinco da tarde de uma quarta-feira. Mattie apertou os punhos.

— São *incríveis* — um deles disse, e todos tiraram chapéus imaginários em uma saudação.

— Nota máxima para o professor!

Mattie não tinha ninguém para quem revirar os olhos, porque Pippa estava colada em sua planilha e Guy a havia trocado pelas delícias da Rochester Street. Apesar das inúmeras mensagens de texto, ele acabou voltando vinte minutos mais tarde, depois de Mattie ter manobrado com cuidado o carro para muito perto da entrada da Felizes para Sempre e de ter dito claramente a Tom que ele parasse de tentar bloqueá-la com sua van alugada.

De repente ficou claro que não dava para seis pessoas subirem e descerem a escada estreita com caixas, sacos plásticos, sacolas de roupas e malas sem que isso causasse uma enorme confusão. Pippa decidiu que Mattie devia ficar no apartamento para receber as coisas, sugestão com a qual ela concordou de bom grado.

— Isso parece uma desculpa para se livrar do trabalho de levar tudo — reclamou Guy.

— Se parar de resmungar, eu faço o jantar para vocês dois quando terminarem de carregar as coisas — disse Mattie, incisiva, o que o fez voltar depressa ao trabalho.

Com isso ainda restavam os três ajudantes de Tom atrapalhando o caminho e lhe lançando olhares curiosos como se nunca tivessem visto uma mulher viva real. Talvez não tivessem mesmo. Afinal, sabe-se lá o que Tom e seus amigos faziam.

— Eles são da sua turma? — Mattie perguntou a Guy, quando ele trouxe a sacola com toda a sua parafernália de banheiro.

Guy levantou uma sobrancelha impecável, horrorizado.

— Com aquelas camisetas? É óbvio que não, eles não têm nada a ver com a gente. O seu radar para gays é realmente péssimo.

A essa altura, um dos amigos de Tom fazia hora na cozinha enquanto Mattie desembalava uma caixa de utensílios: parecia que Verity tinha levado praticamente todas as colheres de chá embora.

Esse tal amigo era baixo e tão elétrico que, mesmo quando estava parado, ficava subindo e descendo sobre as solas de seu tênis sem graça.

— Eu sou Phil, ou o Conde de Monte Riso — disse ele, por fim, estendendo a mão.

Mattie o cumprimentou.

— Acho que prefiro te chamar de Phil — disse. — Eu sou Matilda. Mattie.

— Um belo nome para uma bela dama — disse Phil, e eles ouviram o som de uma tosse forçada vinda do corredor.

— Nem perca tempo — disse Tom, passando pela porta com alguns ternos de tweed dobrados no braço. — Ela não está interessada e não é para o seu bico.

Mattie parou. Será que Tom estava realmente lhe fazendo um elogio? Claro que não! Phil assentiu com a cabeça.

— Perfeitamente — disse ele, galante.

Ao longo dos quinze minutos seguintes, os outros dois amigos de Tom se apresentaram. Por seus nomes oficiais: Daquon e Mikey; e por seus respectivos nomes preferidos: Dom Risote e Willy Risonka.

— E como vocês chamam o Tom? — Mattie perguntou a Daquon enquanto ele limpava a pequena estante de livros da cozinha para ela poder dispor os dela, de culinária. Todos os três tinham resolvido dar em cima de Mattie, mas ela era perfeitamente capaz de se desvencilhar de cantadas e, além disso, eles estavam sendo muito prestativos. — Risossauro?

— Haha! O Tom não tem riso. Ele é zona livre de riso. O riso para quando chega a cinquenta metros dele. — Daquon bateu nas coxas, achando graça da própria ideia de Tom ser bom de fazer graça. — Atualmente nós o chamamos de O Professor, por causa de toda a intelectualidade.

— Certo... — Mattie arquivou essas informações para uso futuro. — E de onde vocês conhecem o Tom?

— É uma boa pergunta, porque O Professor que você vê diante dos seus olhos hoje é muito diferente do...

— Chega! Sério, não quero ouvir mais nenhum pio saindo da sua boca. — Tom estava na porta da cozinha. Ele até havia tirado os óculos para limpá-los furiosamente e lançar um olhar feroz, embora Mattie não estivesse certa se o olhar era para ela ou para o Dom Risote. Provavelmente era para os dois. — Nós já falamos sobre isso.

— Você falou sobre isso — Daquon murmurou.

— Não parou de falar sobre isso o caminho todo para cá — disse Mikey, chegando atrás de Tom. — Mas o que nós não falamos é por que você ficou com o quarto grande e a adorável jovem aqui está enfiada em um quarto do tamanho de um armário, como o Harry Potter quando morava com os Dursley.

— A Mattie e eu já discutimos isso — disse Tom e, se continuasse limpando os óculos com tanto vigor, era bem possível que ele se esfarelasse.

— Nós não discutimos isso, na verdade. — Mattie suspirou. — Ele me fez jogar cara ou coroa, depois ficou todo presunçoso com o resultado.

— Que grosseria! — decidiu Mikey, sacudindo a cabeça. — Você devia ter deixado a moça ficar com o quarto maior porque ela deve ter um mundo de coisas de mulher para guardar.

— Bolsas e sapatos e vestidos bonitos — disse Phil, com ar sonhador, porque agora ele também estava na entrada da cozinha. — Provavelmente a Matilda precisa até de um quarto extra só para os sapatos.

— Ela não tem tantos sapatos assim — interveio Guy, passando por ali. — Só vários pares de tênis Converse muito gastos.

Felizmente todos ignoraram a contribuição dele.

— A Mattie deve ficar com o quarto maior. É uma questão de boas maneiras — falou Phil, subindo e descendo sobre os calcanhares outra vez e movendo a boca com nervosismo. — Você nem precisa de uma cama de casal.

— É! Quem ia querer beijar essa sua cara feia?

Houve muitos risos e o rosto de Tom ficou tão fechado que sua mandíbula não parava de tremer. Mattie sentiu até um pouco de pena dele.

— Tudo bem — disse ela, suspirando de novo e sabendo que parecia desamparada com a jardineira e a blusa de moletom que havia vestido para o dia da mudança, porque sua mãe eternamente chique havia reclamado da aparência de Mattie quando ela saiu de Hackney. "*Ma chérie*, você parece Annie, a pequena órfã."

— Tudo bem! Ela pode ficar com o quarto maior — Tom falou, com irritação. — Mas eu realmente preciso de uma cama king-size e não sei como a minha vai entrar no quarto menor.

— Ah, deve caber — Mattie lhe assegurou, docemente. — A minha cabe. Que pena que não sobra espaço para muito mais além da cama, mas você não pode ter tanta coisa assim, não é? Sendo um homem e tal...

Acontece que Tom tinha muita coisa. Ou melhor, tinha caixas e caixas de livros. Não era possível que tivesse lido tudo aquilo, Mattie pensou, enquanto o conteúdo dos dois quartos era transferido e Tom observava com raiva e em silêncio atrás. Por que uma pessoa cercada de livros o dia inteiro ia querer chegar em casa e ter ainda mais livros?

De qualquer modo, havia muito espaço nas estantes da sala de estar para a biblioteca de Tom e ela até se ofereceu para ajudar a guardá-los, mas ele a expulsou com um frio: "Eu posso cuidar disso perfeitamente bem sozinho, obrigado".

Tom era a única pessoa que Mattie já havia conhecido que podia fazer um "Obrigado" soar como um "Caia fora e nunca mais apareça na minha porta".

Então ela saiu e terminou de pendurar sua coleção bastante mirrada de roupas no armário de seu novo quarto. Ao contrário das outras mulheres que os Riso Boys conheciam, Mattie era frugal. Todas as suas roupas e sapatos haviam sido acomodadas confortavelmente em uma única mala. E ela não tinha sequer uma bolsa, apenas uma mochila de alças de couro que já vivera dias melhores, porque todo o seu dinheiro ia para equipamentos de cozinha e ingredientes caros e um ou outro livro de receitas. Ao passo que Tom tinha tantos suéteres e ternos de tweed, e provavelmente uma mala cheia de gravatas-borboleta e gravatas comuns em cores contrastantes. Mattie percebeu que, na verdade, estava se sentindo bastante culpada mais uma vez...

Talvez pudessem fazer um rodízio de seis em seis meses no quarto maior, ela pensou, enquanto Phil, Daquon e Mikey se despediam, fazendo fila para beijar sua mão, olhar profundamente em seus olhos e expressar o desejo de tornar a vê-la muito em breve.

— É estranho, mas no geral esse tipo de conversa vindo de homens me faz querer sair no tapa — ela comentou com Guy e Pippa, quando começou a fazer o jantar. — Mas aqueles garotos são tão inofensivos que não me importei muito.

— Você ainda odeia *todos* os homens? — perguntou Guy. Fazia um bom tempo que eles não conversavam sobre isso.

— A Mattie está dando um tempo nos relacionamentos para cuidar dela mesma — disse Pippa lealmente. Ela sabia por que Mattie tinha boas razões para odiar todos os homens. Ou um homem em particular. — Não que ela precise investir tanto para cuidar dela, mas acho que todos podemos nos beneficiar com uma oportunidade para crescermos como pessoa.

— Obrigada, Pips. E eu não odeio *todos* os homens, Guy. — Mattie refletiu sobre a pergunta de seu irmão enquanto ralava o cheddar extramaduro para os suflês de queijo duplamente assados que serviria com uma salada quente. — Eu não te odeio e, seja como for, ainda não conheci *todos* os homens do mundo, não é? Deve ter uns quatro ou cinco que não são odiosos.

— Você odeia o Tom? — Guy perguntou em um sussurro. — Você não é muito gentil com ele.

— Sou, sim — disse Mattie, embora todas as evidências sugerissem o contrário. — Ele é que não é muito gentil comigo.

— É a questão do ovo e da galinha. Quem não foi gentil primeiro? — Guy encarou a irmã sem piscar. Pippa inclinou a cabeça e olhou para Mattie também, como se estivesse decepcionada com ela, então Mattie se sentiu forçada a largar o ralador com uma expressão acuada e sair da cozinha para bater gentilmente na porta do quarto de Tom.

— Quer jantar? — ela perguntou, torcendo em silêncio para ele dizer não. — Posso muito bem fazer para quatro.

Houve silêncio, e Mattie se perguntou se Tom teria sido esmagado entre a parede e sua enorme cama king-size.

— Não precisa — ele respondeu, por fim. — Eu comi um panini de café da manhã muito tarde.

— É, eu sei — Mattie murmurou para si mesma, voltando à cozinha para poder parar com as mãos nos quadris e perguntar: — Feliz agora?

— Radiante — Guy respondeu, debochado. — E estaria ainda mais feliz se não tivesse que dirigir o carro da mamãe de volta, para poder tomar mais uma taça de vinho.

Por mais que ela tenha implorado para eles ficarem mais, Guy e Pippa foram embora assim que limparam o último farelo de torta de maçã e amoras do prato. Depois de trancar a porta da loja, ela voltou muito devagar e muito a contragosto para o apartamento.

Tom estava na cozinha com uma lata de feijões cozidos e um pão de forma branco fatiado.

— Eu só estava fazendo o jantar — disse ele, na defensiva, como se Mattie tivesse lhe perguntado o que ele ousava estar fazendo ali. Então ele abriu a lata de feijões cozidos de uma maneira muito passivo-agressiva, suspirando e sacudindo a cabeça, como se o abridor e a lata o tivessem ofendido.

— Bom, você sabe onde estou se precisar de mim — falou Mattie, saindo da cozinha o mais depressa possível. No entanto, um pouco antes de fechar a porta do quarto pelo qual eles haviam brigado tão duramente, ouviu Tom dizer para si mesmo com desdém: "Para que eu ia precisar de *você*?"

Vinte e sete dias para o Natal

Felizmente, quando Mattie acordou às sete e meia na manhã seguinte, o que, para ela, era como dormir até tarde, Tom não estava em nenhum lugar à vista.

A noite anterior já havia sido bem incômoda; os dois confinados em seus quartos, exceto pelos constrangedores dez segundos em que Mattie tentara ir ao banheiro e o encontrara já ocupado.

— Vá embora! — gritou Tom, em vez de pedir com educação que Mattie voltasse dali a pouco.

Então ela esperou por uma boa meia hora antes de reunir coragem para se aventurar até o banheiro de novo, aterrorizada pelos horrores que poderiam estar à sua espera lá dentro. Mas não havia nenhum. Apenas a escova de dentes elétrica de Tom (o que parecia muito moderno para ele) e alguns de seus produtos de higiene: xampu, creme para o cabelo e um frasco de algo caro que tinha o nome de "elastificador da pele" em vez de "hidratante". Repentinamente lhe ocorreu, enquanto espalhava seu próprio hidratante no rosto e depois escovava os dentes, que não havia parado sequer um momento para pensar em como era íntimo dividir um apartamento com alguém.

Mattie já dividira apartamentos antes. Na universidade, havia morado em uma casa de quatro quartos com outras sete meninas, o que fora caótico e confuso, mas, de modo geral, divertido. E, claro, quando morara em Paris, havia dividido um minúsculo quarto no sótão com... bem, essa experiência não fora divertida, por razões que não tinham nada a ver com o fato de morar junto em si.

Mas dividir um apartamento com Tom, imaginando se ele poderia ouvi-la escovando os dentes, parecia algo íntimo demais. Mattie fez uma promessa solene de que nunca deixaria o quarto a não ser que estivesse totalmente vestida ou com seu roupão firmemente amarrado sobre o pijama. Não que ela achasse que Tom fosse ficar louco de desejo ao vê-la — Tom não fazia o tipo erótico —, mas podia imaginá-lo curvando o lábio superior e murmurando alguma ironia para si mesmo. E a ideia de que pudesse trombar com ele vestindo nada além de uma cueca superantiquada, como aqueles shorts largos que os homens costumam usar em filmes preto e branco, a fez engasgar.

Naquela manhã de quinta-feira, Tom ainda estava na cama e, se ele estivesse roncando, Mattie poderia ouvi-lo quando passasse pela porta do quarto.

E, apesar de todo constrangimento e intimidade que haviam sido jogados sobre eles, aquele tempo de deslocamento de meio minuto para descer a escada e atravessar a loja já valia a pena. Mattie destrancou a porta da frente do salão de chá bem a tempo de surpreender Kendra, que possuía um laticínio em East London.

— O que você está fazendo aqui? — perguntou Kendra enquanto carregava o engradado de leite para dentro em vez de deixá-lo do lado de fora, como costumava fazer. — Deve ter acordado quase tão cedo quanto eu.

— Na verdade, faz só meia hora que acordei — disse Mattie, desculpando-se um pouco. — Pois não é que eu me mudei para o apartamento em cima da loja?

— Algumas pessoas têm sorte! Como está sendo para você? — Kendra perguntou, não sem alguma inveja.

— Tem suas dificuldades, mas também é uma espécie de mudança de vida — explicou Mattie, conferindo as caixas de ovos para garantir que nenhum estivesse quebrado.

Kendra foi embora, as garrafas de vidro chacoalhando no carro de entregas enquanto manobrava cuidadosamente pelo calçamento de pedras. E então Mattie ficou sozinha. Era a parte favorita do dia dela; estar de manhã cedo naquela pequena cozinha, nos fundos do salão de chá.

Olhou para seu esconderijo com um prazer renovado, mesmo após um ano e meio administrando o lugar. As paredes da cozinha tinham belos azulejos art nouveau datados de quando a livraria havia sido inaugurada em 1912, nas cores sufragistas roxo, verde e branco. Estavam parcialmente escondidos agora pelas prateleiras e suportes que Mattie havia instalado para poder guardar seus tachos e panelas, batedores de ovos e colheres de pau. Frascos e latas de ingredientes secos e pequenos potes de vidro de temperos, essências e aromatizantes se encontravam sobre o reduzido balcão de madeira, onde ela batia bolos e cookies, tortas e massas folhadas, pães e biscoitos. O forno onde toda essa mágica acontecia era a única peça nova do conjunto e havia custado o mesmo que um carro popular.

Ao longo da parede oposta, havia uma pia antiga com cuba branca de cerâmica e escorredor, uma geladeira alta e muito estreita, e uma porta que levava ao pátio dos fundos, onde estava instalado um banheiro antigo para os clientes pagantes mais durões e corajosos, ainda mais em um dia frio de inverno como aquele.

Não era possível criar delícias culinárias em uma cozinha tão minúscula sem ser muito organizada e asseada, e Mattie era exatamente assim. "Um lugar para cada coisa e cada coisa em seu lugar", ela dizia pelo menos uma dúzia de vezes por dia, quando uma xícara e um pires sujos eram deixados sobre a pia por mais de trinta segundos. Ou quando Cuthbert deixava o leite fora em vez de guardá-lo de volta na geladeirinha sob o balcão, porque estava ocupado entretendo uma cliente com um refrão animado de "They Drink an Awful Lot of Coffee in Brazil".

Além de seus assados usuais, que tendiam para os clássicos ingleses com um toque francês, como seu famoso bolo úmido de cidra, Mattie também tinha o especial do dia, um doce e um salgado. Hoje, era um bolo de maçã com caramelo e tortinhas individuais de queijo stilton e alho-poró. Com uma olhadela para a página certa de seu caderno de receitas escrito à mão para conferir quantidades, começou a reunir os ingredientes de que precisava.

Às dez para as nove, quando Cuthbert chegou, todas os doces e salgados do café da manhã já estavam fora do forno e arrumados em suportes e bandejas no balcão. E, quando Posy e Verity chegaram para abrir a Felizes para Sempre um pouco antes das dez, o salão de chá já estava aberto havia quase uma hora. Metade das mesas estava ocupada por clientes que se demoravam com uma xícara de café e um croissant amanteigado, enquanto outros saíam apressados com um café para viagem (cinquenta centavos mais barato, se trouxessem o próprio copo) e algo delicioso em um saquinho de papel.

Às dez e dez, embora a livraria abrisse às dez, Tom chegou com seu panini comprado no café italiano perto dali e sua própria caneca, que proclamava "Acadêmicos fazem de capelo", para aproveitar o café grátis, recém-coado.

Mattie nunca dissera nada sobre a absoluta cara de pau de Tom em esperar para tomar café grátis sem nunca ter comprado nada no salão de chá e, depois de quase um ano e meio, era tarde demais para tocar no assunto, o que não a impedia de fumegar de raiva cada vez que ele fazia isso.

E, considerando que eles agora eram colegas de apartamento, não teria sido um esforço tão grande para Tom cumprimentá-la com um "Bom dia" em vez do azedo "Você podia tentar fazer um pouco mais de silêncio de manhã cedo e não bater a porta quando sair".

— Vou prestar mais atenção — Mattie respondeu com igual mau humor, arrancando a caneca de Tom das mãos de Cuthbert e batendo-a também. — Mais alguma coisa que você queira *comprar* enquanto está aqui?

Tom levantou o saco de papel que continha seu maldito panini.

— Não, eu já tenho. Obrigado pelo café, Cuthbert.

Cuthbert, traidor que era, tocou a mão na cabeça em uma saudação.

— Sempre um prazer, meu jovem.

— Não é um prazer — Mattie murmurou, enquanto Tom saía por entre os clientes pagantes e passava pelas portas duplas que levavam à livraria. — Nunca foi e nunca será.

— Você vai acabar com uma úlcera se continuar agindo assim — disse Cuthbert, preparando a próxima rodada de pedidos. No passado, Mattie não teria tolerado esse nível de resposta de seus baristas, mas Cuthbert era décadas mais velho do que qualquer outro candidato que ela entrevistara, e ela havia sido criada para respeitar os mais velhos. Cuthbert Lewis tinha setenta e dois anos e trabalhara nos correios a vida inteira até se aposentar, dois anos atrás. Passara duas semanas como aposentado e decidira que não gostava muito daquilo, então fez um curso de barista. Sua neta, a Pequena Sophie, que trabalhava no salão de chá aos sábados, contou a ele que Mattie estava com uma vaga, e o resto era história.

Mas, debaixo de chuva ou de sol, Cuthbert sempre aparecia para o trabalho, sempre imaculadamente vestido de terno e gravata, encantando tanto a máquina de café como os clientes, com sua gentileza, suas piscadinhas marotas e suas boas maneiras, todas muito tradicionais. Embora Mattie de fato preferisse que ele não ficasse dizendo que fazer Jezebel trabalhar em seu potencial máximo era como trazer de volta à vida uma linda mulher que tivera o coração partido, ainda assim agradecia regularmente aos deuses (e à Pequena Sophie) que haviam trazido Cuthbert para sua vida. Exceto as vezes que ele louvava seu arqui-inimigo.

— O jovem Tom é um perfeito cavalheiro. Ele tem um belo sorriso. E belos modos também.

— Eu nunca vi demonstrações de nada disso — disse Mattie, com uma fungada, antes de desaparecer na cozinha para preparar suas comidas para a hora do almoço, que sempre incluíam um rolinho salgado gigante especial. Naquela semana, estava experimentando um de lombo de porco com maçã.

No entanto, foi perturbada pela chegada de Posy, que trouxe consigo o próprio banquinho: obviamente, estava planejando se demorar um pouco.

— Não posso ficar em pé mais que um minuto — disse ela, a título de cumprimento.

— Ainda está com os tornozelos inchados? — perguntou Mattie, atacando uma montanha de maçãs descascadas com uma de suas facas favoritas.

— Sinceramente, Mattie, eu estou feliz com o bebê, estou mesmo, mas a gravidez é um saco — disse Posy, com sinceridade. — Eu não recomendaria.

— Não tenho nenhum plano de engravidar nos próximos anos — disse Mattie com um arrepio, porque, quando outras meninas brincavam de "mamãe", ela fingia administrar sua própria cozinha estrelada pelo Michelin. — Eu sei que você se sente um lixo, mas está muito bonita com a gravidez.

Era verdade. Posy sempre havia sido bonita, mas agora as faces claras exibiam uma luz rosada, os cabelos brilhavam e haviam adquirido uma tonalidade acobreada e, sim, os tornozelos de fato pareciam bastante inchados, mas a barriga era muito agradavelmente redonda.

— Não estou, não, mas agradeço a gentileza — respondeu Posy. — Fiquei acordada metade da noite preocupada com o brainstorm do Natal. Queria muito esperar a Nina voltar, mas ela não responde quando eu escrevo perguntando sobre uma previsão de chegada.

— Esse não é o jeito da Nina — observou Mattie, franzindo a testa, porque Nina costumava ser tão grudada em seu celular que respondia às mensagens em menos de um minuto. — Espero que não tenha acontecido nada com ela.

— Não, ela definitivamente está viva, porque me manda vários e-mails. Por exemplo, o que eu acharia de ter renas como as de verdade na loja — disse Posy, em um lamento.

Isso definitivamente justificava largar um pouco a faca.

— Renas de verdade na loja?

— Não vivas. Como as de verdade. Mas, de qualquer modo, não acho uma ideia muito boa — respondeu Posy, com desânimo. Então suspirou e, logo em seguida, sua expressão mudou de desalentada para especulativa, a julgar pelo jeito como apertou os olhos. — Pois é, o Tom. Eu fiquei muito surpresa quando ele apareceu com aqueles caras ontem à tarde. O Tom tem amigos, quem diria?

— Bom, imagino que ele tinha que ter pelo menos um — disse Mattie, impiedosa. — Alguma pobre alma desavisada.

— Mas eram *três*. Três! — Posy insistiu, admirada. — Eles disseram de onde conheciam o Tom? Há quanto tempo são amigos? Eles também são universitários? Quer dizer, eles não *parecem* universitários.

— O Tom não é universitário. Ele trabalha em uma livraria — disse Mattie enquanto jogava as maçãs, agora cortadas em cubos, em uma grande panela no fogão.

— Mas ele *era* universitário — falou Posy, sem querer deixar a conversa morrer. Como estava se coçando de curiosidade, Mattie teve pena dela e lhe contou sobre os Riso Boys: eles haviam sido bem simpáticos, na verdade.

— Jura? Eu achava que você não levaria nem cinco segundos para dar uma cortada neles.

— Eu não dou cortada em todos os homens que conheço.

— Na maioria... Então, agora que você e o Tom estão morando juntos...

— Onde você quer chegar com isso? — perguntou Mattie, virando-se para Posy com a faca na mão. — Porque o Tom e eu... na verdade, não existe o Tom e eu. O que existe sou eu tendo que dividir o espaço com o Tom, e nenhum de nós dois está feliz com isso, *e* os amigos dele insistiram que ele me desse o quarto maior, então ele está muito mais infeliz com isso do que eu.

— Mas, enquanto você estiver morando com o Tom... desculpe, vivendo no mesmo espaço que o Tom, se por acaso descobrir algum detalhe sobre ele, você vai me contar, não vai? — Os olhos de Posy brilhavam com a perspectiva de finalmente conseguir o mínimo de informação que pudesse decifrar o enigma que era Tom, seu colega havia cinco anos sobre quem ela não sabia nada.

— Posy, veja bem o que você está falando! Eu não sou a maior fã do Tom, mas você sabe tão bem quanto eu que existem algumas regras quando se divide um espaço com alguém, e eu não vou sair remexendo a gaveta de roupas íntimas do Tom ou abrindo a correspondência dele no vapor — exclamou Mattie enquanto ralava noz-moscada em sua mistura de maçã e lombo de porco. — Eu, e você, temos que respeitar a privacidade dele.

— Claro, claro — Posy disse depressa. — Sem dúvida. Mas, se você descobrir algo, mesmo que pareça muito bobo, como onde ele morava antes, ou se ele tem pais, não teria problema nenhum em compartilhar com uma amiga.

— Seria informação de domínio público, por assim dizer — observou Verity, quando veio mais tarde falar sobre o orçamento da decoração de Natal para a livraria e o salão de chá, o que acabou se revelando apenas uma desculpa bem esfarrapada. Assim como sua pergunta nem um pouco casual sobre Mattie por acaso ter encontrado um par de meias perdido que ela não conseguia achar. O que Verity realmente queria saber, como Posy antes dela, era informações sobre Tom. — E, mesmo que você não tenha nenhuma informação no momento, pode ficar sabendo alguma coisa no dia a dia, morando com ele. E aí poderia contar para mim também.

— Não existe um mandamento sobre isso? — indagou Mattie. Então salpicou amêndoas em flocos sobre os bolos retangulares de amêndoas e cerejas que estavam prontos para ir ao forno, porque agora já havia passado o almoço e logo o público do chá da tarde e do lanchinho das quatro horas começaria a chegar, desejando algo doce para ajudá-los a passar o resto do dia.

O lembrete da profissão do pai de Verity funcionou como mágica, como sempre. Ela bufou um pouco, disse "Bom, se essas meias aparecerem, por favor, me devolva" e voltou para o escritório.

Depois que Mattie virou a placa do salão de chá para "Fechado" naquela noite, as maquinações de suas colegas a fizeram hesitar enquanto se dirigia à escada para subir até o apartamento. Aquele apartamento que dividia com Tom. O apartamento onde teria, agora, que passar a noite com ele. O que antes parecera tão simples agora estava lhe dando muito o que pensar, portanto foi um enorme alívio quando ele desceu a escada, apressado.

— Vou sair — disse apenas. — E, quando eu entrar, não vou fazer barulho, do mesmo jeito que espero que você não faça, amanhã de manhã.

Mattie não tinha certeza se alguma vez já havia sentido aquele doce alívio misturado com furiosa indignação.

— Não tenho culpa se você tem um sono tão leve — disse ela, mas Tom já havia ido embora, batendo a porta da livraria e deixando Mattie sozinha.

Depois disso, ela não ficou nem um pouco tentada a fuçar nos pertences de Tom. Ele não cumprira sua promessa de pôr um cadeado na porta do quarto — e ela se sentiria mortalmente ofendida se ele o tivesse feito —, mas de jeito nenhum ela iria invadir o território dele. Gostava de pensar que tinha um forte senso de ética, embora a vida tivesse lhe ensinado que muito poucas pessoas compartilhavam o mesmo pensamento. De qualquer modo, a ideia de que Tom retornasse o favor e entrasse em seu quarto enquanto ela não estivesse presente lhe dava calafrios.

Não que Mattie tivesse algo a esconder, mas era seu espaço, eram suas coisas. A ideia de que Tom ou qualquer outra pessoa pudesse mexer em sua gaveta de roupas íntimas já era ruim o bastante, mas havia algumas coisas que eram muito mais pessoais do que roupas de baixo.

Como sua pequena coleção de globos de neve de Paris: a Torre Eiffel, o Arco do Triunfo, o moinho do Moulin Rouge, todos presos em um mundo maravilhoso de inverno dentro do vidro. Estavam embalados com muito cuidado dentro de uma caixa que abrigara originalmente os mais deliciosos *sablés au beurre*, porque Mattie não suportava olhar para eles.

Ou seu diploma emoldurado de graduação na Escola de Confeitaria e a foto de formatura de Mattie e seus colegas, todos de traje e touca brancos de chefs, sorrindo felizes, enquanto Mattie permanecia um pouco de lado, os lábios muito comprimidos, uma expressão aflita nos olhos. Isso também estava bem guardado, com todos os demais lembretes dolorosos de sua outra vida, sua vida parisiense; a simples ideia de que Tom pudesse mexer neles com um monólogo interior repleto de ironia lhe doía até a alma.

Estava certa de que Tom não tinha as mesmas lembranças de uma desilusão amorosa; não sabia nem se Tom tinha sentimentos românticos suficientes para tal. Mas, se tivesse, também seria torturante para ele que alguém mexesse nessas lembranças com dedos indiferentes.

Por isso ela não se sentia nem tentada a obter informações. Nem um pouquinho.

Mas, como tinha o prédio todo só para si naquele momento, cedeu à tentação de andar pela loja vazia. Geralmente, a pequena série de antessalas em cada lado da sala principal da livraria eram apenas lugares que Mattie atravessava para chegar ao escritório para falar com Verity ou para fazer um dos famigerados brainstorms de Posy, como a iminente reunião de Natal em que discutiriam durante *horas* a possibilidade de renas em tamanho natural. Na verdade, as antessalas da direita, no lado oposto da loja em relação ao salão de chá, eram território inexplorado.

À noite, iluminada pela luz fraca dos spots sobre o balcão, a Felizes para Sempre era repleta de sombras e fantasmas. Mas eram fantasmas bondosos, e a loja vazia dava uma sensação de paz. A sala principal abrigava estantes do chão ao teto de ambos os lados, guarnecidas com uma antiquada escada de rodinhas. No centro, havia três sofás muito usados, em diversos estágios de decadência, agrupados em volta de uma mesa de exposição. Na mesa repousava uma seleção de livros: de *Riders*, de Jilly Cooper, a *Orgulho e preconceito*, e mais dez ou doze títulos que variavam de clássicos conhecidos a livros de que Mattie nunca tinha ouvido falar. Havia também rosas cor-de-rosa claro de pétalas aveludadas em um vaso de vidro trincado e uma fotografia em preto e branco de um homem e uma mulher jovens de pé atrás do balcão da loja décadas atrás. A mulher olhava para o homem com um sorriso de adoração no rosto e ele a olhava com uma ternura inimaginável para Mattie. Mas, de acordo com todos que os haviam conhecido, Lavinia, a antiga dona da livraria, e seu marido, Peregrine, só tinham olhos um para o outro.

Havia outro item na mesa, uma mensagem impressa em um bonito cartão:

Com amor, em memória de Lavinia Thorndyke, livreira até os ossos. Nesta mesa está uma seleção dos livros favoritos de Lavinia, os que lhe trouxeram a maior alegria, que eram como velhos amigos. Esperamos que você possa encontrar a mesma alegria, a mesma amizade.

"Se não se pode ter prazer em ler um livro repetidas vezes, não há por que lê-lo vez alguma." — Oscar Wilde

Embora ela não fizesse muitos comentários sobre isso (principalmente porque a discussão seria interminável), os livros preferidos de Mattie eram os de culinária. Certa vez ela tentara explicar para Posy que, quando se aconchegava na cama com *Como comer um pêssego*, de Diana Henry, ou *Diários da cozinha*, de Nigel Slater, ou mesmo o querido caderno de receitas copiadas à mão por sua avó, sentia-se transportada do mesmo jeito que Posy com um dos romances da Regência que ela devorava em uma tarde.

Mattie adorava imaginar todas essas receitas, todas essas refeições que ainda não havia experimentado; amava como elas a inspiravam, como eram um trampolim para criar novos pratos de sua autoria. Com um livro de receitas aberto à frente, Mattie já viajara pelo mundo. Tinha visitado a Itália com Elizabeth David, a Índia com Madhur Jaffrey e o Oriente Médio com Yotam Ottolenghi. Encontrara conforto nas receitas de Delia Smith e Julia Child, que ecoavam a comida de sua infância, fossem os bolos, biscoitos e pudins ingleses de sua avó paterna ou os mais refinados *éclairs*, flãs e *financiers* de sua avó materna francesa.

Mas agora, com a loja vazia à sua disposição e mais tempo livre do que ela sabia como usar, na segunda noite em sua nova casa, Mattie se viu atraída para as caixas de livros no escritório dos fundos, atrás do balcão da livraria.

Esses livros não eram para venda, eram provas de impressão, cópias que os editores enviavam antecipadamente para livreiros e resenhistas. Os funcionários podiam pegar o que quisessem, o que Cuthbert realmente aproveitava, levando pilhas de atrevidos romances de escritório para sua amada Cynthia.

— Até eu mesmo li alguns — ele confessara para Mattie, balançando as sobrancelhas. — E vou lhe dizer que me deram umas ideias novas.

Mattie não precisava de nenhuma ideia nova e certamente não queria nenhum romance em sua vida, muito menos ler sobre isso, mas, naquela noite, sentia-se como se já tivesse lido todos os seus livros de culinária umas mil vezes e, pousado no alto de uma das caixas, havia um romance chamado *Doces e paixão no pequeno café parisiense*.

— Vou fazer um teste — ela murmurou, pegando-o. Meia hora depois, estava enfiada na cama, lendo sobre a heroına Lucy e suas aventuras enquanto abria o que era de fato uma *boulangerie*, e não um café, e resistia aos encantos de um chef confeiteiro francês gostosão chamado Pierre, porque ela havia decidido se casar com sua carreira.

Embora Mattie não tenha achado grande coisa a receita de macarons no capítulo dois, estava se distraindo bastante com as histórias de Lucy, quando ouviu um barulho lá fora.

Ainda que a praça desse a sensação de ser seu próprio pequeno oásis de calma afastado de todo movimento e agitação, na verdade ficava no centro de Londres. Não eram nem onze horas, portanto, na Rochester Street, o restaurante de peixe e fritas devia estar acabando de atender os clientes naquele momento, e o Midnight Bell e o novo bar moderno que abrira onde no passado havia sido a funerária ainda deviam estar funcionando. Então não havia necessidade de Mattie ficar tensa só por ter ouvido um barulho.

Afinal, ela havia morado em Hackney, onde muitas vezes fora acordada por sirenes ou um helicóptero da polícia. Mas aquele era um tipo diferente de som; um guincho frenético, como um animal em sofrimento. E será que isso... isso era uma sacudida no portão eletrônico que Posy e Sebastian tinham instalado na entrada da praça? Ele ficava aberto o dia todo, mas Tom devia tê-lo fechado quando saiu mais cedo, e era necessário um código para abrir. Será que havia alguém tentando arrombá-lo?

Mattie se encolheu por um segundo, depois lembrou que não era uma mocinha indefesa. Saiu da cama e foi até a janela para abri-la e espiar a praça escura abaixo.

— Tem alguém aí? — ela chamou, mas, se alguém estivesse tentando arrombar o portão, certamente não responderia com um: "Oi! Estou aqui!"

Em vez disso, os guinchos ficaram mais altos. Seriam raposas transando? Mesmo no centro da cidade havia muitas raposas que arriscavam a sorte por petiscos do lado de fora de lojas e restaurantes, ou por restos de comida descartados e comidos pela metade. Certa vez Mattie vira um rato na Rochester Street, todo ousado e orgulhoso, carregando uma coxa de frango na boca.

O portão chacoalhou de novo e os guinchos ficaram ainda mais altos.

A melhor coisa a fazer era voltar para a cama, talvez pôr tampões de ouvido e... esperar ser assassinada durante o sono.

Vinte e sete dias para o Natal

Mas Mattie era sensata demais para se permitir ser assassinada durante o sono. Com um suspiro resignado, ela se afastou da janela para procurar suas botas Ugg. Vestiu o grande casaco acolchoado sobre o pijama e, antes de sair do apartamento, pegou uma de suas pesadas panelas de ferro fundido.

A livraria vazia não era mais um espaço reconfortante e acolhedor. Agora estava repleta de sombras aterrorizantes, e Mattie se sentiu a própria imagem de um filme de terror enquanto destrancava a porta da frente. Em vez de ficar do lado de dentro, estaria saindo bem na direção de sabe-se lá o quê?

Assim que abriu a porta e ouviu o barulho outra vez, sentiu um arrepio de gelar os ossos. Porque agora ela reconheceu o som, e foi por isso que saiu correndo para o portão onde... Ah, meu Deus! Lá estava Strumpet, preso entre as grades e muito infeliz com isso.

— Strumpet! Mas o que você está fazendo aqui?! — exclamou Mattie, e o pobre Strumpet a olhou de lado com dificuldade e uivou outra vez, como se dissesse: "O que parece que eu estou fazendo, sua humana imbecil?"

— O que você está fazendo aqui? — a pergunta ecoou das sombras além do portão, e Mattie tirou os olhos do gato aflito e viu Tom do outro lado. Então ele olhou para baixo também. — Ah, não, que idiota!

— Você está falando do Strumpet e não de mim, certo? — Mattie esclareceu, rispidamente.

— Não é você que está presa nas grades, é? — Tom tirou os óculos para poder examinar Strumpet (o que também meio que provava que ele não precisava realmente de óculos), que tentou virar a cabeça para olhar para Tom, mas, em vez disso, só pôde soltar um miado infeliz. — Como ele conseguiu chegar aqui, vindo de Canonbury, quando o mais longe na rua que ele ia era até o defumador de salmão do Stefan?

— Nem imagino — respondeu Mattie, agachando para avaliar a situação. Strumpet tinha conseguido passar a cabeça e as patas dianteiras pelas grades do portão, mas ficara preso em sua parte mais gorducha, a barriga de Buda. — O que acha de você empurrar e eu puxar?

— Bom, não tenho nenhuma ideia melhor — admitiu Tom. Mattie segurou Strumpet gentilmente sob as axilas e Tom pegou as patas traseiras, mas, por mais que o balançassem com cuidado para um lado e para o outro, o que Strumpet aceitou com notável boa vontade, o gato continuava preso.

— Seu bicho burro — bufou Tom. — Meu velho gato conseguia se enfiar pelos espaços mais estreitos como se nem tivesse ossos, mas o Strumpet é muito gordo! É melhor eu ir aí para o seu lado?

— Não! Não! Pare! — Mattie gritou, e o dedo indicador de Tom parou sobre o teclado do código. — E se ele levar um choque?

— Não vejo como — Tom resmungou, mas afastou-se do portão. — O que mais podemos tentar? E se a gente passar algo oleoso nele? Você tem manteiga aí?

— Sim! Boa ideia! — exclamou Mattie. — Eu sempre tenho manteiga. Espere aí!

— Não estou planejando ir a lugar nenhum — Tom gritou atrás dela enquanto Mattie corria de volta para a loja, porque, mesmo em uma emergência, Tom não podia resistir a ter a última palavra.

Mas ela se aborreceu muito mais ao perceber que a única manteiga que tinha antes da entrega do dia seguinte era sua preciosa manteiga sem sal da Normandia, que nem havia como comprar no Reino Unido. A cada seis meses, mais ou menos, Mattie e sua mãe atravessavam o Canal para fazer um estoque de todas as provisões francesas sem as quais não podiam viver, principalmente a manteiga, no caso de Mattie. E, agora, ia ter que doá-la para uma causa maior. Não tinha sequer algum óleo vegetal sobrando, pensou com tristeza, enquanto punha a manteiga no micro-ondas por alguns segundos para aquecê-la apenas o suficiente para manusear um gato.

Quando voltou, Tom estava agachado, a mão esticada através do portão para acariciar Strumpet atrás das orelhas.

— Eu sei que parece o fim do mundo agora, Strumpet, mas eu te garanto que um dia vamos lembrar disso e dar risada. — Foi a coisa mais legal que Mattie já o ouvira falar.

Então ele viu Mattie e se levantou depressa.

— Vamos engordurá-lo — disse Mattie, sem nenhum entusiasmo. — E não precisamos usar *toda* a manteiga.

Mas Tom já havia pegado um grande punhado dela e a esfregava na barriga de Strumpet, enquanto o gato se virava e contorcia, tentando comer a iguaria. Então os dois repetiram toda a estratégia de empurrar e puxar, mas não adiantou grande coisa, ainda mais porque Strumpet agora se lambia sem parar. Ele havia claramente se esquecido de toda a sua dificuldade e estava no paraíso da gordura. Verity o mantinha em uma dieta rígida de controle de calorias, portanto agora ele estava muito concentrado em engolir toda a manteiga muito cara que conseguisse alcançar.

— Vamos ter que chamar os bombeiros — disse Mattie, depois de inúteis dez minutos, durante os quais Strumpet já havia comido meia barra de manteiga, mas continuava muito bem preso.

— Eu preciso ligar para a Very. Se ela vir que o Strumpet sumiu, vai ficar desesperada. — Tom sendo legal de novo era muito perturbador. Mattie o viu do outro lado do portão, pegando um celular de aparência antiga no bolso interno do velho casaco de tweed.

Ele lidou com Verity enquanto Mattie ligava para os bombeiros e solicitava "uma equipe ou alguém que possa resgatar um gato muito obeso das grades de um portão eletrônico. Eu juro que não é trote".

— Sinceramente, Very, eu não brincaria com isso. Não posso tirar fotos com o meu celular, mas, quando a Mattie terminar de falar com o serviço de emergências, vou pedir para ela te mandar uma foto para você entender a gravidade da situação — Tom dizia, irritado, enquanto Mattie informava o endereço, e Strumpet protestava por já ter lambido toda a manteiga que pôde alcançar em volta de seu corpo rechonchudo.

— Vou fazer uma bebida quente para nós — disse Mattie, depois de terminarem os telefonemas; teriam de esperar pelo menos meia hora pelos bombeiros, supondo que nenhum prédio pegasse fogo nesse meio-tempo. — Chá? Café?

— Chá, eu acho... Mas será que você não teria mais daquele chocolate quente que serviu no lançamento do livro duas semanas atrás? — perguntou Tom, hesitante. — Se não for muito trabalho.

Parecia que Tom tinha passado por um transplante de personalidade. Ou talvez a crise tivesse trazido o que havia de melhor nele.

— Tenho, sim — confirmou Mattie. — Posso até pôr um pouco de conhaque francês.

— Parece ótimo. Obrigado — acrescentou Tom, e Mattie teve vontade de fingir um desmaio, mas decidiu que não queria arruinar aquela pequena *entente cordiale*.

Quando ela voltou com duas canecas fumegantes de chocolate quente com conhaque, eles logo constataram que não havia espaço suficiente entre as grades para passar a caneca. Era até um mistério que Strumpet tivesse conseguido enfiar a cabeça gorda e os ombros volumosos por elas.

— Quer que eu pegue um canudo? — sugeriu Mattie, mas Tom sacudiu a cabeça.

— Vá mais para trás — ele mandou e, antes que ela pudesse dizer qualquer coisa, ele tomou impulso e correu em direção ao portão, deu um salto, apoiou no alto e pulou por cima dele, aterrissando ao lado de Mattie, que quase derrubou as duas canecas, tamanho espanto e surpresa. Mais tarde ela teria certeza de que havia sido sua imaginação: Tom saltando sobre o portão de um metro e oitenta de altura como se fosse uma porteirinha rural. Mas, naquele momento, ela simplesmente lhe entregou uma das canecas e desejou ter tido a presença de espírito de ter filmado aquilo, porque ninguém ia acreditar nela.

Teria sido mais confortável esperar no quentinho da loja, mas eles não podiam deixar Strumpet sozinho, então ficaram ali, revezando-se em acariciá-lo atrás das orelhas, até que ouviram uma sirene distante. Pouco depois, viram o reflexo de uma luz azul piscante enquanto o carro de bombeiros sacudia pelo calçamento de pedras da Rochester Street e, por fim, estacionava na entrada da praça.

Mattie nunca se sentira tão aliviada.

— Só mais um pouquinho e você vai sair daqui e ficar livre de novo para aterrorizar qualquer um que apareça com comida — ela disse a Strumpet, que pareceu bastante cético.

Tom estava explicando a situação a quatro bombeiros, todos eles equipados e prontos para se lançar dentro de um prédio em chamas para resgatar crianças. Embora Mattie não conseguisse vê-los muito bem, sentiu-se subitamente quente, mesmo sendo uma noite gelada de novembro. Podia ter jurado que não queria mais saber de homens e desprezar a ideia de romance, mas não estava morta. Ainda era capaz de apreciar os encantos físicos de quatro bombeiros muito valentes e atléticos, e era por isso que estava agachada no nível de Strumpet, com olhos vidrados e queixo caído.

— O gato é amistoso, senhora? — um dos bombeiros perguntou. Ele se aproximou e Mattie percebeu que o garoto parecia ter uns quinze anos, ou seja, era hora de ela parar de ficar devaneando. Além disso, ele acabara de chamá-la de "senhora", como se ela fosse a avó de alguém.

— Muito amistoso, mas está bem estressado com toda a situação — ela explicou. — E também nós o cobrimos de manteiga para ver se ele passava pelo portão, então deve estar bem escorregadio.

Strumpet estava de fato bastante estressado, mas também não havia nada de que mais gostasse do que do toque de um homem; então, sempre que um dos bombeiros chegava perto para avaliar o problema, ele começava a ronronar como louco e enfiar a cabeça na mão enluvada que o avaliava, o que não ajudava muito.

Quando Verity chegou, muito pálida, com Johnny, os bombeiros haviam decidido desconectar o portão eletrônico antes de o cortarem para soltar Strumpet.

— A bateria do carro descarregou bem agora — disse ela, aflita. — E demoramos séculos para encontrar um táxi. Ah, Strumpet! O que você fez, seu menino bobo?

Strumpet lhe deu uma longa resposta mal-humorada e, logo depois que o portão foi desativado (eles tomaram uma decisão em grupo de só contar para Posy no dia seguinte, porque "Se contarmos agora, ela não vai dormir e vai estar horrível amanhã"), um táxi parou ao lado do carro de bombeiro.

— Talvez seja a Posy agora — murmurou Mattie. — Seu sinistro sexto sentido de grávida deve tê-la alertado de que o portão estava prestes a ser vandalizado.

Mas não era Posy. Quem saiu desajeitada do banco traseiro do táxi foi uma mulher de cabelo tão vermelho quanto um extintor de incêndio, um casaco de pele sintética de leopardo e uns saltos que não foram projetados para andar em um calçamento de pedra.

— E aí, gente! — gritou Nina O'Kelly, de volta de seu período sabático de seis meses, com dez dias de atraso. — Obrigada por terem arrumado quatro bombeiros bonitões para me darem as boas-vindas!

Vinte e seis dias para o Natal

A chegada súbita e atrasada de Nina ofuscou toda a movimentação de finalmente libertar Strumpet e enfiá-lo em uma caixa de transporte antes que ele pudesse escapar de novo.

— Ele está de castigo para sempre — disse Verity, muito brava, enquanto esperava outro táxi para levá-los para casa.

— E vamos cortar sua mesada — acrescentou Johnny, o que foi muito engraçado, mas não tão engraçado quanto Nina batendo o pé no chão.

— Pessoal! Eu fiquei fora quase sete meses, deem atenção para mim! Apesar de já ter passado muito da hora de dormir de Mattie, ela teve que ficar acordada por mais uma hora para ouvir os comentários de duplo sentido de Nina sobre a nova situação do apartamento.

— Mattie e Tom — Nina ficava repetindo, com muitas piscadinhas exageradas. — Quem poderia imaginar? Ainda bem que eu estou aqui para tomar conta de vocês.

— Por que você não está sentindo o efeito da mudança de fuso horário? — Tom perguntou, sentado muito ereto na beirada de uma das poltronas, como se também estivesse desesperado para escapar. — Você não deveria estar dormindo, e por dormindo eu quero dizer: calando a boca?

— Eu dormi no avião, e esse comentário foi muito grosseiro! — respondeu Nina, esparramada no sofá, sem dar nenhuma indicação de querer ir logo para a cama. — Como você aguenta esse cara, Mattie?

— Todos temos nossas cruzes para carregar — disse Mattie automaticamente, embora ela e Tom tivessem acabado de se unir em uma estressante situação de resgate. E o jeito que ele tinha pulado aquele portão! Tom devia ter uma força bem impressionante no tórax e nos braços. — Bom, por falar em cruzes, eu tenho que acordar cedo, então vou dormir.

Mesmo na cama, Mattie ainda ouviu Nina falando, falando e falando por mais algum tempo, enquanto Tom respondia com grunhidos monossilábicos. Até então, Mattie não tinha percebido que as paredes do apartamento eram finas como papel. Ela rolou, tateou na gaveta da mesinha de cabeceira até encontrar a caixinha redonda com seus tampões de ouvido (o namorado de sua mãe, Ian, roncava como se quisesse acordar os mortos) e, enfim, caiu em um sono agitado.

Na manhã seguinte, o apartamento estava silencioso quando Mattie se levantou. Às onze horas, visitou a livraria, armada com uma bandeja de pãezinhos de canela para adoçar o choque e ver como Posy estava lidando com a profanação de seu portão eletrônico.

— O Tom foi irritantemente vago sobre os detalhes e a Verity ainda não voltou com o Strumpet do veterinário — reclamou Posy enquanto se remexia tentando encontrar uma posição confortável em um dos sofás. — Esses pãezinhos não têm nenhuma fruta cítrica, têm, Mattie? Não posso nem olhar para uma laranja sem ficar com azia.

— Esses não têm, mas talvez eu acrescente alguma em meu cardápio de festas para termos todos os sabores do Natal — disse Mattie, sentando-se em um braço do sofá.

— Mas você disse que já estava com o cardápio de Natal pronto! — exclamou Posy, apontando um dedo acusador para Mattie.

— E já está pronto, mas eu ainda me reservo o direito de acrescentar itens deliciosos que pareçam adequados, o que é uma coisa boa — Mattie argumentou com Posy, que se recostou na almofada com um suspiro apaziguado. — Tenho certeza que você tem muitas outras coisas com que se preocupar. Como o portão, por exemplo. Desculpe, mas era o único jeito de soltar o Strumpet.

— Ah, meu Deus! Não acredito que nenhum de nós teve a ideia de filmar o martírio do Strumpet — exclamou Nina, da base da escada. Em seguida apareceu na porta. — Com certeza teria viralizado nas redes sociais. Ei, Posy! Você não estava mesmo brincando sobre estar grávida, hein?

Posy deu uma batidinha na barriga e levantou um pãozinho.

— Tem uma piada sobre pãozinho no forno que se encaixaria na situação, mas meu cérebro de grávida não está ajudando muito a pensar nisso agora... E eu me levantaria para te abraçar, mas levei dez minutos só para conseguir me acomodar neste sofá.

— Eu vou aí te abraçar — declarou Nina, lançando-se muito gentilmente sobre Posy. — Não acredito que você vai ter um pirralhinho.

— Nem eu ainda acredito muito — disse Posy, com a voz abafada, já que seu rosto estava esmagado contra os seios de Nina. — Mas estou muito brava com você, Nina. Você devia ter voltado dez dias atrás.

— Bobagem! O que são dez dias entre amigas? — zombou Nina. Então se ergueu, pegou um pãozinho doce e o segurou na boca em um ângulo muito peculiar. — E aí, não estou notando nada de diferente em mim?

Nina estava usando um vestido de verão vintage preto anos 50, adornado com papoulas que não eram páreo para as tatuagens vivamente coloridas que cobriam seus braços do pulso ao ombro, mas, de modo geral, ela parecia mais discreta do que de costume.

— Gostei do cabelo — disse Mattie, indicando o cabelo muito vermelho de Nina, que combinava com o batom. — Ficou bem em você.

— Obrigada, mas eu vou mudar logo, porque percebi que briga com o do Noah, e ele não quer de jeito nenhum tingir o dele. Ele diz que tem prioridade para ser ruivo — disse Nina, mantendo a mão no rosto, o que fez Mattie pensar se ela estaria escondendo alguma tatuagem facial muito duvidosa. Se bem que ela com certeza teria notado na noite anterior. Apesar de que estava muito cansada. — Tentem de novo.

— Bom, você não está com sua camiseta oficial da Felizes para Sempre, embora o Tom nunca use a dele e eu esteja muito grávida para entrar na minha, e a Verity disse que ela não ia ser a única usando, então acho que posso te dispensar também — Posy comentou e sorriu. — Os bombeiros eram bonitos?

— De longe — admitiu Mattie. — Depois vi que um devia ter uns doze anos e outro estava batendo nos cinquenta, mas os dois do meio não eram nada mal.

— Aaaah! E você ficou arrepiada? Eu não achei que você era do tipo de ficar arrepiada — disse Posy.

— Se isso for verdade, é uma novidade enorme! Mattie, você sentiu um calorzinho nas partes baixas? — perguntou Nina, na mesma hora em que Tom apareceu pela direita, vindo da antessala de clássicos.

— Meu Deus — disse ele, em uma voz horrorizada, e desapareceu pela direita outra vez. Mattie pôs a mão no rosto para confirmar que, sim, estava quente e, sim, ela acabara de enrubescer.

— Por que você pôs a *sua* mão no rosto? — indagou Nina. — Quando eu estou com a *minha* mão no rosto há séculos!

— Tem alguma lei dizendo que só uma pessoa em um grupo pode pôr a mão no rosto de cada vez? — perguntou Mattie, asperamente; aquilo só podia ser efeito da mudança de fuso horário. Ao menos agradecia por ninguém mais falar de arrepios ou calorzinhos.

— OLHEM PARA A MINHA MÃO! — Nina gritou, alto o bastante para três clientes virarem para olhar a mão dela e Tom reaparecer.

— Dá para baixar o volume? — começou ele, furioso. — Estou tentando ajudar uma cliente a fazer uma lista de romances com energia positiva para alguém que sofreu uma perda recente.

— PELO AMOR DE TUDO QUE É MAIS SAGRADO, SERÁ QUE VOCÊS PODEM OLHAR PARA A DROGA DA MINHA MÃO? — gritou Nina, lançando a mão esquerda para a frente para que todos pudessem dar uma boa olhada nela.

— Seu esmalte está lascado — disse Tom, com desaprovação. Ele era muito bom em se manter firme diante da atitude temperamental de Nina, o que era bem admirável da parte dele, mas também de uma extrema falta de observação.

— Isso é...? — Posy arregalou os olhos para a mão de Nina. — Isso é o que eu estou pensando?

— Sim! Sim! — exclamou Nina, dançando no lugar como se estivesse prestes a fazer xixi.

— Anel de noivado e *aliança de casamento*! — disse Mattie, incrédu la. — Você se casou?

— PESSOAL, EU ME CASEI! — Nina gritou de novo, produzindo alguns aplausos muito hesitantes dos clientes que não haviam ido embora assustados

— Meus parabéns — disse Verity, que entrara a tempo de ouvir o anúncio. — Mas acho que tem uma família em Manchester que ainda não escutou.

— Very, eu me casei — disse Nina, e desmoronou no sofá mais próximo com tanta força que a pobre Posy sentada ao lado dela balançou. — E sou obrigada a dizer que vocês são um lixo para perceber pistas. Bom, de qualquer modo, foi por isso que eu atrasei dez dias.

— Você poderia ter casado a qualquer momento durante os seis meses que esteve fora — observou Posy, antes de ficar repentinamente com uma expressão pensativa. — A não ser... foi *mesmo* com o Noah que você se casou?

Noah era analista de negócios, amigo de Sebastian, que tinha vindo ajudá-los a transformar uma pequena livraria pouco convencional e ineficiente em uma pequena livraria informatizada e relevante para o século XXI. Embora, no fim, ele tenha passado a maior parte de seu tempo se apaixonando por Nina e vice-versa. Mattie olhou para Nina. Não para a aliança, mas para o rosto. Por baixo da pesada e glamourosa maquiagem retrô e do efeito da mudança de fuso horário, os olhos de Nina brilhavam e seu habitual risinho travesso havia sido substituído por um sorriso radiante enquanto ela contava sobre o casamento em Las Vegas.

— Eu decidi fazer uma surpresa para ele, sem saber que ele tinha decidido fazer uma surpresa para mim — ela lembrou. — Foi muito moderno, um pedido de casamento conjunto. E nós íamos só sair e arrumar um dublê do Elvis para fazer o casamento, mas os nossos amigos Marianne e Claude estavam mesmo indo passar com a gente os nossos últimos dias lá. E então o Noah quis que as duas irmãs dele também fossem, se elas pudessem, e daí tivemos que adiar um pouco, mas tudo deu certo, porque assim pudemos contratar mais dançarinas de hula para a cerimônia.

— Mas você não convidou nenhum de nós — disse Posy, com uma vozinha magoada, e uma lágrima grande e gorda rolou por uma das faces, sendo rapidamente acompanhada por outra.

— Eu pensei nisso — Nina falou depressa, segurando a mão de Posy e entrelaçando os dedos nos dela. — Mas no começo era para ser só o Noah e eu, e só um de vocês poderia largar a loja e ir até Las Vegas. Então nós decidimos manter a surpresa e, depois, fazer uma festa enorme quando voltássemos. Ei! Nós vamos fazer uma festa enorme e vocês estão todos convidados. Mas só depois do Natal. Não quero concorrer com o nascimento de Jesus.

— Eu te convidei para o meu casamento — insistiu Posy, lacrimosa. — Mas eu entendo que o meu casamento foi no cartório de Camden Town, que fica pertinho daqui, e você já devia saber que agora tudo me faz chorar.

— Ela chorou lendo a quarta capa de um livro — explicou Tom, muito sério. — Só a quarta capa.

— Então você não está brava comigo? — Nina perguntou, franzindo a testa. — Não fique brava comigo! Estou de volta agora, cheia de ideias para a temporada de Natal. Ei! Você não fez o brainstorm de Natal sem mim, fez?

Verity fez uma expressão torturada.

— Estamos um pouquinho atrasados em nosso planejamento de Natal, então é melhor fazermos esse brainstorm o mais rápido possível. Vamos fazer amanhã à noite. Pode ser? — ela acrescentou para uma ainda lacrimosa Posy.

— Talvez. — Posy deu de ombros, determinada a não sair de seu estado melancólico.

— Sem dúvida vamos precisar de um flipchart — disse Tom, com o mais ligeiro dos sorrisos. Não era muito o jeito dele tentar alegrar alguém triste, então sua brincadeirinha gentil com Posy foi inesperada e, na verdade, até bem *fofa*. — Você adora um flipchart quase tanto quanto uma sacolinha.

O uso astuto da palavra mágica por Tom funcionou de imediato. Posy se animou no mesmo instante.

— Ah! Talvez a gente pudesse fazer uma sacola especial de Natal!

Mattie não era mais necessária. Tinha rolinhos salgados que precisavam sair do forno, o movimento do almoço estava iminente e, além disso, as coisas tendiam a ficar bastante acaloradas quando o assunto eram as sacolas.

— Vou cuidar da vida — ela disse depressa. — Me avisem sobre o brainstorm de Natal — completou, tentando não estremecer diante da perspectiva da atividade e do próprio Natal.

— Vou fazer todo mundo usar tiaras com chifres de renas — Nina ameaçou, quando Verity rejeitou a ideia de uma sacolinha de Natal sem deixar margem para dúvidas. — Além disso, será que este é um bom momento para mencionar que eu vou me mudar do apartamento? Não quero começar a vida de casada com as cuecas do Tom secando no banheiro. Sem querer ofender, Tom.

— Já ofendeu — Tom resmungou, e Mattie não poderia culpá-lo. Mas o fato é que estivera ansiosa para que Nina voltasse e servisse como uma espécie de amortecedor entre ela e Tom.

— Mas você não vai se mudar já, não é? — Mattie parou sob o arco à esquerda. — Imagino que vai esperar até depois do Natal...

— Por que eu faria isso se estamos em plena lua de mel? — indagou Nina, incrédula. — Não, eu vou me mudar amanhã à noite, quando o Noah voltar da viagem de trabalho dele. A gente não consegue tirar as mãos um do outro! Aliás, nada mudou em relação a isso.

Mattie deu uma olhada rápida para Tom e, por um instante, eles estavam em uma perfeita e intensa incômoda harmonia; Tom com a mão na cabeça como se estivesse com enxaqueca, e Mattie dando batidinhas nas faces acaloradas.

— ... e não podemos ter vocês dois pondo freios no nosso estilo sexy — continuou Nina. — Então nós vamos nos mudar para o antigo apartamento do Noah, em Bermondsey. Parece que os inquilinos depois dele inundaram a cozinha, que agora acabou de ser reformada, e o proprietário sabe que o Noah é um bom inquilino. Além disso, vocês não vão querer um velho casal como nós arruinando a diversão de vocês, se entendem o que quero dizer.

Nina cutucou Posy e deu duas piscadinhas teatrais para todos eles. Era bom que Nina estivesse mesmo de mudança, caso contrário Mattie não teria outra escolha a não ser matá-la enquanto ela estivesse dormindo.

Vinte e cinco dias para o Natal

No dia seguinte, 30 de novembro, depois que a loja fechou às seis horas, embora devesse ter começado seu novo horário de funcionamento estendido, a presença de Mattie foi solicitada no brainstorm de Natal da Felizes para Sempre.

Ela deveria estar lá às seis e cinco em ponto, mas as versões finais de seus salgados e doces especiais de Natal haviam demorado um pouco mais para assar do que ela planejara. Não que Posy fosse se importar. Mattie sempre vinha para essas dinâmicas com delícias fresquinhas e, de qualquer forma, não parecia que a ausência dela estivesse sendo sentida.

Mattie ouviu os gritos atravessando todo o caminho desde a sala principal da livraria, passando pelas antessalas dos clássicos, dos do período da Regência, dos históricos e paranormais, cruzando o salão de chá e chegando até a cozinha nos fundos. Agora, enquanto levava sua preciosa carga, a voz de Posy soava tão aguda de empolgação que Mattie temeu por seus suportes de bolo de vidro.

— Adorei! — gritou Posy, escrevendo algo no indispensável flipchart, quando Mattie chegou à sala principal. — Adorei demais. Very, você é um gênio.

Verity estava sentada em um dos sofás, abraçando uma almofada (ela era introvertida e os barulhentos e agitados brainstorms da Felizes para Sempre eram um verdadeiro martírio para ela).

— Bem, eu tento — disse ela modestamente.

— O que eu perdi? — perguntou Mattie, colocando o suporte com os pratos em uma das mesas de lançamentos.

— Um monte de coisa boa de Natal ligada a livros — disse Posy. Nos últimos dias, sua barriga tinha ficado ainda maior e mais redonda, e Nina havia até cogitado em voz alta se não poderiam ser gêmeos, mas Sebastian inscrevera Posy em um curso de massagem para gestantes que restaurara seu bom humor e fizera maravilhas por seus tornozelos inchados. — Todos vamos chegar cedo amanhã para natalizar a loja. O Crispin, da Associação de Comerciantes da Rochester Street, passou aqui esta tarde e disse algumas coisas muito duras sobre a nossa total falta de decorações. Eu já estava com vontade de estrangulá-lo com uma corda de festão.

— Mas nós decidimos adotar um padrão de muito bom gosto e quase discreto para as decorações — disse Verity.

— Nós não decidimos nada disso — insistiu Nina, determinada. — No ano passado nós não demos muita atenção ao Natal, então este ano eu quero que pareça que o Natal vomitou pela loja inteira.

— Que imagem adorável para uma festa — murmurou Tom, ecoando os pensamentos da própria Mattie. — A única ideia de que eu mais gostei foi a da Verity de colocarmos livros embrulhados embaixo da árvore de Natal e...

— Vocês vão montar uma árvore de Natal? — interrompeu Mattie. No ano anterior, eles não haviam decorado a loja com nenhuma árvore de Natal, apenas com enormes quantidades de festões e neve artificial que invadiam cada canto, inclusive seu sutiã, quando ela o tirava à noite.

— É claro que vamos montar uma árvore de Natal. Ela chega amanhã — disse Sam, o irmão de dezesseis anos de Posy, de trás de sua franja. Ele ajudava na livraria aos sábados e durante as férias escolares, enquanto a Pequena Sophie (embora realmente devessem parar de chamá-la de Pequena Sophie, porque ela já estava mais alta do que Verity e Posy) trabalhava no salão de chá, também aos sábados. — Vamos tirar dois dos sofás.

Aquilo também era novidade. Evidentemente, estavam prevendo muito movimento ao longo do próximo mês.

— Então, árvore, presentes... — Mattie recapitulou, porque a outra coisa notável nos brainstorms da Felizes para Sempre, além dos altos níveis de barulho, era a facilidade com que eles se desviavam dos tópicos.

— Sim! Presentes — Posy concordou. — Os clientes podem escolher pagar um livro extra que nós distribuiremos para os moradores da casa de acolhimento atrás do Coram Fields. A Nina foi visitá-los ontem.

— Eles são grandes fãs das obscenidades da Regência — informou Nina do sofá que ela estava dividindo com Tom, que mal havia olhado na direção de Mattie, embora estivesse de olhos ávidos em seus pratos de bolos.

— Parece uma boa ideia — disse Mattie. — Eu preciso dar uma olhada nos custos, mas, talvez, se eles doarem o livro, possam ganhar uma xícara de café de graça. O que mais?

— Isso encaixa bem com a minha próxima ideia — disse Nina, olhando para seu iPad. — Eu estava procurando uma maneira de criar uma sinergia entre a loja física e o lado da mídia social do negócio. Realmente promover nossa consciência de marca e nossa mensagem central.

— Hein? — perguntou Posy, e ela falava por todos. Noah e suas habilidades de análise de negócios estavam obviamente influenciando Nina se ela agora saía despejando palavras como "sinergia" e "consciência de marca".

— A ideia não é só fazer os clientes gastarem montanhas de dinheiro na Felizes para Sempre na temporada de festas! — exclamou Nina.

— Mas é muito isso — disse Verity, com firmeza. — No ano passado, nós tivemos vinte e três por cento do nosso lucro anual só em dezembro. Portanto, vamos fazer do gasto de montanhas de dinheiro a nossa prioridade.

— Sim, mas também queremos que esses clientes entendam o que é a Felizes para Sempre, dando a eles uma experiência que lhes transmita a mensagem da nossa marca — insistiu Nina.

— Parece que eu nem te conheço mais. — Sam lançou um olhar triste para Nina. — Será que você não poderia, por favor, fazer algum comentário nada a ver e profundamente pessoal?

— Eu estou querendo chegar a um ponto, gente — disse Nina.

Tom gemeu e estendeu as pernas como se estivesse em terrível agonia.

— Se puder fazer isso antes do próximo Natal seria ótimo.

Houve murmúrios de concordância. Mattie realmente lamentou não ter chegado uma meia hora mais tarde. Ela poderia ter feito a massa folhada para o dia seguinte e tê-la deixado descansando na geladeira.

— Vocês são um público difícil — disse Nina, bem-humorada. — Aonde eu estava querendo chegar é... Será que eu posso ter pelo menos um rufar de tambores?

— Me mate agora e as últimas batidas do meu coração podem ser seu rufar de tambores — disse Tom. Mattie notou que ele estava em seu humor brincalhão naquela noite, enquanto Sam e a Pequena Sophie, atendendo ao pedido de Nina, começaram a bater os pés no chão.

— Eu estou falando de uma cabine de fotos! — exclamou Nina, com um gesto amplo. — Nós vamos contratar uma cabine de fotos especial com um ramo de visco, e as pessoas que tiverem um recibo de compra na Felizes para Sempre poderão entrar na cabine com alguém que amem e tirar uma foto se beijando com o visco ao fundo. Também vão receber a foto em formato digital para poder compartilhar em suas redes sociais. Não é emocionante?

— Uma cabine de fotos? Isso não iria ocupar muito espaço? — perguntou Posy.

— Não se vamos mesmo tirar dois dos sofás. E uma cabine de fotos não ocupa tanto espaço assim.

— Parece caro. — Verity fez uma cara atormentada com a perspectiva de despesas extras.

— Não é tão caro. Eu já falei com o fornecedor e passei a ele todos os logotipos e artes da Felizes para Sempre, porque a cabine e as fotos terão a marca muito em destaque. De qualquer forma, é preciso gastar dinheiro para ganhar dinheiro, então eu disse a ele que você vai fazer o depósito até amanhã, Very — Nina falou depressa. — Muita gente quer uma cabine dessas, mas nós decidimos que ela funciona melhor com a marca Felizes para Sempre. Porque tem a tradição do beijo com o visco ao fundo e nós somos uma livraria de livros românticos. Ei! Vamos ficar animados! Uh-huh! — Nina deu um soquinho no ar.

— Talvez uh-huh... — Posy bateu com a caneta mágica no queixo, pensando nos possíveis benefícios da cabine de fotos de Natal. — É bem romântico, na verdade, não é? Temos todos aqueles homens com cara de abandonados enquanto suas parceiras andam entre as estantes, mas eles logo se animariam se fossem puxados para uma cabine de fotos para um beijo inesperado.

Na opinião de Mattie, toda aquela história — visco, exibições públicas de afeto, puxar pessoas para um lugar pequeno, escuro e fechado — era pavorosa.

— Você sabia que beijar alguém sem consentimento, mesmo que haja um ramo de visco envolvido, tecnicamente conta como assédio? — ela comentou e observou com satisfação todos os queixos caírem.

— Ah, não, não podemos ter nenhum assédio na loja. De jeito nenhum — disse Posy, horrorizada.

— A não ser que... bom, talvez a gente possa pedir para as pessoas assinarem um termo de consentimento — sugeriu Verity, mas Nina balançava as mãos e franzia o rosto em protesto.

— Que baixo-astral, Mattie — disse ela, com um tom de censura. — Os clientes da Felizes para Sempre adoram romance, então é evidente que vão amar um beijo apaixonado embaixo do visco. Caramba, não seja desmancha-prazeres.

— Bom, eu detesto ser mais uma voz discordante — disse Tom, embora ser a voz discordante fosse, de fato, uma de suas razões de viver. — Mas, se essa monstruosidade for aprovada, eu não vou ter nada com isso. Não quero saber das nossas clientes idosas tendo ideias. Vocês sabem, às vezes eu acho que elas me pedem para subir na escada de rodinhas e pegar livros nas prateleiras do alto só para ficarem olhando o meu traseiro.

Mattie não pôde conter um som de desdém.

— Rá! Quem ia querer olhar para o *seu* traseiro? — O comentário saiu muito mais duro do que ela planejara, e todos os presentes se viraram para lhe lançar um olhar acusador.

— Vamos deixar a cabine de fotos de lado por enquanto — decidiu Posy, sabiamente. — A Verity precisa de uma lista completa dos custos e eu preciso saber direitinho como vai funcionar, porque tudo está parecendo um pouco complicado para mim. Agora, Tom, mal posso esperar para ouvir todas as coisas incríveis que você planejou para o Twitter da livraria neste período até o Natal.

— Eu reescrevi a letra de "Os doze dias do Natal" com um tema de romance e vou tuitar um verso por dia, começando no dia 13 de dezembro — disse ele, com uma voz entediada. — Ah, sim, e vai ter todo esse lance festivo. Nossos romances favoritos de Natal, e um daqueles joguinhos idiotas de hashtags em que se substitui uma palavra no título de um livro para ele ficar mais natalino. Como *Orgulho e presentes*, *O Noel é para todos*, *Como eu era antes do Natal*, blá-blá-blá, e podemos dar um prêmio para os melhores. E, obviamente, teremos um novo avatar no Twitter, em que a foto da placa da loja que estamos usando no momento será enfeitada com passarinhos gordos saltitando alegremente. Et cetera, et cetera. — E terminou com o mais fatigado dos suspiros.

— Ah, meu Deus, Tom! Isso vai ser incrível — disse Posy, esforçando-se para anotar todas as ideias de Tom no flipchart. — Eu não sei por que você fala como se estivesse passando pela maior das torturas.

— Porque o mal cheiro do consumo desenfreado me enjoa o estômago — disse Tom, e Mattie já sabia que ele ia começar um de seus discursos sobre os perigos do capitalismo, do neoliberalismo ou algum outro "ismo" de que ele não gostava. E um punhado de palavras polissílabas que ninguém além dele entendia.

— Colega, se você não gosta do consumo desenfreado, não devia trabalhar no comércio — Nina resmungou, mas isso não o fez parar.

— O Natal é só uma desculpa para as pessoas gastarem o dinheiro que não têm em presentes para pessoas que não precisam daquelas coisas, tudo usando de forma espúria o nome de Jesus — ele pronunciou. — E eu acho que vocês descobririam que, *na verdade*, de acordo com os textos aramaicos, Jesus nem nasceu em dezembro, mas em uma data no calendário hebraico que, *na verdade*, corresponde a setembro. Então, se formos ser precisos quanto a isso...

— Ah, sim, vamos ser precisos quanto a isso — a Pequena Sophie murmurou para Sam, e eles trocaram um revirar de olhos tão exagerado e sarcástico que só poderia vir de dois adolescentes de dezesseis anos já muito além de seu limite de tédio.

— ... então, pensando com lógica, um tuíte natalino, com toda a sua banalidade, vai vender livros ou acabar apenas sendo parte do problema?

Mattie balançou a perna direita, porque estava com cãibra na panturrilha. Será que alguém estaria de fato ouvindo Tom? A julgar pelas expressões neutras — Nina examinando sinais de esmalte lascado nas unhas, Posy mudando de posição desconfortavelmente porque já estava de pé há bastante tempo, Verity com o olhar parado ao longe —, não. Todos haviam parado de ouvir. Haviam parado de se importar. Haviam deixado de ter vontade de viver.

Alguém precisava interferir e resgatá-los, e parecia que Mattie seria essa pessoa.

— Desculpe interromper — ela inventou. — É que eu deixei uma massa crescendo na cozinha e realmente preciso voltar para dar uma olhada nela.

— Eu não terminei — protestou Tom, mas Mattie havia trazido deliciosas amostras de comidinhas com temas festivos, portanto a vitória seria dela.

— Mas vamos falar agora das minhas comidas de Natal — disse ela, levantando seu suporte de bolos. Foi gratificante o modo como todos se animaram, exceto Tom, que lhe lançou um olhar mais sombrio que uma mina de carvão em meio a um corte de energia elétrica. Ela mostrou o prato da esquerda. — Estes são os salgados. Tortinhas veganas individuais de repolho roxo e couve-de-bruxelas, ovos à escocesa com peru e amoras e, em vez do meu rolinho salgado habitual, neste Natal vou fazer um especial de lombo de porco e sálvia, enrolado em bacon caseiro e coberto por massa folhada. Sirvam-se!

— Nós certamente estamos vivendo tempos maravilhosos — murmurou Nina, mordendo a ponta de um rolinho. — Esta é uma das três melhores coisas que já pus na boca.

— Estes ovos à escocesa, eu nem me importo se me derem azia, vai valer a pena — disse Posy, e Mattie sorriu modestamente, embora seu sorriso tenha diminuído muito quando viu Tom pegar uma de suas tortinhas veganas e examiná-la com ar desconfiado.

— Agora, para a minha seleção de doces — ela levantou o prato da direita —, estou fazendo bolos tronco de Natal em miniatura com caramelo salgado, tortinhas de frutas secas com massa de tangerina, e isto que parecem pequenos pudins de Natal, mas, na verdade, são porções de bolo red velvet — explicou Mattie, fazendo a ronda de suas delícias doces pelos sofás. — E, durante o mês de dezembro, vou ter também itens adicionais. Por exemplo, biscoitos amanteigados de amora e laranja e pãezinhos doces de Natal.

Mais uma vez, houve muitos elogios e gemidos de prazer, e Verity declarando que detestava todas as tortinhas de frutas secas, exceto as de Mattie.

— Ótimo, estou muito feliz por terem gostado — disse Mattie, recolhendo os pratos vazios. — Podemos pôr algumas fotos no Instagram da Felizes para Sempre e, Verity, não precisamos de uma autorização para vender vinho quente, precisamos?

— Precisamos, sim — Verity respondeu, descontente, porque era ela quem teria que cuidar disso. De qualquer modo, a contribuição de Mattie para o brainstorm de Natal estava encerrada.

Ela se virou para ir embora, mas a voz de Posy a chamou de volta.

— E os cupcakes? — ela perguntou com uma voz inocente, embora soubesse muito bem o que Mattie pensava de cupcakes. — Vamos lá. Cupcakes com temas de Natal. Para mim. Porque eu estou grávida.

— Eu não faço cupcakes — Mattie a lembrou, como sempre a lembrava desde que assinara pela primeira vez o contrato de arrendamento do salão de chá. — Cupcakes são um triunfo do creme de manteiga sobre pão de ló e simbolizam tudo que é repugnante em uma representação regressiva da feminilidade e, por favor, Posy, eu lhe dei todo um conjunto de receitas com temas de Natal, então pare de insistir com essas porcarias de cupcakes.

Posy murchou e passou a mão pela barriga de um jeito desamparado, como se dissesse que Mattie era uma pessoa terrível que falava coisas cruéis para mulheres grávidas.

— Eu só perguntei — Posy falou baixinho.

— Eu sei. — Mas não adiantava, o sangue de Mattie já estava fervendo com toda aquela conversa sobre Natal, e agora o assunto "cupcakes" fazia uma névoa vermelha descer sobre seus olhos de uma maneira que não acontecia havia anos. — É só que, sabe, eu odeio cupcakes e também não gosto de Natal, então será que poderíamos apenas esquecer esse assunto, por favor?

— Considere esquecido — disse Posy, parecendo muito contrariada.

— Desculpe — murmurou Mattie.

— Você é tão para baixo, tipo o Ió do Ursinho Pooh — disse Verity, com o rosto vermelho com o esforço de confrontar alguém. — Sinceramente, Mattie, você parece odiar tantas coisas que eu não sei se existe algo que você realmente ame.

— Eu amo muitas coisas — Mattie protestou, embora não conseguisse pensar em absolutamente nada ao ser posta contra a parede. — Muitas e muitas coisas.

— A Very tem razão — disse Posy, abandonando seu flipchart para afundar aliviada no sofá, ao lado de Verity. — Você é tão negativa com tudo. Não gosta de romance, não gosta de Paris, ou de Natal, ou de cupcakes. O que mais existe na vida além de romance, Paris, Natal e cupcakes?

— Eu tenho minhas razões — disse Mattie com sinceridade. No entanto essas razões não eram da conta de nenhuma daquelas pessoas reunidas nos sofás à sua frente. Além disso, embora tivesse orgulho de proclamar que o salão de chá era um Estado soberano dentro do continente Felizes para Sempre, Mattie frequentemente sentia que falava uma língua estrangeira quando lidava com toda a equipe. Eles sempre a faziam se sentir bem-vinda, a convidavam para ir junto ao pub, mas todos eles se conheciam havia anos, tinham uma história compartilhada profunda e complexa e um amor por livros românticos, então não era surpresa que ela às vezes se sentisse como alguém de fora.

Mas, naquele momento em particular, sentia-se como uma alienígena inimiga. Suspeita e incompreendida.

— O que é isso, gente, não vamos brigar — interveio Nina, em uma voz jovial, muito diferente dela. — Este período deve ser de boa vontade e essas coisas todas, então não vamos discutir pelo fato de que a Mattie *odeia* o período de boa vontade.

Tom permanecera em silêncio, pelo que Mattie estava grata, ainda que um pouco surpresa por ele não ter entrado na conversa com suas próprias observações de como ela era uma quebra-clima de Natal que desprezava tudo que era bom no mundo. Nesse instante, ele esticou as pernas outra vez.

— Se pensarem bem, vocês vão ver que eu odiei o período de boa vontade primeiro e a Mattie só entrou na minha turma.

Seria possível que... que Tom estivesse realmente tentando tirar Mattie da linha de fogo? Ou ele estaria verdadeiramente bravo porque o ódio pelo Natal de Mattie estava atraindo toda a atenção? Como de costume, no que se referia a Tom, era impossível saber.

— Preciso ver como está a fermentação daquela massa — disse Mattie, inflexível, ainda que a tal massa fictícia a essa altura já devesse ter fermentado tanto a ponto de colonizar quase toda a cozinha. — E, a propósito, eu gosto de muitas coisas, inclusive sovar pão. — Principalmente porque podia descarregar toda a sua agressividade em relação às muitas coisas que odiava enquanto fazia isso.

Não havia mais nada a dizer e a atmosfera estava tão ruim e incômoda que Mattie mal podia esperar para correr de volta ao espaço seguro de sua cozinha. Estava passando pela seção dos clássicos e em seguida para a da Regência quando ouviu Nina, que não tinha uma voz nada discreta, dizer:

— Não sei por que você e a Mattie ficam o tempo todo pulando um na garganta do outro, Tom, quando têm tanto em comum.

— Nós não temos nada em comum — ele respondeu em uma voz bem mais baixa, exigindo que Mattie se esforçasse para ouvi-lo.

— Vocês dois odeiam Natal e livros românticos — Posy comentou.

— Eu não odeio livros românticos, só não quero nunca ler um...

— Tom e Mattie, sentados na grama, conversando sobre como odeiam o Natal e se B.E.I.J.A.N.D.O. — cantarolou Nina, e risinhos soaram dos sofás surrados.

Tom bufou com imenso desdém.

— O dia em que eu B.E.I.J.A.R. a Mattie, a vaca vai botar ovo.

Vinte e cinco dias para o Natal

Com o brainstorm encerrado, e Noah de volta de sua viagem a trabalho, era hora de Nina se mudar. Noah chegou com uma van alugada e um toque triunfante da buzina assim que o brainstorm terminou.

— Ele está louco para ficar comigo de novo — disse Nina com grande satisfação e outra piscadinha enquanto Noah e o irmão dela desciam pela escada com seu minibar no formato de proa de navio. Depois de tantas piscadas, era um espanto que Nina ainda não tivesse causado algum dano irreversível nas pálpebras.

A saída de Nina do quarto maior representou a entrada de Tom nele. Em seu favor, é preciso dizer que ele perguntou a Mattie se ela queria tirar a sorte no cara ou coroa.

— Eu estou mais do que feliz que você fique com ele, porque não quero transportar todas as minhas coisas outra vez — disse Mattie enquanto ajudava Nina a embalar sua imensa coleção de produtos de beleza e de cuidados para a pele. Havia até um antigo secador de cabelos com touca térmica no fundo do guarda-roupa.

— Se você está dizendo... — Tom não perdeu mais tempo e saiu do quarto na mesma hora. — Podemos usar o quartinho como depósito. O apartamento não é grande o suficiente para três pessoas, não acha?

Mattie pensou na casa de quatro quartos e oito mulheres em que morara em seu tempo de estudante, mas, agora que haviam dado uma trégua quanto à distribuição dos quartos, não queria criar atrito outra vez. Além disso, eles nunca chegariam a um acordo sobre um novo colega de apartamento e, mais precisamente, Mattie tinha um conjunto completo de panelas Le Creuset, uma coleção de peças esmaltadas vintage, uma panela elétrica de cozimento lento e uma máquina de fazer pão em Hackney, que sua mãe vivia ameaçando doar para uma instituição de caridade.

— E uma terceira pessoa dividindo o apartamento só complicaria as coisas — opinou Nina enquanto faziam um intervalo na tarefa de embalar e transportar, para tomarem uma revigorante xícara de chá com biscoitinhos amanteigados de amora e laranja. — Homem ou mulher, vai acabar levando à tensão sexual.

— Não sei por que isso aconteceria — disse Mattie, lançando um olhar frio para Tom, que o devolveu. — Se viesse uma mulher para cá, e ela e o Tom se apaixonassem, que diferença isso faria para mim?

Tom nem piscou.

— Exatamente. Se algum homem com a paciência de um santo se mudasse para cá e se apaixonasse pela Mattie e ela sentisse o mesmo, eu ficaria surpreso, mas não faria a menor diferença para mim.

— Faria, sim, quando o fuque-fuque começasse — disse Nina, imperturbável, enquanto os outros engasgavam com os biscoitos. — Acreditem em mim, dá para ouvir tudo, e estou dizendo *tudo* mesmo. Teve aquela vez que a Verity...

Noah tampou a boca de sua recém-esposa ao mesmo tempo em que Tom dizia:

— Pare! Eu te imploro! Seja lá o que for que você tem a dizer, eu sei que nunca mais vou conseguir olhar para a Verity se você terminar essa frase.

— Bom, seja como for, nós não vamos ter outra pessoa morando aqui — Mattie disse depressa. — Vamos usar o quartinho como depósito.

Nina fez uma careta, como se usar o quartinho como depósito fosse uma oportunidade perdida de um deles poder vir a fazer sexo com um terceiro morador ali dentro.

— Vocês que sabem — disse ela, depois olhou de Mattie para Tom, e de volta. — Eu sei que você fez um voto de castidade, Mattie...

Era difícil para Mattie lembrar por que sentira falta de Nina, porque certamente não sentira falta do talento dela para se meter na vida dos outros.

— Não foi um voto de castidade. Foi só um voto de que não vou perder os melhores anos da minha vida com *algum homem imprestável* em vez de ir atrás dos meus sonhos.

— Nem todos os homens são imprestáveis — Noah murmurou enquanto Tom soltava um suspiro entediado.

— E você, Tom, por acaso já teve pelo menos algum encontro amoroso? — perguntou Nina, e Mattie se inclinou para a frente, porque não queria perder nem uma palavra daquilo, ou o olhar incomodado no rosto de Tom, como se o colarinho de sua camisa tivesse de repente encolhido uns três tamanhos. — Você gosta de mulheres? Gosta de homens? Ou dos dois? Sem querer julgar, mas é que faz quatro anos e você nunca demonstrou nenhum interesse em dar uns pegas.

— Nina, Nina, Nina — disse Noah, sacudindo a cabeça, mas sua expressão era mais indulgente que zangada.

— Ainda não é tarde demais para pedir o divórcio — Tom lhe disse, com a expressão totalmente zangada. — Nenhum juiz no mundo esperaria que você continuasse casado diante de tamanha crueldade emocional.

— Não é crueldade emocional, eu só estou curiosa — disse Nina. — Mas, se nenhum de vocês vai trazer ninguém para um pouco de diversão sexual, pelo menos não vão precisar ter um conjunto de regras de casa chatas. Por exemplo, não entrar em um quarto se tiver uma meia presa na maçaneta para não dar de cara com...

— Regras de casa? Nenhum de nós vai trazer ninguém aqui para se divertir desse jeito — retrucou Mattie desesperadamente. — Todos que estiverem a favor digam "sim"!

Tom levantou a mão.

— Sim! Pelo amor de Deus, sim! E, falando em regras de casa, será que você poderia deixar tudo limpo depois de cozinhar? É que a cozinha é pequena e...

— Eu sempre deixo tudo limpo — revidou Mattie, ofendida pela acusação. Ela se orgulhava de ter uma cozinha organizada e limpa. Então seu olhar deslizou para a pia, onde tudo que ela havia usado para fazer os biscoitos estava empilhado, esperando para ser lavado. — Exceto quando as pessoas estão tão desesperadas para comer que não me sobra tempo nem de lavar. Você comeu quatro biscoitos, Tom — acrescentou, acusadora.

— Perfeito. Eu não como seus doces e você não deixa a louça para lavar — disse Tom, como se isso fosse algo de que ele poderia facilmente abrir mão.

Essa declaração foi quase a pior coisa que alguém já havia dito para Mattie. Ou pelo menos estava na lista das dez piores.

— Perfeito — disse ela também.

— Perfeito — Tom repetiu.

Nina sorriu.

— Alguém mais sentindo que talvez não esteja nada perfeito? — ela indagou. E, então, seu sorriso se alargou. — Espero que isso não seja uma tensão sexual não resolvida, e que a razão de vocês não quererem uma terceira pessoa é que vão sair se pegando assim que todo mundo for embora.

— Não vou nem me dignar a responder — disse Tom, gelado, afastando-se do batente da porta da cozinha, onde estivera recostado. — Se alguém precisar de mim, vou estar no meu quarto. Por favor, batam antes de entrar.

Assim que ouviram a porta fechar, Nina virou avidamente para Mattie.

— Eu te pago em dinheiro vivo por qualquer coisa suja que você descobrir sobre o Tom. Diga o seu preço!

— Ela não está falando sério — disse Noah, segurando com delicadeza o queixo de Nina.

— Estou, sim — insistiu Nina, mas Mattie cruzou os braços.

— Tenho certeza que não vou ter nada de sujo para descobrir sobre o Tom, pois por que alguém em seu juízo perfeito ia querer fazer alguma coisa suja com ele? — disse Mattie, com um estremecimento ao pensar em Tom tendo... Eca! Relações carnais! — Mas, mesmo que ele trouxesse todo o elenco de *Anything Goes*, existe um código de conduta entre colegas de apartamento e eu nunca contaria nada. Da mesma forma, se eu trouxesse o time inglês de rúgbi, o Tom teria que jurar segredo.

— Eu nunca imaginei que o seu tipo fosse um jogador grosseirão — Nina se intrigou, e o tipo de Mattie definitivamente não era esse. No passado, ela se interessara por homens pensativos, de cabelos escuros, que ficavam bem em aventais brancos de chef, mas a questão era que o passado não era o presente, e com certeza não seria o futuro.

Não que Nina precisasse saber disso. E a única maneira de lidar com Nina era vencê-la em seu próprio jogo.

— Na verdade, falando no time inglês de rúgbi, eles vão chegar daqui a mais ou menos uma hora, então seria ótimo se vocês fossem embora — disse Mattie, com calma, enquanto Nina dava gritinhos de prazer. — Nós vamos precisar de muito espaço para o que planejamos.

Nina já estava em pé. Noah pediu licença e saiu praticamente correndo da cozinha.

— Não precisa falar mais nada. São sempre as mais quietinhas! — exclamou Nina.

Depois que Nina e Noah saíram, Tom continuou no quarto o tempo todo em que Mattie limpava a cozinha, sem deixar nenhuma migalha ou manchinha de manteiga para trás.

Assim que ela foi para o seu quarto, Tom saiu do apartamento e desceu a escada sem nenhuma palavra. O que estava muito bom para Mattie. Agora ela poderia tomar um banho sem se preocupar que Tom a ouvisse dentro do banheiro (a ideia de estar nua tendo apenas uma porta os separando lhe dava calafrios).

Estavam no apartamento havia três dias e essa era a terceira noite seguida em que Tom saía. Era melhor que ele estivesse fora, mas para onde será que ele ia? Será que ele encontrava um canto silencioso em um pub tranquilo para ler um livro em vez de ficar lá com ela? Será que saía com os Riso Boys? Ou talvez ele de fato tivesse uma namorada com quem preferisse passar as noites?

Enquanto preparava um banho de espuma, despejando na água uma quantidade generosa de seu sabonete líquido favorito com perfume de figo e fazendo subir um vapor com o cheiro delicioso, Mattie decidiu que não era possível que Tom tivesse uma namorada. Se tivesse, não haveria motivo para fazer tanto segredo dela. Além disso, que mulher em seu juízo perfeito ia querer sair com um homem malvestido com complexo de superioridade?

Vinte e quatro dias para o Natal

De modo geral, Mattie sempre achara fácil evitar Tom, mesmo agora que estavam morando e trabalhando praticamente no mesmo espaço.

Ela mal o via no salão de chá, a não ser quando ele vinha para seu café grátis exatamente às 10h10 e, quando ela aparecia na livraria para falar com Posy ou Verity ou lhes levar algo para comer, Tom costumava estar enfiado em uma das antessalas com um cliente ou sentado em um dos sofás com a cabeça baixa sobre seu iPad de trabalho, atualizando a conta da Felizes para Sempre no Twitter. Na maioria das vezes ele não dava nenhuma indicação de sequer registrar a presença de Mattie, a menos que ela estivesse trazendo algum bolo. E, surpreendentemente, era muito fácil evitar Tom à noite, porque ele saía todas as noites como um baladeiro vestido de tweed.

Mas, na noite seguinte em que Nina se mudou, eles enfim tiveram um contato próximo na escada que levava ao apartamento. Mattie se arrastando escada acima, louca por um banho, um filme e cama, Tom descendo com seu celular Nokia antiquado, grudado ao ouvido.

Ambos se encolheram rapidamente em lados opostos da escada; Mattie presa no corrimão, enquanto Tom se pressionava contra a parede, para não haver nenhuma chance de contato corporal. Mattie se controlou para não se arrepiar só de pensar.

— Eu chego em dez minutos — disse Tom ao telefone enquanto passava por ela e continuava descendo. — Estou quase no metrô.

Mentiroso, te peguei com as calças na mão, Mattie pensou consigo mesma, depois franziu a testa, porque estava outra vez pensando em Tom sem calças. Não! Chega! Quando a porta da frente bateu, ela sacudiu a cabeça para se livrar da imagem excruciante de Tom vestido com uma cueca larga de velho.

Mattie fez um jantar rápido — um omelete que era mais queijo derretido do que ovo, misturado com cogumelos —, depois se sentou na sala com o prato, acompanhada de uma grande taça de vinho tinto e Netflix. Não estava aproveitando muito o fato de morar no centro de Londres, mas todos os seus amigos de fora da livraria eram solteiros e tudo que sempre queriam fazer era ir a lugares onde pudessem conhecer pessoas que talvez os fizessem ficar menos solteiros. E Mattie estava realmente muito feliz sozinha. Delirantemente feliz por seu coração estar fechado em segurança dentro do peito, a salvo de ser partido.

Tudo bem trocar olhares com algum estranho em um bar, deixá-lo lhe comprar uma bebida ou vice-versa, flertar, concordar com um encontro, depois outro, depois outro. Mas isso levava a receber alguém em sua vida, só para ele tomar conta dela, destruí-la, saqueá-la e depreciar tudo que você considera importante.

Além disso, como já estavam no período natalino, qualquer estranho que Mattie conhecesse estaria usando duvidosos blusões festivos com bonecos de neve, pintarroxos e outras tantas aberrações natalinas. Também achariam que poderiam tomar todo tipo de liberdade "porque é Natal". Então Mattie preferia passar a noite em casa, tentando não deixar sua cadeia de pensamentos infelizes estragar os prazeres simples de um bom vinho, um queijo derretido e um novo episódio de *The Crown*.

Enquanto se esforçava para se concentrar nas aventuras mais recentes de Liz e Phil, sua atenção insistia em vaguear. Não só com más lembranças que ela tentava afastar, mas também porque algo na sala estava diferente.

Ela ficara bem mais vazia sem o minibar e a mesinha de café de Nina, no entanto não parecia desabitada. As estantes montadas nos espaços dos dois lados da lareira eram cheias de livros de Verity e Nina. ("Mas não todos os nossos livros", ambas faziam questão de enfatizar, como se não ter muitos livros fosse um crime terrível.)

Quando Nina se mudou, as prateleiras ficaram vazias, mas agora as da esquerda continham livros de novo. Livros de Tom, claro. Provavelmente volumes acadêmicos chatos que não teriam nenhum interesse para Mattie, que tinha muito pouco interesse por livros, embora *Doces e paixão no pequeno café parisiense* tivesse sido bem agradável de ler e ela agora estivesse devorando uma outra cópia enviada para livreiros de *A pequena loja de bolos na Alameda dos Copos-de-Leite*. Nunca havia imaginado que existia todo um subgênero de livros românticos sobre jovens mulheres proprietárias de docerias e, apesar de sua resistência, Mattie estava gostando.

Com certeza não ia encontrar nenhuma ficção romântica alojada nas prateleiras de Tom, mas não haveria mal em conferir. Após voltar de uma breve viagem à cozinha trazendo a sobremesa (um resto do pudim de pão do salão de chá que ela havia feito para aproveitar os *pains au chocolat* da véspera), Mattie se aproximou da estante para ver que livros faziam o gosto de Tom.

Quelle surprise! Havia todo tipo de livros verborrágicos, de autores verborrágicos importantes. Toda obra de Sigmund Freud, ao que parecia. Um grande número de livros sobre algo chamado teoria crítica, que parecia o total oposto de divertido e, surpreendentemente, várias obras feministas: *Reivindicação dos direitos da mulher*, *A dialética do sexo*, *A mulher eunuco*, *Personas sexuais*, *O mito da beleza*, *Como ser mulher*, de Caitlin Moran. Mattie pegou esse último da prateleira, porque era o único livro que ela: (a) achou interessante; e (b) tinha esperança de conseguir entender.

Todos aqueles livros significavam que Tom era feminista? Poderiam homens ser feministas? Mattie achou que talvez pudessem, mas Tom agia, se vestia e falava como se desejasse que ainda fosse a década de 30, portanto ela nunca esperaria que ele tivesse um pensamento progressista. Apesar de que ele trabalhava em uma livraria de ficção romântica rodeado por mulheres. E havia os Riso Boys…

Por mais que lhe custasse admitir, Tom era um mistério. Mattie devolveu *Como ser mulher* à estante. Embora ele tivesse exibido seus livros em uma área comum do apartamento, não queria bisbilhotar ou se sentir forçada a informar para Posy, Nina e Verity que Tom tinha uma cópia muito manuseada de um livro chamado *Espéculo da outra mulher*. Eca! Que nojento! Na verdade, revelou-se um livro sobre teoria feminista francesa e não um manual de saúde sexual, mas, mesmo assim, Mattie resolveu deixar os livros dele em paz, porque não sabia se conseguiria lidar com mais descobertas sobre a vida de Tom fora da Felizes para Sempre.

Pretendia realmente voltar para as histórias da realeza, mas então um dos livros saltou diante de seus olhos. Um grande livro com capa de couro com letras douradas na lombada.

Tom Greer.

Ei! O QUÊ? Tom tinha escrito um *livro*?! Ele tinha ficado bem quieto sobre isso e Mattie não queria xeretar, mas também ela não era santa, e Tom tinha escrito um livro! Ela o puxou da estante para poder ver direito o título na capa.

A imposição do bom-mocismo

O papel do macho alfa e os efeitos do feminismo na ficção romântica

Tom Greer

— Ah, meus deuses! — Mattie murmurou para si mesma, porque havia acabado de encontrar o filão de ouro. O veio principal. Se alguém queria informações sobre Tom, ali estavam elas; sua muito especulada, mas, até então, desconhecida dissertação de Ph.D., *e era toda sobre livros românticos.*

Mattie se jogou de volta no sofá e virou para a primeira página com dedos trêmulos de expectativa. Até a página de agradecimentos era fascinante. Tom tinha pais, Jerry e Margot. Será que alguém sabia?! Ele agradecia a seu orientador, aos funcionários da Biblioteca Britânica e da Senate House, e dedicava todo o trabalho a "minha mentora, empregadora, ponto de apoio e, acima de tudo, amiga, a saudosa Lavinia Thorndyke".

Não pela primeira vez, Mattie desejou ter conhecido a falecida Lavinia, embora a ex-proprietária da Felizes para Sempre às vezes parecesse ter sido o tipo de pessoa que via através dos outros e podia resumir em um instante o que havia em seu interior. Mattie não achava que houvesse nada de muito interessante em seu interior.

Ao contrário de Tom, que tinha escrito uma dissertação inteira sobre ficção romântica! Tom sempre agira como se nunca tivesse lido nada disso, ainda que Nina sempre tivesse insistido que ele lia escondido. E aquilo não era apenas sobre ficção romântica; era sobre machos alfa, embora Tom distintamente *não* fosse um macho alfa. Ele não era nem um macho beta. Ele era, tipo... qual era a última letra do alfabeto grego? Mattie fez uma busca rápida no Google em seu celular. Sim, era isso. Tom era como um macho ômega.

Aquilo ia ser bom, Mattie pensou, virando as páginas para chegar ao primeiro capítulo e se preparando para uma leitura excitante...

Quinze minutos depois, ela afastou o livro, frustrada. Mal conseguia entender uma única palavra ali escrita, e as que entendia geralmente eram as pequenas: "de", "o", "e"; esse tipo de coisa.

Tom usava palavras que Mattie nunca tinha visto. *Jouissance*. Pós-estruturalismo. Epistemologia. Embora estivesse quase certa de que essa última era algo horrível que acontecia a mulheres quando estavam em trabalho de parto.

Pegou a dissertação de Tom outra vez e abriu em um capítulo aleatório. *A palavra tem mais força que o pênis — o símbolo fálico castrado.*

"O falo potente é um símbolo constante na literatura romântica. Dos romances da Regência, em que os heróis têm sagacidade e floretes penetrantes, ao macho alfa empresarial dos romances de sexo explícito da década de 80 em seu arranha-céu, uma imagem literal de sua masculinidade e virilidade..."

"... violenta misoginia do ato sexual. Quando ele tira a virgindade da moça, o autor usa a metáfora de um exército conquistador. Ela é invadida, seus direitos e sua autonomia são arrancados dela..."

"... mas cinquenta anos de feminismo e a evolução constante dos papéis entre os sexos acabaram levando a um macho alfa mais brando. Para ganhar sua pretendida, ele precisa se autocastrar, tornar-se afável, empático, porém não fraco. Ele precisa ser uma sedutora combinação de suave e flexível, mas também rijo para poder satisfazer e saciar as necessidades de uma parceira que..."

Chega! Mattie se levantou de um salto, o rosto queimando com o calor de mil sóis ardentes. Correu para a janela guilhotina antiquada e, com alguma dificuldade, conseguiu abrir a trava e empurrá-la para cima. Então pôs para fora o rosto muito, muito quente, para que o ar frio e tonificante da noite lhe oferecesse algum alívio. Embora não o alívio de um macho alfa de livros românticos modernos que, de acordo com Tom, via as mulheres como intelectuais do mesmo nível enquanto fazia amor louco e apaixonado com elas.

— Ai, droga! — Mattie pôs a cabeça ainda mais para fora e só fechou a janela depois que seu rosto voltou à temperatura habitual. Em seguida pegou a dissertação de Tom e a enfiou de volta na abertura que ela havia deixado na prateleira, e mesmo isso pareceu uma metáfora para uma cena de sexo em algum romance histórico erótico com homens impetuosos escrito na década de 80, antes que, como Tom argumentara, a ficção romântica se tornasse mais conscientizada.

E a bibliografia! Mattie podia não ler livros românticos, tirando seu flerte atual com o gênero pequenas-lojas-de-doces, mas mesmo ela reconhecia os títulos dos livros que Tom havia apresentado. *Cinquenta tons de cinza*, *Lace*, *O morro dos ventos uivantes*, até *Bridget Jones* e seu diário!

Tom era um enorme hipócrita com sua pose de superioridade, fingindo que estava acima de toda aquela coisa de ficção romântica e que só trabalhava em uma livraria desse perfil porque tinha Posy na palma da mão e podia fazer o que quisesse lá dentro. Ah, mas não mais!

Posy, Verity e Nina queriam fofocas sobre Tom? Pois elas nunca acreditariam nisso!

Mattie mal pôde dormir na expectativa de como ia revelar as novidades para elas. Estava tentada a fazer um bolo e escrever com glacê em cima: "O Tom tem um doutorado em ficção romântica", apesar de que teria que ser um bolo bem grande.

No entanto, foi forçada a admitir para si mesma que sua insônia poderia ter algo a ver com imaginar Tom lendo todas aquelas cenas eróticas em muitos livros e como ele poderia ter usado esse conhecimento para outras coisas que não sua dissertação. Por volta das três da manhã, Mattie saiu da cama e abriu a janela novamente...

Vinte e três dias para o Natal

Na manhã seguinte, enquanto moldava croissants (que pareciam ter um jeito muito fálico) e conversava com a mãe no viva-voz, Mattie finalmente voltou à razão.

— Você já pensou em encontros pela internet? — sua mãe lhe perguntou, como sempre fazia durante a conversa matinal. — Ou naquele tal de HookUpp? Sua tia falou que até a Charlotte usa, e ela prefere cavalos a homens.

A prima de Mattie, Charlotte, gostava de cavalos e homens em igual medida. Ela dissera uma vez para Mattie, na festa de despedida de solteira de outra prima, depois de uns drinques a mais: "Eu cavalgo homens pelo prazer e cavalos pela glória".

— Eu só pensaria em encontros pela internet se estivesse pensando em ter encontros, o que não é o caso. Nós já falamos sobre isso — disse Mattie, olhando com desalento para seus croissants de aparência fálica. — Além do mais, esse aplicativo de encontros foi criado pelo marido da Posy, então eu vou ficar bem longe dele.

— É tão triste — sua mãe suspirou. — Minha única filha. Jovem, bonita, de coração puro, desistindo assim do amor.

A mãe de Mattie, Sandrine, era francesa e tinha opiniões muito fortes sobre amor, aparência pessoal e a ideia de que uma mulher nunca estava completamente vestida sem se embeber em Chanel nº 5.

— Eu tentei o amor, não deu certo — disse Mattie, enquanto punha a primeira bandeja de croissants no forno. — Nós já falamos sobre isso um milhão de vezes. Estou focada na minha carreira e sou perfeitamente feliz assim.

— Sei... Você não está feliz. O Guy concorda comigo. Existe uma tristeza nos seus olhos, *ma petite Mathilde*. Além disso, quando uma mulher chega à sua idade, deve fazer sexo pelo menos uma vez por dia. Isso faz maravilhas para a pele.

— Agora preciso desligar — disse Mattie, deslizando a segunda bandeja para o forno. — E minha pele está muito bem, aliás, está ótima. Eu uso uma máscara esfoliante duas vezes por semana.

Mas não era tão fácil assim se livrar de sua mãe.

— Você não pode deixar um único homem ruim, uma única experiência ruim, afastar você de *l'amour* — disse ela. — Sim, ele fez você sofrer, mas, quando você encontrar o homem certo, seu coração ficará inteiro de novo.

— Meu coração está inteiro, embora esteja batendo muito rápido neste momento, porque você está me irritando, mamãe — zangou-se Mattie.

— Eu vou até o seu pequeno salão de chá com o belo rapaz que veio aparar uma das árvores do jardim dos fundos. Não dava mais para enxergar nada da janela do quarto de hóspedes. Nós vamos nos sentar em uma de suas mesas e pedir intermináveis bules de chá até você concordar em sair com ele.

— Tchau, mãe. Tenha um ótimo dia e, se chegar a menos de cinquenta metros do salão de chá, vou entrar com uma medida protetiva — disse Mattie, e não estava brincando.

Sandrine só havia sido autorizada a entrar no Rochester Mews uma vez, para a inauguração oficial do salão de chá, e desgraçara a si e a Mattie. Ela chorou durante todo o discurso da filha, que foi de fato bem emocionante, mas, depois, cercou Posy e Sebastian, que eram recém-casados, e perguntou a Posy como ela estava lidando com a cistite. "Dizem que é a doença da lua de mel", ela falou, enquanto o rosto de Posy adquiria um penoso tom vermelho e Sebastian engasgava com um dos profiteroles da torre de *croquembouche* de Mattie. "Eu passei duas semanas na cama com o pai da Mattie e do Guy assim que nos casamos e, quando me levantei, mal podia andar. Ele era um amante maravilhoso, mesmo tendo sido um marido terrível."

Mattie, então, arrastara sua mãe de lá e não conseguira nem olhar para Posy, quanto mais falar com ela, por pelo menos uma semana depois disso. E, agora, Sandrine estava banida. Ela não faria por mal, porque não era de forma alguma maldosa, mas acabaria informando todo mundo sobre os motivos da desilusão amorosa de Mattie.

Mattie sentiu uma onda quente de vergonha só de imaginar Sandrine em um dos sofás explicando para Nina, Posy e Verity por que Mattie passava as noites fazendo bolos em vez de fazer amor com algum rapaz bonito, e lembrou a si mesma que todos tinham direito à privacidade. E a seus segredos.

Até mesmo Tom. Ela não sabia por que ele estava escondendo seus interesses acadêmicos de suas amigas e colegas, mas ele estava. Portanto, Mattie precisava respeitar.

Porém isso não impediria que ela continuasse suas próprias investigações do enigma que era Tom Greer. Ele sempre fora uma pedra no sapato para ela, mas agora a irritação que ele lhe despertava tinha menos a ver com seu jeito superior e toda aquela história de café grátis e mais com o fato de que Mattie não conseguia decifrá-lo.

Tom era como uma receita que não dava certo. Mas, do mesmo modo que havia feito trinta e três tentativas até aperfeiçoar seus brownies para corações partidos (finalmente achando o ponto exato ao acrescentar algumas nozes-pecã trituradas para aumentar a serotonina), Mattie não descansaria até que Tom não fosse mais um mistério.

Com o desastre iminente de um Natal em rápida aproximação (o que dava muito a sensação da pedra rolando em *Indiana Jones*), logo ficou claro que Mattie tinha muitas outras coisas para se preocupar além de desvendar o enigma que era Tom. Enquanto ela moldava croissants e se esquivava de Sandrine, os funcionários da Felizes para Sempre haviam transformado a livraria em um cintilante, refulgente, festonado e natalino país das maravilhas. Quando Mattie se aventurou a atravessar as antessalas às dez horas, preocupada por ninguém ter aparecido para o café, descobriu que nem Nina nem Posy tinham parado em só alguns festões, ou algumas correntes de papel crepom, ou mesmo alguns cartões de Natal de clientes fiéis pendurados pela loja. Ah, não. O Natal havia chegado à cidade e se acomodado confortavelmente na Felizes para Sempre.

Havia bugigangas e parafernália de Natal onde quer que ela olhasse. Uma árvore de Natal gigante, que parecia competir com a da Trafalgar Square em tamanho, havia sido montada no centro da sala principal da livraria e decorada com muito bom gosto com luzes, bolas e festões em rosa e prateado, para combinar com o esquema de cores em rosa e cinza da loja.

— A tentação de acrescentar mais cores está me matando — gemeu Nina, porque ela estava em modo Natal-zila total, mas, aparentemente, Posy tinha batido seu pé inchado quanto a isso.

Enquanto Mattie observava, com o bule de café em uma das mãos e um prato de sua primeira fornada oficial de tortinhas de frutas secas com tangerina na outra, Verity dizia a Nina de forma muito clara que ela não poderia fazer uma vitrine com um presépio usando livros no lugar das figuras principais.

— Você não pode pôr *O bebê de Bridget Jones* como o menino Jesus — disse Verity, horrorizada. — É ofensivo.

— Você só está falando isso porque é filha de um vigário — protestou Nina, mas Verity não mordeu a isca de sempre.

— Na verdade, estou falando como uma pessoa com um mínimo de bom senso. Você concorda comigo, não é, Mattie?

— Vocês sabem que algumas pessoas nem comemoram o Natal — Mattie lembrou, e Posy, que se aproximara em busca de uma tortinha, grunhiu, contrariada.

— A comemoração do Natal não tem mais a ver com o nascimento do menino Jesus — disse ela. — Tem a ver com estar junto, e com família, e com algo para trazer alegria no inverno.

— Bobagens sentimentais — opinou Tom de trás do balcão onde atendia uma cliente e, ao contrário de suas três colegas, ele não estava usando um par de chifres de rena piscantes. Mattie agora não conseguia mais nem olhar na direção dele, sabendo o que sabia. — Fale a verdade, Posy, e admita que a única razão de eu estar inalando essa neve artificial é porque você quer aumentar os lucros.

— Meus lucros pagam o seu salário, espertinho — revidou Posy, pegando uma tortinha.

— Para algumas pessoas, o Natal não tem a ver com estar junto ou com família, e é apenas um duro lembrete das coisas que faltam para elas na vida — disse Mattie, com grande sentimento, enquanto olhava em volta para a Natalândia toda reluzente e cintilante, que antes era somente uma discreta livraria. — Cada anúncio de Natal, cada cartão com uma cena aconchegante junto à lareira, cada e-mail com sugestões de presentes para as pessoas queridas, é como facada no coração. Existe uma enorme quantidade de pessoas solitárias no mundo e o Natal faz elas se sentirem ainda mais solitárias.

— Escutem, escutem! — exclamou Tom, subindo na escada de rodinhas. — Eu mesmo não teria dito melhor.

Foi a coisa mais gentil que Tom já havia lhe falado. Mattie se permitiu um pequeno sorriso satisfeito. Posy olhou para ela, depois para a tortinha de frutas secas que tinha na mão, depois para Tom, que dizia para Nina com uma voz agoniada: "Não acha que já encheu as paredes o suficiente com essa porcaria de azevinho?", e finalmente devolveu a tortinha ao prato.

— Vocês dois estão estragando o Natal! Espero que estejam satisfeitos!

No meio da tarde, as antessalas estavam adornadas com festões rosa e prata, faixas com bandeirinhas rosa e prata penduradas alegremente nas estantes, e estrelas rosa e prata de diversos tamanhos pendendo do teto. Nina também criou uma vitrine de Natal temporária, com pilhas de livros embrulhados para presente. Ela planejava uma vitrine muito mais ambiciosa, com uma árvore de Natal feita inteiramente de livros. Mas isso teria que esperar até depois de ela visitar uma grande loja de artigos de Natal em Deptford, onde poderia pôr as mãos em mais enfeites natalinos para a livraria.

— E o salão de chá — disse ela, entrando no domínio de Mattie com uma caixa cheia de decorações de Natal e uma expressão determinada. — Como eu não tenho permissão para soltar todo o meu furor natalino na livraria, acho que poderia fazer minha festa aqui.

— Ah, você acha, é? — Mattie tentou não soar desafiadora. O segredo para lidar com Nina era ser vaga. Não se comprometer com nada, depois negar tudo. Mas isso só funcionava cerca de trinta por cento do tempo.

— Sim, sim, eu acho — disse Nina, os olhos brilhando com um ardor quase missionário. — O que eu estava pensando... Não faça essa cara, Mattie, como se tivesse acabado de prender o dedo na porta, escute o que eu vou dizer... É que o salão de chá poderia ser, preste bem atenção...

— Se este meu coração manhoso não me matar primeiro, o suspense sem dúvida vai conseguir — sussurrou Cuthbert para Mattie, e ela teve de forçar o rosto em uma posição impassível para não rir.

— ... uma estação de reabastecimento de renas. É reabastecimento porque você serve comidas e bebidas, certo?

— Interessante — disse Mattie, calmamente, enquanto seu coração batia em um ritmo frenético. — Muito interessante.

— Acho que você poderia reescrever todo o cardápio com um tema de renas. Então, tem Trovão, Relâmpago, Empinadora, Dançarina... tem mais. — Nina estalou os dedos. — Ah, está na ponta da língua. — Ela mexeu o piercing em sua língua de um lado para o outro, o que sempre revirava um pouco o estômago de Mattie.

— Rodolfo? — sugeriu Cuthbert enquanto salpicava chocolate em pó sobre um cappuccino, usando a pazinha em forma de árvore de Natal que havia trazido por conta própria. Sem nem conversar sobre isso com Mattie primeiro. Ele também trouxera um aparelho de som antigo e estava oferecendo a Mattie e aos clientes do salão de chá uma seleção vigorosa de sucessos natalinos gravados em fita. Mattie não tivera coragem de lhe dizer que ia gritar se ouvisse Boney M cantando "Mary's Boy Child" mais uma maldita vez.

— Bem, certamente você nos deu algo para pensar — disse Mattie, sorrindo para um cliente que viera pagar.

— Acho que tem outra rena além do Rodolfo — disse Nina, olhando em volta no salão de chá, depois para seu iPad. — Claro que você vai ter que tirar algumas mesas.

Mattie e Cuthbert trocaram um olhar preocupado. Até o amor de Cuthbert pelo Natal tinha limites.

— Eu não acho que é uma boa ideia — arriscou Cuthbert.

— Mas de que outro jeito vamos ter espaço aqui para três renas em tamanho natural? — perguntou Nina, que, contrariando as esperanças de Mattie, não havia se esquecido desse plano. — Pare de me olhar assim, Mattie. Eu disse renas de tamanho natural, não falei de tamanho adulto. Uma delas vai ser um pequeno bebê rena, depois uma mamãe e um papai renas. Ah, vai ficar tão lindo! Mas o cara na loja de artigos de Natal disse que temos que ir buscar hoje até as seis horas, então precisamos decidir onde elas vão ficar. Não poderíamos tirar as duas mesas perto da janela?

O tempo de ser vaga havia se esgotado.

— Não, não podemos — Mattie falou, com a maior firmeza possível. — Tirar uma mesa que seja já me faria perder quinhentas libras por semana. A menos que você esteja planejando me reembolsar...

— Quinhentas libras? Mas eu aposto que as pessoas entram aqui e ficam uma hora enrolando com um café, então não vejo como você poderia ganhar quinhentas libras por semana — protestou Nina, depois olhou em volta outra vez. Eram quatro horas da tarde de uma quinta-feira e todos os lugares de todas as mesas estavam ocupados. Ninguém estava enrolando com uma xícara de chá. Mattie teria ficado ofendida se isso acontecesse, porque significaria que tinham vindo ao balcão fazer o pedido e resistido à tentadora variedade de bolos, doces e salgados expostos. Só as pessoas na mesa do canto já haviam começado com salgados e estavam agora na segunda rodada de bolos, e fazia apenas meia hora que tinham chegado.

— E três renas em tamanho natural? Isso criaria um verdadeiro problema de saúde e segurança — disse Mattie com a mesma voz firme.

— Duas renas?

— Nenhuma rena — Mattie respondeu.

Nina inclinou a cabeça para trás e gemeu.

— Você tem que concordar com uma rena.

— Está bem, uma rena — aceitou Mattie, magnânima, para a alegria de Nina.

— Sério?

Mattie assentiu.

— Uma rena bem pequenininha. Não maior do que isto. — Ela mostrou cinco centímetros, com o polegar e o indicador. — Ela pode ficar em cima da vitrine. Não é um ótimo acordo? Todos felizes! Você está feliz, Cuthbert?

— Demais! — Cuthbert gritou sobre o zumbido de Jezebel enquanto lidava com meia dúzia de pedidos de café com toda a habilidade de um maestro conduzindo uma orquestra. — Embora eu tenha que admitir que um bebê rena seria bem bonitinho — ele refletiu, e Mattie anotou mentalmente que precisava lembrar a Cuthbert que eles eram uma equipe unida. — Mas com certeza alguma criança pequena ia querer montar nela, cair, abrir a cabeça, entrar em coma e morrer — acrescentou ele, com alguma satisfação. — E então nós seríamos processados.

— Exatamente — concordou Mattie, mas Nina não estava convencida.

— Eu vou buscar a Posy — decidiu ela e, cinco minutos depois, voltou com uma Posy com cara de sofrimento, que se sentou imediatamente em uma cadeira que acabara de ser desocupada.

— Tudo dói — disse ela, como cumprimento. Se o Departamento de Saúde quisesse fazer algo para combater o aumento de casos de gravidez em adolescentes, poderia levar Posy Morland-Thorndyke em todas as escolas do país para discorrer toda uma ladainha de males associados à gravidez. — A Nina explicou tudo para mim e eu disse que não tem como você colocar três renas em tamanho natural aqui. Nem mesmo uma!

A notícia foi inesperada, mas muito bem-vinda.

— Aleluia! — Mattie pôs as mãos em posição de oração. — Olha, eu sei que a nossa decoração de Natal está meio fraca...

— Praticamente nem existe — Nina observou, porque os enfeites natalinos do salão de chá consistiam em um pedaço de festão pregado na frente do balcão por Cuthbert enquanto Mattie estava na cozinha e o chapéu de Papai Noel que ele insistia em usar.

— Eu concordo em pôr um pouco daquela linda decoração em rosa e prata que vocês usaram na livraria, mas tem que ser à prova de fogo, e eu não vou pôr nada *em cima* do balcão onde servimos comida — disse Mattie. — Mas bom gosto é a palavra-chave aqui.

— Eu sou a própria definição de bom gosto — declarou Nina, quando, naquela manhã mesmo, havia admitido que não sabia onde cafona terminava e bom gosto começava. — Mas está certo. Vou fazer uma decoração de Natal bem básica e chata aqui, embora vocês estejam sempre sufocando a minha criatividade.

— O mais importante é que minhas novas comidinhas de Natal estão fazendo o maior sucesso, então podemos fotografá-las e postá-las no Instagram da livraria. Olhem! Eu até desenhei uns raminhos de azevinho no quadro — continuou Mattie, mostrando o quadro-negro com o cardápio na parede, atrás do balcão. Ela não era negativa em relação a *tudo*. Não se importava com uma breve viagem no trenzinho do Natal, ainda mais se isso também aumentasse sua margem de lucros.

— Bom, foi bem mais fácil do que eu pensei que seria — disse Posy, pondo uma das mãos nas costas. — Já que estamos falando do Natal e como me custou vir até aqui, você poderia, por favor, Mattie, fazer um cupcake natalino? Por mim? Isso deveria me dar alguns direitos e certamente um cupcake com tema de Natal.

Quando Posy punha nesses termos, era difícil para Mattie recusar. Só chutar gatinhos e bater em cachorrinhos era pior do que negar a uma mulher enfrentando uma gravidez complicada um mero cupcake.

Mas.

Não seria apenas um cupcake com tema natalino. Depois viria "Mas se você fez um cupcake para o Natal, por que não pode fazer um para o Dia dos Namorados? E para a Páscoa? E para o Dia das Mães? E porque está chovendo lá fora e porque todo o maldito mundo ama cupcakes".

— Não, Posy! Pela última vez, não! Eu odeio cupcakes — insistiu Mattie, veemente. — Eu, de uma vez por todas, odeio cupcakes e odeio Natal e, nossa, como eu odeio Paris!

— O que Paris tem a ver com a história? — perguntou uma voz masculina, e lá estava Tom.

Pela última hora, com toda a conversa sobre renas e cupcakes, ao menos Mattie havia sido poupada de pensar em Tom e na obsessão dele por imagens fálicas. Ela baixou os olhos para o balcão para não ter que olhá-lo, deu de cara com um pepino que estava cortando para os sanduíches antes de toda aquela bobajada de Natal, e enrubesceu.

— Esqueçam que eu falei de Paris e vamos nos concentrar na parte em que eu nunca, jamais, vou servir um cupcake neste local — disse Mattie, e o lábio inferior de Posy tremeu e ela piscou rapidamente, o que fez Mattie sentir saudade de quando Posy não estava grávida, quando ela não se desfazia em lágrimas cada vez que alguém a contrariava. — Mas eu vou fazer um maravilhoso chá de folhas de framboesa para aliviar sua dor nas costas, Posy, e vou levar para você na livraria com um pedaço de bolo de caramelo de cidra e maçã.

— Tudo bem. — Posy fungou e retraiu o lábio trêmulo enquanto Tom a ajudava a se levantar com um grunhido muito pouco cavalheiresco.

— Posso ganhar um pedaço de bolo também? — pediu Nina.

— Não, não pode. — Tom a encarou com um olhar de desaprovação. — Nós temos que ir àquele lugar horrível com todas as porcarias de Natal ou, como eu prefiro chamar, meu nono círculo do inferno pessoal.

— Você e a Mattie com essa vibe de odiar o Natal. — Nina lançou aos dois um olhar malicioso. — Talvez vocês devessem passar o Natal juntos.

Mattie e Tom fizeram uma careta, só que Mattie enrubesceu também. *Não pense em rocamboles, ou troncos de Natal, ou qualquer outra comida natalina com formato fálico*, disse a si mesma enquanto abanava o rosto com o cardápio de bebidas.

— E acho bom você tirar seu traseiro daí e ir para a van que você insistiu em alugar — disse Tom, acenando com a mão para Nina se mexer, ao que ela lhe mostrou a língua com aquele seu piercing. E então, como que por um milagre, ela se afastou do balcão e atravessou as portas de vidro que levavam de volta à livraria.

Vinte e três dias para o Natal

Mattie estava terminando os preparativos da noite quando ouviu uma batida na porta do salão de chá e quase cortou a ponta do dedo com a faca. Passava das oito horas, a livraria e o salão de chá estavam fechados, e Tom e Nina ainda não tinham voltado. Ela espiou pela porta da cozinha e viu alguém no escuro acenando para ela através do vidro da porta da frente. Só podia ser um amigo, porque inimigos não possuíam o código do portão eletrônico (agora já recuperado de seu recente drama).

Provavelmente Tom havia esquecido a chave, embora ele estivesse em algum ponto entre amigo e inimigo, decidiu ela, enquanto se apressava para abrir a porta. Mas não era Tom. Parado ali com um sorriso bobo no rosto estava o Conde de Monte Riso.

Mattie não conseguia lembrar o nome verdadeiro dele.

— Oi — disse ela, com um largo sorriso para disfarçar o constrangimento. — O Tom ainda não chegou.

— Mattie, você está ainda mais linda do que quando nos conhecemos — ele soltou, efusivo, o que não era verdade, porque Mattie acabara de ter um acidente com um pacote de açúcar e parecia ter ficado prematuramente grisalha. — O Tom me mandou uma mensagem de texto. Disse que vai chegar mais tarde. Ele e a também muito linda Nina vão dar uma parada no Beigel Bake.

Por que Tom queria comer os assados de todo mundo menos os dela? Embora até ela tivesse que admitir que o Beigel Bake fazia os melhores bagels de Londres e também um pão de centeio com sementes de cominho que era perfeito com salmão defumado e cream cheese. Mattie pegou o celular no bolso do avental e mandou uma mensagem para Nina com uma encomenda.

— Então, o Tom disse que eu podia esperar por ele no apartamento, mas — ele abandonou o sorriso bobo e as brincadeiras num piscar de olhos — eu... se ficar esquisito... porque você mal me conhece... eu posso ir até um pub, tudo bem?

— Você pode esperar no apartamento, não tem problema — disse ela. — Na verdade, eu já estava subindo para lá. Quer uma xícara de chá...? — Ela fez uma pausa e ele entendeu a dica.

— Seria ótimo, obrigado, e é Philip, ou Phil — disse ele, enquanto Mattie lhe dava passagem para entrar.

Quinze minutos mais tarde, Phil estava sentado junto à mesa da pequena cozinha do apartamento na sobreloja, empenhando-se ao máximo para dar em cima de Mattie, entre goles de um chá tão forte que mais parecia café, de tão escuro.

— Seu pai deve ter sido padeiro — disse Phil, fitando olhos de Mattie, sentada na frente dele. — Porque você é um sonho!

Mattie não pôde evitar uma careta.

Phil não desistiria tão rápido.

— Tudo bem, então aposto que seu pai era escultor... porque você é uma obra de arte!

Normalmente, se um homem estivesse tentando cantá-la diante de zero de encorajamento da parte dela, Mattie ficaria brava, se ofenderia e diria algo contundente.

Mas ela estava achando mais divertido do que abusivo. Tirando os peitorais e bíceps muito malhados e a camiseta com um decote inadequadamente baixo (era dezembro, afinal, e ele estava procurando a morte), Phil não era feio. Tinha um semblante amistoso e os mais incríveis olhos azuis, o que compensava o fato de seu cabelo castanho-claro estar começando a rarear e ele ser um tanto baixo.

— Na verdade, Phil, meu pai fugiu com a vizinha quando eu tinha seis anos e agora está na quarta esposa e eles têm um pequeno bed & breakfast em St. Ives — ela respondeu com calma. Gostava bastante do pai, apesar de seus muitos defeitos, mas era certo que se tratava de mais um caso de ausência produzindo afeto em seu coração do que de qualquer coisa que seu pai tenha realmente feito para ganhar sua estima. — Mas, então, alguma dessas cantadas já funcionou?

Phil assentiu com vigor.

— Funcionam sempre. As garotas não enjoam. Eu tenho que ficar espantando todas elas.

Mattie pressionou os lábios para não rir e se levantou da mesa para pegar a lata de biscoitos amanteigados que tinha trazido da loja.

— Tem certeza? Quer mais chá?

Mais uma xícara de chá e dois de seus biscoitos de amora e laranja, e Phil estava abrindo a alma para Mattie: seus biscoitos eram como um soro da verdade.

— Vou ser sincero com você, Mattie — disse ele, com os olhos fixos nela de um modo que a fez pensar se ele não inventaria mais uma história.

— Está bem...

— Você tem que admitir que eu e os rapazes... a gente tem todas as manhas e toda a conversa. Nós temos as melhores cantadas. As garotas adoram um cara engraçado, certo?

— Eu não sei se elas realmente adoram...

— Mas a gente não se dá bem. — Parecia que Phil não queria de fato ouvir o que as garotas realmente adoravam, e Mattie percebeu que isso poderia ser parte do problema dele. — Estamos falando aqui de uma seca de amor tenebrosa. Maior que o Saara. Maior que o Gobi. Maior que... que...

— Eu entendi — Mattie o interrompeu. — Imagino que vocês precisam pensar no que estão fazendo errado. Talvez se dessem um tempo nas cantadas e tentassem uma conversa mais amigável, funcionasse melhor.

— Não! Porque aí a gente já entra na zona da amizade sem nem ter tido a chance de se ligar em um nível mais profundo, mais espiritual —

disse Phil com tristeza, olhando com ar de lamento para Mattie. — Como agora... Você e eu estamos na zona da amizade. Nunca vai rolar nada entre nós.

— Ah, tem coisas piores do que isso — respondeu Mattie com alegria, batendo sua caneca na de Phil. — Um brinde à amizade.

— Não que alguma coisa pudesse acontecer — continuou Phil. — O Tom já tinha alertado a gente para ficar longe.

Então Mattie ficou arrepiada, cada pelo de seu corpo em estado de alerta.

— Ah, é? — indagou, atenta.

— Ele disse que era falta de educação dar em cima da colega de apartamento dele. Que nós estávamos sonhando muito alto, muito além do nosso alcance e que, mesmo que você ficasse a fim de um de nós, provavelmente por ter caído e batido a cabeça, isso só acabaria em lágrimas e que seria ele quem sofreria as consequências. — Phil tomou um gole de chá. — Essa foi mais ou menos uma citação literal.

Havia muito para desvendar no comentário de Phil. Surpreendentemente, nada ali era tão desfavorável. Tom talvez tivesse o direito de dizer para os amigos ficarem longe de Mattie porque ela era uma bruxa mal-humorada que odiava tudo, mas, em vez disso, ele concluíra que Mattie era boa demais para eles. O que era bem decente da parte dele e também parecia um pouco bom demais para ser verdade.

— O que mais ele falou de mim? — ela perguntou, porque Tom devia ter muitas outras coisas para dizer sobre ela e nenhuma delas muito boa.

— Tom, Tom, Tom! Por que todas as meninas que eu conheço são obcecadas pelo Tom? — Phil baixou a cabeça nas mãos.

— Eu *não* sou obcecada pelo Tom!

— Toda vez que um de nós chega em uma garota e ela nos diz para cair fora, o maldito do Tom, embora eu o ame como um irmão, surge em cena e, em questão de segundos, ela já está sorrindo, dando risadinhas e lhe passando seu número de telefone.

— O Tom? O nosso Tom? Não! — Mattie zombou.

— Pode acreditar.

— Ele usa aquela gravata-borboleta e aquele casaco horrível com couro nos cotovelos para conversar com as meninas? — perguntou Mattie, com vontade de gravar a conversa no celular para depois ter como provar que não estivera sonhando.

— Usa, e às vezes usa um paletó de tweed que parece do meu avô quando estava trabalhando no terreno dele.

Mattie beliscou o braço com força para se certificar de que não estava sonhando. Agora, mais do que qualquer coisa no mundo, ela queria ver Tom em ação com os próprios olhos. Queria isso mais do que ter sua cadeia de pequenos salões de chá. Mais do que publicar um livro de receitas. Mais até do que Nigella Lawson a seguisse de volta no Twitter.

— Mas *o que* ele diz para elas? — ela perguntou e, antes que Phil pudesse responder, passos ecoaram na escada. — Me fala, rápido!

Phil sorriu e se inclinou para a frente enquanto a porta do apartamento se abria.

— Bem que eu queria saber, porque, se eu soubesse, aí...

— Philip! — Tarde demais. Tom estava ali na porta e Mattie teve a impressão de que o rosto dele assumiu uma expressão de pânico ao ver um de seus melhores amigos e sua colega de apartamento/pedra no sapato conversando muito à vontade juntos, com chá e biscoitos. — Eu achei que você fosse esperar no meu quarto.

— A Mattie me ofereceu chá e esses biscoitos deliciosos — disse Phil, sorrindo de novo. — Você sabe que eu não consigo dizer "não" para uma mulher bonita.

— Devia pelo menos tentar — respondeu Tom, sério, embora não tenha zombado de Phil por descrever Mattie como uma mulher bonita.

— Tem bastante biscoitos para todos — ela ofereceu, levantando o prato. — Quer uma xícara de chá?

Tom estava com cara de quem havia passado por uma pequena tortura.

— Não, obrigado. — Ele parecia muito rígido, como se estivesse tensionando todos os músculos. Então baixou os olhos e lembrou que estava segurando uma sacola com um volume promissor dentro. — Ah, para você. Pão de centeio e bagels de cebola, como você pediu.

— Ele está te comprando presentes? Acho que alguém está de olho em você. — Phil piscou teatralmente. Ele adorava provocar o amigo.

Tom fez um som de desdém.

— Não são meus. São da Nina — disse ele, entrando na cozinha para deixar a sacola no colo de Mattie. — Vamos?

Phil relutou enquanto esvaziava sua caneca antes de se levantar.

— Quer vir também, querida?

A expressão de Tom agora era feroz.

— A Mattie não gosta de ser chamada de *querida* por homens estranhos — disse ele. — Ou por qualquer homem, na verdade.

— Ah, eu não me importo que o Phil me chame de querida — respondeu Mattie, percebendo por que Phil gostava de provocá-lo: Tom reagia belamente. — Mas eu não vou sair com vocês. Vou deixar os dois à vontade.

— Que pena — disse Phil, vestindo o casaco e um boné, que não seriam barreira para o frio da noite, quando seu jeans justo parava uns bons cinco centímetros acima dos tornozelos e ele usava tênis iate sem meias.

— Acho que vamos conseguir superar essa tragédia — disse Tom, tentando levar seu amigo para fora da cozinha, mas Phil se mantinha firme.

— Nós vamos fazer uma festa na quinta-feira, eu e o restante do pessoal do time de futebol, uma comemoração de Natal. Você devia ir também — ele convidou Mattie. — Leve uma amiga. Ou, se todas as suas amigas forem incríveis como você, e solteiras, leve todas. E se elas quiserem ir vestidas de Mamães Noéis sexy, melhor ainda!

Era um reflexo automático rejeitar qualquer convite de um homem solteiro, então Mattie estava prestes a recusar, quando viu a expressão contrariada no rosto de Tom. Uma mulher mais mole teria se compadecido dele, mas Mattie não era essa mulher. Além disso, não perderia a oportunidade de descobrir aspectos ainda mais fascinantes da personalidade de Tom.

— Eu *adoraria* ir. Me mande um e-mail com os detalhes — respondeu ela, entregando-lhe um cartão de visita, de repente muito agradecida a Nina por ter insistido que ela fizesse. — E eu tenho certeza que consigo arrumar pelo menos uma amiga solteira para ir junto. Então, esse time de futebol... você também está nele, Tom?

— Nós temos que ir. Agora — disse Tom, agarrando Phil pela gola do casaco e o arrastando de costas pelo corredor.

— Mattie! Foi um prazer — gritou Phil, com a voz sufocada. — Vamos combinar de novo outro...

PAM!

A porta fechou com uma batida forte, mas Mattie ainda conseguiu ouvir um abafado "dia".

E, em seguida, Tom dizendo "Sua vida está por um fio", enquanto desciam a escada.

Havia tantas informações para processar que Mattie acabou tomando um banho de banheira de duas horas, periodicamente soltando parte da água fria com um pé e abrindo a torneira de água quente com o outro. Quando, por fim, se levantou, parecia uma ameixa em formato de mulher.

Enquanto se massageava com o creme para a noite, ela se perguntava que outros segredos Tom poderia esconder. Verity sempre insistira que ele era um agente secreto russo disfarçado, só esperando que seu instrutor em Moscou o ativasse, enquanto Nina inventara uma esposa e quatro filhos que Tom mantinha escondidos em algum lugar.

Sabendo o que sabia agora sobre Tom, Mattie não ficaria nem um pouco surpresa se alguma dessas teorias fosse verdade.

Como última etapa de sua rotina de cuidados com a pele, lambuzou o rosto em óleo de rosa-mosqueta — trabalhar o dia todo em uma cozinha quente sempre ressecava sua pele — e saiu com tudo do banheiro, enrolada apenas em uma toalha, no exato momento em que Tom entrava pelo corredor.

— Não!

— Meu Deus!

Mattie apertou mais forte sua toalha minúscula em volta do corpo. Muito, muito mais forte.

— O que está fazendo em casa? — ela guinchou. — Você nunca chega tão cedo.

Mattie fora iludida com uma sensação de falsa segurança pelo fato de que quase sempre já estava dormindo quando Tom voltava do que quer que ele saísse para fazer todas as noites. Jogar futebol, seduzir mulheres facilmente impressionáveis ou sabe-se lá o quê. Às vezes, ela acordava quando Tom chegava em casa. Dava uma olhada no despertador — sempre passava da uma da manhã — e voltava a dormir. Mas agora não eram nem onze horas, e lá estava ele.

Desviou para a esquerda enquanto Tom desviava para a direita, e eles quase se chocaram de nariz e outras *coisas*. Então Mattie desviou para a direita enquanto Tom se movia para a esquerda, e eles quase colidiram de novo. Parecia mais seguro ficar onde estavam e não fazer nenhum movimento brusco.

— Eu não sabia que precisava te explicar meus horários de saída e entrada — disse Tom, o olhar fixo em um ponto qualquer à esquerda de onde Mattie estava, totalmente nua sob uma toalha que ela sabia que deixava à mostra a curva superior dos seios. Mas, se ela a puxasse para cima, revelaria demais de suas coxas. Era um dilema. — Posso te sugerir uma nova regra da casa?

— Pode, mas seja rápido — respondeu Mattie, com a pele tão vermelha de vergonha que parecia ter sido escaldada.

— Não andar quase pelada no apartamento — disse Tom asperamente, com o rosto tão vermelho quanto o corpo de Mattie. — Quer dizer, sem roupa nenhuma. — Os óculos dele estavam embaçados pelo vapor do banheiro, mesmo assim Mattie o viu fechar os olhos, porque era um corredor muito estreito. Mal havia espaço suficiente para os dois. — Em um estado despido.

— Sim, eu entendi da primeira vez que você falou — Mattie sibilou furiosa consigo mesma, porque não era seu costume sair pelo apartamento só de toalha. A única noite em que esqueceu de levar o pijama para o banheiro foi quando Tom chegou em casa cedo. Claro que tinha que ser! — Entendido. Mensagem recebida.

— Ótimo. — Tom engoliu em seco. Mattie nunca havia notado direito como Tom era alto. Como ele parecia preencher cada centímetro do pequeno espaço, e ela sentia nele o cheiro do ar frio da noite e o perfume limpo e fresco que sempre associava a Tom. Embora, pela lógica, ele devesse cheirar a naftalina, e a mofo, e a poeira de roupas e livros velhos. De repente, ele olhou bem nos olhos dela. — Você está... você está me *cheirando*?

— O quê? Claro que não! — Mattie deu um passo para trás, mas não havia para onde recuar, e ela estava desesperada para fugir para a segurança e o santuário de seu quarto, mas Tom estava no caminho. — Será que eu poderia...?

— O quê?

Que inferno. Os dois constrangidos e incapazes de soltar uma frase completa.

— Meu quarto. — Mattie segurava a parte de cima da toalha com ambas as mãos e não podia ousar um único gesto para indicar a porta atrás de Tom. — Eu devia ir para o meu quarto. Me vestir.

— Ah, sim! Claro. Puxa, desculpe.

Eles fizeram a mesma sequência outra vez: Tom saindo para a esquerda na mesma hora em que Mattie dava um passo para a direita. Depois de volta. Depois o inverso. Como se estivessem dançando.

— Pare — disse Tom, pondo a mão no ombro de Mattie, seu ombro nu, os dedos dele acendendo mil fogueiras na pele dela, então ela puxou o ar e ele tirou a mão depressa, como se tivesse se queimado. — Desculpe. Desculpe mesmo.

— Não. Tudo bem. — Mattie ainda podia sentir o formigamento invisível do toque da mão de Tom; não era uma sensação inteiramente desagradável. — Escute, eu só quero entrar no meu quarto.

— Eu sei — disse Tom, em desespero. — Olha, você fica parada onde está e só eu dou um passo para a esquerda assim... — Ele se moveu para fora da porta do quarto de Mattie, e o caminho agora estava desimpedido para ela entrar e bater a porta problemática na cara dele, mas ela continuou imóvel. Tom fez um gesto para a porta, para o caso de Mattie ainda não ter percebido o que tinha diante de si. — Pronto. Desculpe de novo.

Mattie estava livre para ir, mas ainda não conseguia se mover.

— Está tudo bem com a gente, não está? E amanhã eu vou comprar o maior roupão que eu puder encontrar. — E então se deu conta de que teria que soltar uma das mãos da toalha para abrir a porta. — Você poderia fazer isso para mim? — Ela indicou a maçaneta com o cotovelo.

— Claro. — Tom estendeu o braço, sem jeito, para abrir a porta do quarto de Mattie, mas manteve o olhar desviado, o que foi bastante cavalheiresco da parte dele, especialmente porque havia uma pequena pilha de roupas no chão que Mattie havia tirado e largado ali antes de ir para o banheiro. — E eu também vou comprar um roupão bem grande.

— Nós vamos ficar combinando — Mattie comentou e finalmente, *finalmente!*, estava em seu quarto e podia usar a porta para esconder o corpo. — Desculpe, isso foi muito constrangedor.

Tom seguiu pelo corredor em direção à segurança de seu próprio quarto.

— Nunca mais vamos falar sobre isso — disse ele. — Boa noite.

— Boa noite, Tom — respondeu Mattie. E ambos fecharam a porta de seus respectivos quartos em perfeita harmonia.

Vinte dias para o Natal

Phil havia mandado um e-mail para Mattie com os detalhes da festa de Natal logo cedo na manhã seguinte. Mas, se Mattie achava que o apressado convite de Phil era porque ele estava interessado nela, o e-mail esclareceu bem depressa a situação.

> Não se esqueça de trazer pelo menos uma amiga. Uma amiga EM FORMA e SOLTEIRA. E mulher. Então, uma AMIGA EM FORMA, SOLTEIRA E MULHER, ou várias AMIGAS EM FORMA, SOLTEIRAS E MULHERES, prontas para se apaixonar pelo Philmestre.

Mattie não sabia bem se "Philmestre" era um progresso em relação a Conde de Monte Riso, mas percorreu mentalmente a lista de suas muitas amigas mulheres, todas elas EM FORMA, várias delas SOLTEIRAS, e decidiu que, entre todas, Pippa seria capaz de lidar com as atenções dos Riso Boys sem muito esforço.

— Para mim a masculinidade exagerada é uma máscara para esconder o medo e a insegurança — disse Pippa, quando Mattie lhe descreveu as surpresinhas que a aguardavam na festa de Natal em Cockfosters para a qual estavam indo em uma noite de quinta-feira.

— Mas é bem engraçado que eles morem justamente na linha Piccadilly — Mattie comentou enquanto o metrô passava pela estação Holloway Road. — *Picca*dilly, entendeu?

— Sim, eu entendi — disse Pippa. Mattie adorava Pippa, mas a própria Pippa seria a primeira a admitir que não tinha muito senso de humor. "O que é mesmo estranho, porque eu sou uma pessoa muito alegre, muito positiva", Pippa dissera certa vez para Mattie. "Mas a única coisa que realmente me faz rir são piadas de peidos."

Mattie havia conhecido Pippa em um acampamento de verão Eurocamp em Dusseldorf quando ambas tinham quinze anos. Ao contrário de suas colegas de acampamento, nenhuma das duas tinha vontade de beber vinho barato ou ficar com algum garoto holandês de cabelo mullet e jeans desbotados. Mattie queria estar em Paris e ter um romance de férias com um garoto parisiense, que com certeza se vestiria todo de preto e andaria com *A náusea* de Sartre embaixo do braço, e Pippa estava furiosa por seus pais terem gastado todo aquele dinheiro para ela aperfeiçoar seu alemão quando ela teria preferido passar as férias de verão na Califórnia.

Comparando ponto por ponto, Mattie e Pippa eram completos opostos. Mattie era impulsiva e audaciosa (afinal, tinha decidido se mudar para Paris e estudar na Escola de Confeitaria com duzentos euros no bolso depois de entrar, bêbada, em um jogo de verdade e consequência). Era uma divisão 50/50 de DNA entre um pai que fizera de fugir apenas com o dinheiro do bolso um estilo de vida e uma mãe que gostava ou desgostava intensamente de uma pessoa depois de conhecê-la por meros dez segundos e não mudava mais de ideia por nada.

Pippa, por outro lado, era produto de dois professores de Yorkshire, e tão firme e estável quanto a casa de fazenda de pedra nos arredores de Halifax onde havia sido criada. Era segura, sensata e determinada a ver o melhor nas pessoas, o que eram qualidades muito boas de ter quando se trabalhava para Sebastian Thorndyke, que desafiava a paciência de toda uma catedral cheia de santos.

Ela também havia aceitado Oprah Winfrey como sua deusa e salvadora pessoal, e isso, somado a um ano em uma escola de administração de empresas californiana, fez com que Pippa trocasse seu bom senso franco e direto de Yorkshire por um denso discurso empresarial e citações motivacionais. Mattie era obrigada a respirar fundo cada vez que uma nova foto de Pippa chegava em seu Instagram, porque geralmente era um pôr do sol e uma mensagem bem característica, do tipo, "Pare de esperar que outra pessoa conserte sua vida".

E, agora, enquanto Mattie atualizava Pippa sobre os últimos acontecimentos na terra da Felizes para Sempre, os conselhos de Pippa foram sinceros, mas com o selo de aprovação de Oprah.

— E então a Posy, a Verity e a Nina acham que eu sou uma pessoa totalmente negativa, mas eu não sou. — Mattie vinha tentando ser animada e positiva desde então, o que era exaustivo. — Eu sou uma pessoa negativa?

— A opinião que os outros têm de você não é problema seu — disse Pippa, conferindo a aparência em um espelhinho de bolso, embora esta estivesse sempre perfeita. Seu cabelo castanho era o mais liso, brilhante, reluzente que Mattie já vira, e Mattie era alguém que já havia trabalhado servindo bebidas em uma recepção beneficente em que estivera presente a duquesa de Cambridge.

Pippa também fazia boxe fitness e ioga em manhãs alternadas nos dias úteis, praticava reducitarianismo, o que significava que só comia carne uma vez por semana, e ficava incrível de legging, que era seu traje preferido fora do trabalho. Ela e Mattie realmente não tinham nada em comum, mas, de alguma forma, funcionavam bem juntas. E havia também a pequena questão de que, quando Pippa decidia que você era da turma dela, era capaz de mover céus e terras por você. De verdade.

Fora Pippa quem dirigira o Renault Clio de sua mãe de Londres até Paris dois dias antes do Natal para pegar Mattie e todas suas posses terrenas e trazê-la para casa. Isso fazia dois anos e toda semana desde então Mattie fazia um bolo para Pippa (o dessa semana era um crumble de damasco), como uma maneira insuficiente de dizer obrigada.

— Mas elas *fizeram* a opinião delas ser problema meu — explicou Mattie, ofendida, enquanto Pippa passava gel transparente nas sobrancelhas já muito bem arqueadas. — A Verity disse que eu sou o Ió do Ursinho Pooh.

— Ah, eu não diria que você é o Ió — disse Pippa. — Você está mais para o Leitão, assim meio estressada.

— Eu só não suporto muito as coisas que não são muito suportáveis.

— Mas a escolha do seu estado de humor é sua — disse Pippa. — Eu escolho ser feliz, então eu sou feliz. Para mim ajuda escrever todos os dias dez coisas pelas quais sou grata em meu diário de gratidão. — Ela guardou o espelhinho de bolso para poder encarar Mattie com um olhar tranquilo e sem julgamento. — Você está escrevendo dez coisas pelas quais é grata todas as manhãs no diário de gratidão que eu te dei no Natal passado?

— É, mais ou menos. — Mattie se encolheu sob o olhar despretensioso de Pippa, que já fora capaz de derrotar até Sebastian. — Talvez eu tenha acabado escrevendo receitas nele, mas eu sempre sou grata por uma nova receita.

— E você não está mais escrevendo listas dos seus inimigos e de como vai se vingar deles, então acho que podemos marcar um ponto na escala de progresso — disse Pippa, pegando a mão de Mattie para levantá-la no ar. — Uh-huh, parabéns! E, então, esses caras que estão dando a festa, algum deles vale a pena?

O último homem que Pippa tinha namorado era um personal trainer vegano holístico que havia feito maravilhas por seus músculos abdominais, mas "deixado minhas necessidades emocionais implorando por um bom exercício".

Mattie suspirou.

— A menos que você goste de piadinhas sem graça, e nós duas sabemos que você não gosta, eu diria que eles não valem nem um pouco a pena.

Pippa desanimou. Mattie podia vê-la se esforçando para escolher ser feliz. Levou de Arnos Grove até Cockfosters para Pippa conseguir dar um sorriso passável que mostrasse seus dentes brancos e perfeitamente alinhados.

— Enfim, sempre é bom conhecer pessoas novas, e eu fiz uma aula de boxe fitness esta manhã, portanto posso consumir um monte de calorias imprestáveis, ou seja, vou ficar bem bêbada.

— Esse é o espírito da coisa — disse Mattie, quando elas desceram do trem em direção às placas de saída. — Eu não fiz nenhum exercício esta manhã, mas também pretendo ficar bem bêbada.

Se queria pegar Tom em ação, Mattie precisava agir disfarçadamente e estar irreconhecível. Tom nem sabia que ela ia para a festa, já que saíra do apartamento uma hora antes de Mattie e não lhe dissera nada sobre encontrá-la mais tarde. Na verdade, o que ele disse foi: "Vou chegar tarde, a não ser que me sinta mal de repente, então, por favor, lembre-se da nossa nova regra: roupões volumosos o tempo todo".

Mattie tirou da bolsa um gorro e um cachecol pretos de lã, e, depois de colocá-los e fazer os ajustes necessários, apenas seus olhos ficaram visíveis.

— Essa festa não é dentro de casa? Você não vai ficar com muito calor? — perguntou Pippa, quando saíram da estação. — E toda de preto. Sabe, nós recebemos o que pomos no mundo. É por isso que eu escolhi algo brilhante. — Ela desabotoou o casaco apenas o suficiente para dar a Mattie um vislumbre prateado e cintilante. — Bom, por isso e também porque é uma festa de Natal.

— Eu *sempre* uso preto — respondeu Mattie, consultando o Google Maps no celular.

— Você não usava *sempre* preto. — Pippa olhou Mattie de lado, mas esta ignorou. — Antes de Paris, às vezes você usava todas as cores.

— Eu fazia um monte de coisas antes de Paris que não faço mais — Mattie praticamente resmungou. — Temos que pegar a rua à esquerda.

— Lembre-se, você escolhe o seu humor — avisou Pippa. — Mas me diga: como você conheceu esses caras que estão dando a festa?

Mattie ainda não havia pensado em uma boa maneira de explicar isso. Decidiu-se pela mais simples e vaga das explicações.

— Ah, eles são amigos do Tom.

— Tom! Você não falou muito sobre o Tom, embora ele seja o primeiro cara com quem você mora desde...

Mattie sacudiu a cabeça com tanta violência que o pompom de seu gorro de lã pareceu prestes a ser lançado no espaço.

— Eu não estou *morando* com o Tom. Estou dividindo um apartamento com ele. É uma vibe diferente.

— O Tom tem muitas camadas — disse Pippa, pensativa. — Ele finge que não gosta de trabalhar em equipe, é bem difícil em um brainstorm... No entanto, eu acho que, no fundo, ele daria a vida pela Felizes para Sempre. Você sabe o que eu sempre digo: lealdade é qualidade.

— Sim, ele tem mesmo muitas camadas — concordou Mattie, louca para contar a alguém que Tom havia passado quatro anos estudando ficção romântica. A enormidade desse segredo pesava sobre ela, e Pippa era uma terceira parte imparcial. Se alguém lhe contasse um segredo, certamente ela o levaria para o túmulo. Mattie desconfiava de que os princípios de Pippa eram tão fortes que ela seria capaz de enfrentar até longas sessões de tortura. Daria uma espiã magnífica. Mas havia o pequeno fato, de forma alguma imparcial, de que ela trabalhava para o marido de Posy, então Mattie decidiu que era melhor ficar quieta. — Mais camadas que um mil-folhas.

— E ele é bem bonito também — disse Pippa de forma natural, como se a suposta boa aparência de Tom fosse um fato e não admitisse controvérsias. — É aqui?

Estavam diante de uma típica casa geminada da década de 30, como todas as outras casas geminadas da década de 30 pelas quais haviam passado no caminho desde a estação. Mas o número 23 da Hazeldene Avenue não estava em condições tão boas quanto as de seus vizinhos. A sebe precisava de uma poda urgente, não havia cortinas rendadas nas janelas e, com as luzes todas acesas, era possível ver que elas não reclamariam de uma boa limpeza. E, enquanto as casas vizinhas haviam realmente aderido à temporada festiva, com árvores de Natal piscando atrás das supracitadas cortinas rendadas e luzinhas coloridas se espalhando pelo exterior (a de número 27 tinha até um Papai Noel e um trenó iluminados no telhado), a dos Riso Boys se contentara com um cordão esfarrapado de festão, pendurado sobre a porta da frente, que estava aberta.

Era aqui que o Tom morava antes? Mais uma peça do quebra-cabeça que não se encaixava em nenhuma outra.

Elas se espremeram em meio ao aglomerado de pessoas que criavam um gargalo no corredor até chegarem a uma cozinha, que também estava cheia de gente e havia sido equipada pela última vez em algum momento da década de 80.

— Uau — Pippa sussurrou. — Eu nunca pensei que havia tantos tons diferentes de bege.

Mattie lançou um olhar profissional para o fogão, como fazia automaticamente sempre que era convidada para ir à casa de alguém.

— Este fogão não vê uma limpeza desde que a rainha Vitória estava no trono.

— Vitória? Faz séculos que eu não encontro com ela — disse uma mulher com roupa de academia que estava parada com uma amiga, também vestida do mesmo jeito, ao lado de uma pia que também não via um paninho e um detergente há décadas. — Como ela está?

— Está ótima — disse Mattie, porque era a opção mais fácil. — Estão gostando da festa?

— Não muito. Tomem cuidado porque tem ramos de visco pendurados onde menos se espera, e sempre tem algum otário à espreita para tentar te beijar, então nós vamos embora daqui a pouco — disse a mulher. — Para uma aula de spinning para solteiros em Kings Cross.

— Eu adoro aulas de spinning — disse Pippa, com todo o fervor de alguém que era fã de um treino cardiovascular de alto impacto. — Estava mesmo imaginando por que vocês estariam de roupa de academia. Essas leggings são Lululemon?

— São Sweaty Betty — a segunda mulher respondeu. — Têm uma modelagem ótima. Deixam um bumbum incrível.

— Deixam mesmo — disse Pippa, admirada. — Mas eu gosto das da Gap também.

Pippa tinha encontrado sua turma. Se não tivesse um código moral tão forte, Mattie desconfiava que Pippa a teria deixado de lado com facilidade em favor de ir a essa aula de spinning para solteiros. Mattie se espremeu pelo meio das três com um sorriso vago e investigou a enorme panela de vinho quente, fervendo sobre o fogão sujo.

O calor e o álcool matariam qualquer bactéria, não? Ela se serviu em uma caneca e desviou de um ramo de visco pendurado sobre a porta da cozinha.

Prendeu a respiração enquanto passava por um pequeno círculo de fumantes no pátio e se aventurou pelo jardim surpreendentemente longo em direção ao fundo, onde a maioria dos convidados estava em volta de uma fogueira que queimava com grande entusiasmo. Tomou um gole cauteloso de seu vinho quente e quase cuspiu. Não havia nenhum ingrediente nele; nenhum condimento de Natal, nem mesmo cravo e canela. Era apenas vinho tinto barato esquentado.

Sem que ninguém percebesse, despejou o conteúdo da caneca em um canteiro próximo muito maltratado, e então seu olfato percebeu o cheiro de linguiças. Quando se aproximou, viu dois Riso Boys (possivelmente Risavô e outro que ela não reconheceu) manejando uma enorme grelha e, aleluia, uma caixa térmica cheia de gelo e garrafas de cerveja.

— E aí, meninas, a fim de uma linguiça? — o Riso Boy desconhecido falou para três garotas que tremiam de frio em minúsculos vestidos cintilantes quando Mattie se aproximou, pegou uma cerveja e saiu de perto de novo, abrindo a garrafa com a ajuda da ferramenta certa em seu canivete de chef. — E depois vocês podem ter uma destas linguiças. — Ele levantou uma linguiça em um garfo longo e as três garotas gemeram em uníssono e se afastaram.

Mattie não as culpava. Mas as pobrezinhas mal tinham andado três passos quando foram abordadas por Phil e outro homem que Mattie não reconheceu.

— Senhoritas! Lindas como sempre — disse Phil. — Eu sou Phil, mas meus amigos me chamam de Conde de Monte Riso.

As três jovens deram uma olhada disfarçada para a camiseta dele, que dizia "Meu peru de Natal está pronto para você", mas Phil não pareceu notar.

— E esse é o Costa. Como em Costa Coffee.

— É por isso que eu gosto das minhas mulheres quentes, fortes e doces — disse Costa. Ele usava uma camiseta com o desenho de uma rena bêbada e "Rum-dolfo" em letras brilhantes. Mattie quase cuspiu dentro da cerveja e recuou para a sombra para não ser vista. Queria que Pippa não estivesse mais na cozinha, sem dúvida ainda louvando as virtudes de leggings de ginástica que valorizavam o bumbum, porque aquilo precisava de testemunhas.

— Eu só tomo chá — uma das meninas disse, séria, e suas duas amigas deram risinhos.

— Eu gosto do meu chá do jeito que gosto das minhas mulheres — disse Phil. Mattie desejou que parasse por aí, mas ele foi em frente. — Hum... forte e, hã, forte...

— Você já disse forte. — Essas garotas não deixavam barato.

— Forte e, hã, preparado com perfeição.

Duas das garotas reviraram tanto os olhos que quase deslocaram a córnea, enquanto aquela que cometera o erro de dizer que preferia chá fixou em Phil um olhar tão frio que ele visivelmente murchou.

— Isso não faz nenhum sentido — disse ela, e fez um gesto com o polegar na direção de uma velha estufa caindo aos pedaços. — Cai fora!

Mattie fez uma careta. Phil não merecia isso. Ele era até bem legal depois que a gente o conhecia, mas essas garotas nunca chegariam a conhecê-lo, porque ele desapareceu tão rápido quanto suas pernas puderam levá-lo. Costa o seguiu.

— Ridículo.

— Muito ridículo.

— Ridículo é elogio.

— Sinto muito por vocês terem sido o alvo das piores cantadas do mundo — disse uma voz conhecida, e Tom estava ali, no espaço tão recentemente desocupado por seu bom amigo, o conde. Mattie se encolheu ainda mais e quase se perdeu dentro da sebe crescida, invisível em seu conjunto todo preto, a menos que se estivesse procurando um ninja bebedor de cerveja.

— Certo, e com que bebida quente você gosta que suas mulheres se pareçam? — perguntou a Garota do Chá, desafiadora.

— Não sou muito fã de bebidas quentes — respondeu Tom, o que era uma total mentira, pensou Mattie, enquanto ajustava o cachecol para assegurar que a maior parte de seu rosto continuasse escondida nas sombras. — E, por favor, não me confundam com esses *meninos* com quem estavam conversando agora há pouco.

Era a voz séria de Tom, a que fazia suas fãs menopausadas corarem quando ele lhes dizia que de forma alguma iria experimentar uma das camisetas da Felizes para Sempre para elas verem se era o tamanho de que precisavam para seus maridos.

E parecia estar tendo um efeito semelhante sobre a Garota do Chá, que agora parecia bem impressionada.

— Não, você não é nem um pouco como eles — disse ela, meio ofegante.

— Não. Eles não saberiam o que fazer com uma mulher nem que vivessem até os cem anos — respondeu Tom, com uma voz rouca, inclinando-se mais para perto da garota, tão perto que Mattie poderia apostar que sua respiração estava fazendo cócegas na orelha dela. Havia algo no timbre profundo de Tom que fez Mattie tremer ligeiramente, embora o clima estivesse bastante ameno para começo de dezembro. Mattie não foi a única afetada: quando Tom se despediu das três garotas com um sorriso de desculpas, tocando a testa em uma saudação, todas as três pareciam em êxtase.

— *Quem* é ele? — uma delas perguntou, com uma voz sonhadora.

— Só o homem com quem eu vou me casar.

Mattie já tinha ouvido o suficiente e seguiu Tom a distância. Ele caminhou pelo jardim e contornou a fogueira, enquanto ela se escondia no escuro, fora da luz do fogo. Daquon, vestindo uma camiseta com chifres de diabo e uma declaração orgulhosa, "Eu estou na lista dos malcomportados", testava algumas de suas cantadas de nível altíssimo.

— E então eu disse: "Tem um foguete na sua calça ou você só está feliz por me ver?" Não! Espera aí. "Tem um foguete na..." Ah, desculpa! "Tem um foguete na *minha* calça ou você só está feliz por me ver?" Caramba! É "*eu* só estou feliz de te ver". Posso começar de novo?

Tom claramente não conseguiu mais aguentar.

— Não, por favor — disse ele, avançando, de modo que Daquon teve que dar um passo para o lado. — Eu peço desculpas por este... hum, "cavalheiro" não parece a palavra certa.

— Cara, você sempre faz isso — murmurou Daquon, sacudindo a cabeça para Tom, mas recuando e deixando o amigo e a garota de gorro de gatinho cor-de-rosa sozinhos.

— Eu posso me livrar de losers sozinha — a garota disse.

— Eu não fiz por você — disse Tom, com um sorriso amistoso, como se ele fosse um homem amistoso. — Fiz por razões puramente egoístas. A verdade é que eu ia morrer de vergonha se ele tentasse mudar mais alguma coisa naquela cantada clichê.

A garota, que tinha uma beleza esperta, com cara de quem não era paciente com imbecis, permitiu-se um sorriso.

— Eu estava começando a ficar com pena dele.

— Eu não ficaria — aconselhou Tom e, agora, estavam os dois sorrindo um para o outro, e Mattie precisou fazer uma checagem geral para ter certeza de que, sim, aquele era Tom, com seus óculos, sua gravata-borboleta e seu casaco de tweed mais gasto. Porque Tom continuava sorrindo, e um sorriso de Tom Greer era um acontecimento pouco testemunhado; até alguns cometas apareciam com mais frequência do que o movimento para cima dos lábios de Tom.

— Não pude deixar de notar seu gorro — Tom estava dizendo agora. — É da Marcha das Mulheres, não é? Você foi no ano passado?

— Sem dúvida, e este ano vou também. Tenho organizado uma série de oficinas sobre ativismo na escola da minha irmã mais nova. A propósito, eu sou Clea — disse ela, estendendo a mão.

— Tom. — Eles apertaram as mãos. — Acho que é muito importante ser um aliado. Eu percebi que uma das melhores contribuições que posso dar em defesa da igualdade de gênero é escutar e apoiar, em vez de achar que a minha voz precisa ser ouvida.

— Uau. Eu pensei que homens como você fossem mais raros que unicórnios — disse a garota, com um sorriso de apreciação enquanto examinava Tom com um olhar mais demorado. Obviamente, ela não achava a gravata-borboleta tão brochante. — A quantidade de homens que eu já conheci que tentaram explicar feminismo para mim...

Tom ergueu as mãos.

— Eu vivo com medo de ser acusado de mansplaining

— Bom, se prometer que não vai fazer isso, eu gostaria muito de me encontrar com você em alguma outra ocasião em que não tivesse tanto fogo aberto — Gorrinho Cor-de-Rosa disse, desviando-se de alguém que passou rente a ela com um fogo de artifício soltando estrelinhas. — Tem muitas fibras feitas pelo homem em minha roupa.

— Ainda que, em vista do gênero da maioria das pessoas que trabalham na indústria têxtil, elas são provavelmente fibras feitas pela mulher — disse Tom, e ambos riram, e, se não fosse pela fumaça da fogueira que fazia seus olhos lacrimejarem, Mattie se convenceria de que estava sonhando. E só poderia estar, porque Tom digitou o número do telefone dele no celular de Gorrinho Cor-de-Rosa e ela ligou para ele, para que ele também tivesse o número dela.

— Vou te ligar — disse ela, muito avidamente, antes de acenar em despedida e se afastar para procurar suas amigas.

Tom não perdeu tempo. Moveu-se rápido para o outro lado da fogueira, onde despachou o pobre Daquon de novo e, em cinco minutos, estava flertando sem pudor com mais uma garota. A essa altura, o canto do jardim onde eles se encontravam estava bastante deserto, então Mattie não ousou se esgueirar para mais perto e arriscar chamar atenção para si.

Em vez disso, teve que ficar assistindo a Tom e sua terceira vítima aos sorrisos e risadinhas, e também houve muitos toques nos braços, até que a garota levantou a mão para limpar alguma coisa no rosto de Tom. "Uma fuligem da fogueira", Mattie a ouviu dizer, enquanto Tom sorria. Então ele e a garota, que agora segurava firme o braço de Tom, caminharam de volta pelo jardim em direção à casa.

Era surpreendente, Mattie se maravilhou, que Tom pudesse ser todas as coisas para todas as pessoas: o macho alfa sério, o aliado feminista, o paquerador descarado. No entanto, apesar disso, ele só mostrara um lado para ela: o lado mais chato, antipático e irritante.

Qual seria o Tom Greer real? Mattie ficou pensando nessa questão complicada por uns bons cinco minutos, até perceber que Tom estava a seu lado, e devia ser o calor da fogueira que fazia suas faces arderem tanto. Ou talvez fosse porque ela estava enrolada em um cachecol de lã preto.

— Trouxe alguns presentes — disse Tom, estendendo outra garrafa de cerveja. — Assim você não tem que beber aquela coisa que eles chamam de "vinho quente". E uma estrelinha. — Ele levantou o fogo de artifício na outra mão. — Quer acender meu fogo?

Já chegava para Mattie. Ela soltou o cachecol para que Tom pudesse ver seu rosto irritado.

— Sou eu — disse ela. — E sou imune às suas... artimanhas!

Tom franziu a testa atrás dos óculos.

— Claro que é você. E que história é essa de *minhas artimanhas*? Você parece uma personagem daqueles romances medonhos da Regência que a Posy adora.

— Disso você deve entender — murmurou Mattie muito baixinho, porque não estava pronta para ter *essa* conversa com Tom. Precisaria de muito mais do que uma garrafa de cerveja para se sentir emocionalmente fortalecida para tocar no assunto da dissertação de Ph.D. — Eu preciso ir encontrar a Pippa.

— Ela está ocupada supervisionando o Mikey e o Steve enquanto eles se preparam para acender os fogos, porque eles não sabem nada sobre normas de segurança. Enfim, foi ela que me disse para vir procurar você. Disse que você estava aqui fora e que era só eu procurar uma mulher que parecesse um membro do Baader-Meinhof.

— Rá! Eu aposto que ela não disse que eu parecia um membro do Baader-Meinhof — falou Mattie. Se ela não sabia o que era o Baader-Meinhof, tinha certeza de que Pippa não sabia também.

— Eles foram uma organização terrorista alemã — explicou Tom, o que foi o bastante para Mattie tirar o gorro, mesmo certa de que ele havia destruído sua franja. Mas era apenas Tom e, ainda que todas as outras mulheres na festa parecessem pensar que ele era alguma espécie de deus nascente do sexo, Mattie não compartilhava dessa opinião.

Para ser sincera, ele havia lhe trazido a cerveja e uma estrelinha, mas agora estava tentando conduzi-la para a casa, a mão em suas costas. Mattie já ia protestar, quando Tom disse:

— Acho melhor ver os fogos de uma distância segura, ainda mais se o Mikey e o Steve estiverem planejando acendê-los tão perto da fogueira.

— É, boa ideia — concordou Mattie, virando em direção ao abrigo do pátio. — Mas por que uma fogueira e fogos em uma festa de Natal?

— Eles iam fazer uma festa na Noite de Guy Fawkes no começo de novembro, mas ficaram muito bêbados na noite anterior e estavam de ressaca para fazer qualquer coisa no dia seguinte — explicou Tom, enquanto seguia Mattie pelo jardim. — Levaram tanto tempo para remarcar que acabaram tendo que mudar para uma festa de Natal.

— Por isso os ramos de visco e as camisetas com piadinhas de Natal?

Tom gemeu.

— A Posy não pode saber sobre essas camisetas com piadinhas de Natal ou vai acabar tendo ideias. Combinado?

Mattie estremeceu só de pensar.

— Combinado.

No pátio, os dois encontraram Pippa, que contava entusiasmada a Phil sobre a oficina de crescimento pessoal de que havia participado na semana anterior. Pippa não era o tipo de pessoa que tinha receio de ser deixada sozinha em uma festa: ela sempre encontrava alguém para conversar, depois formar uma conexão mais profunda e pessoal. Ou pelo menos era o que ela dizia, e não era Mattie que ia pôr isso em dúvida.

— Eu acho que é realmente muito bom fazer um checkup regular em sua autoestima — disse ela, enquanto Phil balançava a cabeça e a olhava com uma expressão atônita de espanto. — É como fazer um papanicolau ou trocar o óleo do carro.

— Certo — disse Phil, hesitante. — O que é um papanicolau?

— Nada com que você precise se preocupar — Tom disse depressa, porque já havia estado com Pippa em várias ocasiões e, como Mattie, sabia que ela nunca fugia de perguntas difíceis. Pelo contrário, Pippa corria atrás delas.

— Essa é uma ótima pergunta, Phil. Fico feliz por você demonstrar interesse pela saúde feminina — disse ela, e Mattie não teve escolha a não ser puxá-la pelo braço e sussurrar no ouvido da amiga. — Se você explicar para o Phil o que é um papanicolau, não vai mais ver a cara de nenhum bolo meu por muito tempo.

— Mas a saúde reprodutiva da mulher tem impacto sobre a saúde de todos — disse Pippa, muito a sério.

— O Phil não é emocionalmente forte o suficiente para lidar com você explicando sobre espéculos — disse Mattie, com algum desespero. — E isto é uma festa! Uh-huh! Ei! Olhe! Fogos de artifício!

— Aaah! Eu adoro fogos de artifício — exclamou Pippa.

Mattie se viu espremida entre Tom e Pippa enquanto assistiam a uma apresentação meio caótica, contendo todos os fogos mais populares. Rodas de Catarina, rojões e velas cascata, que acenderam o céu sobre Cockfosters com uma chuva colorida de faíscas e explosões. Felizmente, alguém na rua seguinte também estava fazendo uma festa com muitos fogos de artifício fora de época, de modo que todos podiam soltar alegremente seus "oooh!" e "aaaah!" para os fogos deles nas longas pausas em que Sean ou Mikey anunciavam que uma vela cascata não tinha funcionado e eles iam checar o que havia acontecido, seguidos por gritos de alerta de "Não mexam nela! Não *mexam* nela!"

Depois de vinte minutos e uma terceira garrafa de cerveja, tudo que restava era a estrelinha de Mattie, que Tom acendeu para que ela e Pippa pudessem posar para selfies.

— Venha, Tom! — chamou Pippa, puxando-o no meio das duas. — Você tem braços bem mais longos que os nossos, o que dá um ângulo muito mais favorável. Você também, Phil.

Mattie fez no mesmo instante sua cara de selfie: rosto inclinado para a direita, queixo para baixo, olhos bem abertos. Pippa abriu muito a boca em um silencioso grito de alegria, Phil levantou os polegares de um jeito engraçado, e Tom ficou ali como se estivesse posando para sua última fotografia antes de ser enviado para lutar nas trincheiras da Primeira Guerra Mundial.

— Eu espero que essas fotos não apareçam em nenhuma rede social — disse Tom, muito sério. Esse era um ponto interessante: ele havia conseguido nunca aparecer no Instagram da Felizes para Sempre, embora Nina vivesse enfiando o celular na cara das pessoas enquanto elas estavam tentando trabalhar.

Mas aquela foto de Mattie tinha ficado muito boa. Boa demais para desperdiçar.

— Desculpe, Tom, mas eu vou postar no meu Instagram — avisou Mattie, já percorrendo os filtros. — Tenho muito poucos seguidores, então não é nenhuma grande coisa.

A verdade é que ela tinha muitos seguidores, quase cinco mil na última atualização, que a visitavam todos os dias para ver suas fotos diárias de doces.

— Só que eu acabei de pedir para você não fazer isso — repetiu Tom, mas Mattie era imune à sua voz séria.

— Você não devia ter concordado de aparecer na foto se não queria estar nas redes sociais — disse Mattie, divertindo-se com as hashtags:

#fogosdeartifício #fogueira #estrelinha
#festadenatal #argh
#ignoreosujeitocomcaradeenterro

— Não existe nenhuma lei dizendo que você precisa postar as fotos nas redes sociais — falou Tom, de um jeito que fez Mattie instantaneamente se irritar com seu tom de crítica.

— Mas para que tirar fotos, então? — indagou Pippa, perplexa, porque, quando não estava postando pores do sol e frases motivacionais em seu Instagram, estava postando fotos #fitness de seus treinos diários ou selfies #horadogim em qualquer bar pop-up moderninho sobre o qual ela tivesse lido no Londonist. — Pra quê?

— Exatamente, se você não postar fotos nas redes sociais, como pode ter certeza que tirou uma foto? — disse Mattie, porque tinha tomado três garrafas de cerveja no espaço de uma hora e, aparentemente, quando ficava tonta, isso lhe despertava a necessidade de irritar Tom, que estava com os lábios muito apertados. Mas era mais que isso. Muito mais que isso. Ela havia jurado para si mesma que *nunca* mais deixaria um homem lhe dizer o que fazer, nunca mais. Começava muito inocentemente, com eles expressando uma preferência por um determinado vestido ou perfume, e então, um dia, você se dava conta de que sua vida não era mais sua, porque havia sido completamente controlada pelas preferências de outra pessoa. — É como um rosto no meio de uma multidão e esse tipo de coisa...

— O simples fato de que a imagem está ali dentro do seu celular já é prova suficiente de que ela existiu — disse Tom, espiando sobre o ombro de Mattie enquanto ela marcava Pippa na foto, o que era muito irritante. — Por favor, Mattie, será que você não pode respeitar as minhas vontades?

— Eu até respeitaria se elas fizessem algum sentido — disse Mattie, levantando os olhos da tela. — Me dê uma única boa razão para eu não clicar em "Compartilhar".

Tom levantou as sobrancelhas.

— Porque eu te pedi para não fazer isso.

Ah, como isso dava ainda mais vontade em Mattie de clicar em "Compartilhar". Mas Phil estava com a expressão de quem ia chorar (para um homem que chamava a si mesmo de Conde de Monte Riso, ele não demonstrava ter muita capacidade de enfrentar situações conflitivas), e Pippa estava fazendo sua cara de: "Eu não estou brava com você, só estou decepcionada porque você está se comportando como uma imbecil". Pippa só fazia essa expressão quando era realmente necessário.

— Tudo bem — Mattie rendeu-se com um suspiro, estendendo o celular para Tom ver que ela estava clicando em "Descartar rascunho". —

Mas todo esse negócio de você ficar fugindo das coisas do século XXI é muito estranho. Suspeito, até.

— Mattie, é melhor irmos embora — determinou Pippa. — Tenho uma aula de pilates no Reformer amanhã bem cedo e, sem querer te julgar, mas acho que você já bebeu demais.

— É, parece que sim — acrescentou Tom, como se alguém tivesse pedido a opinião dele, e então ele insistiu em acompanhá-las até a estação do metrô, porque, segundo ele, era fácil se perder por ali. Embora, para Mattie, que estava em um estado quase constante de irritação a essa altura, tenha soado como mais uma indireta sobre sua suposta bebedeira, como se Tom desconfiasse que ela não era capaz de seguir o Google Maps.

— Acho que vou acompanhar vocês até em casa — ele decidiu, ao chegarem ao metrô. — Para garantir que não acabem indo até Heathrow.

— Até parece — sibilou Mattie enquanto batia repetidamente seu cartão no leitor e só obtinha a irritante luz laranja. — Por que esta porcaria não funciona?

Não funcionava porque o cartão de Mattie não tinha mais créditos. Ela teve que recarregá-lo e, por fim, ela, Pippa e Tom estavam em um trem indo para a direção oeste, Pippa mantendo com bravura a conversa e contando sobre sua nova iniciativa no trabalho de banir todos os itens de plástico de uso único.

Mas Pippa se despediu em Finsbury Park, deixando Mattie e Tom sentados lado a lado em silêncio. Mattie não conseguia nem imaginar por que Tom fazia tanta questão de acompanhar sua pessoa já-não-tão-bêbada até em casa quando poderia ter continuado colecionando números de telefone ou — ela mal podia formar o pensamento na cabeça — ter se arranjado e ido para casa com alguma garota.

— Quer dizer que você... faz muito sucesso com as mulheres, então? — ela se pegou perguntando, como se seu cérebro agisse independentemente de sua boca.

Mais adiante no vagão, uma turma animada de pessoas de meia-idade, todos com chapéu de Papai Noel, começou uma cantoria entusiasmada de "God Rest Ye Merry Gentlemen". Tom lhes lançou um olhar horrorizado antes de virar de volta para Mattie, que não tinha como tirar os olhos dele por cima do descanso de braço que os separava. Tão sem graça e tão sedutor para o sexo oposto. Não fazia nenhum sentido.

— Você conhece as regras — disse ele, rígido. — Eu nunca falo sobre minha vida pessoal.

Mattie fez um som de desdém.

— Por mais que nos doa admitir, estamos dividindo um apartamento. Isso significa que nossa vida pessoal às vezes vai se cruzar. Nós acabamos de estar em uma festa juntos!

— Nós não estávamos juntos. — Tom sacudiu a cabeça como se tentasse esquecer que ele e Mattie haviam tido contato social um com o outro em público. — Você foi à festa sem o meu conhecimento, consentimento e, com certeza, contra a minha vontade.

— Você não queria que eu fosse? Por quê? Porque você me odeia? — Mattie não conseguiu evitar a mágoa na voz, mas era verdade que tinha tomado três cervejas em uma hora.

— Eu não te odeio — respondeu Tom, como alguém que tentava apaziguar uma criança birrenta que já passara muito da hora de dormir.

Mattie o acotovelou.

— Então você *gosta* de mim?

Tom pôs a mão nas costelas e fez um "ai", como se Mattie o tivesse ferido mortalmente.

— Não sei por que é tão importante eu gostar de você se você odeia *todos* os homens.

— Não são todos os homens!

— É o que você diz, mas não vejo nenhuma evidência disso — falou Tom, com uma fungada e, quando Mattie abriu a boca para argumentar, ele a surpreendeu pondo os dedos bem de leve sobre os lábios dela. — Esta é a parte em que você começa a listar os pouquíssimos homens que você não odeia, mas podemos pular isso só esta vez?

Mattie bateu na mão dele para expulsá-la, mas ainda podia sentir os lábios formigando onde Tom os havia tocado.

— Continue me provocando e eu posto aquela foto no Instagram com um zoom no seu rosto. — Mattie sorriu da expressão angustiada de Tom, ainda que a razão disso talvez fossem os Chapéus de Papai Noel do outro lado do vagão, que atacavam agora de "Good King Wenceslas" com grande euforia.

— Você não ousaria — ele murmurou.

— Então nem mais uma palavra — Mattie o alertou, levantando o celular.

— Tudo bem — Tom suspirou.

— Tudo bem — Mattie confirmou.

E fizeram o restante da viagem até Russell Square em um abençoado silêncio. Ou teria sido abençoado e teria sido silêncio, se não fossem seus alegres companheiros de viagem cantando "Noite Feliz" sem parar.

Dezenove dias para o Natal

Na manhã seguinte, as relações entre Mattie e Tom continuavam frias.

Quando Mattie saiu do quarto muito mais tarde do que deveria em uma manhã de trabalho, enrolada em seu novo roupão volumoso e com uma leve ressaca, lá estava Tom, fazendo ovos mexidos na cozinha. Mattie sentiu um momento de vergonha.

— Desculpe por ontem à noite — disse ela, entrando na cozinha. — Eu fui muito infantil e vou apagar a foto do meu celular, se você quiser.

— Você não precisa fazer isso. — Houve uma pausa muito longa e incômoda. — Eu confio em você. — No entanto, isso foi dito em um tom tão sério enquanto ele mantinha os olhos baixos na panela que ficou claro que Tom não confiava nem um pouco nela.

E ele estava usando camisa e calças bem justas, ainda não tivera tempo de colocar a gravata-borboleta e o largo cardigã, então Mattie pôde ver que não havia nenhuma gordura sobrando nele, apesar de suas péssimas escolhas alimentares. Por falar nisso...

— Você não vai comer seu panini esta manhã? — ela perguntou, tentando tirar qualquer sinal de ironia da voz.

— Evidentemente não. — Tom usava um garfo para mexer seus ovos em uma das panelas antiaderentes de Mattie, e ela teve que usar todo o seu autocontrole para não arrancar o garfo das mãos dele e exigir que Tom interrompesse seus crimes culinários naquele mesmo instante.

— Certo. Sabe, você não precisa pôr tanto leite nos ovos mexidos. — Ela não se conteve. — Eu usaria só manteiga. Tudo fica com um sabor melhor com manteiga, e você poderia *não* usar garfo com essa panela, por favor? Eu tenho uma colher de pau...

— Eu posso não ter um curso francês chique de confeitaria, mas sou perfeitamente capaz de fazer ovos mexidos — revidou Tom. Era evidente que ele não era capaz, mas Mattie estava tão envergonhada do comportamento que teve na noite anterior que achou melhor deixar passar. Embora não entendesse por que sua pobre panela antiaderente também tinha que sofrer.

Mas o pior estava por vir no andar de baixo. Enquanto Mattie e Tom estavam na festa, mas não juntos, Nina havia trabalhado até às onze da noite na quinta-feira para terminar de decorar a loja (um sacrifício do qual ela disse que pretendia parar de falar por volta da próxima Páscoa), de modo que, na manhã seguinte, a Felizes para Sempre estava oficialmente com a aparência de que o Natal havia vomitado nela, como Nina prometera que seria.

Ela também havia aproveitado o fato de Mattie não estar por perto e atacara o salão de chá com o que parecia um canhão de glitter cor-de-rosa e prateado. Conseguira, no entanto, manter sua energia criativa longe do balcão onde alimentos e bebidas eram preparados, então Mattie sentiu que não teria muitos argumentos para protestar.

— Essas regulamentações chatas de saúde e segurança sufocaram meu fluxo criativo — reclamou Nina, embora seu fluxo criativo realmente não parecesse ter sido nem um pouco sufocado. Mattie a seguiu pela loja, a travessia pelas antessalas dificultada por mais estrelas rosa e prata penduradas tão baixo que ameaçavam furar o olho de quem não tomasse cuidado. — Mas veja só a minha obra de arte! Não é linda?

Nina apresentou orgulhosamente sua *pièce de résistance*: uma vitrine com a prometida árvore de Natal, construída inteiramente de livros verdes. (Ela teve de pedir emprestados alguns dos preciosos livros da coleção Virago Modern Classics, da Verity, com suas lombadas verde-escuras, um sacrifício que Verity disse que foi muito pior do que ter de ficar no trabalho até as onze da noite.) Havia também presentes embrulhados em rosa e prata sob a árvore de Natal real, esperando para ser doados por clientes a beneficiários agradecidos na casa de acolhimento próxima.

E havia a nem tão pequena questão do bebê rena em tamanho natural de que Nina alegou não ter nenhum conhecimento.

— Que rena? — ela perguntou, com uma expressão confusa, mesmo estando com o cotovelo apoiado na pequena cabeça, quando Posy a proibira categoricamente de trazer qualquer rena em tamanho natural para a loja. — Eu não estou vendo nenhuma rena. Tom, você está vendo alguma rena?

— Não tenho nada a ver com isso — esquivou-se Tom, baixando a cabeça para passar sob uma faixa de "Joyeux Noël", pendurada no arco que levava às salas dos clássicos. Ele passou ao lado de Mattie, dando-lhe uma cautelosa olhada de lado, depois desapareceu nas profundezas da sala de romances da Regência para guardar alguns livros nas estantes.

E isso ainda não tinha sido o pior. A hora do almoço anunciou a chegada de uma equipe de TV da BBC Londres que tinha vindo filmar a inauguração da temida cabine do visco, que, apesar de Nina garantir que não estava ocupando tanto espaço quanto a gigantesca árvore de Natal, tampava completamente a metade inferior da estante de lançamentos.

— Ah, mas não tem muitos lançamentos em dezembro — Nina rebateu, alegremente.

Aos olhos de Mattie, parecia uma cabine de fotos comum, só que com adesivos de Natal e as palavras "Um Felizes para Sempre Natal" colados em volta. Atrás da cortina da cabine havia um fundo natalino com neve e mais renas; uma grande tela para a pessoa poder se ver posando; e um saudável ramo de visco pendurado no alto, com o banquinho embaixo para as pessoas se sentarem enquanto se beijavam.

— Aí eles se beijam e, além da foto impressa que sai por esta pequena fenda à esquerda, a foto também é automaticamente carregada na conta do Instagram da Felizes para Sempre, e eles podem repostá-la de lá — explicou Posy para a equipe de TV, enquanto eles faziam um ensaio rápido. Depois, ela olhou ansiosa para Nina, que havia passado a última hora a instruindo. Nina levantou o polegar encorajando Posy. — E também o nosso visco é um produto que segue todas as regulamentações necessárias e vem direto de um pomar de macieiras em Kent.

Esperando fora de cena, estavam uma cliente muito telegênica e seu namorado tímido, que haviam sido selecionados pela equipe de TV para serem filmados como o primeiro casal a testar a cabine.

— Mas é muito importante frisar — disse Posy, com o rosto tão vermelho quanto as frutinhas do azevinho da guirlanda pregada na porta da livraria — que, para usar a cabine do visco, é preciso comprar um livro primeiro. As pessoas não podem vir da rua só para tirar uma foto.

— Sim, está certo, claro — disse o câmera, como se eles fossem cortar essa parte. — Podemos fazer uma tomada de um de seus colegas sentado no banquinho?

— Eu não! — disse Verity, de trás do balcão. — Ninguém disse nada sobre filmagens, e... estou fora!

— Só se vocês puderem me filmar do pescoço para cima — disse Posy. — É que, quando eu sento, se você me pegar do ângulo errado, fica parecendo que eu estou esperando sêxtuplos.

Mattie tinha que voltar ao salão de chá, mas, com Tom enfiado na sala de romances da Regência, essa era exatamente a distração de que ela precisava. Embora Sebastian Thorndyke tivesse se juntado a ela e estivesse examinando a cena com um humor um pouco irritado.

— O que está acontecendo aqui? — perguntou ele. — Por que tem uma cabine de fotos gigantesca bloqueando a estante de lançamentos?

— Não é só uma cabine de fotos qualquer, é a cabine do visco — explicou Mattie. — Parece que é a *pièce de résistance* dos planos de Natal da Nina.

Sebastian bufou.

— Eu achei que fosse a árvore de Natal gigante, ou aquela árvore falsa feita de livros na vitrine ou a rena em tamanho natural.

— Os planos de Natal da Nina têm muitas *pièces de résistance* — declarou Tom, da sala dos livros da Regência. — Eu acho que ela não entende bem o que é uma *pièce de résistance.*

— Alguém avisou para a Garota Tatuada que a maioria das *pièces de résistance* dela está ocupando um espaço valioso que deveria ser utilizado pelos clientes pagantes? — indagou Sebastian.

— Nós tentamos — falou Mattie, olhando-o de relance e notando que sua expressão prepotente habitual estava distintamente não prepotente e, na verdade, até doce e terna quando ele olhava para sua esposa, que insistia em não se sentar na cabine do visco até lhe garantirem que ela não seria filmada do pescoço para baixo.

— É melhor que não estejam estressando a minha Morland — ele resmungou. — Se a pressão dela subir a níveis inaceitáveis, cabeças vão rolar. E essa história de cabine do visco por acaso não tem a ver com beijar debaixo daquele raminho? A Morland não vai beijar ninguém.

— Ela não é *sua* Morland, ela é a Morland dela mesma — disse Mattie, porque Posy não era uma posse de Sebastian, ainda que fosse muito *meigo* o Homem Mais Grosso de Londres (como ele era chamado pelo *Guardian*) ser tão solícito com o bem-estar de sua esposa. — E beijar é justamente a ideia da cabine do visco. As pessoas compram um livro e isso lhes dá o direito de levar seu parceiro para a cabine e tirar uma foto dos dois se beijando, embora eu não entenda por que eles não poderiam fazer isso com seu próprio celular.

Mas Mattie estava falando para as paredes, porque Sebastian tinha se virado para pegar um livro na prateleira mais próxima. Quando as câmeras começaram a filmar, ele entrou na sala principal da livraria e, com um movimento fluido, desviou de Posy e se sentou no banquinho dentro da cabine.

— Eu pretendo pagar por este livro, Morland — ele anunciou, antes de puxá-la para o seu colo para um sonoro beijo.

Se qualquer pessoa tentasse isso com Mattie, mesmo alguém a quem ela estivesse unida em matrimônio, levaria um tapa no rosto, mas Posy segurou as lapelas do paletó sob medida muito caro de Sebastian e ficou toda mole. Mas talvez tenha sido o efeito de sua pressão alta voltando ao normal.

— Na verdade, a ideia é comprar o livro *antes* do beijo — disse Posy depois que o beijo terminou, pegando o livro da mão de Sebastian para dar uma olhada rápida na capa antes de batê-lo na cabeça dele. — Eu não sabia que você era fã de George Eliot.

— Eu li todos os livros dele, e sou mais profundo do que pareço — disse Sebastian, muito sério.

— George Eliot era mulher, seu bobo — falou Posy, e beijou-o outra vez, e até o entrevistador, que havia parecido muito irritado com a interrupção de Sebastian, ficou de olhos marejados. Mas, quando os beijos continuaram ininterruptamente, o marejamento de olhos se transformou em impaciência.

— Vocês estão estragando tudo! — decretou Nina, de pé atrás do câmera, com as mãos nos quadris e furiosa como Mattie nunca a vira. — Caramba, ainda nem tive a chance de testar eu mesma a cabine!

— Isso é horrível de contemplar; no entanto, aqui estamos nós, contemplando — disse a voz de Tom, atrás de Mattie. Muito perto atrás de Mattie. Suficientemente perto para ela sentir o calor dele em suas costas. Teve vontade de dar um passo para a frente e reclamar sobre respeito ao espaço pessoal, mas eles já haviam sido azedos o bastante um com o outro nas últimas trinta e seis horas.

Além disso, nessa rara ocorrência, ela e Tom estavam unidos em sua aversão à cena que tinham diante deles.

— Muitas coisas horríveis para contemplar — disse Mattie, em um lamento. — Essa cabine horrível, que eu continuo dizendo que traz sérios problemas de consentimento. (Embora Posy e Sebastian estivessem mais uma vez se beijando consensualmente enquanto as câmaras filmavam.)

— E demonstrações públicas de afeto — completou Tom, com verdadeiro desgosto.

— Sem falar em toda essa bobagem de Natal. — Mattie levantou o braço para dar um empurrão raivoso na faixa "Joyeux Noël".

— Você tem razão, tudo isso é uma bobagem — concordou Tom. Ele suspirou e sua respiração moveu o cabelo dela, o que de fato foi um pouco irritante. — Poderíamos processar a livraria. Por sermos obrigados a trabalhar em um ambiente hostil.

— Poderíamos, só que, tecnicamente, eu sou autônoma, e acho que nenhum de nós dois quer estressar a Posy neste momento — disse Mattie.

— Porque ela está grávida...

— E porque ela não cobra aluguel da gente pelo apartamento.

Mattie virou a cabeça para sorrir para Tom, que sorriu de volta para ela e sacudiu a cabeça com uma expressão exagerada de lamento, e Mattie estava prestes a...

— Foi você que fez isto?

A produtora da BBC Londres de repente estava na frente de Mattie com um rolinho de lombo de porco semicomido na mão.

— Fui — respondeu Mattie, um pouco hesitante, porque a mulher a examinava com os olhos apertados. Será que o recheio não tinha sido cozido o suficiente? Pior! Haveria um *cabelo* entre a massa folhada e o bacon?

— Isto é a melhor coisa que eu já comi — falou a produtora, ainda apertando os olhos. — Você tem um ótimo rosto para a televisão. Alguém já te disse isso?

— Não, acho que não — falou Mattie e, atrás dela, Tom fungou de leve e afastou-se um pouco, de modo que o corpo dele já não a bloqueava da corrente de ar que sempre assobiava pela loja quando alguém deixava a porta aberta.

— Todo dia eu tenho que achar um tema para fazer um vídeo associado ao Natal no encerramento do programa. É a praga da minha vida. Agora tenho essa tolice da cabine do visco e poderíamos fazer um segundo vídeo sobre os seus rolinhos de lombo de porco. Vi que tem uma fila na porta esperando para comprar.

— Ah, é? Ah, meu Deus! — Todo aquele tempo, enquanto Mattie ficava ali parada assistindo às aventuras da cabine do visco, o pobre Cuthbert estava tendo que lidar sozinho com uma súbita corrida por seus rolinhos de lombo de porco. — É melhor eu ir lá ver.

— Eu só preciso que você assine um termo de consentimento — a produtora disse, indo atrás dela. — E você poderia pensar em um nome melhor para eles, porque "rolinhos de lombo de porco" não rola muito bem na língua, não é mesmo?

Ninguém conseguiu pensar em um nome melhor, mas a equipe de TV filmou mesmo assim a fila pelos rolinhos de lombo de porco, que estava começando a serpentear pela praça. Depois filmaram uma entrevista rápida com Mattie, que afirmou que os rolinhos eram uma velha receita de família (o que soava melhor do que admitir que a inspiração lhe viera enquanto fazia xixi às três horas da manhã), e várias mordidas sonoras de clientes felizes louvando as delícias da massa folhada e de dois tipos diferentes de carne de porco.

— E, se você preferir doces, estas porções de bolo red velvet disfarçadas de minipudins de Natal devem ficar no alto da sua lista de desejos natalinos — concluiu o repórter, um jovem pálido que, apesar de ter devorado cinco rolinhos de lombo de porco "em nome da pesquisa", parecia necessitar desesperadamente de uma boa refeição convencional. Depois ele deu uma mordida entusiasmada em um minipudim de Natal e, mesmo que não fosse de bom tom terminar uma transmissão de boca cheia, disse: — Hummmmm! O Natal nunca foi tão gostoso.

— Espero que você esteja preparada para contratar funcionários extras — foi a frase final da produtora para ela enquanto sua equipe guardava o equipamento. — Quando fizemos um vídeo sobre o primeiro lugar em Londres que servia cronuts, eles tiveram dois mil clientes no dia seguinte. Precisaram fazer uma lista de espera.

— Dois mil clientes? — ecoou Mattie, não de alegria, mas de horror. Ela poderia lidar com uns duzentos rolinhos sozinha se não tivesse que assar mais nada, mas dois mil?

— Está tudo certo — disse a produtora, entrando na van. — Não precisa me agradecer. Na verdade, você me fez um favor, porque eu não tinha nada para passar amanhã, depois que o meu instrutor de zumba de Natal rompeu o menisco.

Dezenove dias para o Natal

Felizmente, o único lugar em Londres onde a euforia do Natal não estava acontecendo era ali, no apartamento em cima da livraria. Nem Mattie nem Tom (que ainda se mantinha o mais discreto possível) tinham colocado sequer um cartão de Natal sobre a lareira da sala, ou pendurado um pedaço de festão em volta do sino de mordomo no corredor.

Mesmo depois de ter terminado os preparativos para o dia seguinte, Mattie não descansou naquela noite. Se seus rolinhos de lombo de porco tomariam Londres de assalto, ela precisava estar pronta. Então, embora Pippa a tivesse convidado para experimentar um novo pop-up ice bar em Notting Hill, Mattie se desculpou e, após um aceno de despedida para Tom quando ele saiu, arrastou um dos banquinhos do salão de chá para o apartamento para ficar confortável enquanto preparava quantidades industriais de massa folhada.

Entre as fornadas, fez uma encomenda a seu açougueiro de uma quantidade assustadora de carne de porco e bacon caseiro e se perguntou se teria dinheiro e espaço para mais uma geladeira.

No que se referia a noites, Mattie havia tido outras muito melhores. E, quando estava na quinta fornada de massa folhada, sua mãe telefonou.

— *Mathilde, ma chérie! C'est maman!* — Sandrine tinha uma voz que podia alcançar quase o mesmo nível de decibéis de uma sirene de neblina, então Mattie mal precisava colocá-la no viva-voz. — Como está a minha filha favorita?

— Até o pescoço de massa folhada pronta — disse Mattie em tom de lamento. — Nem tive tempo de fazer massa folhada do modo tradicional. Ela contou rapidamente a Sandrine sobre a reportagem divertida, leve e natalina que seria mostrada no jornal local das dezoito horas, tendo sua filha favorita como atração principal.

— Mas isso é maravilhoso! Você vai iluminar as telas de TV — declarou Sandrine, enquanto Mattie cortava a manteiga em pequenos quadrados. — E você tem o rosto perfeito para a televisão. Esses grandes olhos de corça! Esse narizinho! Sem falar nos lábios. Um perfeito arco de cupido. Ian! *Ma petite Mathilde* vai aparecer no jornal na televisão! Todos na BBC estão apaixonados pelos rolinhos de lombo de porco dela!

Houve uma tosse e, então, um rouco "Parabéns, Mattie!" de Ian ao fundo.

Mattie apertou os lábios em forma de arco de cupido perfeito para não sorrir. Talvez tivesse feito uma encomenda de bacon e lombo de porco que a levaria à falência se sua aparição na TV fosse cancelada, mas, depois dessa vibrante aprovação de sua mãe, com certeza tudo ficaria bem. Sandrine era sua maior fã e não se acanhava de deixar o mundo inteiro informado de que tinha a filha mais linda, mais talentosa e mais maravilhosa com que qualquer mãe poderia ser abençoada.

— Foi bom conversar, Mattie, querida, mas, se eu não isolar os canos de água quente, eles não vão se isolar sozinhos — disse Ian, embora ele e Mattie não tivessem de fato conversado.

— Ele não tem uma alma de poeta — Sandrine sussurrou enquanto Ian se retirava do cômodo em que ela estava. — Mas tem um coração de leão.

— É verdade — concordou Mattie. — Ele é o melhor dos homens, e você sabe disso, não sabe, mamãe?

— Sim, eu sei — Sandrine disse baixinho e sem seu entusiasmo habitual. — É o melhor, e eu tenho que saber, porque já experimentei o pior.

Tal mãe, tal filha, pensou Mattie, e teve que se controlar muito para não estremecer, mas então ouviu passos conhecidos na escada, subindo dois degraus por vez, e o estremecimento veio de qualquer forma quando a porta da frente se abriu.

— Sou eu — disse Tom, alto o suficiente para Sandrine, no viva-voz na cozinha, conseguir ouvi-lo com clareza. — Esqueci meu celular carregando. Você vai ficar acordada a noite *inteira* fazendo doces? — ele acrescentou quando espiou do corredor para a cozinha, onde Mattie estava com várias tigelas de massa folhada sobre a mesa e em ambas as cadeiras.

— Não a noite *inteira* — respondeu Mattie, tentando parecer despreocupada, embora desconfiasse de que não iria para a cama até muito, muito tarde.

— Bom, vou tentar não te acordar quando eu chegar — prometeu Tom, com um sorriso simpático e um balançar de cabeça, como se fossem colegas de apartamento normais e não só duas pessoas dividindo o mesmo espaço de moradia.

O sorriso simpático foi tão transformador, fazendo Tom parecer cem vezes mais amistoso e acessível e cem vezes menos desagradável, que Mattie sorriu de volta.

— Divirta-se — ela disse quando Tom saiu do quarto de novo. — Não faça nada que eu não faria.

Tom lhe lançou um olhar surpreso (provavelmente porque Mattie, no momento, vivia como uma monja, e a lista de coisas que ela não faria tinha metros de comprimento) e, em vez de ir embora, ficou no corredor levando a vida inteira para enrolar um horrível cachecol verde-escuro no pescoço.

— Esse deve ser o Tom — sussurrou Sandrine ao telefone, cada palavra se tornando mais alarmante. — Quando o conheci na inauguração do salão de chá, eu o achei tão bonito. *Très magnifique!* Mathilde, sua malandrinha, não contou para sua *chère maman* que vocês dois estão morando juntos.

Mattie nem olhou para Tom, com medo de que a inevitável expressão de horror no rosto dele a transformasse em pedra, e tudo que podia ouvir era o sangue em seu ouvido. Que vergonha! Que completa vergonha!

— Não morando juntos — ela conseguiu dizer, com uma voz sufocada. — Definitivamente não morando juntos.

— Compartilhando um espaço de moradia com um conjunto muito rígido de regras e limites — declarou Tom do corredor, cada palavra curta e precisa como uma bala, enquanto a expressão de Mattie se paralisava na configuração "horrorizada".

— Como quiserem — arrulhou Sandrine, como se não acreditasse em nenhuma palavra do que eles estavam dizendo. — O Guy mencionou alguma coisa, mas você sabe como ele gosta de provocar. Quer dizer que são só vocês dois? Tão aconchegante! Tão romântico!

— É o mais longe de romântico que poderia ser — disse Mattie. Tom estava com uma cara tensa, como se estivesse segurando a respiração. — E o Tom está de saída agora, porque levamos vidas muito separadas.

— Vidas completamente separadas — esclareceu Tom, quando enfim abriu a porta da frente, o celular apertado na mão como se fosse um talismã protetor para afastar quaisquer esperanças e sonhos mais fervorosos de Sandrine para sua amada filha. — Até mais. — Ele levantou a voz. — Tchau, mãe da Mattie.

— O prazer foi todo meu. Mal posso esperar para vê-lo de novo — gritou Sandrine, mas Tom já havia saído, batendo a porta.

Mattie pôs a mão suja de massa no peito, onde seu coração batia como se ela tivesse acabado de correr uma maratona.

— Até o Guy disse que ele era muito bonito — lembrou Sandrine, alegre. — E ele é muito exigente. Agora me conte como esse amor floresceu.

Os passos de Tom descendo depressa a escada foram ficando mais distantes, e então soou a batida da porta que levava à livraria. Nesse instante, Mattie pôde relaxar. Ela desmoronou de encontro à geladeira.

— Não tem nada para contar, porque não existe amor. Ele é muito chato. Absolutamente chato — disse ela, com firmeza. — A coisa mais interessante nele é que está pensando em virar um padre jesuíta e eles têm que fazer voto de celibato.

— Ah, que coisa sem graça — disse Sandrine. — Por falar em votos de celibato, isso quer dizer que a sua vida amorosa ainda é um zero à esquerda?

Mattie fez uma careta para a tigela de massa mais próxima.

— Sim, e eu estou muito feliz com isso. Próxima pergunta?

— Você não poderia arrumar alguma dessas amizades coloridas, *ma petite ange*?

— Mude. De. Assunto — Mattie ordenou.

— Tudo bem, então vamos falar do Natal — disse Sandrine, e sua voz adquiriu um tom firme. — Eu conversei com o Ian e o Guy, e estamos de acordo que não podemos repetir o que fizemos no ano passado.

A menção do Natal fez os ombros de Mattie se curvarem e a lembrança do Natal anterior desabou o que restava dela. Por pouco não caiu no chão.

— Eu não incomodei ninguém no Natal passado — ela lembrou sua mãe com uma voz sumida, enquanto começava a pôr as tigelas de massa na geladeira.

— Você foi para a cama na véspera de Natal e só saiu do quarto na noite do dia 26 — Sandrine recordou, tristemente. — Não quis nem receber os presentes, mesmo eu tendo lhe dado uma linda caixa de produtos da Jo Malone.

— Eu adorei o presente e até escrevi um bilhete te agradecendo — disse Mattie, apoiando a testa quente em um frasco gelado de maionese.

— Sim, mas você só deixou que eu lhe desse em seu aniversário, em março. — Sandrine parecia preocupada agora, até aflita. — Minha querida, já faz dois anos. É hora de largar isso para trás e deixar seu coração encontrar uma nova música.

Já fazia mesmo dois anos? Parecia ter sido ontem e, ao mesmo tempo, era como se tivesse acontecido a outra pessoa, várias vidas antes.

— De verdade, mãe, eu e meu coração estamos bem — disse Mattie, como sempre fazia quando Sandrine insistia em trazer à tona esse assunto indesejável. — E, quanto ao Natal, é bem provável que eu vá ficar aqui. Quer dizer, nós vamos abrir todos os dias de agora até o Natal, ficar abertos por mais horas, e mais clientes significam mais trabalho na cozinha, então provavelmente eu vou estar exausta e...

— *Mon Dieu!* Você ainda odeia o Natal e está planejando ficar na cama outra vez! — exclamou Sandrine e, embora Mattie não tivesse planejado nada disso, a ideia era tentadora. Puxar as cobertas sobre a cabeça e não sair até que o último presente de Natal tivesse sido aberto, todo o peru tivesse sido comido e todos os programas natalinos especiais tivessem desaparecido da programação da TV.

Até Mattie estar protegida de qualquer coisa associada a Natal.

— Vamos falar sobre isso outra hora — ela decidiu.

— Mas faltam menos de três semanas para o Natal, *ma petite*!

— A gente fala sobre isso mais tarde. Isso significa *depois*.

— Mas eu preciso saber quantos vamos ser para o jantar de Natal — protestou Sandrine. Ela gostava de planejar o cardápio com bastante antecedência.

— Eu disse que agora não — insistiu Mattie. Ela dava um jeito de lidar com o Natal no ambiente de trabalho, embora estivesse saturada de levar estrelas rosa e prata na cara cada vez que atravessava as antessalas para ir até a livraria. Mas a ideia do Natal propriamente dito, as lembranças de um Natal passado, as perguntas sobre como ela passaria o dia de Natal, criavam ondas de pânico dentro dela. E, depois de inspirar, expirar e contar até três, como todos os livros de Pippa sobre mindfulness aconselhavam, Mattie estava calma outra vez. — Dê um tempo, mãe. Ainda faltam *séculos* para o Natal.

Mas não faltavam *séculos*. Faltavam menos de vinte dias e, conforme ele se aproximava, Mattie sentia aquela nuvem escura se formando sobre ela como uma fina névoa de perfume malcheiroso.

Dezoito dias para o Natal

A nuvem escura ainda pairava sobre a cabeça de Mattie no dia seguinte enquanto ela abria a massa para as tortinhas de frutas secas.

Era uma manhã cinzenta com chuva incessante que havia feito até os compradores natalinos ou os clientes mais assíduos desistirem de aparecer para o café. Tanto a livraria como o salão de chá estavam incomumente quietos e, exceto pelo suave acompanhamento do disco de Natal de Phil Spector que Cuthbert havia posto para tocar, Mattie estava sozinha com seus pensamentos.

Mas não eram pensamentos felizes. Sua pequena cozinha cheirava a todas as coisas festivas — tangerinas, conhaque e canela — enquanto ela cortava com muita habilidade sua massa de tangerina e colocava cada disco em uma forma de torta untada, todas prontas para receber o próprio recheio especial de frutas secas. Ah, só o cheiro do Natal já era suficiente para fazer voltarem os anos...

Houve uma época, não muito tempo atrás, dois anos, mais precisamente, em que Mattie adorava o Natal. Assim que o Halloween passava e os últimos fogos da Noite de Guy Fawkes em 5 de novembro estouravam, seu sangue borbulhava como champanhe na expectativa de que logo, mas nunca logo o bastante, seria Natal!

Ela riscava os dias no calendário, desejando que o 25 de dezembro chegasse só um pouquinho mais depressa. Mattie se dedicava a comprar os presentes perfeitos para todos em sua vida, pesquisava o Pinterest em busca de novas ideias de como usar papéis de presente e fitas, depois arrumava os presentes em volta da árvore, que era montada já na primeira semana de dezembro.

E, então, ela se mudou para Paris. Paris no Natal era um lugar mágico. Havia os *manèges de Noël*, os carrosséis de Natal que eram montados por toda parte, e caminhar pelos Champs Élysées era como percorrer uma floresta mágica de luzes faiscantes. A Torre Eiffel toda enfeitada para a ocasião reluzia a distância.

E havia as compras. Parar na Strohers, a mais antiga *pâtisserie* de Paris, para um *bûche de Noël*, ou tronco de Natal. Comprar bolas para a árvore na La Colomberie, em Saint-Germain, e escolher presentes nos pequenos mercados natalinos em Montmartre…

Mattie olhou, sem ver, para a minúscula janela de sua minúscula cozinha, com sua vista nada pitoresca do pátio malcuidado e do banheiro externo. Em sua mente, encontrava-se em outra minúscula cozinha, talvez ainda mais minúscula do que essa em que estava no momento, com uma minúscula janela que dava para uma vista que nunca deixava de tocar sua alma.

A confusão de telhados e chaminés do perfil irregular de Paris.

Se Mattie subisse no pequeníssimo espaço para escorrer louça ao lado da pia e enfiasse a cabeça pela janela circular, dava para ver a Torre Eiffel.

Às vezes, ela achava que a última vez em que havia sido verdadeiramente feliz fora naquela cozinha de seu pequenino apartamento parisiense, que consistia em um pequeno quarto, um cantinho para cozinhar e um banheiro que tinha vaso sanitário e chuveiro, mas sem espaço para uma pia, no sexto andar de um prédio de apartamentos.

Ela passava os dias em seu curso na Escola de Confeitaria, as noites trabalhando como garçonete em um bistrô no Marais e, mais tarde, criando bolos do mais leve pão de ló, o mais rico creme de manteiga, os mais firmes e perfeitos merengues, a *ganache* tão lisa e reluzente quanto um lago congelado. Testando receitas repetidas vezes, até elas ficarem perfeitas, anotando ingredientes, modos de preparo e comentários em seu caderno de receitas. Perfeitas o suficiente para ganhar até a aprovação de madame Belmont, que comandava a classe de Mattie, com um chapéu de chef branco como a neve e um batedor de claras feito de aço.

E havia as outras noites, em que Mattie só fazia amor docemente com Steven, o homem que ela conhecera em seu primeiro dia no curso, quando eles ficaram em bancadas de trabalho adjacentes, em uma cozinha de teste lotada.

A última vez que vira Steven havia sido dois anos atrás, três dias antes do Natal, quando ela só deveria estar pensando em festas, perto de pessoas que amava. Mas, em vez disso, Mattie viu seu mundo desabar porque, nas mãos de Steven, estava o livro de receitas *dela* que ele havia roubado.

— Como você pôde fazer isso comigo? — ela perguntara, e ele fizera uma careta, como se o som de sua voz, a visão dela ali parada com uma expressão atônita e os olhos molhados de lágrimas que ela se esforçava para conter, o repugnassem.

— Amar é compartilhar, não é? É o que você sempre diz.

Como se, de algum modo, fosse tudo culpa dela, do mesmo jeito como tudo sempre acabava sendo culpa dela.

— Matilda...

— Mattie! Mattie! MATTIE!

Mattie foi puxada abruptamente do doloroso passado para um presente em que Steven foi substituído por Cuthbert, que estava na porta da cozinha com uma expressão descontente no normalmente alegre e uma bandeja cheia de xícaras e pratos vazios na mão.

— O que foi? — perguntou Mattie, na defensiva, baixando os olhos para as tortinhas de frutas secas semimontadas, que já deveriam estar no forno a essa altura.

— A fila está quase na rua. Estamos nos aproximando muito rápido do alerta vermelho. Sua ajuda é urgentemente necessária. — Cuthbert correu de volta para o salão de chá, sem esperar pela resposta.

Com um suspiro e uma sacudida de cabeça para afastar os pensamentos indesejáveis, Mattie lavou as mãos e passou pela cortina para encontrar um salão atulhado de clientes. Não dava para ver pelas janelas embaçadas, mas as pessoas sacudiam guarda-chuvas e penduravam capas e casacos úmidos no encosto das cadeiras, sinal claro de que continuava chovendo.

Respirou fundo, puxou um sorriso sabe-se lá de onde e levantou a cabeça para olhar para a primeira pessoa na fila.

— Só meu café de sempre — disse Tom, com uma olhada incisiva para seu antiquado e ridículo relógio de pulso. — Eu estou esperando há séculos. A Posy já deve estar a ponto de enviar uma equipe de busca.

Mattie havia jurado que nunca mais permitiria que um homem abusasse dela, no entanto estava deixando Tom fazer isso há meses, sem nem um "por favor" ou "obrigado"! Com certeza mais que meses!

A nuvem sobre sua cabeça mudou para cor-de-rosa e foi se concentrando e escurecendo até se transformar em uma névoa vermelha tão densa que ela mal podia enxergar enquanto dava um sorriso raivoso para Tom e agarrava a caneca que ele lhe estendia.

Ela enfiou a caneca sob um dos bicos de Jezebel e puxou a alavanca de um jeito que fez Cuthbert exclamar de ansiedade.

— Seja gentil com a minha dama favorita — ele a advertiu, dando uma batidinha afetuosa na máquina assobiante.

Como resposta, Mattie empurrou a alavanca no sentido oposto e bateu a caneca de Tom no balcão à frente dele, derramando café sobre a borda.

— Uma libra e vinte e cinco, *por favor* — soltou Mattie, o "por favor" quase a matando.

Tom piscou como uma coruja atrás dos óculos.

— Como?

— O café puro custa um e vinte e cinco — repetiu Mattie, dando-lhe outro sorriso feroz, o que o fez dar um passo para trás. — Você tem cinquenta centavos de desconto por trazer sua própria caneca. Todos nos importamos com o meio ambiente.

— Você quer que eu *pague* pelo meu café? — perguntou Tom, incrédulo. — Isso é alguma brincadeira?

— Eu pareço estar brincando? — O sorriso de Mattie agora era só dentes. Na verdade, já era quase um rosnado, e a longa fila atrás de Tom ficou em silêncio de repente, com os ouvidos atentos para não perder nenhuma palavra do que parecia prestes a se tornar uma briga épica. — E eu pareço estar administrando algum tipo de entidade beneficente em que dou café grátis para alguém que eu sei que tem emprego fixo e não precisa nem pagar aluguel?

Mattie de fato dava café grátis (e comida também, aliás) para qualquer pessoa que entrasse e parecesse estar realmente necessitada, mas Tom não se encaixava nessa categoria.

Ele puxou um punhado de moedas do bolso de trás da calça, os lábios tão apertados que pareciam ter desaparecido enquanto contava o dinheiro.

— Eu achava que os funcionários da Felizes para Sempre podiam receber chá e café grátis — ele revidou.

— Geralmente podem, mas TODOS os funcionários da Felizes para Sempre, exceto você, compram algo para comer também...

— Você vive mandando bolos e pãezinhos para a livraria sem cobrar nada — protestou Tom, o que era verdade, mas não vinha ao caso.

— Isso é ao *meu* critério. Nenhum dos outros funcionários da loja traz comida que eles compraram em outro estabelecimento para o *meu* salão de chá. — Mattie fez um gesto indicando o saco de papel que Tom carregava. — Todas as manhãs você entra com esse maldito panini e espera que eu te dê café grátis para acompanhar. Mas acabou. Você tem que pagar pelo café agora.

— Tudo bem. — O rosto fino de Tom estava rosado de emoção, que Mattie não sabia dizer se era raiva ou vergonha. — Era só você ter me falado. E, como minha presença e meu panini são tão desagradáveis para você, vou passar a fazer meu próprio café de agora em diante.

— Tudo bem — respondeu Mattie. Isso era exatamente o que ela queria. Exceto que... ela não sentia que estava tudo bem. Na verdade, sentia que não estava nada bem. Como se fosse ela quem estivesse sendo intransigente. Ela sabia que estava certa em *enfim* tomar uma atitude em relação aos cafés grátis de Tom, mas o jeito de expressar isso tinha deixado muito a desejar. Ela deixara a raiva assumir o controle e seu tom duro acabara invalidando todos os seus ótimos motivos.

Tom saiu, levando consigo alguns clientes que obviamente decidiram que sua necessidade de café e comida não era tão grande assim, afinal. Ainda mais se tivessem que ouvir uma descompostura quando tentassem fazer o pedido.

— Escute, eu posso lidar com essas boas pessoas sozinho — disse Cuthbert, segurando o braço de Mattie e puxando-a do balcão. — Por que você não volta para a cozinha?

— Mas está muito cheio — disse Mattie, olhando para a fila de clientes que esperavam para fazer o pedido, os quais no mesmo instante olharam para outro lado como se estivessem com medo de fazer contato visual com ela.

— Eu chamo você se não estiver dando conta. É evidente que você precisa de algum tempo sozinha, isso acontece com todos nós — acrescentou Cuthbert, enquanto guiava Mattie com gentileza, mas determinação, para trás da cortina com desenhos de bules de chá, para que ela voltasse às suas tortinhas e pensasse no que havia acabado de fazer.

Mas ela não havia feito nada errado. Era Tom quem tirava vantagem de sua natureza generosa e do complexo sistema de coleguismo que existia entre o salão de chá e a livraria. Qualquer pessoa teria feito o mesmo no lugar dela...

Dezoito dias para o Natal

— Eu não estou escolhendo um lado, sou neutra como a Suíça, mas como você pôde ser tão dura com o Tom? — lamentou Posy. Mattie havia respirado fundo antes de levar algumas faturas para a livraria, com uma bandeja de doces que tinham sobrado do café da manhã, porque agora já havia passado a hora do almoço. — Ele come aquele mesmo panini todas as manhãs nos últimos quatro anos. Isso é algum crime?

— Não — disse Mattie, sem se alterar, embora aquela coisa fosse um insulto engordurado e cheio de carboidratos a todos os seus salgados orgânicos e assados na hora para o café da manhã. — Mas ele não precisa esfregar isso na minha cara todos os dias. Bom, estas faturas... elas são dos ingredientes que eu usei para fazer os bolos na noite de autógrafos no mês passado. Lembra? Eles queriam a capa do livro na cobertura do bolo.

— Isso é com a Verity — Posy declarou, e Mattie, agradecida por não ter de falar com Posy nem mais um minuto, porque ela com certeza não estava sendo neutra como a Suíça, atravessou rapidamente a livraria até o escritório de Verity.

Ouviu um "Ufff!" abafado atrás de si quando Posy se levantou com esforço do fundo do sofá, dizendo:

— Precisamos mesmo resolver isso.

Tom estava atendendo atrás do balcão quando Mattie se aproximou.

— Excelente escolha de livros — disse ele, entregando uma sacola da Felizes para Sempre para uma mulher de aparência cansada. Então ele sorriu, um sorriso gentil e acolhedor que fez todo o seu rosto parecer gentil e acolhedor também. A mulher sorriu de volta e, naquele instante, não parecia mais cansada. Ela saiu lépida da livraria, com um novo brilho nos olhos.

Aí Tom viu Mattie passando pelo balcão para encontrar Verity no escritório dos fundos, e seu sorriso gentil e acolhedor desapareceu tão depressa quanto se alguém o tivesse removido com um apagador. Ele pegou a caneca a seu lado, que estava cheia até a metade com café preto que ele certamente não havia obtido grátis nem por uma libra e vinte e cinco centavos no salão de chá. Tomou um gole, com os olhos em Mattie, e soltou um suspiro de satisfação, como se fosse o café mais saboroso que já havia experimentado, embora ela pudesse apostar toda a sua coleção vintage de livros de receitas que aquele café tinha começado sua vida na forma de grãos liofilizados em um frasco.

Mattie lançou um olhar furioso para Tom, que a olhou de volta com ar inocente, e ela teve vontade de dar um empurrão no cotovelo dele enquanto passava, só para derramar o café instantâneo sobre aquele horroroso colete de tricô.

Mas não fez isso e apenas entrou no escritório, onde Verity encarava, preocupada, uma planilha na tela do computador.

— Faturas — Mattie anunciou, colocando-as sobre a mesa de Verity. — E alguns doces para amenizar a experiência de lidar com as contas. Sobrou algum caramelo, então eu experimentei fazer *pain au caramel* em vez de *pain au*...

— Não! — exclamou Verity, com muito vigor. — Nós não podemos mais aceitar comidas grátis de você.

— Nós não podemos mesmo — confirmou Posy em um lamento, que havia seguido Mattie e agora desabava na cadeira mais próxima. — Na verdade, a Verity calculou o valor da comida grátis que os funcionários da livraria receberam de você desde que o salão de chá abriu...

— Ah, isso é ridículo — exclamou Mattie, colocando a bandeja de doces sobre a mesa, porque suas mãos realmente precisavam estar nos quadris para essa conversa.

— É uma estimativa muito aproximada — continuou Verity. — Mesmo assim, parece que te devemos centenas de libras.

A ideia de fornecer centenas de libras de doces grátis para Verity, Posy e Nina não incomodava Mattie nem um pouco, o que era bem diferente do sentimento de irritação extrema que a invadia quando Tom vinha todas as manhãs pedir seu café grátis enquanto *exibia* seu panini.

— E, com certeza, você não vai mais querer servir chá e café grátis — disse Posy, afagando a barriga. Ela estava com olheiras e parecia que não vinha dormindo muito bem. Mattie se sentiu a pior pessoa no mundo por aumentar o estresse de Posy.

— Mas isso não tem a ver com vocês — disse ela, as mãos muito firmes nos quadris agora, o queixo levantado, os olhos faiscando. — Isso tem a ver com o Tom se aproveitando do sistema. É um *prazer* para mim fornecer chá e café grátis, mas vocês sempre compram alguma coisa de mim de manhã. É como um acordo implícito, sabe? Mas o Tom não compra nada, ele só pede. E às vezes nem diz "por favor"!

— Eu tenho certeza que sempre digo "por favor" — interveio Tom, escutando a conversa como um bisbilhoteiro orelhudo.

— E eu tenho certeza que não — Mattie revidou, e sua vontade era fechar a porta na cara dele, mas não estava no seu espaço, então não podia seguir suas próprias regras. — Enfim, eu me recuso a aceitar dinheiro pela comida que eu ofereço porque eu quero e fico ofendida, *mortalmente* ofendida, com a mera sugestão de vocês me pagarem. Como se achassem que eu sou uma avarenta mesquinha que remói em segredo cada pedaço de bolo que vocês comem.

— Oh, céus — Posy gemeu baixinho, acelerando a massagem na barriga.

Enquanto isso, a cabeça de Verity tinha abaixado tanto que ela parecia nem ter mais pescoço. Ela detestava confrontos e mal conseguia olhar para Mattie. Uma vez mais, Mattie estava tendo um horrível flashback das vezes com Steven, e houve muitas, em que sempre acabava sendo a vilã quando ela própria estava convencida de ser a vítima.

— Nós precisamos estabelecer algumas regras básicas — disse Verity, com uma careta atormentada. — Eu detesto pensar que *você* achou que nós estávamos nos aproveitando de você.

— Mas vocês não estão! — Mattie torceu as mãos como uma das heroínas dos livros românticos pelos quais toda a equipe da Felizes para Sempre era obcecada. Até mesmo Tom. Rá! Especialmente o Tom! — A única pessoa que estava se aproveitando de mim é o Tom, e ele pode comprar seu café da manhã de mim e ganhar seu café grátis ou pagar pelo café e, se não quiser assim, está livre para beber essa água suja instantânea que passa por café. Eu não acho que este seja um pedido absurdo.

Ela estava falando alguma coisa errada de novo? A julgar pela expressão de incredulidade de todos, parecia que sim.

— Eu entendo o que você diz sobre o Tom não comprar nada, sério. E todos nós realmente precisamos parar de nos aproveitar da sua gentileza. Mas, tirando essa história do café, eu não sei por que você sempre implica com o pobre do Tom — disse Posy, com reprovação. — Ele é um amor, de verdade, depois que a gente o conhece. Não é nem um pouco chato.

— Obrigado pela defesa, Posy — gritou Tom. — Ah, desculpe, não, não era com a senhora. São vinte e sete libras e trinta e cinco centavos. Dinheiro ou cartão? — ele falou para a cliente. É claro que ele deveria estar atendendo em vez de ficar ouvindo uma conversa que não tinha nada a ver com ele, embora fosse sobre ele.

— Isso mesmo, o Tom é ótimo — acrescentou Verity, entrando na defesa dele. — Você já mora com ele há duas semanas, então com certeza já pôde ver que, atrás da fachada séria e nerd, o Tom é um fofo.

— Ele é como um gato que finge ser antissocial, mas, na verdade, fica todo dengoso quando a gente o afaga — concordou Posy.

— Não que a gente já o tenha afagado — Verity completou depressa. — Mas o Tom é gentil e atencioso, ele é nosso amigo além de nosso colega, e... e...

— Você e o Tom realmente precisam resolver as coisas. Nenhum dos dois pode viver desse jeito, reclamando um do outro o tempo todo. Além disso, é muito difícil para todos nós, porque, se você e o Tom têm um problema um com o outro, isso afeta o grupo e se torna nosso problema também — disse Posy, com um pequeno suspiro triste. — E eu não quero ter problemas. Problemas são péssimos. Sem falar que só pioram minha azia e minha pressão.

Será que todos esses supostos problemas poderiam ser resolvidos se Mattie concordasse em deixar Tom pegar uma xícara de café grátis todas as manhãs? Sinceramente, ela preferia ter as unhas arrancadas bem devagar com um alicate enferrujado.

Além disso, os seus termos não eram nada absurdos. Posy até admitiu que Tom não deveria ter agido como um aproveitador abusado com ela. Então Mattie não era o problema. Tom era o problema, porque Tom não era um gatinho nerd e adorável, ele era...

— O Tom não é um gato antissocial, ele é um Casanova hipócrita! — Mattie se ouviu falando, como se sua boca estivesse agindo independentemente de seu cérebro. — Ele é um descarado sedutor de mulheres!

— O quê?

— Não!

Posy e Verity tamparam a boca, os olhos arregalados.

— Sim! Além disso, ele esteve mentindo para vocês esse tempo todo, porque ele é um especialista em ficção romântica. Na verdade, ele escreveu sua maldita tese sobre isso!

— Ah. Meu. Deus! — exclamou Posy, em êxtase, apertando as mãos uma na outra sobre a barriga. — Não! Não pode ser verdade.

— Mas, mesmo que seja verdade, isso é problema dele — disse Verity, e agora ela não teve nenhuma dificuldade em olhar Mattie diretamente nos olhos com uma expressão resoluta e, sim, um pouco condenadora. — Se ele quisesse que nós soubéssemos, teria nos contado.

— Sim, você está certa — concordou Posy, um pouco a contragosto, o olhar pulando de Mattie para Verity e para a porta aberta que levava ao balcão onde Tom estava atendendo. Ele se mantinha estranha e alarmantemente silencioso, agora que seus segredos infames haviam sido revelados.

E Mattie, longe de se sentir triunfante, sentia-se do mesmo jeito de quando era criança e foi pega roubando bala na Woolworths por sua mãe, que na mesma hora a levou até o vendedor mais próximo e pediu para falar com o gerente para denunciar sua própria filha por furto. A sensação muito quente, mas ao mesmo tempo fria e pegajosa, que agora envolvia Mattie era estranha e horrivelmente conhecida.

— Eu só quis mostrar que o Tom não é tão perfeito quanto vocês pensam. — Mattie gostaria de poder parar de falar, porque, cada vez que abria a boca, só fazia as coisas ficarem cem vezes piores do que estavam um minuto antes, quando já eram bastante ruins. Apesar de que, para ser justa, tanto Posy quanto Verity haviam lhe pedido para compartilhar qualquer informação que conseguisse sobre Tom, portanto era muito hipócrita da parte delas agir agora como se Mattie tivesse traído a Lei Oficial dos Segredos.

No entanto, ela conseguiu não mencionar isso.

— É melhor você voltar para o salão de chá — disse Verity com frieza, levantando a bandeja de doces. — E nós de verdade não podemos aceitar isto.

— Não, não podemos — concordou Posy, olhando famintamente para a bandeja. Depois virou-se para Mattie, sem conseguir olhá-la nos olhos. — Talvez seja hora de estabelecer nossa relação com o salão de chá de uma maneira mais formal.

Isso parecia tenebroso. No momento, Mattie pagava o aluguel para Posy e o salão de chá era seu próprio território, mas todo o arranjo era bastante descontraído e tranquilo. Verity ajudava na administração, lidando com as autorizações para todo tipo de coisas, de servir álcool em eventos na loja a ter mesas e cadeiras ao ar livre nos meses de verão. Mattie fornecia os comes e bebes para todas as programações culturais da Felizes para Sempre e oferecia gratuitamente e com grande prazer doces e salgados com alguma imperfeição que não podia vender no salão de chá ou que fossem protótipos, além de chá e café quando as pessoas compravam mais alguma coisa.

Sem mencionar o fato de que Mattie morava de graça, como um favor de Posy, no apartamento sobre a livraria. Mas tudo isso poderia mudar. Posy estaria em seu direito se resolvesse expulsar Mattie de lá, já que ela não era o tipo de pessoa em que se podia confiar. Sem falar que o aluguel que Mattie pagava pelo salão de chá era muito competitivo para a região central de Londres. Muito competitivo mesmo.

Que idiota burra ela era! Estivera com a razão do seu lado, até Posy e Verity haviam admitido isso. Por que simplesmente não foi embora enquanto estava por cima? Por que teve que abrir a boca e estragar tudo? Ela acabou transformando Tom na vítima e ignorando os próprios princípios no processo. Ninguém gostava de delatores, e era por isso que Mattie não gostava muito de si mesma naquele exato momento.

Ela pegou a bandeja de doces, sorriu fracamente, porque tentar erguer os cantos da boca era tão difícil quanto levantar o próprio peso, e saiu do escritório, só para dar de cara com Nina, que estava parada atrás do balcão, soltando fagulhas pelos olhos.

— Como você se atreve a trair a confiança do Tom desse jeito?

Mattie sentiu uma pontada de indignação: como as outras, Nina ficara bem animada com a ideia de Mattie descobrir algum segredo sobre Tom, mas, agora que o segredo estava exposto, não queria mais se meter nisso. No entanto, a indignação de Mattie logo arrefeceu: ela havia dito desde o começo que não o delataria, e olhe só o que tinha feito.

— Desculpe — ela sussurrou, sem saber se o pedido de desculpas era dirigido a Nina ou a Tom. Apenas queria escapar da livraria para o santuário do salão de chá e o sacrário de sua cozinha.

— Desculpe! — Nina bufou. — Pedir desculpas não alivia em nada o que você fez.

Mattie arriscou um olhar de lado para Tom, mas ele estava muito concentrado, lidando com uma pilha de pedidos de clientes, como se o futuro do mundo dependesse de ele completar a tarefa com sucesso.

Aquilo trazia de volta um déjà-vu dolorosamente familiar. Enquanto fugia depressa para o salão de chá, lembrou-se de como, toda vez que ela e Steven brigavam, quando ela chegava à sala de aula na Escola de Confeitaria na manhã seguinte, ele sempre estava lá primeiro. Mesmo que ele tivesse sido a parte errada na discussão, sempre pintava Mattie como uma bruxa vingativa, histérica e irracional, que tornava a vida dele um completo inferno.

Não era de admirar que ela não tivesse feito muitos amigos no curso. Mas Steven sempre dissera que ela não precisava de amigos porque tinha a ele. Só que, quando ele ficava bravo com ela, o que acontecia cada vez com mais frequência, ela se sentia a pessoa mais solitária do mundo.

— Você não me odeia, não é? — ela perguntou a Cuthbert assim que se viu em segurança atrás do próprio balcão. — Por causa de toda aquela coisa do café com o Tom?

Cuthbert fez uma pausa na vaporização do leite orgânico e olhou para Mattie como se ela tivesse acabado de ficar azul.

— Claro que eu não odeio você. Odiar é uma palavra muito forte. Acho que eu não odeio ninguém — ele refletiu, o que não era a resposta que Mattie esperava.

— E quanto a não gostar? Você não gosta de mim? — ela persistiu.

— Eu gosto muito de você — disse Cuthbert, voltando a atenção para o vaporizador. — E continuaria gostando mesmo se você não fosse minha chefe. Se eu acho que você poderia ter resolvido melhor a situação com o jovem Thomas? Sim, mas, como a minha Cynthia diz, no fim tudo vai acabar bem.

Mattie suspirou. Provavelmente teria acabado bem, se não fosse o fato de ela ter conseguido transformar a situação com o jovem Thomas em um enorme desastre.

E foi isso. Só que Tom não veio para casa naquela noite. Mattie ficou atenta para o som lento e arranhado da chave virando na fechadura, mas tudo continuou em silêncio, até que ela caiu em um sono inquieto quando já passava das duas da manhã.

Ele não veio na noite seguinte também, e nem na outra. E tudo bem. Para Mattie já chegava de se meter na vida de Tom. Se ele queria ficar fora a noite inteira, caçando por toda a Londres e arredores, sendo um Casanova, se enfiando na cama e no coração das mulheres com seus flertes e jogos de sedução descarados, isso era problema dele.

Não tinha nada a ver com Mattie, e era exatamente assim que ela queria que fosse.

Quinze dias para o Natal

Quando os dias úmidos e chuvosos deram lugar a dias gelados e cortantes, um frio ardido que Mattie sempre associava ao Natal se agarrou ao ar, e tanto a Felizes para Sempre como o salão de chá ficavam movimentados desde o momento em que Verity e Mattie viravam suas respectivas placas na porta de "fechado" para "aberto".

Mattie gostava de pensar, especialmente após os eventos recentes relacionados a Tom, que o salão de chá ficaria cheio, mesmo se não fosse anexo a uma livraria de ficção romântica de sucesso. Ela tinha a própria carteira de clientes fiéis e, graças a entusiasmadas avaliações no *Time Out*, no *Evening Standard* e em inúmeros blogs de gastronomia, e ao fato de que seus bolos e doces eram muito fotogênicos no Instagram (e Cuthbert havia aprendido com bastante trabalho a fazer desenhos com pó de chocolate sobre os cappuccinos), o salão era um negócio viável por si só.

Mesmo assim, não havia sido nada mal que a matéria no noticiário da TV sobre a cabine do visco de Nina tivesse alimentado a imaginação de todos os românticos de Londres, somando-se ao número já aumentado de compradores de livros, pela aproximação do Natal. Depois foi a vez da própria Mattie aparecer na TV. Claramente, os amantes de carne de porco envolta em massa folhada suplantavam até os românticos incorrigíveis, de modo que a fila diária da hora do almoço atrás dos rolinhos de lombo de porco agora se estendia pela praça e continuava na Rochester Street.

Mattie estava feliz por ficar ocupada. Ficou ainda mais feliz quando Sam e a Pequena Sophie entraram em recesso cedo no colégio para o período de Natal e esta pôde começar a atender no salão de chá em período integral, permitindo que Mattie ficasse na cozinha. Não só porque ela ainda tentava se manter discreta, mas porque precisava passar a maior parte do dia preparando, assando e desenformando suas comidinhas. Mesmo sendo contra todas as regras de segurança no preparo de alimentos, ela estava até usando o forno do apartamento no andar de cima. Era como se todas as suas horas acordada fossem marcadas pelos bipes de um dos três cronômetros diferentes, para avisá-la o momento certo de tirar algo de um forno.

Mas, quando não estava ouvindo bipes, tinha os próprios pensamentos infelizes como companhia. Posy, Nina e Verity eram cordialmente educadas quando cruzavam com ela, o que não acontecia com muita frequência, porque elas não vinham mais ao salão de chá para pegar café ou chá todas as manhãs. Pior ainda do que comprar seu café e chá em um estabelecimento rival, Mattie as havia visto fazendo seu próprio café no diminuto escritório dos fundos, que podia ser descrito como uma cozinha. Era como uma faca enfiada em seu peito que elas preferissem beber café instantâneo e chá de qualidade inferior e não orgânico em lugar dos blends exclusivos de Mattie. E quanto a virem na hora do almoço, como sempre faziam? Não. Não mais.

Embora Mattie tivesse brevemente se torturado com visões dos quatro sentados em volta de uma mesa no café italiano comendo paninis e falando mal dela, a verdade era bem mais trágica do que isso. Em vez de compartilhar as delícias que Mattie preparava para a hora do almoço, Verity e Posy estavam trazendo o almoço de casa. Restos com cara cansada; macarrão amolecido da noite anterior. Refeições prontas aquecidas no micro-ondas que ficavam largadas no escritório e fediam na loja. Uma vez, Mattie fora ao escritório com algumas faturas para Verity e a pegara comendo o sanduíche mais deprimente do mundo: umas fatias flácidas de presunto e uns pedaços murchos de alface entre duas fatias de pão branco de aparência velha.

Mattie também vinha passando uma quantidade considerável de tempo se atormentando por causa de Tom, que, aparentemente, estava dormindo no sofá na casa de um amigo. Tom havia mencionado as noites no sofá para Nina, que contara para Sam, que contara para Sophie, que conversara sobre isso com Cuthbert, comentando com ele em voz alta como Tom parecia abatido nos últimos tempos.

Mattie não havia notado o abatimento de Tom porque o evitava a todo custo. Mas, quando ouviu Sophie e Cuthbert falando sobre a dor nas costas de Tom por dormir em um sofá velho e sobre como Posy tinha ficado brava porque ele disse que não teria condições de carregar caixas de livros por algum tempo, Mattie decidiu que era hora de tomar uma atitude.

Embora ela tivesse um argumento válido em relação ao consumo abusivo de café por Tom ("Ai, meu Deus, esquece isso", gemeu Sophie, quando Mattie trouxe o assunto mais uma vez), não devia tê-lo exposto como um Casanova e especialista em ficção romântica enrustido, então cabia a ela consertar a situação. Sem coragem suficiente para encará-lo (de qualquer modo, ele era rápido em desviar do caminho sempre que via Mattie por perto) e, mesmo tendo compartilhado um espaço — eles nunca haviam trocado números de celular —, Mattie resolveu lhe enviar uma mensagem pelo e-mail da Felizes para Sempre:

Para: Tom@FelizesParaSempre.co.uk
De: Mattie@SalaoDeChaFelizesParaSempre.co.uk

Tom,

Eu estou arrasada com TUDO isso. Desculpe por eu ter reagido tão mal (embora fosse uma incrível falta de consideração você trazer seu panini do café italiano para o salão de chá todos os dias, mas, enfim, eu já superei) e desculpe muito por eu ter contado para a Posy e a Verity sobre a sua tese. Estou morta de vergonha por isso. E por ter chamado você de Casanova. Embora eu realmente tenha te visto em ação na festa dos Riso Boys e você estava se comportando como um Casanova mesmo — só um comentário.

Seja como for, é bobagem você dormir em um sofá no fim do mundo quando tem uma cama perfeitamente confortável logo subindo a escada, a dez segundos do trabalho. Por favor, volte para o apartamento e tudo pode ser como era antes. Eu vou ficar fora do seu caminho. Sério, eu fico muito bem dentro do meu quarto e só saio quando você disser que eu posso.

Desculpe mais uma vez.
Mattie

Mattie passou o dia todo em suspense, olhando para o celular, atenta ao sinal sonoro que informava a chegada de novos e-mails, e distraída para o bipe que lhe avisava que havia algo para tirar do forno. Chegou a queimar uma fornada de pão de ló.

Por fim, quando olhava desconsolada para as costas de um cliente que tinha pedido duas tortinhas de frutas secas e triturado as duas entre os dedos e agora as comia farelo por farelo, o celular no bolso do avental soou:

Para: Mattie@SalaoDeChaFelizesParaSempre.co.uk
De: Tom@FelizesParaSempre.co.uk

Essa divisão do apartamento só vai funcionar se concordarmos em não falar um com o outro.

Atenciosamente,
Tom

Era frio. Quase tão frio quanto o olhar de Tom quando viu Mattie uma hora mais tarde, mostrando a um cliente do salão de chá onde ficavam as estantes dos romances da Regência na livraria. Ele a olhou como se tivesse pisado em alguma coisa nojenta e fosse tudo culpa de Mattie.

Cheia de pesar, Mattie respondeu:

Para: Tom@FelizesParaSempre.co.uk
De: Mattie@SalaoDeChaFelizesParaSempre.co.uk

Está bem.

Considerando que ela estava exausta, o sono deveria ter chegado como um doce e abençoado alívio, mas, naquela noite, ele não quis vir. Em vez disso, ela ficou pensando em sua situação atual e em como era muito semelhante à situação em que estivera dois anos antes. Lembranças de Steven nunca eram agradáveis; elas surgiam como penetras que não queriam ir embora de uma festa, mas, quando Mattie não estava pensando em Steven, estava pensando em Tom e no que poderia fazer para finalmente levar a guerra fria entre eles a um encerramento rápido e satisfatório.

Catorze dias para o Natal

Tempos desesperados pediam medidas desesperadas — logo cedo na manhã seguinte, uma assistente de cozinha temporária começou a trabalhar. Mattie já havia tido que limitar seus rolinhos de lombo de porco a dois por cliente e estabelecer um horário-limite até às cinco da tarde, caso contrário não poderia fazer mais nada além desses salgados.

Meena estava no segundo ano da escola de catering e, a julgar pelos lindos doces que ela postava em seu Instagram, sabia lidar com uma tigela para bater massa e uma espátula de confeiteiro.

Mattie estava preocupada com a ideia de dividir com outro alguém uma cozinha feita para uma só pessoa, mas Meena não só era hábil para fazer massa folhada como também era muito miúda e não falava demais. Também tinha uma boa ética de trabalho. Assim, às três da tarde, tudo estava sob controle, e Mattie se sentiu segura de que não ficariam sem seus produtos para vender se ela desse uma saída de uma hora para começar as compras de Natal.

Armada com uma lista, foi direto à perfumaria na Rochester Street para comprar o perfume favorito de Sandrine e uma vela perfumada. Enquanto estava lá, deixou a lista de lado e comprou um kit masculino de cuidados básicos para a pele para Ian, porque Sandrine havia mencionado que ele andava muito obcecado com as linhas em torno dos olhos que haviam começado a evoluir para pés de galinha.

Na loja de acessórios masculinos muito hipster, comprou para Guy abotoaduras em forma de trevos de quatro folhas, porque ele era a pessoa mais supersticiosa que Mattie já havia conhecido. Era daqueles que não punha o pé em uma calçada se visse passar um gato preto.

Parou diante de uma vitrine de gravatas-borboleta, que a fizeram pensar em Tom, embora ela estivesse tentando fervorosamente não pensar nele. Tom não estava em sua lista de presentes, porque, mesmo dividindo o apartamento, mesmo antes de suas hostilidades atuais, eles também não eram amigos o bastante para trocar presentes.

De qualquer modo, se Mattie fosse comprar um presente para Tom, não seria algo novinho, saído direto da caixa. Ele gostaria de algo velho. Talvez um livro de crítica literária com encadernação de couro cheirando a mofo, ou um casaco de tweed que tivesse estado na moda no período entreguerras, com arremates de couro nos punhos e bolsos. Uma caneta-tinteiro, abandonada e descartada há muitos anos, à espera de ser trazida de volta à vida com tinta e um toque firme, mas delicado.

Sim, Tom iria querer algo já usado. E, quando viu um jovem casal, a mulher puxando devagar a ponta do cachecol do namorado para trazê-lo para mais perto e dar-lhe um beijo, os olhos de Mattie arderam. E, inacreditavelmente, ela sentiu uma lágrima repentina descer devagar pelo rosto.

Ela também já era usada. Havia tentado amar e fora mastigada e cuspida de volta. Se isso acontecesse de novo (e, a julgar pelo histórico de sua mãe, com três maridos e mais quatro por pouco até conhecer Ian, bons genes de amor não eram de família), Mattie sabia que não sobraria mais nada dela. Não gostava de pensar em si mesma como alguém que entregava os pontos, mas tivera que desistir do amor.

Saiu em direção à Rochester Street. Era como uma cena de um romance de Dickens, com seu calçamento de pedras e lojas de aparência antiga e vitrines salientes, todas enfeitadas com luzinhas e decorações de Natal. A pequena rua estava repleta de casais, todos de braços dados fazendo compras juntos, tentando encontrar o presente perfeito, que representasse o que um significava para o outro.

Quando as festas passassem, Mattie estaria perfeitamente bem com sua condição de solteira. Mas havia algo no Natal e, especialmente, no período que o antecedia, que lhe trazia aquela melancolia. Não só porque era o aniversário do término de seu drama romântico particular, mas porque o Natal era um momento de união e de família. Não só a família em que se havia nascido, mas a família que se construía com outra pessoa.

Ao abdicar do amor, Mattie também estava renunciando a ser a família de outro alguém.

Mordeu o lábio e tentou não piscar enquanto voltava para a praça. Tentou ficar contente por ter feito um grande avanço em suas compras de Natal, com o dinheiro que havia ganhado fazendo o que amava. Quantas pessoas podiam dizer que amavam seu trabalho? Que haviam encontrado o que queriam da vida? Em vários aspectos, Mattie tinha muita sorte. Mas, quando abriu a porta do salão de chá e foi envolvida pelo cheiro acolhedor de café recém-moído e pela fragrância doce e aromática de tortinhas de frutas secas saídas do forno, e ouviu o zum-zum animado de conversas, o chuc-chuc assobiado de Jezebel a todo vapor, e Cuthbert cantando alto "All I Want For Christmas" com Mariah Carey, que tocava em seu antigo toca-fitas, não sentiu nenhum prazer naquele mundo que havia criado.

— Mattie! Você pode assumir aqui um minuto? Estou morrendo de vontade de fazer xixi! — A Pequena Sophie se contorcia de um pé para o outro. Mattie levantou a mão para indicar que estava indo e se apressou em direção ao balcão.

Na meia hora seguinte, ela se viu envolvida na correria do chá da tarde. Entrando na cozinha para pôr e tirar coisas do forno, tentando resolver um problema com a massa do bolo red velvet que não tinha ficado muito uniforme. Depois de volta para o salão para convencer um homem insistente que queria comprar todo o estoque de rolinhos de lombo de porco. Ela atendeu aos pedidos de bebidas, limpou mesas e cumprimentou alegremente com um "Feliz Natal para você também" os clientes que saíam.

Foi um desempenho brilhante pelo qual Mattie definitivamente merecia algum prêmio de atuação. Os clientes foram diminuindo, mas ela sabia que seria apenas uma breve calmaria até que o público das compras noturnas começasse a chegar.

Quase chorou quando voltou à cozinha e descobriu que Meena já tinha várias fornadas de massa folhada para os rolinhos do dia seguinte prontas e na geladeira.

— Você mudou a minha vida — disse ela enquanto Meena trocava o avental por um casaco, gorro e cachecol. — Você volta amanhã? Não te assustamos, não é?

— Isso aqui é muito mais divertido que a escola de catering — declarou Meena. — Eu sempre acabo caindo como subchefe de algum garoto que cozinha muito pior que eu, mas acha que é o próximo Gordon Ramsey. Estarei aqui amanhã às oito.

Assim que ela saiu, Mattie se apoiou na geladeira. Talvez Mercúrio estivesse retrógrado e fosse essa a razão de ela se sentir tão deprimida, pensou, forçando-se a desencostar da geladeira e abrir a porta para pegar ovos, manteiga e creme.

Se ela ia ficar se lamentando ali, pelo menos podia se lamentar produzindo. E não ia chorar, porque não havia de fato motivo nenhum para chorar. Ela não tinha amor por sua própria escolha. E, especialmente, não ia chorar enquanto estivesse batendo um creme com manteiga e açúcar. Sua avó francesa sempre dizia que, quando estávamos cozinhando, nosso humor entrava junto na tigela com os outros ingredientes e nada ficava bom misturado com lágrimas.

Ela faria um bolo para Tom. Bolos sempre melhoravam tudo. No passado, fizera bolos para aniversários, datas especiais, casamentos, uma vez até para um funeral. Fizera um bolo com o formato da Ópera de Sydney para uma amiga que ia viajar para lá. Quando Ian se aposentou depois de quarenta anos trabalhando com administração de imóveis, Mattie lhe fez um bolo em forma de uma caixa de ferramentas aberta. Incluíra até pequeninos parafusos de creme fondant.

Qualquer que fosse a ocasião, Mattie podia fazer um bolo para ela, embora não se lembrasse de jamais ter feito um bolo "desculpe por trair seus segredos mais secretos e bem guardados para suas colegas de trabalho". Mesmo assim, daria o melhor de si.

Agora ela estava pensando em Tom mais do que nunca. Voltando mentalmente para todas as delícias que já havia feito para eventos na livraria ou só por ser uma manhã ruim de segunda-feira e todos precisarem se alegrar um pouco, e lembrando a reação de Tom a cada uma delas.

Ele não era como Nina ou Posy, que eram efusivas em seus elogios a uma carolina ou a uma rosquinha de noz-pecã e caramelo. Até mesmo Verity fazia "hummm" quando mordia sua torta favorita de maçã e canela.

Mas Tom nunca era efusivo e nunca fazia sons de apreciação. Mattie apertou os punhos, a irritação subindo por ela mais uma vez como brotoejas de calor. Não era só o café. Nos últimos dezoito meses, ele havia comido incontáveis bolos, tortas e salgados feitos por Mattie e mal resmungara um "obrigado".

No entanto, ali estava ela: tendo que se desculpar com ele por meio de um bolo. Sua vontade era fazer um bolo de café para Tom, mas já podia ouvir a voz de Guy em sua cabeça, dizendo: "Eu já te disse recentemente que você é a pessoa mais passivo-agressiva com quem já compartilhei um útero?"

Decidiu que um pão de mel era uma opção menos polêmica e, como pão de mel era um dos itens de seu cardápio de Natal, tinha que fazer alguns para o dia seguinte mesmo. Ia fazer beijinhos de pão de mel, porque Nina trouxera mais pacotes de Hershey's Kisses dos Estados Unidos do que qualquer pessoa conseguiria comer. Antes que as relações entre o salão de chá e a livraria tivessem ficado tão frias, ela perguntara se Mattie queria alguns dos docinhos para incorporar em suas receitas. "Eu prefiro os de verdade em vez dos substitutos de chocolate", dissera Nina, com aquele olhar distante que indicava que estava pensando em Noah. "Eu realmente acho que beijar é o que eu mais gosto no mundo. É melhor até que estampas de oncinha."

Enquanto Mattie enfiava Hershey's Kisses nos quadradinhos de pão de mel que acabara de tirar do forno, não conseguia pensar em outra coisa sem ser beijos. Provavelmente nunca mais beijaria alguém. Ou seria beijada. Ou estaria nos braços de alguém.

— E está tudo bem para mim. — Mattie murmurou as palavras em voz alta para que elas tivessem mais significado, depois cortou cinco quadrados de pão de mel, arrumou-os em um prato e saiu da cozinha.

— Só vou levar isto até a loja — avisou Cuthbert enquanto passava. Eram quase oito horas, quase hora de fechar, e só havia alguns retardatários no salão de chá, descansando pés doloridos, com sacolas de compras enfiadas sob as mesas enquanto engoliam as últimas gotas de um café revitalizante e raspavam os últimos farelos de um lanche restaurador.

A livraria também estava quase vazia: umas poucas pessoas olhando as estantes, algumas pagando no caixa, alguém pagando diretamente pelo aplicativo a Sam, sentado no sofá com um iPad. Até a cabine do visco estava vazia, mas, quando Mattie passou pelo arco, seus olhos encontraram Tom, que estava na escada de rodinhas, enquanto um homem de meia-idade embaixo examinava uma lista que tinha na mão.

— Não, esse eu sei que ela tem — disse o homem, com uma voz de desespero. — Você tem certeza que a Jilly Cooper não escreveu mais nenhum livro?

— Posso procurar no computador, mas tenho noventa e nove por cento de certeza que não — respondeu Tom, em uma voz igualmente desesperada, como se o homem e sua lista já estivessem lá há algum tempo. — Que tal uma escritora do estilo de Jilly Cooper?

— Tem que ter cavalos — disse o homem. — Minha mãe só lê livros sobre romances e cavalos.

O queixo de Tom parecia tenso. Mattie o conhecia bem o suficiente a essa altura para saber quando ele estava contendo um suspiro ou, mais provavelmente, um comentário sarcástico. Ele olhou para trás em busca de uma alma solidária para lançar uma expressão de desalento, mas, infelizmente, Nina estava na seção de eróticos, falando sobre ficção de *ménage* com duas jovens mulheres.

— Um homem já é trabalho suficiente — Nina estava explicando. — Ter que lidar com dois seria exaustivo, porque vocês sabem que nenhum dos dois se lembraria de baixar a tampa do vaso sanitário.

Tom teve de se contentar com Mattie, que tentou sorrir para mostrar que estava ali para fazer as pazes. Ele estava muito exausto para qualquer coisa a não ser fazer uma careta em resposta e indicar com o olhar o cliente que examinava sua lista.

Seria o momento perfeito para Mattie levantar o braço e perguntar, em um tom divertido, "Vai um beijinho?". Só que seria um beijinho de gengibre, que era o único tipo de beijinho que Tom poderia esperar dela. Enquanto ela erguia o prato, a porta da livraria se abriu e o sininho soou.

Mattie olhou para ver quem estava chegando. A cor sumiu de seu rosto e o sangue desceu por suas veias até o chão, deixando-a fria e trêmula.

O prato escapou de seus dedos e caiu com um estrondo, espalhando pães de mel para todo lado.

— Mattie? Você está bem? — Ela ouviu Posy perguntar de algum lugar atrás dela... mas só tinha olhos para o homem à porta.

— Matilda — disse ele, naquela voz acetinada que ela havia amado, até que passara a ser usada como uma arma contra ela. — Há quanto tempo. Como você está, minha querida?

Catorze dias para o Natal

Steven era tão bonito quanto Mattie se lembrava. Mais bonito até, porque ela havia deixado a raiva e a dor turvarem o brilho de seus cabelos escuros, obscurecerem a luz de seus cativantes olhos castanhos, enfraquecerem os ângulos de suas faces extraordinárias e do contorno forte de seu queixo.

Sua memória lhe pregara truques e fizera Steven se tornar menos — menos bonito, menos carismático, menos tudo. Quando Mattie pensava nele, em como podia tê-lo amado, o Steven que via na sua mente não era tão alto ou tão harmonioso.

Agora, vendo-o chegar mais perto, Mattie estava chocada demais para recuar e apenas ficou ali parada, imóvel, pálida e fria, enquanto ele segurava suas mãos geladas e roçava os lábios em cada uma de suas faces. Ela havia esquecido que ele sempre cheirara bem, como figos e especiarias exóticas.

Mas não tinha esquecido como Steven podia encher um aposento com a pura força de sua presença, anulando praticamente todos à sua volta.

— Matilda — disse ele, repreendendo-a com jeito de provocação. — Você parece que viu um fantasma. Não vai dar as boas-vindas para seu velho amigo?

— O que você está fazendo aqui? — Mattie se surpreendeu por conseguir pronunciar alguma palavra. Estava espantada por suas pernas ainda funcionarem e ela poder dar os passos hesitantes de que precisava para desabar no sofá.

— Estou na cidade por alguns dias — ele respondeu com a maior tranquilidade, embora todos os olhos estivessem nele. Posy e Verity atrás do balcão o examinavam despudoradamente. Nina tinha vindo da seção de eróticos e percorria com um olhar avaliador a forma esguia e atlética de Steven, como se estivesse prestes a dar um lance por ele. — Eu não podia vir a Londres e não te procurar, podia?

Só Tom parecia desinteressado. Ele lançou a Steven um olhar frio e desdenhoso de seu poleiro no meio da escada de rodinha, depois virou de novo para o cliente com a lista.

— Tenho alguns romances de Fiona Walker. São bem cheios de cavalos. Sua mãe talvez goste deles.

— Podia — disse Mattie, desejando subitamente que Tom não estivesse na escadinha, mas em terra firme, fazendo sons de desaprovação para quem quisesse ouvir e reclamando de as pessoas trazerem sua vida pessoal para a livraria, como fazia sempre que Posy ou Nina falavam demais sobre seus maridos. Tom podia matar um clima mais depressa do que água fervente podia matar um bando de formigas, mas ele não estava ajudando naquele caso. Mas tudo bem. Mattie podia lidar sozinha com a aparição súbita e muito indesejada de Steven. Ela levantou o queixo, do jeito como enfrentava todos os desafios. — O que passou pela sua cabeça para achar que eu poderia querer te ver outra vez?

Steven sorriu tristemente.

— Isso é muito injusto, não é? — Então ele virou o rosto de lado e passou a mão pelos cabelos castanhos brilhantes, ajeitando-os de modo a destacar melhor a bela estrutura óssea de seu rosto. Era um movimento que costumava desmontar Mattie em anos passados, quando ela ainda conseguia acreditar que havia conquistado um homem tão sexy. Mas agora ele percebeu que isso não exercia mais efeito sobre ela.

— Mattie? Você não vai nos apresentar? — perguntou Posy, com uma voz um tanto ofegante. Apesar de seu marido bonito, ela obviamente não era imune aos charmes de um homem que parecia trabalhar como modelo da Calvin Klein nas horas vagas.

— Steven — Mattie disse, de má vontade. — Ele estava na minha classe no curso de confeitaria em Paris.

— Nós fomos um pouco mais do que colegas de classe — advertiu Steven. — *Muito* mais.

— Eu sou a Posy, esta é minha loja e a Mattie administra o salão de chá anexo — disse Posy, em um tom amistoso, porque ela estava dominada pelos hormônios e desconectada por inteiro do mundo. Mas Nina e Verity já haviam detectado a tensão de Mattie: a rigidez de suas costas, o tom ríspido da voz, a expressão de ansiedade e aflição em seus olhos arregalados.

— Já passou um minuto das oito horas — anunciou Nina, com uma voz desnecessariamente alta. — Mais cinco minutos, pessoal! Façam seu pagamento agora, por favor. Alguns de nós têm casa para ir!

— Não seja tão rude, Nina! — Posy a repreendeu.

— Mas ela está certa — sibilou Verity, com um olhar deliberado para Steven, porque Verity não era o tipo que se deixava levar por um sorriso fácil e um par de maçãs do rosto arrasadoras. — Não queremos nenhum retardatário de último instante.

— Esse salão de chá parece encantador — Steven disse para Mattie, como se o alerta de cinco minutos e a absoluta falta de hospitalidade de Verity não se aplicassem a ele. — Estou tão orgulhoso de você.

— Não preciso que você se orgulhe de mim — disse Mattie, começando a descongelar. A sensação voltava aos poucos a seus membros paralisados e agora seus dedos se contraíam e ela estava irritada e ficando cada vez mais brava quando olhava para Steven, para o sorriso simpático em seu rosto, seu tom de voz imperturbável.

— Mas eu me orgulho de você. Fico sem te ver por dois anos e você já está dirigindo um império.

Era como se eles não tivessem se separado nos piores termos possíveis depois de ele ter feito as piores coisas possíveis com ela. Seria sua imaginação tudo que acontecera entre eles? Será que o tempo que haviam passado separados havia distorcido a verdade não só daquela briga final, mas de todas as brigas que haviam culminado naquela? Todas as vezes em que Steven a fizera se sentir menor, em que a humilhara, saíra batendo a porta e a deixara soluçando sozinha durante horas?

Não, tudo havia realmente acontecido.

Ela se levantou sobre pés ainda trêmulos.

— Que confusão — ela disse em voz alta, não se referindo só ao fato de Steven ter aparecido do nada e de todos os pensamentos conflitantes que faziam cabo de guerra dentro dela, mas da bagunça de louça quebrada e beijinhos de gengibre espalhados pelo chão. — Vou pegar a vassoura.

— Está tudo bem — disse Nina jovialmente. — Eu tenho que varrer mesmo. E aposto que você tem uma montanha de preparativos para fazer para amanhã.

Mattie agarrou de imediato a desculpa que Nina lhe dera.

— Sim! Sim, eu tenho! — Ela se forçou a olhar para Steven com alguma aparência de sorriso. — Bem, foi gentileza sua ter vindo, mas agora eu tenho que ir...

— Fazer os preparativos? Eu te ajudo — ofereceu Steven, embora, aos ouvidos de Mattie, tenha soado mais como uma ordem. — Vai ser como nos velhos tempos. Massa folhada para a *viennoiserie* de amanhã?

— Sim, mas...

— Massa para croissants ou brioches?

— Os dois, mas...

— Eu devia saber. Não faz seu estilo optar pelo caminho mais fácil — Steven disse, afetuosamente, como se eles fossem de fato velhos amigos, e ele até pôs a mão nas costas de Mattie para guiá-la enquanto ela atravessava o arco da antessala dos clássicos, embora ela soubesse muito bem o caminho. — Mal posso esperar para ver esse seu salão de chá.

— Eu só alugo o espaço — Mattie respondeu, rígida. Queria que ele fosse embora mais do que qualquer coisa e estava pronta para dizer isso a ele assim que não estivessem mais diante de uma plateia, mas, quando passaram pelas portas de vidro que davam para o salão de chá, ela sentiu uma forte explosão de orgulho.

Mattie havia fugido de Paris sem nada. Deixara seu coração partido e todos os seus velhos sonhos para trás. Mesmo assim, de alguma maneira, conseguira se refazer, pouco a pouco, e, com seu próprio trabalho e empenho, criara o salão de chá. Não só um lugar que vendia bebidas quentes e bolos, mas um santuário em meio ao mundo agitado do lado de fora. Um lugar em que seus clientes podiam descansar as almas e os pés cansados e se entregar ao melhor café do centro de Londres (de acordo com o *Evening Standard*), depois se deliciar com os mais perfeitos bolos e salgados que Mattie sabia fazer (e, uma vez mais, o *Evening Standard*, o *Time Out*, o *Guardian* e inúmeros blogs de gastronomia e influenciadores no Instagram compartilhavam essa opinião).

O salão de chá era sua maior glória e ninguém poderia tirar isso dela.

— Ora, ele é *mesmo* charmoso — disse Steven atrás de Mattie, e ela se virou para ver os olhos dele analisando tudo. Nos poucos minutos desde que ela saíra dali e todo o seu mundo virara de ponta-cabeça, os últimos clientes haviam deixado o salão. Todas as mesas estavam limpas, o balcão estava arrumado, e Cuthbert havia lustrado Jezebel e a deixado reluzente.

Agora o sorriso de Steven era menos simpático e a curvatura de seus lábios poderia ser classificada como um sorriso pretensioso.

— Claro, você costumava dizer que queria fazer *pâtisserie* do mais alto nível, mas isto aqui é... *bom*. Parabéns.

Mas Mattie não ia deixar que Steven pisasse em seu trabalho árduo e em seu pequeno paraíso.

— Tem muitas coisas que eu costumava dizer — ela falou, com uma intencionalidade que Steven ignorou. Ele avançou para o balcão onde Cuthbert vestia seu casaco e boné.

— Eu vou indo — disse Cuthbert, com um olhar intrigado para Steven, que examinava a lousa com o cardápio na parede. — A Cynthia disse que vai pôr o jantar na mesa em dez minutos. Ela fez torta de carne e batata, a minha favorita.

— Bem que eu queria ter uma Cynthia — respondeu Mattie, porque era o que sempre dizia quando Cuthbert contava uma das muitas, muitas maneiras de Cynthia demonstrar seu afeto por ele, e Mattie só queria se sentir normal. — Mais duas semanas e voltamos a fechar às seis horas.

— Aleluia — disse Sophie, vindo da cozinha com um balde e um esfregão. — Embora o dinheiro extra seja bom. Até amanhã, vovô. Mande um beijo para a vovó.

Cuthbert saiu com um aceno de mão e fechou a porta firmemente atrás de si.

— O que é um *croque missus* e um *croque guvnor*? — Steven perguntou de repente, e Mattie teve certeza de que os olhos dele estavam mais observadores e críticos do que antes.

— Não inter...

— A Mattie adora dar um toque inglês aos clássicos franceses — intrometeu-se Sophie enquanto levantava uma cadeira e a colocava sobre a mesa. — Então nós fazemos o *croque*...

— Segredo comercial! — Mattie interveio com um sorriso que era quase um rosnado. — Eu não vou entregar minhas receitas premiadas. Não de novo.

— Mathilde, sua bobinha — Steven zombou com doçura, tendo até a ousadia de segurar gentilmente o queixo dela, mas ela se esquivou depressa do toque. — Você continua nessa mesma velha história? Estou aqui apenas para saber notícias de uma velha amiga e dar uma mãozinha. — Ele já estava tirando o casaco. — Onde ponho isto?

— Pode pôr exatamente onde estava — disse Mattie, com um olhar desesperado para Sophie, que passava o esfregão, distraída. Quando ela virou a cabeça, Mattie viu que estava com fones de ouvido, o que explicava por que limpava o chão em um ritmo de quatro tempos.

— Muito bem, onde é a cozinha? — perguntou Steven, como se Mattie nem tivesse falado nada. — Ah! Aqui! Eu posso pendurar meu casaco no gancho atrás da porta. Então, é aqui onde a mágica acontece. Caramba, é apertada...

Mattie não havia imaginado. Nada era sua imaginação. Isso era o que Steven fazia. Passava como um trator por cima de todo mundo com o pretexto de lhes fazer um favor, de ajudar, para que as pessoas se sentissem em dívida com ele. E fazia coisas muito piores que isso...

Ela praticamente correu para dentro da cozinha, espremendo-se para passar por Steven, abriu a gaveta do armário à esquerda do fogão e tirou seu caderno de receitas. Com certeza não era sua imaginação o brilho nos olhos de Steven quando viu o que Mattie estava segurando.

— Se você faz *questão* de ajudar, a manteiga está na geladeira. Use a sem sal. A farinha e os ingredientes secos estão aqui. — Ela mostrou o armário. — Você lembra como faz uma massa laminada, não lembra?

Steven sorriu enquanto abria a porta da geladeira, pondo-se à vontade.

— Eu me sinto até ofendido por você imaginar que eu esqueci — disse ele.

— Certo, eu volto em um minuto. — Mattie pegou algumas folhas sobre a bancada de trabalho, novas receitas que ela estava aperfeiçoando, e foi de novo para a livraria.

Bem a tempo. Posy estava saindo com Nina, e Verity vinha atrás.

— Tudo o que eu quero agora é uma comida indiana para levar para casa e um episódio de *Queer Eye* — Posy dizia, quando Mattie passou correndo sob o arco.

— Esperem! Não vão ainda! — ela gritou. As três se viraram e olharam para ela.

— Está tudo bem? — perguntou Verity, com uma expressão preocupada. — É algo que vai demorar?

— Dois minutos — prometeu Mattie. — Eu só preciso que você tranque meu caderno de receitas no cofre.

— Ceeerto — disse Verity, franzindo a testa, porque era um pedido bem estranho. — Sem problemas. Alguma razão específica para isso?

— Para ninguém roubar — respondeu Mattie. Pareceu ridículo, mas ela não ligou. Tudo que lhe importava era não perder outros dois anos de receitas que havia criado com muito esforço, ajustado e aperfeiçoado.

— Quem faria isso? — perguntou Posy, recostando-se no batente. — Posso esperar até amanhã para saber? O Sebastian acabou de estacionar o carro.

— Sim, vá. Eu explico tudo amanhã — disse Mattie e, com um sorriso agradecido, Posy foi embora e Mattie acompanhou Verity até o escritório, seguida por Nina.

— Aquele cara ainda está aí? — perguntou ela. — Um ex-namorado, obviamente.

— Como você sabe? — indagou Mattie, observando com atenção enquanto Verity girava o fecho do cofre antiquado. Era onde guardavam o faturamento do dia quando não tinham tempo de ir ao banco, o dinheiro do caixa e, mais importante e a razão de ser um cofre antichamas, uma primeira edição de *Sapatos de ballet*, de Noel Streatfeild, que era o bem mais precioso de Posy.

— Se eu fosse participar do *Mastermind*, meu tema escolhido ia ser ex-namorados — disse Nina, pondo o gorro e as luvas. — E eu senti o *cheiro* de ruindade vindo dele. O cara bem errado, né?

— O pior — confirmou Mattie, e seus ombros relaxaram, aliviados, quando Verity pôs seu caderno de receitas e as folhas avulsas no cofre e trancou a porta.

— Quer que eu me livre dele para você? — perguntou Nina, muito séria. Era uma oferta tentadora. Mattie não tinha dúvida de que Nina podia expulsar Steven de alguma maneira espetacular. Ela não cairia em nenhum de seus joguinhos espertos de poder. Não, Nina provavelmente bocejaria na cara bonita dele e resmungaria: "O que você ainda está fazendo aqui?"

Ah, mas Mattie precisava enfrentar os próprios demônios.

— Não, mas muito obrigada pela oferta. Acho que preciso lidar sozinha com isso. Tenho umas coisas que preciso dizer a ele.

— Não esqueça que o Tom está lá em cima se você precisar dele — Nina falou enquanto Mattie se afastava. Mas Mattie não precisava de Tom. Ela certamente não queria que o homem que a arruinara para todos os outros homens se encontrasse com o homem que achava que ela odiava *todos* os homens.

O pensamento em todo o amor que ela jamais daria ou receberia por causa de Steven acelerou os passos de Mattie e, enquanto atravessava as antessalas escuras de volta ao seu território, ela respirou fundo, preparando-se para confrontá-lo.

Catorze dias para o Natal

— Ah, aí está você! Eu não tinha certeza das quantidades, então calculei que começar com cerca de quinhentos gramas de farinha renderia umas vinte e cinco unidades — disse Steven. Ele já estava mexendo lentamente a massa com a amada batedeira KitchenAid de Mattie, que havia pertencido à avó dela.

— Humm. Eu geralmente faço o dobro — respondeu Mattie, abrindo a geladeira para pegar parte da massa que já havia feito antes, além de um pacote de sua manteiga Normandy sem sal favorita. — Olha, eu sou capaz de fazer isso sozinha. Não sei por que você está aqui e, na verdade, eu nem quero que você esteja, portanto...

— Eu senti sua falta, Matilda — disse Steven de forma doce. — Senti falta de tudo em você.

— É mesmo? — perguntou Mattie, levantando uma sobrancelha e começando a trabalhar em sua massa. — Porque, de acordo com você, não tinha nada de bom em mim.

— Isso não é justo — disse Steven, sacudindo a cabeça e fazendo aquilo que costumava fazer com os olhos. Franzindo a testa e olhando para baixo como se estivesse em profunda dor existencial, como se fosse a vítima inocente de tudo. — Você sabe que eu te amava, mesmo nos momentos em que você tornava muito difícil te amar.

Felizmente, Mattie havia chegado à parte da preparação de massa folhada em que precisava pôr a manteiga entre duas folhas de papel-manteiga e achatá-la ferozmente com o rolo.

Era algo que ela gostava de fazer. Aliviava os estresses do dia de um jeito tão eficaz quanto as aulas de boxe fitness de Pippa e não era tão cansativo para seus braços. Mas nunca antes na história da massa folhada uma mulher atacara a manteiga com tanta fúria quanto Mattie estava fazendo.

— Eu. Não. Era. Difícil — disse ela, a cada golpe do rolo, cada um deles fazendo Steven piscar. — Era. Você. Que. Me. Fazia. Difícil.

— Não, não, Mattie — falou Steven, com firmeza. — Não é assim que eu me lembro. Você está enganada.

— Eu. Não. Estou. Enganada.

— Você sabe que se torna meio irracional quando fica emocional demais. Calma, minha flor.

— Se. Você. Não. Gosta. Do. Jeito. Que. Eu. Sou. Vá. Embora. — Mattie fez um gesto com o rolo. — A porta é ali.

— Não seja boba. Eu disse que ia te ajudar e é isso que vou fazer — disse Steven, com calma, tentando dar um passo para trás quando Mattie pegou uma faca para cortar a manteiga em quadrados pequenos. — Eu cortaria quadrados bem maiores, se fosse você.

— Certo, mas você não é eu — Mattie rosnou. — E me desculpe por não seguir seus conselhos culinários quando foi *você* que roubou minhas receitas...

— Você não tem nenhuma prova disso — Steven rebateu, dando de ombros. — E está ficando histérica.

— Eu não sou histérica — respondeu Mattie, porque isso não tinha nenhum fundamento. Ela se lembrou, de sua leitura rápida da dissertação de Tom, que havia um tipo de homem que sempre rotulava as mulheres como "histéricas" quando elas defendiam sua própria posição.

— Você está gritando — disse Steven em uma voz mais baixa, o que fez Mattie parar com uma sensação de culpa, embora não estivesse gritando. Ou... podia jurar que não estava gritando, não saberia dizer com certeza.

— Desculpe — escapou de sua boca, uma droga de um hábito antigo, antes que ela pudesse evitar.

— Desculpas aceitas — disse Steven, magnânimo, e eles trabalharam em silêncio depois disso, exceto quando Steven pedia instruções, depois insistia que o jeito dele era melhor. Mattie teve uma enorme vontade de jogar no lixo cada grama de massa em que Steve havia trabalhado, mas seria um tiro no próprio pé e um horrível desperdício de comida.

Quando as preparações terminaram, quarenta e cinco minutos mais tarde, Mattie estava exausta. Não só a exaustão física de ter passado quase o dia todo em pé, mas a exaustão mental e emocional de lidar com Steven e suas constantes tentativas de jogar a culpa nela e diminuí-la.

— Eu te acompanho até em casa — disse ele, quando tudo que Mattie queria era que ele fosse embora. Não tinha mais energia para discutir com ele e não conseguia nem pensar na ideia de se lançar no discurso contundente e inflamado em que estivera trabalhando ao longo dos dois últimos anos. Só queria que ele saísse de lá.

— Não precisa. Eu moro em cima da loja — disse ela, tirando o avental. Pelo menos, agora ele iria embora. — Foi bom te...

— Pobre Matilda, você parece tão cansada — Steven interrompeu. — Vou subir com você.

— Não, por favor. — Ela congelou, horrorizada.

— Isso é muita ingratidão. Você obviamente precisava da minha ajuda com todos esses preparativos e nem sequer disse "obrigada" — falou Steven. Era engraçado as coisas de que a gente se esquecia. Repentinamente, Mattie se lembrou da voz magoada dele bem demais. Ela lhe deu calafrios na coluna. — O mínimo que você poderia fazer seria me oferecer uma xícara de chá.

— Não, eu não vou fazer chá para você — disse Mattie, cruzando os braços. — Obrigada pela ajuda com os preparativos. Pronto, eu já agradeci, e agora você pode ir embora.

Steven a ignorou e saiu da cozinha. Talvez tivesse tido piedade dela.

— Em cima da loja, não é, Mattie? Então, de volta pelo caminho de onde viemos?

Como ela pôde esquecer que Steven não tinha piedade?

Quando Mattie o alcançou, ele já estava na sala principal da livraria, indo para trás do balcão.

— Por esta porta marcada "privativo"? — perguntou ele.

— Pare, Steven. Está escrito privativo por uma razão. — Mas discutir com Steven era sempre tão inútil quanto uivar para a lua. Ele já a esperava na base da escada. — Por favor. Você poderia só ir embora?

Como se ela não tivesse dito nada, ele fez um gesto para os degraus.

— Mulheres primeiro.

— Eu pedi para você ir embora.

— E eu pedi uma xícara de chá e você me recusa isso? — Steven sacudiu a cabeça. — Você não costumava ser tão egoísta.

E Steven sempre fizera tudo do jeito que queria.

— Está bem, uma xícara de chá e então você vai embora. Estou falando sério, Steven.

Ele concordou com a cabeça, os olhos um pouco mais frios do que antes. Mattie podia sentir aqueles olhos nela, como facas, enquanto subia os degraus para o apartamento. Havia se esforçado tanto para arrancá-lo de sua vida, para construir uma vida sem ele, e agora ele estava invadindo todos os espaços em que mais se sentia ela mesma: seu salão de chá, sua cozinha de trabalho e, agora, seu lar.

Havia luz por baixo da porta quando ela a destrancou, abriu e, então, parou, porque, de repente, não conseguia suportar que Steven avançasse mais.

Mattie se virou.

— Sério, Steven, por que você está aqui? — ela perguntou, com a voz absolutamente destituída de expressão ou emoção, para que ele não pudesse acusá-la de ser muito emocional, muito histérica, muito qualquer outra coisa.

Ele pôs a mão no peito e abriu muito os olhos, como para indicar que aquela era uma pergunta injusta que beirava a uma acusação.

— Eu já disse: para ter notícias suas.

— Já teve — Mattie respondeu, categórica. — Eu tenho meu salão de chá...

— Não é *seu* salão de chá. Você só o administra. Não foi isso que a mulher grávida disse?

— ... e não me interessa o que você anda fazendo...

— Um conselho, Matilda. Ninguém gosta de uma mulher amarga. É uma qualidade muito pouco atraente — disse Steven. — Mas a verdade é que eu tenho me saído muito bem. — Ele parou, esperando. O quê?

Que Mattie dissesse que estava feliz por ele? Então ia ter que esperar muito.

— Ótimo — disse ela, na mesma voz neutra. — Bom, agora que já tivemos notícias um do outro...

— Sim, é mesmo muito empolgante — disse Steven, empertigando-se um pouco. — Tenho um livro de receitas e um programa de TV em andamento. O editor acha que eu poderia ser uma versão masculina da Nigella. Bastante lisonjeiro, imagino, embora eu preferisse ser conhecido pela minha culinária e não pela minha boa aparência. Talvez eu pudesse te contar mais sobre isso enquanto tomamos aquela xícara de chá...?

Mattie havia sonhado, ainda sonhava, com seus próprios livros de receitas, seu próprio programa de TV, mas a esperada pontada de inveja não veio. Steven era muitas coisas, nem *todas* elas ruins, mas, acima de tudo, ele não era esforçado. Mattie sabia muito bem que ele preferia que outra pessoa fizesse o trabalho pesado para, depois, ele assumir todo o crédito. Se e quando ela chegasse a ter os próprios livros de receitas, o próprio programa de TV, uma rede de salões de chá, seria porque os havia conseguido com o próprio esforço.

Por isso ficou satisfeita e orgulhosa de si mesma, por poder sorrir e dizer:

— Parabéns, você deve estar animado — em uma voz que não oscilou.

— Obrigado, Matilda. Isso significa muito, vindo de você — disse Steven e olhou para trás dela, para a porta que continuava entreaberta. Mattie se manteve firme.

— E então, mais alguma coisa? Porque eu estou mesmo cansada, cansada demais para fazer um chá para você — disse ela, cruzando os braços.

Steven sorriu e Mattie teve que prender a respiração. Quando Steven sorria, seu rosto se enrugava do jeito mais lindo, os dentes faiscando, os olhos tão brilhantes como se ele fosse o sol e todos os demais fossem apenas planetas solitários girando à sua volta.

Era fascinante, mas Mattie tinha aprendido da maneira mais difícil a não se cegar com aquele sorriso e, em vez disso, a se proteger de seus raios nocivos.

— Eu sei que as coisas acabaram mal entre nós e realmente sinto muito por qualquer desgosto que eu *talvez* tenha lhe causado — falou Steven, o que foi o mais perto que ele já havia chegado de um pedido de desculpas. Mas em seguida seu tom endureceu. — Mas eu preciso saber se você não vai causar problemas para mim.

— Causar problemas para você? Por que eu faria isso? — perguntou Mattie, irritada. Suas fantasias de vingança contra Steven nunca se referiram a prejudicá-lo; eram mais referentes a ela própria vivendo bem e, então, encontrando-se por acaso com Steven um dia e descobrindo que ele se dera muito mal, a ponto de vender pilhas vagabundas na Oxford Street. — Se você acha que o meu estilo é esse, então nunca me conheceu de verdade.

— Bem, fico feliz em ouvir isso — disse Steven e, antes que Mattie pudesse perceber o que estava acontecendo, ele segurou a mão dela e apertou seus dedos em um gesto terno. — É um alívio para mim saber que você não vai sair por aí dizendo, por exemplo, que as minhas receitas são suas.

Essa — *essa* — era a verdadeira razão de Steven ter aparecido. Ela finalmente podia usar seu discurso, mesmo tendo que começar pelo meio.

— Mas, Steven, essas receitas *são* minhas, não são? Porque você as roubou de mim quando pegou...

— Você não pode exigir direitos autorais sobre uma receita, Matilda. — Ele começou a falar por cima das palavras dela, como sempre havia feito. — Qualquer pessoa sensata concordaria que é preciso uma quantidade certa de farinha, açúcar, manteiga e ovos para fazer um pão de ló. — Então apertou a mão dela com mais força e, se ela não estivesse gaguejando de pura perplexidade, talvez tivesse gritado.

— Você... você...

— Sinceramente, será que vocês poderiam falar mais baixo? — A porta, que havia estado apenas entreaberta, foi agora aberta de repente por um furioso Tom. — Eu tive um dia duro de trabalho vendendo livros e só quero um pouco de sossego. — Olhou irritado para Mattie. — E eu achei que tínhamos concordado de não trazer namorados ou namoradas para cá.

— Ele não é meu namorado! — Mattie exclamou, soltando, furiosa, a mão do aperto de Steven.

— Bom, nesse caso, me desculpe — disse Tom, rigidamente. — Mas, por favor, dá para manter a conversa de vocês em um volume mais respeitoso?

Ele balançou a cabeça e, deixando a porta aberta, saiu pelo corredor em direção à cozinha. Mattie nunca lamentara tanto vê-lo ir embora. Ela se virou de volta para Steven, que havia abandonado o sorriso e apertado os lábios.

— Como eu estava dizendo, você não pode exigir direitos autorais sobre uma receita, portanto, se assinar um contrato declarando que as receitas não são suas, isso seria do interesse de ambos — disse ele. — Eu farei com que isso compense para você.

— Você quer me pagar pelas receitas que roubou de mim? — Mattie quis esclarecer. Isso não consertava a situação, mas, pelo menos, ela receberia algo em troca de todo o tempo que havia gastado com suas receitas, sem falar no custo de seus ingredientes.

Steven balançou um dedo na cara dela.

— Eu não roubei nada. Pelo amor de Deus, você é como um cachorro que não larga o osso. Pobre Mattie, eu tenho certeza que poderia arrumar algum trabalho para você no meu programa. — Ele pôs o dedo no queixo, como se estivesse tentando pensar em uma solução que beneficiasse a ambos.

Era um gesto que ele sempre utilizara quando estava pensando em um jeito de reparar o dano depois que eles brigavam. Geralmente depois de ele ter feito algo para humilhá-la, como flertar com outra mulher na frente dela ou assumir para si a autoria das *madeleines* que ela fazia. E então, depois de Mattie ter chorado, gritado e dito que ia deixá-lo, ele lhe dava o tratamento do silêncio até ela sentir que tudo nela, tudo que ela tocava, tinha virado gelo. Como se toda a briga tivesse sido culpa exclusivamente dela.

— Eu detesto esse clima — ele dizia, então. — Deve ter um modo de consertarmos isso. — E ele punha o dedo no queixo do mesmo jeito que estava fazendo agora. — Eu sei como: você poderia me pedir desculpas.

Mas, nos dois anos desde que Steven a destroçara, Mattie não havia só se recuperado, ela havia também se tornado mais forte, mais resistente. Nunca mais deixaria outra pessoa diminuí-la quando ela era tão mais do que isso.

— Eu não quero trabalhar no seu programa — ela respondeu calmamente.

— Eu sabia que você ia ficar com inveja — disse Steven, com um pequeno sorriso de quem sabe das coisas. Ah, se ao menos seu rolo de macarrão ainda estivesse por perto. — Mas eu estou te oferecendo uma grande oportunidade. Você poderia ser minha assistente de pesquisa. Seu trabalho seria trazer novas receitas! Você ia gostar disso, não ia?

Ela literalmente ficou de boca aberta.

— Você está falando sério?

— Eu sei que é muita coisa para absorver. Não aceite às pressas só porque está entusiasmada. Durma e reflita a respeito — Steven a aconselhou gentilmente, depois suspirou. O suspiro nunca era um bom sinal. — Só que... como eu vou dizer isso sem te aborrecer?

Como eu pude me apaixonar por você? Porque eu tinha vinte e quatro anos e nunca havia estado apaixonada antes. Mattie havia confundido a atração pela beleza de Steven e a glória de ele tê-la notado com amor, quando não havia nem chegado perto disso. Tinha tanta certeza de que Steven não a machucaria ou manipularia, porque eles se amavam e não se faz coisas assim com a pessoa que se ama. Mas o ato final de traição de Steven e os dois anos que haviam se passado desde então tiraram as vendas dos olhos de Mattie. Meu Deus, ele não estava nem tentando fazer aquilo parecer convincente!

Mattie endireitou os ombros, pronta para a briga.

— Ah, eu tenho certeza que você não poderia me aborrecer mais — disse ela e, agora que sabia que Steven não tinha mais nenhum poder sobre ela, se sentiu livre. Libertada. Finalmente! Queria rir, mas resolveu manter um sorriso calmo.

— Bom, o que eu queria dizer é que... isto não tem a ver com nós dois voltarmos a ficar juntos. Desculpe por te desapontar, você é uma garota incrível, mas eu estou com outra pessoa agora. Ela é modelo — ele acrescentou, com um falso risinho tímido. — Não sei o que ela vê nesta minha carcaça feia.

— Ãhã. Eu também não — disse Mattie.

— Mas eu não queria que a situação ficasse constrangedora se formos trabalhar juntos — disse Steven. Ele tentou pegar a mão de Mattie novamente, mas ela estava atenta agora e, com o mesmo sorriso sereno, levantou as mãos no ar para deixar bem claro que não queria ser tocada. O sorriso de Steven diminuiu. — Enfim, eu mal posso esperar para ouvir novas ideias de receitas vindas de você. Aquela menina que estava limpando o chão... e, a propósito, eu poria alguém bem mais atraente para tratar com o público... ela disse que você faz uns bolinhos red velvet no formato de pequenos pudins de Natal. Parece interessante!

— Sim, é mesmo — concordou Mattie.

— E como, exatamente, eles funcionam...?

Ela soube, então, que Steven não iria embora nunca. Ele ficaria ali, na porta do seu apartamento, com seus velhos truques e seus pequenos comentários maldosos, a menos que Mattie o fizesse ir.

— Acho que é melhor eu mostrar em vez de falar. Espere aqui!

— Não posso entrar? — Steven perguntou.

— Você viu como é o meu colega de apartamento. — Mattie fez uma careta e indicou com a cabeça a cozinha no fim do corredor, onde Tom estava muito ereto fazendo alguma coisa que sem dúvida envolvia uma das panelas não aderentes e os talheres de metal de Mattie. — Ele tem mau gênio e é faixa preta em caratê. É melhor você ficar aqui.

Ela recuou pelo corredor com um sorriso fixo no rosto. Eram oito passos no máximo, e Steven, espiando da porta, podia ver o que ela estava fazendo.

— Agora, vou precisar de farinha e açúcar — ela disse alto, pegando os ingredientes, enquanto Tom se virou com um olhar tão espantado para Mattie como se a cabeça dela estivesse girando trezentos e sessenta graus, ao estilo *Exorcista*. Na verdade, ela de fato se sentia como se tivesse sido demoniacamente possuída ao despejar a farinha e o açúcar na tigela. — Claro que você provavelmente vai ter que medir as quantidades — ela falou para Steven, que ainda espiava da porta, tal qual um rato, e tomava nota em seu celular. — Eu não preciso, porque sou uma profissional experiente. Digamos que duzentos gramas de farinha, duzentos de açúcar.

— Tem certeza que não está precisando deitar um pouco? — murmurou Tom, mas Mattie estava ocupada demais mexendo dentro da geladeira para lhe dar atenção. — Você parece um pouco... alucinada.

— Manteiga. Leite — disse ela, pegando os itens em questão. — Ovos. Onde estão os ovos?

— Estão no balcão, porque eu vou fritar dois deles — disse Tom. — Falando sério, será que eu preciso intervir de alguma maneira?

— Sinto muitíssimo por isso que vou fazer — disse Mattie, pegando os dois últimos ovos que restavam e quebrando-os com uma só mão na tigela. — Mas minha necessidade é bem maior — acrescentou ela enquanto despejava o leite, depois pegava um punhado de manteiga nas mãos nuas. — Aí você pega uma colher de pau e mistura bem todos os ingredientes.

— Você não bate a manteiga e o açúcar primeiro? — perguntou Steven enquanto Tom passava a colher de pau para Mattie com um suspiro resignado.

— Não, é um método de misturar tudo em uma vasilha só — respondeu ela. — É muito fácil, até você pode fazer.

— Eu não entendi direito — falou Steven.

— Por que você está dando uma das suas receitas para *ele*? — Tom murmurou.

Mattie sorriu um sorriso que era quase um rosnado.

— Porque ele merece muito, muito mesmo — disse ela e, mesmo aos próprios ouvidos, soou bastante alucinada. — Está observando isto, Steven? — Ainda misturando, ela caminhou pelo corredor em direção a ele.

— Você acrescentou canela?

— Não, eu acrescentei uma pitada bem generosa de vá se foder — disse Mattie enquanto virava a tigela, ou melhor, seu conteúdo pastoso (ela de fato havia colocado leite demais), sobre a cabeça de Steven. — Agora dê o fora daqui e não volte nunca, *nunca,* mais.

A massa de bolo pingava do cabelo antes brilhante sobre seu caro casaco de couro. Pelotas de farinha e açúcar se depositavam nos ombros; fios de clara de ovo pendiam de seu nariz.

— Como... como você se *atreve*? Sua maluca idiota! Você sempre teve um parafuso solto. Você precisa de terapia!

Fale o que quiser, suas palavras não me atingem. As palavras de Steven tinham perdido o poder de paralisá-la.

— Acredite em mim, despejar uma tigela de massa em cima da sua cabeça foi muito terapêutico — disse Mattie, com um largo sorriso.

— Você não é normal. — Steven soltou um rosnado de pura fúria. Mattie deu um passo para trás e pisou com força no pé de Tom, que reagiu com um "Ai!" abafado.

— Puxa, Mattie, nós já falamos sobre isso. — Era a voz mais irritada de Tom, a que ela só ouvira uma vez, quando Nina tentava convencê-lo a posar para o Instagram da livraria usando apenas uma das amadas sacolas de Posy para proteger suas decências. — Por que ele não vai embora?

— Eu não sei — respondeu ela, um pouco desesperada. Achou que a massa de bolo seria suficiente para mandar Steven embora, mas ele continuava ali, pingando por todo o tapete do corredor. Era reconfortante, no entanto, ter Tom ao seu lado, apoiando-a com o que parecia uma parede de músculos sólidos.

— Vai fazer seu novo namorado lutar as suas batalhas por você? Ele sabe que desperdício de tempo você é? Ora, Mathilde, todo mundo sabe que você não era nada antes de me conhecer e agora você não é nada outra vez. — Isso não era nada que Steven já não tivesse dito antes, mas Mattie conhecia o seu próprio valor agora. Ela era algo. Ela era alguém.

Antes que Mattie pudesse se defender, Tom se apoiou no ombro dela.

— Eu não sou namorado da Mattie e não é verdade que ela não é nada, como você disse aí de um jeito tão idiota. Ela é uma mulher forte e inteligente que com certeza não precisa de mim nem de mais ninguém para defendê-la, mas eu não vou suportar ouvir você fazendo gaslighting com ela nem mais um segundo. Então se manda de uma vez!

Tom desviou de Mattie, pegou o braço de Steven e começou a puxá-lo em direção à escada.

— Tire as mãos de mim! — Steven gritou, lutando para se soltar. Tom segurou mais firme.

— Ou nós podemos chamar a polícia e te prender por intimidação, agressão verbal...

— Agressão verbal é piada, e ela *jogou massa de bolo* em mim!

— É um crime de perturbação da ordem pública, e a Mattie ter acidentalmente escorregado e derrubado massa de bolo em você jamais seria aceito como uma queixa válida em um tribunal — disse Tom. — Eu sei o que estou falando, porque me formei em direito. Agora, vá andando antes que eu tenha que te forçar a isso.

— Vocês dois se merecem — Steven murmurou. — E eu nunca fiz gaslighting com ela. — Ele parou no primeiro degrau. — O que é gaslighting?

— Vem de uma peça, *Gas Light*, que depois foi transformada em um filme muito bom, *À meia-luz*, estrelado por Ingrid Bergman, mas estou fugindo do ponto. Em *Gas Light*, um marido tenta convencer a esposa de que ela está imaginando coisas e ficando louca. Nesse caso específico, ela acha que a luz das lâmpadas a gás está tremulando e ele diz que não está, quando, na realidade, ele costuma ir no sótão e acender a luz a gás de lá, o que faz as luzes na casa enfraquecerem. Vá, mexa esses pés, rapaz!

— Isso aí, vai andando — reforçou Mattie, batendo nas costas de Steven com a colher de pau que ainda estava segurando na mão suja de massa.

— Em linguagem comum, gaslighting é a tática totalmente desprezível e coerciva usada por homens, que nem merecem ser chamados de homens, para controlar suas parceiras. Eles as convencem de que elas estão sofrendo de todo tipo de falhas de personalidade quando, na verdade, elas foram incitadas para exibir esses tipos de comportamento.

— Ah, meu Deus! — exclamou Mattie. — Isso é exatamente o que você fazia! Eu nem sabia o que era, que tinha um nome para isso. Achava que tinha mesmo todas aquelas coisas erradas em mim. Você me fazia pensar que eu tinha sorte de ter você para me aguentar.

Ele fazia Mattie duvidar tanto de si mesma que, se Steven dissesse que era dia quando muito claramente fosse noite, ela teria aceitado.

Claro que Steven não entregaria os pontos sem lutar.

— Eu nunca fiz gaslighting com você. Não vamos esquecer que você *tinha* mesmo sorte de ter a mim, porque você não tinha outros amigos... Ai! Isso dói!

Mattie continuava batendo sem dó com a colher de pau nas costas de Steven enquanto Tom o empurrava pelos dois últimos degraus.

— Era por sua causa que eu não tinha amigos no curso. Você pôs todo mundo da classe contra mim com as suas histórias de como eu era impossível...

— Típico gaslighting — disse Tom, com um som de desdém. — E eu aposto que ele te dizia que qualquer outro amigo que você tivesse não era de fato seu amigo e que ele era a única pessoa que realmente te amava.

— Como você sabe disso?

— Porque é um clássico caso de abuso emocional — respondeu Tom, e ele parecia muito bravo agora. — Isolar alguém, convencer a vítima de que ela não vale nada e que a única pessoa que realmente a ama é o seu abusador. É o pior tipo de comportamento controlador tóxico.

— Eu não sou um abusador — disse Steven enquanto Tom o empurrava através da livraria deserta. — Nunca encostei um dedo em você.

Mattie flexionou os dedos que Steven havia apertado apenas alguns minutos antes. Ele nunca havia batido nela. Mas houve tantas vezes em que segurara sua mão com força suficiente para doer, a beliscara com violência suficiente para deixar um hematoma quando estavam com amigos, porque ela havia feito ou dito algo que o desagradara.

— Obrigada — disse ela, e não estava falando com Tom, embora tivesse com ele uma dívida de gratidão para o resto da vida. Estava falando com Steven, parado ali, com os braços soltos ao lado do corpo, enquanto Tom abria a porta da loja. — Obrigada por partir meu coração, roubar meu caderno de receitas e por todas as outras coisas terríveis que fez comigo, porque, se não tivesse feito tudo isso, talvez eu nunca tivesse tido coragem para te deixar.

— Sinceramente, Mathilde, se você pensar bem, vai descobrir que fui eu que te deixei — contestou Steven, mas Tom o empurrou pela porta agora aberta. — E, acredite em mim, não tenho nenhuma intenção de voltar desta vez.

— Ah, que bom. Pode deixar isso por escrito, por favor? — Mattie revidou enquanto seguia Tom e Steven, a mão de Tom firme sob a axila do outro homem, para fora da loja e através da praça. Estava gelado ali, a geada já brilhando sobre o calçamento de pedra, mas, embora Mattie vestisse apenas um suéter leve, não sentia frio, porque, por dentro, estava fervendo de raiva. — Sinto muito pela pobre garota com quem você está namorando. Você devia vir com uma advertência do Ministério da Saúde.

— Ela é dez vezes mais mulher que você — Steven grunhiu.

Estavam no portão eletrônico agora, que abria do lado de dentro com o simples apertar de um botão. Mattie o pressionou e Tom deu um enorme empurrão em Steven.

— Some daqui — disse ele, batendo o portão na cara incrédula de Steven.

A boca de Steven se torcia horrivelmente enquanto lançava insultos contra eles; Mattie não entendia como podia tê-lo achado atraente.

Ela esperou até ele enfim perder o ânimo diante da indiferença deles.

— Acha que ele terminou? — Tom perguntou a ela.

— Não sei e não me importa — respondeu Mattie. — E eu te devo dois ovos, se você ainda estiver a fim de um sanduíche de ovo frito.

— Sim, por favor, estou faminto — disse Tom, oferecendo o braço a Mattie. — Vamos?

— Vamos — ela concordou.

— Não ouse me deixar aqui falando sozinho! — gritou Steven. Mattie o ignorou e continuou em frente, no entanto... não suportava a ideia de deixá-lo ter a última palavra.

Ela deu uma olhada para trás.

— Feliz Natal, Steven — disse ela, com animação. — E espero que tenha um ano novo bem podre!

Catorze dias para o Natal

Após uma parada no salão de chá para Mattie pegar uma caixa de ovos, eles percorreram a loja com esponjas úmidas para limpar os pingos de massa de bolo que haviam se espalhado pelo chão.

O alto da escada era onde estava mais sujo, mas Tom argumentou que não se importava de limpá-lo se Mattie fizesse algo mais empolgante com os ovos do que apenas fritá-los com a gema para cima.

— Talvez um dos seus famosos omeletes quatro queijos? — ele sugeriu.

Ela umedeceu um pedaço de pão de fermento natural e o colocou no forno enquanto batia ovos e ralava queijo. Quando terminou a limpeza, Tom se sentou à mesa da pequena cozinha e Mattie lhe serviu um omelete três queijos sobre torrada de pão de fermento natural com um molho de salsinha. E imediatamente começou a chorar.

— Ah, Mattie — disse Tom, com tristeza. — Eu estou realmente faminto, mas não posso comer com você chorando.

— Eu não queria chorar — Mattie soluçou. — Nem sei por que estou fazendo isso.

— Talvez dê certo jogar água fria no rosto. É o que a Posy faz quando fica assim — ele murmurou com a boca cheia de omelete, porque acabou descobrindo que conseguia comer mesmo na companhia de uma mulher chorando. — E ela deve saber, porque chora em média cinco vezes por dia, ultimamente.

— E eu nem estou grávida — Mattie suspirou, mas levantou de sua cadeira e deixou o próprio omelete para jogar água fria no rosto quente e molhado de lágrimas e de fato se sentiu um pouco melhor.

— Eu tenho uma garrafa de malbec bem decente na única prateleira do único armário da cozinha que consegui pegar para mim — disse Tom. — Se você quiser uma taça... Nesse caso, não seria educado te deixar beber sozinha.

Mattie não precisava que lhe oferecessem duas vezes e se sentiu muito melhor depois que ela e Tom terminaram o jantar regado a uma taça de vinho. Talvez tenha sido porque Tom não a bombardeou com perguntas e se satisfez em ficar sentado em silêncio. E não era aquele silêncio incômodo em que geralmente ficavam. Era um silêncio mais amistoso, talvez até companheiro.

— Obrigada — disse Mattie quando Tom lhe encheu a taça de novo. — Não pelo vinho. Ah, sim, obrigada pelo vinho, mas também obrigada pelo que você fez ali fora. Por se livrar dele.

— Parecia que você tinha as coisas sob controle — disse Tom, embora ambos soubessem que era mentira. — E eu falei sério quando disse que você é uma mulher forte e inteligente que não precisava de ninguém para te defender, mas eu não podia ficar ali parado, permitindo que ele falasse com você daquele jeito. Aquilo estava me deixando muito irritado — ele acrescentou em uma voz calma, mas séria.

— Todo esse tempo, esses dois últimos anos, eu o odiei por ter arruinado a minha vida — disse Mattie —, mas agora percebo que ele não merece nem o meu ódio. Odiar alguém consome muito esforço, e eu aproveitaria melhor essa energia se usasse esse tempo para trabalhar em novas receitas.

Tom bebeu um longo e meditativo gole de vinho.

— Ele realmente roubou suas receitas?

— Roubou. Eu tinha um grande caderno onde tinha tudo anotado — contou Mattie, com um suspiro, e esperou que o golpe febril de raiva a atingisse no estômago, mas agora a sensação não foi tão intensa. — Às vezes pode levar meses para chegar ao ponto exato de uma receita. Acrescentando um pouco mais de uma coisa, tirando um pouco de outra, experimentando novos sabores e texturas. Era o trabalho da minha vida. Eu tinha só vinte e quatro anos, mas vinha anotando minhas receitas naquele caderno desde os dez anos, e ele o roubou.

— Você o confrontou sobre isso? — perguntou Tom.

— Não no começo. Primeiro ele me convenceu de que eu tinha perdido o caderno. E que eu só podia culpar a mim mesma por ser tão descuidada.

Mattie não estava olhando para Tom nem para a pequena cozinha deles. Estava há dois anos e a um mundo de distância. Em outro pequeno apartamento com vista para os telhados de Paris.

Faltavam duas semanas para o Natal e ela havia pendurado fios de luzes coloridas no teto e encontrado a menor árvore de Natal de toda a Paris e a colocado no peitoril da janela, decorada com bolas em miniatura. O pequeníssimo lar deles estava festivo e aconchegante, até que Mattie o virou de cabeça para baixo procurando seu caderno de receitas, que não estava onde sempre costumava ficar, em uma gaveta da cozinha.

Quando Mattie terminou de procurar, era como se um tornado tivesse devastado o apartamento.

— Talvez você o tenha deixado na escola — sugeriu Steven, com uma voz entediada.

— Mas eu nunca levo o caderno para lá. Você sabe disso — insistiu Mattie, deitada no chão, passando a mão embaixo do sofá-cama, embora não houvesse nenhuma razão possível para o caderno de receitas ter migrado da gaveta da cozinha para debaixo do sofá-cama.

— Você está sendo totalmente irracional. Você o levou para a escola e ele deve estar no seu armário, ou então caiu da sua bolsa no metrô.

— Não — Mattie respondeu com firmeza.

— Mas você tem certeza? Cem por cento de certeza? Porque teve aquela vez em que você achou que tinha perdido suas chaves e...

— *Você* perdeu as suas chaves e pegou as minhas sem me avisar.

— Eu avisei, sim. Várias vezes — disse Steven, apertando a boca e massageando o alto do nariz. — Você não pode dar uma arrumada nisso? Eu não consigo pensar nessa bagunça. Minhas provas finais estão chegando.

— Sim, as minhas também, e é por isso que eu preciso tanto encontrar o meu caderno de receitas! — Mattie passou a mão sob o sofá outra vez, mas seus dedos só tocaram bolinhas de pó.

— Eu não estou gostando do seu tom — disse Steven. — Nós já conversamos antes sobre você ficar estridente. Chata. Histérica.

Mattie fez uma careta em sua posição no chão. Será que ela estava sendo estridente? Talvez. Steven odiava quando ela ficava estridente.

— Desculpe, Steven — disse ela, arrependida. — Eu não percebi que minha voz estava ficando aguda. Eu só estou em pânico.

Steven não disse nada. Mattie se sentou e o viu de pé ali, com os braços cruzados, a expressão ameaçadora no rosto que sempre a deixava com os nervos à flor da pele.

— Desculpe, desculpe mesmo — ela repetiu, tentando fazer com que cada palavra soasse o mais sincera possível. Havia um aquecedor minúsculo no pequeno apartamento que não aquecia praticamente nada, então Mattie podia ver sua respiração se condensando na frente do rosto enquanto ela falava. — Eu não devia descarregar minha aflição em você. Você me perdoa?

Steven balançou a cabeça, secamente.

— Desculpas aceitas. E, se você perdeu seu caderno de receitas, a culpa é só sua por ser tão descuidada, não é?

Mattie tinha uma lembrança perfeita de ter guardado o caderno de receitas na gaveta da cozinha na manhã anterior, depois de copiar uma receita que estava testando de um *financier* de amêndoas e mirtilos. Era um caderno grosso com uma capa dura desbotada e um adesivo "Eu coração Paris". Ela o havia posto na gaveta, dado uma batidinha afetuosa nele, como sempre fazia, e fechado a gaveta.

Ela sabia que sim.

— Eu disse: a culpa é só sua por ser tão descuidada, não é? — Steven repetiu a pergunta, com uma voz mais alta e mais fria.

Mattie enrubesceu.

— Sim, a culpa é minha — ela repetiu mecanicamente. — Só minha.

— Assim está melhor. — Steven sorriu. Mattie ficou tão aliviada por ver que a expressão dura no rosto dele havia se amenizado que sorriu de volta. — Todas as receitas em que você estava trabalhando para as provas finais estavam naquele caderno?

Não havia nada para sorrir naquilo, mas Mattie tentou parecer bem-humorada, descontraída, para não ficar estridente outra vez.

— Pois é! E os ingredientes e os tempos no forno eram tão precisos que não sei se vou conseguir fazer igual. Talvez eu tenha que começar do zero outra vez.

— É uma merda ser você! — Steven zombou, jogando-se no sofá. — Vai arrumar o jantar para mim, então? É o mínimo que você pode fazer depois de me obrigar a passar por essa cena horrível.

Mattie concordara que não era legal Steven chegar em casa depois de um dia inteiro no curso e ter que encarar uma de suas cenas e, embora só tivesse meia hora antes do início do seu turno como garçonete no bistrô a quinze minutos de distância a pé, ela se apressou diante da chance de se desculpar com ele.

— Eu não mencionei mais o caderno de receitas depois disso — Mattie contou a Tom, que ouvia atentamente a triste história, com o queixo apoiado na mão. — E eu tinha que tentar recuperar minhas receitas para as provas finais o melhor que conseguisse lembrar, mas eu tinha levado meses para experimentar todas elas e faltava apenas uma semana para as provas. "A Grande Mão na Massa Parisiense", nós as chamávamos.

Para se formar na Escola de Confeitaria, todos os alunos tinham que produzir individualmente três doces diferentes diante de um painel de instrutores, incorporando técnicas como merengue, ganache, bico de confeiteiro e esculturas de açúcar.

Não era necessário usar temas natalinos, mas Mattie gostava tanto dessa época do ano que suas três peças para o exame final tinham recebido total tratamento festivo, embora de uma maneira saborosa, bonita e de alta qualidade. Mattie fizera um mil-folhas de creme de damasco e conhaque decorado com minúsculas frutas de marzipã; um *croquembouche*, profiteroles recheados com um delicado purê de nozes e belamente decorados com fios de açúcar caramelizado com temas natalinos; e um cupcake simples. Só que não havia nada de simples em um cupcake feito com o mais leve pão de ló com sabor de pudim de Natal, decorado com creme de manteiga com champanhe.

Ela passara mais de um ano aperfeiçoando os três doces e, considerando que havia perdido todas as suas anotações detalhadas, até que não se saíra tão mal. Mas a expressão de seus instrutores não foi nem um pouco receptiva. Monsieur Brel não quis nem provar as criações de Mattie e fez um comentário indignado sobre ela ser "une petite voleuse". Uma pequena ladra.

Mattie precisou fazer um grande esforço para não chorar, mas, quando Madame la Directrice entrou na cozinha, apontou o dedo para Mattie e disse "Vous êtes malhonnête!", foi também muito difícil não fazer um pouco de xixi na calça.

O que aconteceu foi que outro aluno havia apresentado três doces idênticos de qualidade muito superior aos de Mattie. Esse aluno passara meses aperfeiçoando as receitas, ajustando ingredientes e fazendo anotações meticulosas, enquanto Mattie tinha apenas três folhas de papel A4 rabiscadas para provar a proveniência de sua confeitaria.

— Mas alguém roubou o meu caderno de receitas! — Mattie continuava a insistir, o rosto cada vez mais vermelho, a voz mais e mais estridente, mais e mais aguda, até todos os cachorros de Paris provavelmente conseguirem ouvi-la.

Fora um dia difícil. Mandaram Mattie esfriar a cabeça do lado de fora da sala de Madame la Directrice enquanto o outro aluno era chamado para esclarecerem a situação.

Mattie ficou sentada em uma cadeira de encosto reto no corredor pelo que pareceram horas. A notícia do escândalo havia se espalhado pela escola como confeitos em um cupcake, todos os alunos desejando se aproximar dela para lhe lançar olhares condenadores. Como se Mattie já fosse culpada. Ela não era exatamente uma aluna popular, ao contrário de Steven, que todos adoravam e com quem se solidarizavam porque ele tinha de aguentar Mattie e, como ele vivia dizendo aos colegas "É muito difícil amar a Mathilde, mas alguém tem que fazer isso".

Mattie tentou ignorar os rostos hostis e pensar no que diria ao outro aluno, que obviamente havia roubado seu caderno de receitas. Quando ela terminasse, essa pessoa lamentaria o dia em que havia nascido. Ela exigiria que o armário dele fosse revistado, que ela pudesse examinar as anotações...

— Mathilde! — Suas fantasias de vingança foram interrompidas por Steven, que vinha a passos rápidos pelo corredor com Madame la Directrice.

Ela nunca se sentira tão aliviada ao vê-lo. Ele sabia que ela havia passado meses trabalhando naquelas receitas e ficaria do lado dela, a defenderia. Ele provara infinitas variações de cada criação, reclamando rudemente todas as vezes...

— Você não pode imaginar o que aconteceu! — ela exclamou, levantando-se de imediato e correndo para ele.

Tentou abraçá-lo para que ele a confortasse, para que lhe dissesse que estava lá para esclarecer tudo.

Mas ele não a abraçou de volta. Em vez disso, empurrou Mattie para afastá-la, seus polegares enterrando-se nas clavículas dela com uma pressão dolorosa.

— Ô, Mathilde, como você pôde fazer isso? — ele perguntou, com uma voz meio entrecortada. — Eu te disse tantas vezes que você precisava se dedicar e trabalhar um pouco e, em vez disso, você decidiu ir pelo caminho mais fácil e roubar as minhas receitas!

— *O quê?* — Mattie ficou tão chocada que soltou uma risadinha. Uma risadinha que se transformou em um riso, porque aquilo só podia ser uma piada, certo? E então o riso acabou nas lágrimas que vinham ameaçando brotar nas duas últimas horas. — Isso não é verdade. Você sabe que não é verdade!

Tinha sido Mattie quem dissera a Steven que ele precisava se esforçar quando ele zombava dela por chegar em casa todos os dias e treinar pelo menos uma receita antes de sair para o trabalho de garçonete. Embora ela tivesse parado logo de insistir com ele, porque isso sempre só levava a uma briga sobre como ela pegava no pé dele, tentando controlá-lo.

— Você sabe que é — disse Steven, solenemente, desviando o olhar. — Meu Deus, eu não consigo nem olhar para você!

Ah, ele era bom naquilo. Muito, muito bom.

— Ele mostrou um caderno de receitas que não existia uma semana antes — Mattie contou com amargura para Tom. Só de lembrar tudo aquilo de novo, ela se sentia gelada e suja. — Eu vivi com ele por dois anos. Isso teria aparecido em algum momento. Ele havia copiado todas as minhas receitas, não só as receitas para o exame final. Copiou cada correção, cada anotação. Até manchou algumas páginas com manteiga e sabe-se lá Deus mais o quê para fazer parecer de verdade.

Mattie começara até a duvidar de si mesma. Steven parecia tão convincente como uma vítima, tão triste por ter sido enganado mais uma vez por sua namorada irresponsável, tão indignado por suas próprias notas poderem estar em risco. Será que o caderno de receitas dela havia existido mesmo ou ela imaginara tudo aquilo?

— Parece ridículo quando eu digo isso, mas ele era bom assim em manipular as pessoas, não só eu, mas todos à sua volta. — Mattie apoiou a cabeça nas mãos.

— Eu tive uma demonstração rápida. Sujeitinho desprezível — disse Tom. — Gostaria de poder te dizer que ele vai ter o que merece, mas a vida nem sempre funciona assim, não é?

— Não. O carma não é tão foda como a gente gostaria que fosse — disse Mattie.

— E aí, o que você fez? — perguntou Tom, despejando o resto do malbec nas duas taças.

— Bom, eu não ia ceder. Insisti que eu não tinha roubado as receitas dele e, como eu quase sempre tinha as melhores notas em todas as aulas e trabalhos do curso, eles disseram que eu poderia me formar. Mas só com a nota mínima, quando, na verdade, eu poderia concorrer a um título. Talvez até o de Pupil d'Honneur, que era dado à pessoa mais talentosa de cada ano — Mattie recordou com um suspiro. Ela só conseguira passar porque uma das instrutoras, a idosa e geralmente aterrorizante mademoiselle Belmont, a defendera, lembrando que Mattie não só havia sido uma aluna exemplar ao longo dos dois últimos anos, como ela própria tinha sido testemunha de um protótipo inicial de dois dos doces que Mattie havia apresentado nos exames finais.

— E o Steven pode ser encantador — mademoiselle havia dito a palavra com desdém —, mas, em dois anos, ele nunca se mostrou nada acima da média.

Isso era totalmente verdade e as vezes em que Steven ficava mais agressivo era nos dias em que Mattie se saía muito bem em uma das aulas.

Assim, Mattie teve permissão para se graduar, embora tenha sido ignorada na cerimônia de formatura dois dias antes da véspera do Natal. Sua classe saíra para comemorar, mas ficara claro que Mattie não seria bem-vinda.

Steven não voltara para casa desde o dia dos exames finais de Mattie, mas apareceu depois da festa, bêbado e nem um pouco arrependido.

Mattie não era mais do que uma casca vazia cansada de chorar, sem energia nem para gritar com ele e ser acusada de estridente. Mas havia tido energia para empacotar todos os pertences de Steven em grandes sacos plásticos e pedir para Edouard, o proprietário, trocar as fechaduras. Tinha a seu favor o fato de que os cheques de Steven para pagamento do aluguel sempre voltavam e de que ela mantinha Edouard e a família dele supridos de bolos semanalmente.

— Acabou — disse Mattie pela fresta da porta, com a corrente de segurança muito bem fechada, quando Steven quis entrar. — Mas você já devia saber que isso ia acontecer quando pegou meu caderno de receitas.

— Você está falando *deste* caderno de receitas? — perguntou Steven, segurando-o alto, a respiração cheirando a álcool. — Amar é compartilhar, não é? É o que você sempre diz. E você conseguiu se formar, então está reclamando do quê?

— Como você pôde fazer isso comigo? Com alguém que você ama? Se você precisava de ajuda para se preparar para os exames finais, sabe que era só me pedir e...

— Quem disse que eu te amo? — Steven desdenhara. — Quem poderia amar *você*?

— E essa foi a última vez que eu o vi até hoje — concluiu Mattie. — A Pippa me trouxe para casa dois dias antes do Natal, e então, seis meses depois, eu assumi o salão de chá e comecei a reconstruir minha vida.

Tom esfregou a ponta dos dedos na testa, como se estivesse se esforçando para absorver tudo que Mattie lhe contara. Não era uma história que ela compartilhava. Nunca. Tinha tanta vergonha de como havia sido enganada, feita de boba, traída por alguém que afirmava amá-la. Mesmo sua mãe e Guy só sabiam uma versão dos pontos principais; que as coisas tinham terminado mal com Steven, tão mal que todas as menções ao nome dele haviam sido proibidas. Quando conheceram Steven, ele havia se mostrado o encanto em forma de gente, por isso eles ficaram sem entender direito o que poderia ter acontecido para deixar Mattie tão perturbada.

— Mas por que ele pegaria o seu caderno de receitas? Só um completo mau caráter faria isso — Guy dissera. — E o Steven não era um completo mau caráter. Quer dizer, ele vivia nos dizendo que te amava demais. Dizia que era o homem mais feliz do mundo por ter você.

Ter de contar a eles que Steven havia dito que era impossível amá-la? Mattie não podia fazer isso pela razão muito simples de que tinha medo de que fosse verdade. Que ela tivesse todas as falhas de caráter que Steven lhe atribuíra e que, secretamente, todos os outros achassem isso também.

Mattie só confessara para Pippa, porque Pippa era a pessoa menos dada a fazer julgamentos que existia na face da Terra. Quando Mattie abrira o que restava de seu coração na viagem de volta de Paris para Londres, nem uma vez sequer Pippa sacara um de seus mantras pessoais. Nem mesmo: "A opinião que os outros têm de você não é problema seu". Ela dissera apenas: "Se um dia eu me encontrar com o Steven, vou arrancar todos os órgãos vitais dele com as minhas próprias mãos, minha pinça e meu curvador de cílios".

Portanto, Tom era apenas a segunda pessoa a quem ela havia contado e ele não havia feito nenhum comentário irônico ao estilo Tom. Ele se levantou para pegar mais uma garrafa de malbec da única mísera prateleira de que Mattie não se apossara (nenhum dos dois estaria em bom estado para lidar com as multidões de compradores natalinos na manhã seguinte) e disse:

— Bom, não me admiro de você odiar todos os homens.

A cabeça dele estava escondida pela porta do armário, portanto Mattie não tinha como saber se ele estava brincando; sua voz, quer ele estivesse fazendo uma piada ou uma preleção sobre os males do capitalismo, raramente mudava de tom.

— Eu não odeio *todos* os homens — disse Mattie. — Por exemplo, eu não odeio você. Acho até que posso te dar um bolo por semana também, como eu faço com a Pippa.

— Eu nunca vou recusar bolo grátis, mas você não precisa fazer isso — respondeu Tom, com um sorriso lento e doce que Mattie nunca havia visto antes. Até lhe deu um pouco de vontade de chorar, de tão bom que foi o sorriso. Além disso, tinha sido um dia cansativo, e, para completar, aquele confronto emocionalmente exaustivo, e ela havia tomado três taças de vinho e agora se encaminhava para a quarta. — Eu falei sério sobre você não precisar de outras pessoas para te defender. Você estava se defendendo muito bem, e eu me senti orgulhoso de sacrificar dois ovos só para te ver virar uma tigela de massa em cima daquele cara arrogante.

— Mas, se você não estivesse aqui... — Mattie sacudiu a cabeça. — No fim, eu talvez tivesse até concordado em entregar ainda mais receitas só para me livrar dele.

— Você teria pensado em alguma coisa — disse Tom. — De qualquer modo, foi bom que eu não estivesse fora bancando o Casanova pelas ruas de Londres e seduzindo jovens mulheres impressionáveis.

As faces de Mattie já estavam quentes pelo vinho, mas agora queimaram com algo mais parecido com vergonha.

— Eu já te pedi desculpas por isso? Eu tentei, mas o e-mail que enviei foi um pouco passivo-agressivo.

— Só um pouco — concordou Tom, com outro daqueles sorrisos nota máxima.

— Aquele pão de mel que eu derrubei era, na verdade, para ser um pedido de paz...

— Acho que estamos em paz agora. Nada como se unir para derrotar um vilão — disse Tom, com um sorriso, enquanto tirava a rolha da garrafa com um enfático *pop*. — Embora eu possa afirmar, só para constar, que eu não sou um Casanova insensível e não estou interessado em jovens mulheres impressionáveis. Gosto que minhas mulheres tenham pelo menos vinte e cinco anos e a cabeça no lugar.

— Está bem. Fico satisfeita em ouvir isso — disse Mattie enquanto Tom se sentava de novo. Mesmo que ela vivesse cem anos, ainda achava que não seria capaz de decifrá-lo. — Você é um homem bem cheio de mistérios.

— Eu tenho que ser, pelo bem da minha sanidade e da minha vida particular — respondeu Tom e, então, afrouxou a gravata (uma coisa de tricô mostarda que só servia para ser queimada) e abriu os dois primeiros botões da camisa. O choque de Tom se descontraindo, *relaxando* em sua companhia, foi tão grande que Mattie segurou na borda da mesa para se apoiar. — Eu sei que isso parece um pouco com sua amiga Pippa, mas eu acho que um equilíbrio trabalho-vida é importante.

— A Pippa é intransigente quanto a um equilíbrio trabalho-vida. Ela sempre me diz que eu não devia trabalhar tantas horas e pergunta se eu quero pegar emprestado um dos seus livros de autoajuda favoritos no trabalho, *Como delegar*?

— Pois é, veja elas três. — Tom apontou para o chão. — A Verity não tanto, mas a Posy e a Nina estão sempre trazendo a vida pessoal para o trabalho. Na verdade, não tem distinção entre os dois.

— Bom, a Posy acabou se casando com o neto da querida Lavinia de vocês, então eu entendo como o trabalho e o lar se misturaram...

— Sempre com as exibições públicas de afeto. — Tom estava se empolgando com esse tema e se inclinando mais para perto de Mattie. — A Nina é sem limites. Uma vez ela até me fez sair e comprar para ela dois litros de suco de cranberry.

— Isso não parece tão ruim no esquema geral das coisas — comentou Mattie. Em comparação com as conversas e pedidos habituais de Nina, era até bem moderado.

Tom se inclinou ainda mais para perto e Mattie pôde ver que, atrás dos óculos, os olhos dele não eram simplesmente castanhos, mas tinham manchas âmbar. Mais uma taça de vinho e ela talvez até o desafiasse a provar que realmente precisava usá-los, mas não agora... Não quando ele estava sendo tão doce que ela poderia comê-lo como sobremesa.

— Ela insistiu em alta voz, em uma loja cheia de clientes, que eu saísse para comprar suco de cranberry para ela, porque ela estava com *cistite* e, abre aspas, "eu mal consigo andar".

— Ai, Tom. — Houve um ponto naquela noite em que Mattie achou que nunca mais fosse rir, mas, agora, a imagem de Nina pedindo suco de cranberry medicinal aos gritos e a expressão atual indignada de Tom, com as narinas dilatadas e tudo, a fizeram quase chorar de rir. — Não precisa de muito esforço para imaginar a Nina fazendo isso.

— Então você pode entender por que eu me empenho tanto em não revelar nenhum detalhe pessoal, porque elas três, mas especialmente a Nina, nunca mais me deixariam em paz — disse Tom, com um arrepio. — Ela tem me provocado sem dó nem piedade desde que descobriu o tema da minha dissertação.

Mattie levou as mãos à cabeça.

— De novo, eu sinto muito, muito mesmo por isso.

— É bom que sinta — disse Tom, desta vez sem nenhum sorriso doce para tirar a acidez. — Embora ela estivesse na estante da sala, então, na verdade, a culpa é minha.

— A Nina está sendo muito malvada?

— Ela começou a me chamar de Doutor Amor. — Os cantos da boca dele se levantaram de leve.

— Doutor Amorrrrr — Mattie ecoou em uma voz ofegante, como se estivesse fazendo vocais de apoio para uma canção sexy de R'n'B. — Mas, para ser sincera, eu acho que você realmente fez seu doutorado em amor.

— Na verdade, o meu doutorado é em literatura...

— Mas por que você decidiu estudar ficção romântica? — indagou Mattie, apoiando os cotovelos na mesa e o queixo nas mãos, para poder olhar bem para Tom, como se achasse que, dessa vez, por fim conseguiria decifrar o que o movia.

Tom olhou de volta para ela, ainda com aquele pequeno sorriso.

— Isso é uma história para outro dia.

— Desmancha-prazeres — disse Mattie, e mostrou a língua para ele, porque ela de fato já havia bebido muito, e talvez tenha sido um efeito da luz, mas, atrás dos óculos, os olhos de Tom pareceram se apertar um pouco.

De repente, a atmosfera na pequena cozinha aconchegante ficou densa e carregada. Mattie não conseguia tirar os olhos de Tom e vice-versa. Ela engoliu em seco, certa de que o som daquele seu reflexo nervoso tinha sido ensurdecedor quando Tom se inclinou em direção a ela. Estavam sentados em ângulo reto um em relação ao outro na minúscula mesinha e, quando ele se moveu, seus joelhos roçaram e desencadearam uma reação em Mattie. A partir daquele ponto em seu joelho direito, era como se uma faísca elétrica percorresse todas as suas terminações nervosas.

Tom provavelmente sentiu a mesma coisa, porque voltou depressa para trás, ainda olhando para Mattie como se ela fosse uma das sete maravilhas do mundo antigo.

— Eu estava pensando em como seria te beijar — disse ele. *O quê?* Ela só podia ter ouvido errado.

Por que Tom ia querer beijá-la? Por que *ela* ia querer que Tom a beijasse? Porque o fato era que ela queria. Ela realmente queria. Ela se sentia ofegante, como se alguém tivesse tirado todo o ar do aposento.

— Você acha que isso seria uma boa ideia? — ela arfou.

— Acho que, provavelmente, é uma péssima ideia — Tom respondeu muito sobriamente, e Mattie sentiu tudo dentro de si esvaziar, como se a tivessem furado com um alfinete.

— Ah — disse ela. — Ah. Tudo bem.

— Mesmo assim eu ainda quero — falou Tom, mas ele desviou o olhar, mudou suas longas pernas de posição para não mais roçar nos pobres e indefesos joelhos de Mattie, e o momento se foi. Ou melhor, se o momento tivesse de fato acontecido. Ela podia só ter imaginado. — Mas, infelizmente, sim, é uma péssima ideia.

Ela respirou fundo e, com uma das mãos apoiada na borda da mesa, conseguiu levantar sobre pernas que pareciam tão instáveis quanto as de um potrinho recém-nascido.

— Precisamos de uma nova regra da casa!

— Já temos tantas regras da casa que eu não estou conseguindo nem acompanhar — Tom reclamou, com um olhar cansado para o teto. — Temos que imprimir todas elas e mandar lanimar. Animar. Namilar.

— Laminar. — A única razão de Mattie conseguir pronunciar a palavra àquela altura era que ela fazia massa laminada diariamente. — Enfim, nova regra da casa: qualquer coisa que acontecer neste apartamento, permanece neste apartamento. Solidariedade de colegas de apartamento e essas coisas todas. Está bem para você?

— Está excelente — concordou Tom, estendendo a mão. — Toca aqui!

As mãos de Mattie estavam quentes e suadas.

— Precisamos mesmo?

— Quer selar com um beijo, então?

— Você está obcecado com a ideia de me beijar — disse ela, de novo ofegante, porque ele realmente estava sendo tão *legal*. Mais do que legal. Fazia muito bem para sua autoestima um homem querer beijá-la. Ainda mais Tom, com quem ela fora tão detestável. Mas ele tinha sido detestável com ela também e, apesar de ele ter negado, ainda poderia vir a se revelar um Casanova. — Não, vamos apertar as mãos.

Mão quente colidiu com mão quente, dedos entrelaçados, pele em fogo. Foi mais um agarro do que um aperto de mãos.

Tanto Mattie como Tom olharam para suas mãos unidas. O polegar dele acariciou de leve a cicatriz macia e subitamente muito sensível de uma queimadura onde Mattie, certa vez, derrubara um *beignet* que acabara de sair da frigideira.

— Cama — disse ela desesperada.

— Ah, sim. Nossas próprias camas? Ainda é esse o plano?

— *Sim*! — Mattie puxou devagar sua mão da dele. — Como você pôde pensar que seria outra coisa? — Ela deu um passo muito decidido para longe dele. E mais um. E outro, até estar na porta da cozinha. — Esse *sempre* vai ser o plano.

— Que pena — Tom murmurou tão baixinho que Mattie não teve certeza de tê-lo ouvido direito antes de fugir para a segurança de seu quarto.

Treze dias para o Natal

Mattie mal havia encostado a cabeça pesada e atordoada no travesseiro, convencida de que não ia conseguir dormir, quando, alguns segundos depois, seu alarme berrou.

Uma olhada rápida para o relógio mostrou que não tinham sido alguns segundos. Na verdade, ela havia dormido por um período não-ideal-mas--manejável de cinco horas. Já havia lidado bem com um dia inteiro de trabalho após cinco horas de sono em outras ocasiões, mas não depois de ter tido um confronto doloroso com o ex-amor de sua vida e virado duas garrafas de vinho tinto enquanto mantinha uma conversa íntima e emocionalmente esgotante com o homem com quem compartilhava um espaço de moradia.

Quem ela estava querendo enganar? Ela e Tom moravam juntos. Eram colegas de apartamento. Depois da noite anterior, talvez já fossem amigos. Tom havia deixado claro que beijá-la era algo em que ele havia pensado, o que fizera Mattie também imaginar como seria beijá-lo...

Ela correu ao banheiro para jogar água gelada no rosto. O choque de temperatura foi suficiente para fazê-la recuperar o bom senso, embora não para afastar a dor de cabeça, a secura na língua e o gosto azedo na boca.

Um banho morno tonificante e uma sessão vigorosa de escovação de dentes não fizeram Mattie se sentir mais humana. E, quando ela saiu do quarto, tentando andar e amarrar os cadarços do tênis ao mesmo tempo, lançou um olhar invejoso para a porta de Tom, atrás da qual ele dormia em paz, porque a Felizes para Sempre só abria às dez.

Na verdade, já eram dez e meia quando Tom apareceu no salão de chá. Seu rosto estava pálido, o cabelo parecia ter levado a pior em uma discussão com uma ventania de grau dez, e os botões de seu maldito cardigã estavam abotoados tortos. Mattie parou enquanto pegava um croissant e fixou o olhar no tórax de Tom, descobrindo que pinças de pegar doces e mãos trêmulas não eram uma boa combinação. Enrubesceu.

Felizmente, Tom não estava em condições de notar para onde o olhar de Mattie se dirigia.

— Você está bem? — Tom perguntou, da mesma maneira que poderia perguntar sobre a saúde de uma tia idosa. — Porque eu não estou. Parece que fui pisoteado por elefantes.

Cuthbert deu uma espiada em Tom de seu banco atrás do balcão. Ele dera agora para usar uma gravata com pequenas árvores natalinas. Sophie estava convencida de que, até a semana do Natal, ele teria avançado para um traje completo de Papai Noel.

— Meu jovem, isso é o que poderíamos chamar de "pedágio do gim".

— O gim não teve nada a ver com isso — murmurou Mattie, porque já havia recebido uma preleção matinal de Cuthbert sobre os perigos de beber em excesso. — Foi tudo culpa do vinho tinto e eu me sinto péssima também — acrescentou, em voz baixa, porque não queria que o casal que estava esperando ouvisse e começasse a espalhar algum boato maluco de que ela estava infectando seus produtos com o vírus da gripe. — Ter que lidar com carne de porco quando se está de ressaca? Eu não desejaria ao meu pior inimigo.

— Falando nisso — disse Tom —, você ainda está mal pelo que aconteceu com o Steven?

— Acho que eu estou bem — Mattie respondeu, pensativa. Por se sentir tão podre, fisicamente podre e não metafisicamente podre, e não ter tido um momento para chamar de seu desde que entrara no salão de chá, não tivera tempo de fazer uma avaliação emocional. — Para ser sincera, a sensação que eu tenho é de que foi tudo um sonho ruim. Fico surpresa se você conseguir lembrar muito da noite passada. Nós dois estávamos bem tontinhos.

— Eu não estava bem tontinho, eu estava bem bêbado — disse Tom. Então piscou e torceu os lábios. — Apesar que... bom, eu lembro de tudo da noite passada. E essa é uma das razões de eu me sentir tão mal hoje. Não é só ressaca, é vergonha também.

— Mas vergonha de quê? — perguntou Mattie, e Tom passou de pálido a rosado. As faces dela também coraram em resposta: assim como não havia tido tempo de fazer uma dissecação da cena horrível com Steven, também nem começara a analisar a longa sessão posterior de exposição da alma para Tom.

Ela avançou a memória até a conversa sobre beijos e Tom indagando se poderiam dormir na mesma cama. E como podia ter se esquecido do aperto de mãos-barra-carícia?

Seu rosto ficou ainda mais vermelho.

— Desculpe — disse Tom, mas Mattie ergueu a mão para interrompê-lo.

— Se você se lembra de tudo que aconteceu ontem à noite, então deve se lembrar também da nossa nova regra da casa?

— O que acontece no apartamento permanece no apartamento — respondeu Tom, sério.

— O que, exatamente, acontece no apartamento? — Sophie quis saber, aliviando Mattie da pinça para poder pegar alguns dos croissants nem tão perfeitos e levá-los à mesa que estava atendendo. Seu cabelo estava preso em um lenço estampado com alegres passarinhos.

— Nada — disse Mattie, cada vez mais corada.

— Absolutamente nada — confirmou Tom. — Nós dois levamos vidas muito entediantes.

— Fico feliz de termos resolvido tudo e estarmos bem um com o outro agora...

— Muito bem — garantiu Tom, com uma voz um pouco forçada. — Há, eu vim também para comprar um dos seus deliciosos doces.

— Ah, não, você não precisa fazer isso!

Tom se apoiou no balcão com um jeito conspirador.

— Olha, a única razão de eu comprar o panini no café italiano é que eu tenho pena do Chiro — ele admitiu, timidamente. — O aluguel dele subiu, seus preços subiram, e ele tem uns modos um tanto difíceis.

Chiro era de fato muito temperamental. Mattie não tinha muita oportunidade de ir ao café, mas passava por ele vezes suficientes para notar que, em alguns dias, Chiro era todo sorrisos, cantando ao som de "That's Amore" e até dançando com os clientes. Mas, com a mesma frequência, ficava de cara feia e gritava com eles por encherem sua comida de ketchup, fazerem hora nas mesas quando era quase horário de fechar, o que ele fazia às cinco em ponto, ou pedirem um copo d'água de torneira.

Como Nina disse uma vez: "Ninguém pode se considerar um londrino de verdade até ter recebido uns gritos do Chiro pelo menos uma vez".

— Isso demonstra muito espírito público — disse Mattie, pensando em como o humor inconstante de Chiro a fazia se sentir melhor quanto aos seus próprios ataques ocasionais de irritação mesquinha.

— E o panini dele é demais de bom, mas tive vontade de algo diferente esta manhã — insistiu Tom.

— Mas o Chiro tem que lidar com o aumento do aluguel e eu não quero te privar do seu café da manhã favorito — disse ela, porque aquela manhã era um recomeço.

Tom já estava passando os olhos pela tentadora exposição de croissants, *pains au chocolat* e *pains aux raisins*. Naquela manhã, muitos deles não estavam muito uniformes, vítimas das mãos trêmulas de Mattie e da dor de cabeça que dois comprimidos e um bule de chá não tinham conseguido curar. Seus croissants a teriam feito ser expulsa de qualquer escola de culinária na Europa, e seus *pains aux raisins* não adornariam o Instagram de ninguém. Mattie não pôde deixar de pensar que parte da má aparência deles se devia à má energia que Steven emanara quando a estava ajudando a preparar a massa folhada.

— É tão difícil decidir — disse Tom. — Do jeito que me sinto fraco, acho que preciso de carboidratos complexos.

— Talvez você prefira algo salgado? — Mattie sugeriu. — Eu poderia te preparar um *croque guvnor.*

— É parecido com um *croque monsieur*? — Tom perguntou, intrigado.

— Uma versão britânica de um *croque monsieur*. Pão de fermento natural, manteiga, queijo cheddar, presunto defumado, molho béchamel com queijo extra e mostarda. — Mattie se inclinou sobre o balcão. — Eu acrescento um pouco de noz-moscada — disse ela em um sussurro, porque não queria que todo mundo ouvisse sobre seus ingredientes secretos.

— Parece ótimo!

Mattie apostaria cada um de seus centavos que seu prato deixaria totalmente no chinelo o panini de Chiro. Mas, só para garantir...

— Quer saber? Vou transformar seu *croque guvnor* em um *croque missus* e acrescentar um ovo frito por cima — disse Mattie generosamente. — Eu levo até a loja quando estiver pronto. Quer café também?

— Ah, sim, café — ele respondeu, meio rouco, estendendo a caneca na mão não muito firme. — Eu preciso de mais café do que o corpo humano pode suportar.

— São £4,95 pelo sanduíche e o café é por conta da casa — informou Mattie enquanto Tom tirava a carteira.

— Está escrito £6,95 no quadro — ele observou.

— Os funcionários da livraria pagam preço de amigos — disse Cuthbert, pegando a caneca de Tom.

Mattie não sentiu necessidade de comentar que, se Tom tivesse alguma vez se dado ao trabalho de comprar alguma coisa do salão de chá, já saberia disso. Afinal, ela era sensata. E Tom obviamente havia decidido ser sensato também, pois deixou uma reluzente moeda de uma libra na caixa de gorjetas.

— Pelo meu café — disse ele. — Para compensar. — E só depois que ele saiu Mattie permitiu que um pequeno sorriso satisfeito lhe viesse ao rosto.

Quando Mattie levou o café da manhã de Tom, a livraria já estava movimentada com clientes examinando as estantes decoradas com festões enquanto tentavam com muito empenho desviar das estrelas rosa e prata que voavam baixo. Mattie nunca ia se acostumar com a visão da enorme árvore de Natal enfeitada no meio da sala principal, no lugar onde dois dos sofás costumavam estar.

Ela também havia se esquecido de como a cabine do visco ocupava espaço. Apesar da exibição na TV e da euforia de interesse inicial, havia apenas um casal ao lado da cabine esperando que a foto de seu recente beijo saísse pela fenda. A cabine de fato tampava por completo a estante de lançamentos.

Tom estava sentado atrás do balcão, dando umas batidas em Bertha, a máquina registradora da Felizes para Sempre, com um exemplar de *Guerra e paz*, enquanto Nina o repreendia.

— Não seja tão bruto com ela. Ela precisa de um toque mais gentil — disse Nina. — Sinceramente, Doutor Amor, achei que você teria mais respeito por ficção romântica. Aposto que teve um capítulo inteiro sobre romances russos chatos em sua tese, não teve?

— Pare de me chamar desse nome idiota e me permita lembrá-la que outro dia você bateu na Bertha com seu *sapato* — Tom ressaltou e parou ao sentir o cheiro de seu café da manhã.

— Um *croque missus* — disse Mattie animada, colocando sobre o balcão o prato e os talheres dentro de um guardanapo dobrado. — Leve o prato e os talheres de volta quando puder.

Tom olhou para o prato com ar faminto.

— Parece muito bom. Obrigado — disse ele. Então levantou a cabeça para olhar para Mattie, a expressão faminta ainda no rosto. — Obrigado.

— Você já disse obrigado — observou Nina, com um olhar curioso para Tom, depois para Mattie, que olhou de volta para Nina com uma sobrancelha um pouco levantada, como se não houvesse nada de estranho no fato de ela trazer o café da manhã para Tom, e Tom ficar excessivamente grato por isso.

— Tenho muitos "obrigados" para compensar — murmurou Tom, abrindo o guardanapo. — Hã... Mattie! Por que tem ramos de azevinho neste guardanapo? Você passou para o lado sombrio e se entregou ao Natal?

— Não! — exclamou Mattie. — Eu pedi a Sophie para comprar guardanapos lisos na loja de uma libra e ela voltou com isso. Ainda estamos unidos em nossa ojeriza pelo Natal.

— Ótimo — respondeu Tom e, inacreditavelmente, levantou o punho fechado para Mattie, que bateu o seu próprio punho nele, enquanto Nina olhava boquiaberta para os dois, como se tivesse levado um golpe na cabeça. Tom pegou seu *croque missus*, mas parou a meio caminho da boca. — Espero que vocês duas não queiram ficar assistindo enquanto eu como.

Essa foi a deixa para Mattie sair. Ela e Tom estavam bem agora, depois dos acontecimentos da noite passada. Mas foi só se lembrar do jeito estranho que a noite havia terminado, aquele momento em que ela pensou que Tom talvez a beijasse, e seu rosto esquentou e os lábios começaram a formigar.

— Preciso começar a me preparar para o almoço — disse ela e recuou, resistindo à tentação de tocar a boca com o dedo. — *Bon appetit!*

Mattie estava quase atravessando o arco dos clássicos quando Nina a chamou.

— Sim? — Mattie hesitou na entrada da sala: ela realmente já devia estar enfiada nas massas folhadas até o pescoço a essa altura.

— É só que... será que você poderia reservar uns dois rolinhos de lombo de porco para mim? Eu só posso sair para almoçar às três — ela suplicou. — Com certeza eles já vão ter acabado a essa hora.

— Claro, sem problema — concordou Mattie.

— Agora que você e o Tom fizeram as pazes, nós ainda temos preços de amigos e chá ou café grátis, né?

— Você dá um novo sentido à expressão "cara de pau" — disse Tom, seu *croque missus*, para a satisfação de Mattie, já quase na metade. — E eu fiz questão de colocar uma libra na caixa de gorjetas pelo meu café. Afinal, a Mattie tem que pagar o café e o leite, além da eletricidade, o aluguel...

— Certo, certo, é justo — concordou Nina. — Só Deus sabe como você acabou comigo com aquela porcaria instantânea. Por falar nisso, sabe quanto o Chiro do café italiano cobra por um café? Três libras! E eu recebi um sermão sobre quanto a prefeitura tinha aumentado os impostos quando pedi leite fervido.

Depois que Tom e Nina abriram o caminho, Posy e Verity voltaram também. As duas tentaram entrar no salão de chá para comprar seu almoço, mas a fila pelos rolinhos de lombo de porco estava tão longa que Mattie teve que trancar as portas de vidro que levavam à livraria para evitar que alguém furasse fila.

Posy foi forçada a sair da Felizes para Sempre pela porta da frente e abrir caminho pela fila até o salão de chá, gritando: "Estou passando! Sou a dona do prédio e estou muuuito grávida!"

— Estou tão feliz por você e o Tom terem acabado com toda aquela bobagem — disse Posy, assim que Sophie veio para trás do balcão trazendo um banquinho para que ela não tivesse que ficar de pé nem um segundo a mais que o necessário. — Como vocês fizeram as pazes?

As faces de Mattie já estavam bem vermelhas por ela ter acabado de colocar as bandejas dos assados da tarde no forno, mas sentiu que tinham corado ainda mais agora.

— Nós chegamos a um entendimento e o Tom me fez um enorme favor ontem à noite quando meu ex-namorado ficou um tanto *difícil* — disse ela. — Na verdade, acho que poderia até dizer que eu e o Tom somos amigos agora.

Ela só precisava parar de pensar naquela história de beijo.

— Estou tão feliz — Posy disse fervorosamente. — Eu tentei ficar neutra, mas estava sendo muito mais difícil do que eu imaginava. Eu conheço o Tom há *anos* e sou ótima para julgar o caráter das pessoas. Se bem que eu achei que seu ex-namorado parecia simpático. Ele é bonitão.

— Mas tem uma personalidade muito feia. Enfim, o Tom e eu estamos bem agora. Melhor do que bem, e você não precisa mais se preocupar com a gente.

— Eu agradeço muito, porque atualmente sou escrava da minha pressão. Bom, pode me ver dois rolinhos de lombo de porco e uma tortinha de frutas secas de sobremesa?

— Uma libra na caixa de gorjetas pelas bebidas quentes foi uma solução muito sensata — disse Verity mais tarde, depois de ter ficado na fila quase meia hora para comprar um ovo à escocesa com peru e amoras. — Mas, de verdade, Mattie, eu estive fazendo as contas e você com certeza tem prejuízo quando fornece as comidas e bebidas para os nossos eventos. Só os ingredientes não cobrem o custo do seu tempo ou dos equipamentos, e tem todas as outras vezes em que você nos traz pãezinhos e bolos de graça. Nós vamos ter que pensar em algum tipo de acordo financeiro formal.

— Vocês não vão me chutar para fora daqui quando chegar a hora de renovar o aluguel?

Verity olhou para ela com ar intrigado.

— Não! Por que faríamos isso?

— Porque eu traí os segredos do Tom — Mattie a lembrou, em voz baixa.

— É verdade, e ele está irritantemente mudo sobre isso desde então — disse Verity, recebendo o prato que Sophie lhe passava sobre o balcão. — Eu não sou de fuçar na vida dos outros, mas, agora que já vazou mesmo, o mínimo que o Tom poderia fazer era se abrir um pouquinho. Casanova? O nosso Tom? Parece impossível. Não dá para você contar isso melhor?

— Eu não tenho nada para contar. — Mattie assumiu uma expressão virtuosa. — Só que faltam duas semanas para o Natal, eu tenho uma fila aí fora dando a volta no quarteirão, e você está segurando a fila.

Onze dias para o Natal

O Natal estava se aproximando a uma velocidade alarmante.

A cada manhã, muito prestativa, Posy enviava a todos uma mensagem de texto informando como estavam próximos do grande dia 25, o número de exclamações aumentando em um nível exponencial.

Mattie sonhava com rolinhos de lombo de porco. Lâminas infindáveis de massa folhada vindo em sua direção de todos os lados, que ela precisava rebater com o rolo de estender massa.

Agora ela entendia o que as pessoas queriam dizer quando falavam em ser vítimas do próprio sucesso. A fila dos rolinhos começava a se formar de manhã bem antes do horário de abertura do salão. Meena havia trazido seu amigo mais confiável da escola de catering, Geoffrey, para se juntar à linha de montagem que Mattie organizara na cozinha do apartamento, embora Verity ainda estivesse tendo crises de nervos pela transgressão dos padrões de saúde ambiental.

Isso deixava Mattie livre para usar a cozinha do salão de chá para as centenas e centenas de tortinhas de frutas secas, pudins de Natal de bolo red velvet e biscoitos amanteigados natalinos, sem mencionar todos os outros itens que precisava preparar.

As compras de Natal realmente aumentavam o apetite das pessoas. Elas entravam no salão de chá cansadas e desanimadas e, quando saíam, sua energia e bom humor estavam restaurados.

— Feliz Natal! — elas diziam em despedida, e Mattie, se não estivesse se esfalfando na cozinha, via-se desejando "Feliz Natal!" em resposta.

Ela também havia notado que o salão parecia um pouco mais festivo a cada dia. A princípio, desconfiara que Nina vinha se esgueirando na calada da noite para ampliar o verdadeiro sistema solar de estrelas rosa e prata penduradas no teto. Mas também sabia que Nina nunca faria algo que envolvesse horas extras, e Mattie não poderia afirmar com certeza se as estrelas haviam se multiplicado.

— Você não está notando alguma coisa diferente neste lugar? — ela perguntou a Tom quando ele veio para seu café e seu *croque missus*, que havia substituído completamente o panini em seu afeto.

Tom olhou em volta. Embora fossem apenas dez horas e treze minutos da manhã, todas as mesas estavam ocupadas e a fila já saía pela porta. Mesmo com a porta aberta, as janelas estavam embaçadas de condensação pelo acúmulo de pessoas.

— Está muito movimentado aqui para esta hora da manhã — ele comentou. — Não está tão cheio na livraria e a Posy lamenta o dia em que concordou com a cabine do visco. As pessoas fazem fila em volta da livraria para usá-la e nós temos que ficar conferindo os tíquetes de compra. Aí, depois de terem dado seus amassos sob o visco, elas ficam por ali à toa, esperando a foto ser impressa. Claro que a Nina não admite nenhuma palavra contra. — Ele olhou em volta do salão outra vez. — Por que você tem pequenas árvores de Natal em cada mesa?

— Eu não tenho! — Mattie olhou para trás de Tom e confirmou que, em cada mesa, havia uma árvore de Natal não maior que uma bisnaga de ketchup, piscando com luzes de LED. — Eu tenho! Como elas foram parar aí?

— Como você pôde me abandonar? — perguntou Tom, levando a mão ao coração como se estivesse mortalmente ferido. — Você é uma adoradora do Natal enrustida.

— Eu ainda detesto o Natal — disse Mattie, em um volume alto o suficiente para várias pessoas na fila a olharem com expressão de horror. — Nem imagino de onde essas árvores de Natal vieram.

— Loja de uma libra — respondeu Sophie, espremendo-se para passar por Mattie e começar a pôr os pratos na lava-louças sob o balcão. — O vovô disse que eu podia pegar dinheiro no caixa de despesas gerais.

— Foi isso mesmo — confirmou Cuthbert alegremente quando Mattie se virou para encará-lo com a boca aberta de espanto.

— Cuthbert! Você sabe o que eu sinto sobre o Natal — ela sibilou baixinho, para não afugentar mais clientes.

— Ela não está brava com você, só está muito decepcionada — Tom interveio, lançando um olhar severo para Cuthbert. — E eu também.

— Eu posso conviver com a sua decepção — disse Cuthbert, inclinando-se para trás para pressionar o botão do toca-fitas e encher o salão com o som de Noddy Holder gritando: "It's CHHHRRRRIIIIISSSTTTMMMMAAAASSSSSSS!"

— E você nem notou *isto* — disse Sophie, fazendo um gesto para a parede de trás, onde uma das infernais faixas "Joyeux Noël" de Nina estava pregada sobre a lousa com o cardápio. — Nós achamos que você não ia se importar, por ser francês.

— Eu me importo! — protestou Mattie, mas Cuthbert e Sophie trocaram um sorriso. Eles não estavam nem um pouco preocupados. Não só tinham ido contra os desejos expressos de Mattie, como ter uma faixa cintilante atrás do balcão com certeza era um meio de cultura para todo tipo de germes e bactérias.

— Tenho que ir — disse Tom, olhando para o relógio de pulso antiquado em vez de conferir a hora no celular como uma pessoa normal. Em seguida estendeu o punho fechado para Mattie. — Força. Mantenha a fé anti-Natal.

Mattie bateu seu punho automaticamente no de Tom.

— Eu levo seu *croque missus* quando ele estiver pronto.

Tom já estava abrindo caminho entre as pessoas da fila.

— Obrigado — disse ele. — E eu prefiro um guardanapo simples, sem nenhuma bobagem de Natal.

Sim, o Natal estava chegando e não havia nada que Mattie pudesse fazer para impedir. Ainda que, nesse ano, ela não se sentisse tão contrariamente afetada pelo espírito natalino.

Talvez tivesse algo a ver com ter enfrentado todos os seus demônios relacionados a Steven. Desde que esvaziara uma tigela de massa de bolo em sua cabeça e lhe dissera exatamente o que pensava dele, Mattie se sentia diferente. Havia uma leveza nela, como se houvesse estado presa sob todo o peso da carga que vinha carregando nos dois últimos anos e agora ela não existisse mais. Em vez de olhar para trás, ela olhava para o futuro, e o futuro parecia bom.

Quando descia todas as manhãs, destrancava a porta da frente e saía para esperar suas entregas, Mattie sentia prazer no ar frio. No modo como a respiração se cristalizava à sua frente. Sentia até um pequeno aperto de expectativa na barriga como costumava acontecer quando pensava no Natal, embora ainda não estivesse aceitando a ideia de *comemorar* o Natal.

— Eu ainda não decidi quais são os meus planos — Mattie disse à sua mãe, o celular preso firmemente entre o ombro e o queixo enquanto abria a porta do forno na cozinha do salão de chá para descer a bandeja de tortinhas de frutas secas uma prateleira e abrir espaço para uma nova fornada de biscoitos amanteigados. — Então ainda não posso opinar se você deve comprar peru ou pato.

— Sim, mas vale a pena fazer molho de pão se é só o Ian que gosta? — indagou Sandrine, como se os planos de Natal de Mattie envolvessem passar muito tempo no dia 25 de dezembro ajudando sua mãe a fazer o jantar. — E essas couves-de-bruxelas? *Elles sont horribles!* Talvez nós pudéssemos abri-las e refogá-las com bacon. E também nenhum de nós gosta muito de pudim de Natal, então será que você poderia fazer *une bûche de Noël*?

Estava abafado e quente na pequena cozinha. Mattie fechou o forno.

— Se eu fizer *une bûche de Noël* para você, isso não significa que vou jantar com vocês no Natal.

— Mas você disse que falou com o Steven. Disse que finalmente baixou a poeira nele...

— Bem, na verdade foi massa de bolo, e o que você quer dizer é que a poeira baixou...

— Então não tem necessidade de você ficar na cama no dia de Natal — Sandrine concluiu triunfante e, agora, a testa suada de Mattie não tinha a ver com a porta do forno aberta, mas com sua mãe e sua fatigante lista de coisas a fazer para o Natal.

Mattie abriu a porta dos fundos para dar mais uma respirada naquele ar frio natalino e deu de cara com Sophie e Sam parecendo devorar o rosto um do outro. Eles se separaram depressa quando a porta bateu na parede com um estrondo.

— Eu tenho que desligar agora, mamãe — disse Mattie.

— Mas tem alguma coisa que a gente pode acrescentar naquele molho de pão infernal para ele...

— Eu tenho mesmo que desligar — insistiu Mattie, encerrando a ligação, enquanto Sophie e Sam, agora a um respeitável meio metro de distância um do outro, olhavam para qualquer lado, menos para Mattie ou entre eles.

A Pequena Sophie e Sam? B.E.I.J.A.N.D.O.?

Claro que ela sabia que Sam gostava de Sophie. Praticamente todo mundo em Bloomsbury sabia, porque ele não disfarçava muito; sempre olhando para ela com ar de adoração quando achava que ela não estava vendo; asfixiando todos eles com sua loção pós-barba aos sábados, quando sabia que Sophie estaria trabalhando perto.

E Sophie sempre ficara do lado de Sam, mas, de alguma forma, parecia ter havido um grande salto de estar a fim para estar de fato juntos.

Será que a Posy sabia? O Cuthbert sabia? Caberia a Mattie contar para eles?

Ela percebeu que estava ali parada, de boca aberta, há uns bons dois minutos.

— Hum, acham que deveríamos falar sobre isso?

— Ai, meu Deus, nããããããão! — Sam gemeu em alarme, arriscando um olhar rápido para Sophie, cujo rosto bonito estava distorcido por uma careta horrorizada.

— Não temos que falar nunca sobre isso — disse Sophie, com firmeza. — Especialmente para o meu avô. Ele falou que eu não posso namorar pelo menos até completar trinta anos. Por favor, não conte nada para ele, por favor, Mattie. Você promete?

Não cabia a Mattie contar a ninguém. Nem ficar no caminho daquele jovem amor.

— O segredo de vocês está seguro comigo — disse Mattie com um sorriso. Então ela lembrou que todo aquele jovem amor estava acontecendo em horário de trabalho. — Agora, podem voltar lá para dentro e trabalhar?

— Sim! Claro — concordou Sophie, vindo do pátio e passando depressa por Mattie, ainda evitando olhá-la.

Sam veio se arrastando em direção a Mattie como um cachorro que foi pego com a cabeça dentro do pote de doces, mas, quando olhou para ela, vacilou.

— Nós temos direito a um intervalo — ele murmurou pelo canto da boca, só para mostrar que não estava completamente intimidado, mas, quando Mattie fixou nele seu olhar mais gelado, ele entrou depressa como se os cães do inferno estivessem prestes a morder seus calcanhares.

Sam continuou evitando olhar para Mattie quando ela apareceu na livraria mais tarde com um prato de tortinhas de frutas secas que estavam úmidas demais para ser vendidas. Na verdade, foi uma desculpa esfarrapada para tirar cinco minutos de descanso e se sentar um pouco, embora sua intenção tivesse sido prejudicada pelo fato de que dois dos três sofás haviam sido postos em um depósito para abrir espaço para a gigantesca árvore de Natal e o que restava estava povoado por homens de aparência truculenta que haviam sido relutantemente arrastados à livraria por suas parceiras. Mattie teve que se contentar em sentar no segundo degrau da escada de rodinhas.

— Vocês andam com bastante movimento, não é?

— Sim, é horrível — disse Nina enquanto escaneava o código dos livros de uma cliente com seu iPad e os colocava em uma sacola. — Como a senhora comprou mais de três livros, tem direito a uma sacola de brinde. Feliz Natal e, por favor, não volte antes do ano-novo! É brincadeira!

— Só falta comprar umas cuecas estampadas para o meu marido e acabou — disse a mulher, com ar de alívio.

A loja estava mais lotada do que Mattie jamais a vira, embora não ajudasse o fato de que a árvore de Natal, a rena bebê em tamanho natural e a cabine do visco ocupassem tanto espaço. E, apesar de todos os funcionários poderem receber pagamentos em seus iPads de trabalho, havia uma imensa fila serpenteante no balcão, onde Posy estava empoleirada em um banquinho na frente de Bertha, a antiga e temperamental máquina registradora da livraria, que tinha um chilique mecânico pelo menos uma vez por dia.

Havia também uma fila enorme para usar a cabine do visco, que saía pela porta e continuava na praça. Era uma fila bastante alegre, ao contrário da fila para os rolinhos de lombo de porco, que ia ficando irritada de fome. No próximo ano, Mattie tinha planos de montar um estande temporário para os rolinhos na frente do salão de chá, para não perturbar seus clientes regulares. Talvez esse estande também pudesse servir chocolate quente e pãezinhos. No momento, porém, Sophie, ansiosa para se manter nas boas graças de Mattie desde que fora pega aos beijos com Sam, percorria as duas filas com um cardápio laminado, anotando pedidos.

Tom cuidava da cabine do visco, porque "Ele é o único suficientemente sério para conferir os tíquetes de compra e não deixar as pessoas ultrapassarem o limite rígido de dois minutos", disse Nina, o que explicava a expressão estressada e o cronômetro na mão dele. Ele percebeu o olhar de Mattie e fez uma cara de agonia, como se estivesse sendo atacado por algum inimigo invisível.

— Você e o Tom andam bem amiguinhos nos últimos tempos — Nina observou, apertando os olhos e examinando alternadamente Mattie e Tom, que parou no mesmo instante com as expressões teatrais e voltou a parecer sério.

— É? Acho que sim. Imagino que é o que acontece com colegas de apartamento — respondeu Mattie, embora não pensasse em Tom dessa maneira. Ele era algo diferente. Será que ele poderia ser... mais que um amigo?

— Foi muito generoso da parte do Tom, depois de você ter contado todos os segredos dele — decidiu Nina. Ela apertou os olhos outra vez, de um jeito que fez Mattie se encolher. — Nós nunca tivemos uma conversa sobre a tese do Tom ou sobre todas as mulheres que ele...

— Menos conversa, Nina, e mais trabalho, por favor!

Mattie foi salva de revelar mais segredos de Tom por Verity, que passou com uma pilha de livros e três mulheres seguindo atrás dela como uma família de patos.

— A Verity está atendendo na loja? — perguntou Mattie, ansiosa para distrair Nina, embora essa fosse, de fato, uma observação muito pertinente. Verity detestava trabalhar em contato com o público e preferia se esconder no escritório e se engalfinhar com planilhas Excel.

— Eu já disse como estamos sobrecarregados? — resmungou Nina, enquanto voltava a atenção para duas mulheres de vinte e poucos anos que espiavam as estantes. — Posso ajudá-las?

Houve um monte de risadinhas.

— Qual é o livro mais sujo que você tem?

— Por no máximo dez libras. É para o nosso amigo secreto de Natal no trabalho.

Nina endireitou os ombros. Essa era exatamente a consulta de clientes que ela adorava.

— Depende. Vocês querem erótico de bom gosto ou pura sacanagem?

As duas jovens se entreolharam, riram de novo, e responderam juntas:

— Pura sacanagem, por favor.

— Então me sigam para as profundezas mais profundas da nossa seção de eróticos — disse Nina, oferecendo um braço a cada uma das jovens para abrirem caminho juntas pela loja abarrotada de gente. — Falando em amigo secreto de Natal, espero que você tenha me tirado, Mattie, e que tenha feito algo com chocolate para mim. Te vejo mais tarde.

Dez dias para o Natal

Obedecendo às leis do comércio para os domingos, e uma vez que era preciso fechar a livraria no horário muito respeitável das cinco da tarde, a festa de Natal dos funcionários da Felizes para Sempre seria no Midnight Bell. Ou melhor, Posy deixou expressamente claro que a presença de todos era obrigatória no lendário Quiz Especial de Natal do pub.

Todas as quintas-feiras, o Midnight Bell fazia um jogo de perguntas e respostas. A equipe da Felizes para Sempre participava com frequência, mas só tinha ganhado uma vez, quando o Noah da Nina se revelara uma versão falante e ambulante do Google. Mas, ah!, Noah estava na Dinamarca trabalhando em uma estratégia de RH holística para uma empresa de estilo de vida, então Mattie achava que eles fossem terminar onde sempre terminavam, ou seja, entre os últimos lugares na lista de competidores.

Não que Mattie se importasse. Como fecharam às cinco, ela terminou excepcionalmente os preparativos para o dia seguinte às seis, e às seis e quinze estava sentada em um banco revestido de veludo no canto habitual que eles ocupavam no pub, diante de um prato cheio de comida preparada por outra pessoa que não ela.

Carol e Clive, os proprietários, não haviam dedicado muita atenção a fazer uma decoração natalina de bom gosto. Festões de uma infinidade de cores chamativas estavam pendurados em todos os lugares possíveis e imagináveis. Estavam até amorosamente entrelaçados na coleção de medalhões ornamentais para selas de cavalos de Clive, na prateleira sobre o balcão.

Havia uma árvore de Natal artificial ("Nós a compramos no Woolies em 1985, o ano em que nos casamos, e ela ainda está ótima") com tantas luzinhas piscantes penduradas que não se descartava o risco de incêndio, e um presépio assustador dentro de uma redoma de vidro.

— José e Maria estão de dar medo — Mattie comentou com Tom, tentando não ficar olhando muito. — Parecem aquelas bonecas vitorianas de cara sinistra que ganham vida no meio da noite e matam pessoas.

— E os pastores parecem que estão com um caso grave de sarna. — Tom observou Mattie dar uma mordida entusiasmada em um sanduíche enorme que era, basicamente, meio peru lambuzado em muito molho de cranberry, enfiado entre duas fatias de pão caseiro.

— Estou morrendo de fome — murmurou Mattie, nem um pouco constrangida, mostrando o imenso sanduíche. — Quando você passa o dia inteiro fazendo comida, não dá vontade de comer.

— Deve ser por isso que você é tão em forma — ele comentou, olhando para as pernas de Mattie. Para celebrar a ocasião, ela havia trocado o uniforme de trabalho, composto de suéter e calça pretos, por um vestido listrado azul-marinho e cinza, que usava com meias longas e tênis pretos. Fazia meses que ninguém via as pernas de Mattie, mas, a julgar pelo modo como Tom continuava olhando para elas, deviam ser um espetáculo. — Puxa, desculpa — ele murmurou, e Mattie não teve certeza se era pelo comentário sobre sua boa forma ou pela encarada em suas pernas.

— Em forma? — indagou Mattie, o rosto ficando inevitavelmente quente ao se lembrar de que Tom a vira com muito menos do que um vestido de malha da Uniqlo.

— Muito em forma — Tom murmurou, meio rouco, com o mesmo tipo de voz que usava quando pegava os números de telefone de mocinhas indefesas em festas.

Só podia ser provocação. Não haveria outra razão para Tom comentar sobre seu corpo usando aquela voz de Casanova. Só um pouco de brincadeira inconsequente, porque eles eram amigos agora e, nesse caso, ambos podiam fazer o mesmo jogo.

— Você também está bem em forma — disse Mattie. — Apesar do seu amor por um carboidrato complexo. Imagino que essa seja a vantagem de ficar em pé o dia todo. Ou é o futebol?

Tom com certeza *não* estava olhando para as pernas de Mattie agora.

— Que futebol?

— O futebol que você, supostamente, joga com seus amigos. O Phil mencionou alguma coisa a esse respeito. — Mattie encarou Tom por cima de seu gigantesco sanduíche de peru. Ele parecia bastante incomodado. — Nós ainda não conversamos sobre isso, não é?

— E nunca vamos conversar — Tom declarou com firmeza.

— Você usa uniforme completo? — A voz da própria Mattie estava um pouco rouca agora. Tom, *Tom!*, de camiseta e shorts de futebol. Foi sua vez de olhar para as pernas dele, embora estivessem cobertas por um tweed de lã fino, portanto não havia muito o que olhar.

— Você sabe ser cruel quando quer — disse Tom, mesmo com um meio sorriso brincando em seus lábios logo antes de ele tomar um gole de cerveja. — Eu esperava mais de você.

— Rá! Não provoque se não aguenta o tranco!

— Que fogo aí, hein, gente? — brincou Sam, que estava sentado do outro lado de Tom e estivera escutando a conversa com uma expressão de crescente incredulidade.

Mattie e Tom se viraram juntos para Sam, que se encolheu um pouco sob o olhar coletivo.

— Não tem fogo nenhum, porque somos apenas dois amigos fazendo uma brincadeira — disse Tom, um pouco rígido. — Qual é o problema?

— Sinceramente, Sam, você é a última pessoa que pode dizer isso para alguém — Mattie falou em voz baixa, e Sophie, que estava sentada na frente deles, deu um gritinho de alarme, com uma olhada rápida para seu avô, que debatia com Verity e Nina possíveis nomes para a equipe usar no quiz.

— Eu perdi alguma coisa? — perguntou Tom, como quem não quer nada, e com um olhar divertido para Sam, que ficou muito pálido.

— Por favor, Mattie... — Sam gemeu.

Mattie havia feito uma promessa, então sacudiu a cabeça.

— Isso é entre mim e o Sam, mas não quero ouvir mais nenhum comentário engraçadinho, certo?

— Certo — concordou Sam e, pouco depois, quando suas faces já haviam recuperado a cor normal, Clive, o proprietário, distribuiu as folhas de respostas do Quiz de Natal e começou a rememorar a lista muito, muito longa de regras que acompanhava o quiz habitual no Midnight Bell. E, como esse era um quiz especial de Natal, ele introduziu algumas regras novas.

— Todos os nomes de equipes devem ser relacionados ao Natal, mas nada de palavrões. Vou tirar pontos se houver qualquer nome desrespeitoso — Clive anunciou.

Mattie revirou os olhos.

— Como viemos parar aqui em um quiz de Natal? — ela perguntou a Tom. — Nós que odiamos o Natal.

— É só não participarmos — disse Tom, enquanto Clive falava sobre as canetas com glitter especiais que estava distribuindo, mas que queria de volta no final, insistindo que as tampas fossem recolocadas no intervalo entre as respostas para o glitter não secar.

— Provavelmente nós não vamos saber nenhuma resposta — disse Mattie. — Então é só ficarmos aqui sentados, porque não vamos nem chegar perto de ganhar mesmo. — Ela fez um sinal com a cabeça na direção de uma mesa do outro lado do pub onde os RAMbos, da assistência técnica de computadores localizada na vizinhança, atuais campeões do quiz do Midnight Bell, discutiam táticas.

— Dupla de chatos — Nina resmungou quando o quiz começou, e Mattie e Tom continuaram a própria conversa sobre dividir a compra de algumas estantes para o quarto desocupado.

Mattie tinha uma vaga consciência do jogo que acontecia sem eles. Houve uma rodada sobre músicas de Natal que ficou muito acalorada com Verity protestando: "A letra é 'The cattle are lowing', não 'mooing'. Vocês estão ficando loucos?"

Na rodada sobre filmes de Natal, Cuthbert e Sophie carregaram a equipe nas costas, porque não havia nem um único filme que eles não tivessem visto.

— O vovô sabe todos os diálogos de *A felicidade não se compra* e *O conto de Natal dos Muppets* — Sophie explicou com orgulho, mas, depois, o assunto mudou para literatura de Natal, o que deveria ser moleza para eles, mas aparentemente não era.

— Tom! Tom! — Posy sussurrou com urgência do outro lado da mesa. — Qual é a última frase de *Um conto de Natal*?

— Por que está perguntando para mim? — reclamou Tom. — Você é dona de uma livraria.

— Uma livraria de ficção romântica — Posy o lembrou. — Não consigo me entender com Dickens. É muito dickensiano para o meu gosto, mas aposto que você leu todos os principais livros dele. Vai, jogue pelo time. Qual é a última frase?

Tom suspirou e, com um olhar de desculpas para Mattie, sussurrou:

— É "Deus abençoe a todos".

Mas não parou aí. Tom também foi acionado para responder a perguntas sobre histórias relacionadas ao Natal de J. R. R. Tolkien, Mark Twain e Hans Christian Andersen.

— Traidor — Mattie sussurrou para ele. — Eu achei que íamos ficar fora disso.

— Não quero que a Posy tire meu bônus de Natal — Tom sussurrou de volta, mas, quando chegaram à rodada sobre comidas natalinas, foi a vez dele de ficar com uma expressão de desaprovação enquanto Mattie era forçada a responder a perguntas como: "Cite três ingredientes do molho de pão que não sejam pão", "Que prato é preparado no domingo anterior ao Advento?" e "Qual é o nome alemão do *stollen*?"

No fim, a Equipe Um Felizes para Sempre Natal venceu o quiz por um ponto extra, porque havia *dois* nomes alemães para o *stollen* e Mattie sabia ambos.

— Para duas pessoas que odeiam o Natal, vocês sabem muito sobre o assunto, hein? — comentou Nina, enquanto os RAMbos (que mudaram o nome para RANjos para o quiz especial) protestavam veementemente do resultado e exigiam uma recontagem. — Aposto que, se eu entrasse escondida no apartamento enquanto vocês estivessem trabalhando, encontraria tudo transbordando de enfeites de Natal.

— Seria uma decepção para você — disse Tom, que voltava do balcão com uma bandeja de drinques. — E invasão de domicílio.

Posy fez um afago na barriga, que estava mais volumosa do que nunca, embora ainda faltassem uns bons trinta dias até a data prevista. Carol tinha feito Clive arrastar uma ampla poltrona cor de vinho e banquinho para os pés combinando especialmente para Posy, e ela parecia muito satisfeita com o que lhe cabia na vida. Ou talvez fosse apenas o puro alívio de fechar a loja em um horário civilizado e pôr os pés para cima.

— Sem discussão — disse ela. — Este é um momento de alegria e comemoração, então vamos fazer o amigo secreto de Natal agora.

Todos tiraram presentes retangulares de várias sacolas e bolsos. Apesar do desejo de Nina por delícias de chocolate artesanais, era uma tradição que os presentes do amigo secreto de Natal da Felizes para Sempre fossem livros.

— Impressionante como esse pessoal não enjoa de livros — murmurara Sophie quando todos receberam os e-mails. Ela mesma também lia muito, mas ficara um pouco mal-humorada com aquele amigo secreto porque havia tirado Posy, que já tinha lido quase tudo. Felizmente, em um momento de inspiração, ela se lembrou de que Posy estava esperando um bebê que ainda não havia lido nada e comprou para ela uma bonita coleção de contos de fadas feministas.

Mattie havia tirado Verity, que ficou encantada com a edição da década de 60 de *Orgulho e preconceito* (seu livro favorito), com uma capa de cores exageradas, típica da época. Mattie não achava que houvesse um único livro de culinária que ela ainda não tivesse, mas, quando abriu seu presente, embrulhado em papel pardo simples, ficou surpresa por ver que seu amigo secreto tinha conseguido lhe encontrar um: uma edição de 1953 de *Court Favourites: Recipes from the Royal Kitchens*, da lendária autora de culinária Elizabeth Craig, com a sobrecapa original.

— Este é o melhor presente de amigo secreto que eu já ganhei — disse Mattie, levantando o livro diante dos rostos neutros à sua volta. — Elizabeth Craig. Ela foi a Mary Berry de sua época. Minha mistura de frutas secas para as tortinhas é, na verdade, uma variação da que aparece no livro dela de 1932, *Cooking with Elizabeth Craig*. — Os rostos neutros agora exibiam olhares vagos.

Exceto... Cuthbert, que era educado demais para se mostrar entediado, a não ser que...

— É você meu amigo secreto? — Mattie lhe perguntou, mas ele sacudiu a cabeça e Nina levantou o livro que ela própria ganhara, uma coleção de cartões-postais vintage divertidos, que Cuthbert já havia declarado que ele comprara (com o aval de Cynthia).

— Tente de novo — sugeriu Verity.

Não havia sido Sophie, que tinha tirado Posy, nem Sam, porque Mattie duvidava que ele soubesse quem era Delia Smith, quanto mais Elizabeth Craig. Posy tirara Tom, e, comicamente, dependendo do ponto de vista, lhe comprara *As memórias de Casanova*. Nina tirara Sam e lhe dera um livro de códigos de trapaça para o jogo de computador mais recente pelo qual ele estava obcecado.

— Então eu desisto — disse Mattie.

— Fui eu!

— Foi o Tom!

Mattie e Tom se viraram um para o outro, o que foi um pouco apertado no banco para três, especialmente porque Sam tinha o dom de ser espaçoso.

— Obrigada! — Mattie sorriu para ele, que hesitou antes de sorrir de volta. — Como você adivinhou?

— Quando a gente guarda nossos livros na única sala do apartamento que dividimos, tem que enfrentar as consequências — disse ele, solenemente. Ah! Então Mattie soube que estava perdoada por ter encontrado a tese encadernada de Tom e espalhado seu conteúdo aos quatro ventos.

— Eu adorei. Vou preparar um jantar para você com uma dessas receitas — disse Mattie, começando a folhear as páginas, mas Tom pôs a mão sobre as dela para detê-la.

— Não, por favor — pediu ele. — Eu dei uma olhada rápida antes de embrulhar e todas as receitas têm coisas nojentas como gelatina de carne. Você me odeia tanto assim?

— Eu não te odeio nem um pouco ultimamente.

A mão dele ainda estava pousada sobre as dela, seu toque morno agora, em vez de quente e suado. Os dedos dele se contraíram de leve e a sensação pareceu um pouco com um carinho e, quando ele tirou a mão, foi como uma perda.

— Uau, é evidente que vocês não se odeiam mais — disse Nina. — Eu ia falar para arrumarem um lugar mais discreto, mas na verdade vocês já têm um lugar muito discreto só para os dois, e sabe-se lá o que acontece lá dentro, hein? Hein?

— Eu também disse isso — Sam ousou intervir, porque estava com muita vontade de comentar.

— Ah, calem a boca vocês dois — Tom resmungou, mas sem sua acidez habitual, e Mattie sentiu a temperatura subir com tantos olhares sobre ela.

— É Natal — ela murmurou. — E achamos que seria bom dar um tempo nas hostilidades. Como os soldados ingleses e alemães que jogaram futebol numa terra de ninguém no dia de Natal durante a Primeira Guerra Mundial.

— Embora essa história seja emocionante, tem muito de lenda urbana nisso — Tom começou, mas foi avidamente interrompido por Posy que, ansiosa para mudar de assunto, perguntou a todos o que iam fazer no Natal.

— Eu, o Sebastian e o Sam vamos passar um Natal sossegado juntos, o nosso último como um trio, antes da chegada do bebê — disse ela, com um pequeno suspiro satisfeito.

— É mentira — protestou Sam. — Na verdade ela quer que eu e o Sebastian arrumemos o quarto do bebê. Ele está na Ikea agora. Ela não quer contratar ninguém nem para fazer a pintura!

— Fica mais pessoal se você e o Sebastian fizerem — disse Posy. — Quando o bebê chegar, ele vai dormir em um quarto que foi decorado com amor pelo seu pai e o seu tio. É uma energia muito boa. Eu li isso em um dos meus livros de bebês.

— O bebê mal vai sentir alguma coisa durante *meses* — Sam argumentou, impetuosamente, e seu comentário insensível foi suficiente para encher os olhos de Posy de lágrimas.

— Que grosseria — disse ela, em uma voz rouca e instável. — Falar do meu bebê como se fosse um alienígena de um dos seus filmes de ficção científica.

Qualquer outra pessoa teria pedido desculpas. Mas Sam era um garoto de dezesseis anos e apenas foi em frente.

— O bebê não consegue nem enxergar direito nos três primeiros meses — ele insistiu, e Posy começou a soluçar. Os demais se entreolharam com ar desamparado enquanto tentavam pensar em algo para dizer que fizesse Posy parar de chorar e o clima voltar a ser festivo.

Mattie cutucou Tom.

— Não tem nenhuma ideia para alegrá-la? — sussurrou, mas Tom apertou os lábios e sacudiu a cabeça.

Até mesmo Nina, que costumava ter na ponta da língua novas histórias sobre sua vida sexual ou de alguma outra pessoa, agora parecia tão em pânico quanto os outros.

— Eu acho que dá azar chorar em uma festa de Natal, Posy — disse ela. — Significa que você vai chorar em todas as festas de Natal de agora em diante.

— Isso é para aniversários — soluçou Posy, e Mattie pensou em quanto tempo ainda teria de ficar até poder dar uma desculpa e ir embora.

— Ah, pelo amor de Deus, Posy, pare de chorar! — exclamou Verity. — Você precisa parar de chorar toda hora. Pense em algo bom.

— Eu vou dar à luz uma criatura que mal consegue sentir. Isso não é bom!

— Que exagero, Pose — disse Sam, o que lhe valeu um olhar fulminante de Sophie.

Coube a Verity proporcionar a distração desejada, quando se levantou de repente e anunciou para o grupo reunido:

— Eu estou noiva!

Nina virou a cabeça tão depressa que poderia ter deslocado o pescoço.

— Você *o quê*?

— O Johnny me pediu em casamento na última quinta-feira à noite depois de termos uma briga por causa da caixa de areia do Strumpet. Nós ainda não estamos deixando ele sair depois do incidente com o portão — explicou Verity, como se alguém estivesse preocupado com a caixa de areia do Strumpet naquele momento específico. — Enfim, eu aceitei e agora estamos noivos, e vocês, por favor, não podem contar para ninguém. Posy, por que você continua chorando?

— São lágrimas de alegria — Posy esclareceu, fungando, enquanto todos se levantavam para dar os parabéns a Verity e abraçá-la, e ela recuava, com as mãos à frente.

— Vocês sabem como eu me sinto em relação a abraços. Esta não é uma ocasião que justifique abraços — disse ela.

Tom decidiu só dar uma batidinha no braço dela, com uma expressão apreensiva.

— Mais alguma de vocês está se casando? Será que tem alguma coisa na água da livraria? Vou ter que começar a beber água de garrafa.

Sophie deu um sorrisinho.

— Tem certeza que você já não é casado, Tom?

— Não, eu não sou secretamente casado, não tenho cinco filhos e também não sou um agente russo disfarçado, esperando meu instrutor me ativar — resmungou ele, sentando-se de novo. — Eu sei exatamente o que todas vocês dizem pelas minhas costas.

— Você não sabe nem a metade. Venha aqui, Very, e prepare-se para o seu abraço — disse Nina, afetuosamente, esmagando Verity contra o peito. — Que emocionante! Eu quase nem consegui planejar o meu casamento, com essa história de nós estarmos em Vegas. Ah! Você pode se casar na Felizes para Sempre. A gente poderia pedir uma licença especial. Isso com certeza ia viralizar.

Posy apertou as mãos, em êxtase. Já não estava mais chorando e seu rosto mostrava um sorriso de orelha a orelha.

— Seria perfeito!

— Ou eu posso me casar no interior, na igreja onde meu pai, por coincidência, é vigário — disse Verity, secamente, aceitando o aperto de mãos de felicitação de Cuthbert. — Agora podemos todos nos sentar e parar de fazer esse alvoroço? Vocês sabem como eu me sinto com alvoroços.

No entanto, para alguém que acabara de ficar noiva, Verity não parecia muito feliz. Se Mattie tivesse encontrado alguém com quem quisesse passar o resto da vida, estaria bem animada com isso. Preparou-se para a horrível e angustiante sensação de pânico que sempre tinha quando pensava em estar em outro relacionamento, mas ela não veio. Em vez disso, sentiu uma levíssima pontada de excitação diante da possibilidade de que talvez houvesse alguém para ela.

— Você está com um sorriso muito sentimental no rosto — Tom sussurrou em seu ouvido. — Não me diga que vai ser a próxima e que eu vou ter que passar por todo o trabalho de arrumar outra pessoa para dividir o apartamento.

A declaração eliminou o sorriso supostamente sentimental do rosto de Mattie no mesmo instante.

— Isso é muito improvável — ela sussurrou de volta. — Não se esqueça de que eu odeio todos os homens.

— Não *todos* os homens — Tom a imitou, com um sorrisinho maroto, o que fez Mattie querer sorrir também enquanto lhe dava uma cotovelada brincalhona.

— Além disso, como você bem destacou quando estava tentando me deixar de fora do apartamento, você trabalha na loja há mais tempo, portanto, sem dúvida, vai ser você que vai se casar primeiro — Mattie disse a Tom. — É óbvio que trabalhar em uma livraria de ficção romântica mexe com as ideias.

Mattie pôde ver que ele se preparava para dizer algo devastador pelo modo como seus olhos se apertaram e as narinas alargaram, mas Verity proporcionou mais um desvio de atenção. Ela havia acabado de se sentar de novo e tinha Nina de um lado e Posy do outro, as duas tagarelando em seu ouvido, então quem poderia culpá-la por se levantar outra vez de um salto, gritando:

— Parem! Parem agora! Todos vocês! Eu nem ia contar que fiquei noiva. Só fiz isso para a Posy parar de chorar, mas agora vocês todos têm que me jurar que vão manter segredo! Ninguém pode saber. Nem a Merry sabe!

Verity era a irmã do meio de cinco irmãs, todas as quatro muito falantes e completamente sem limites pessoais. Mais ou menos como Nina, e a mãe da própria Mattie. Mas, apesar de Verity ser o completo oposto, ela era muito próxima de todas as irmãs, em especial de Merry (ou Mercy, como ela havia sido batizada), por isso era surpreendente que não tivesse lhe contado a boa notícia.

— Nós queremos fazer as coisas direito — explicou Verity, sentando-se outra vez. — O Johnny quer pedir a bênção para o meu pai. Pessoalmente. Tomando cervejas no pub local, como é a tradição.

Nina fez uma careta.

— Isso é antiquado e meio sexista.

— Ele não vai pedir permissão porque eu não sou uma propriedade. Mas sou filha de um vigário e o Johnny falou que, como só pretende se casar uma vez, quer fazer tudo certinho. — Verity sorriu, feliz, mas os cantos de sua boca baixaram em seguida. — Só que nós já prometemos passar o Natal com o pai do Johnny e a Celia, a namorada dele, e temos reserva para viajar depois do Natal, então só vamos poder ir para Lincolnshire no começo do ano. E eu não posso contar para as minhas irmãs até lá.

— Elas não fariam por mal, mas acabariam contando para os seus pais em questão de minutos — disse Tom, porque todos eles conheciam as irmãs Love e, embora elas fossem ótima companhia, não conseguiriam guardar um segredo nem que sua vida dependesse disso.

— Exatamente — confirmou Verity, muito infeliz. — Eu tenho essa ótima notícia, a melhor notícia do mundo, e tenho que ficar com ela só para mim durante semanas, quando minha vontade é sair gritando pela rua. — Fez uma careta. — Não que eu costume gritar, mas gostaria de contar para os meus pais...

— Você vai ter o próximo fim de semana de folga e isto é uma ordem! — exclamou Posy. — Será meu presente de noivado para você!

— Nós temos que comprar presentes de noivado agora? — perguntou Nina. — Além do presente de casamento e da contribuição para a despedida de solteira...

— De jeito nenhum que eu vou fazer uma despedida de solteira — Verity declarou com firmeza. Em seguida segurou a mão de Posy. — E eu não vou tirar o próximo fim de semana de folga. É o último fim de semana antes do Natal.

— E daí? Eu aposto que todo mundo já vai ter acabado de fazer todas as compras de Natal até lá — Posy respondeu, cheia de animação, como se não trabalhasse no comércio há oito anos e não soubesse nada sobre a histeria frenética que se apossava das pessoas no último fim de semana antes do Natal.

— De qualquer modo, esse também é o período do ano mais movimentado para o meu pai — disse Verity.

— Ah é? Sério? Por quê? — perguntou Nina.

— Por que será? — disse Sam, com toda a ironia que um garoto de dezesseis anos podia ter. — Talvez tenha algo a ver com o fato de ser o nascimento de Jesus Cristo.

— Bom, então tire dois dias de folga durante a semana. Digamos, quarta e quinta — Posy insistiu. Nada ia impedi-la de dar a Verity seu noivado perfeito. Pouco lhe importavam as horas estendidas de trabalho no Natal. — O amor é mais importante que o Natal e, desse modo, você estará de volta antes do fim de semana.

— Não sei, Pose. — Verity torceu as mãos, ansiosa. — Talvez o Johnny não possa tirar esses dias de folga.

— Mas ele é o seu próprio patrão — Nina a lembrou. — Ele pode tirar um tempo livre quando quiser, o danadinho sortudo.

— Você vai ter folga na quarta e na quinta e isto é uma ordem — disse Posy, colocando as mãos novamente sobre a barriga. — Caso contrário, eu vou ter que te demitir, e não pense que não sou capaz disso. Talvez você não tenha notado, mas meus hormônios de gravidez estão me deixando completamente maluca.

Nove dias para o Natal

Embora não tivesse dito nada na hora, Tom estava muito bravo com a perspectiva de Verity se mandar para Lincolnshire e deixar a loja com um funcionário a menos.

— Eu sei que ela quase sempre só fica enfiada no escritório, mas agora nós vamos ter que atender a todos os pedidos feitos pelo site além de todo o resto, o que inclui controlar a cabine do visco — reclamou Tom na manhã seguinte.

Mattie estava na cozinha do salão de chá fazendo seus inevitáveis preparativos e montando um *croque missus* rápido para Tom, com a porta dos fundos totalmente aberta, porque a cozinha estava um forno e ela não queria que sua massa ficasse muito quente.

— A Posy não vai contratar nenhuma ajuda extra? — perguntou Mattie enquanto achatava, feliz, um pedaço de manteiga.

— Ela falou que nós damos conta — respondeu Tom, sentado em um banquinho na terra de ninguém entre o salão e a cozinha. — Eu não concordo, mas não posso falar nada para não ser acusado de ser um egoísta terrível que está com inveja da Verity por seu noivado.

— Os hormônios de gravidez dela estão piorando a cada minuto, mas não fala para ela que...

— Não me fala o quê? — Posy se aproximara por trás de Tom sem nenhum dos dois notar. — O que aconteceu? O que foi? Nós fomos multados pela prefeitura por usar o forno do apartamento? Eu sabia que isso ia acontecer! Você causou intoxicação alimentar nas pessoas por usar bacon vencido nos rolinhos?

— Fico ofendida só de você pensar que eu faria uma coisa dessas — Mattie resmungou e, antes que pudesse lançar um olhar de súplica para Tom, o traidor a usou para defender seus próprios interesses.

— A Mattie também não sabe como nós vamos nos virar por aqui sem a Verity — Tom disse a Posy, com um suspiro de quem se sente explorado. — Eu tenho medo só de pensar em quantos pedidos vamos receber pelo site enquanto a Verity estiver fora na reta final para as entregas antes do Natal.

— Ah, meu Deus! Como eu não pensei nisso? — Posy levou a mão à testa. Sem que ela precisasse pedir, Tom desocupou o banquinho e segurou seu braço para ajudá-la a se sentar. — Eu sou uma tonta para assuntos amorosos! Meu problema é esse.

— Você só quis fazer uma coisa boa para a Verity — disse Mattie, agradecida por estar agora na fase de dobrar e amassar, com movimentos automáticos que a aliviavam nesses momentos de ansiedade. Posy estava com oito meses de gravidez, mas parecia prestes a explodir. Ela já não deveria estar de licença-maternidade a essa altura? — Eu tenho certeza que vai dar tudo certo.

— Vocês estão me estressando. Eu não posso me estressar — disse Posy, prestes a ter mais uma desastrosa pane nervosa. E então, como acontecia com tanta frequência com ela e suas alterações súbitas de humor, sua atenção mudou de foco e ela olhou primeiro para Tom, apoiado no batente da porta, depois para Mattie, que cobria uma de suas tigelas de massa com papel filme. — O que vocês dois estavam fazendo aqui juntos, tão íntimos? Vocês são *amigos* agora?

Ela fez a expressão "serem amigos" soar como um passatempo desagradável.

— Amigos! — Tom bufou com desdém, o que feriu um pouco os sentimentos de Mattie. — Nós somos quase colegas que por acaso compartilham uma moradia.

— Eu acho que já poderíamos nos descrever como colegas de apartamento agora e ninguém ficaria surpreso — disse Mattie, secamente. — Já jantamos juntos duas vezes, então não estamos só compartilhando uma moradia. Nós estamos morando... há... em comunidade.

— Vocês já jantaram juntos duas vezes? — perguntou Posy.

— Logo poderá ser três. A Mattie está tendo que trabalhar até cada vez mais tarde em seus intermináveis preparativos de massa folhada, então eu estava pensando que esta noite poderíamos pegar peixe e fritas no restaurante aí em frente.

Mattie se permitiu um pequeno sorriso agradecido. Ela e Tom já haviam progredido tanto em sua crescente amizade que ele até queria passar o fim do dia com ela.

— Parece uma boa ideia. Fico cansada só de pensar em cozinhar à noite — disse Mattie enquanto colocava a última tigela na geladeira.

— E eu não vou sair esta noite porque você está me consumindo até os ossos, Posy, e eu me recuso a cozinhar porque esta aqui sempre tem um comentário sobre tudo que eu faço de errado — disse Tom, com um gesto cansado para Mattie, que mostrou a língua para ele. — Já ouvi coisas muito duras sobre como usei de forma errada suas panelas antiaderentes.

— Ele não usa a colher de pau e acaba riscando o fundo das minhas panelas com talheres de metal — explicou Mattie, desamarrando o avental. — Tem um limite para o que eu consigo tolerar.

— Uh-hum, certo — murmurou Posy, com os olhos fixos nos dois. — Eu provavelmente diria que vocês são colegas de apartamento tendendo a amigos tendendo a não sei mais o quê. — Ela sacudiu a cabeça. — Enfim, o assunto está muito divertido, mas na verdade eu vim pegar alguma coisa para o meu lanchinho do meio da manhã.

— Ainda não são nem dez e meia. E eu ainda nem tomei o meu café da manhã — disse Tom, com os olhos atentos em Mattie, que tirava seu amado *croque missus* do grill e o colocava em um prato. — Isso parece bom, só mais um pouquinho a mais de...

— Sim, eu sei, molho inglês — completou Mattie, abrindo o frasco e espalhando um pouco sobre o sanduíche quente aberto. — Antes que você pergunte, nós não temos nenhum guardanapo sem estampas de Natal.

— Lamentável — respondeu Tom, bem-humorado, enquanto pegava o prato. — Não sei o que me leva a ainda ser cliente deste estabelecimento. Espero que o Cuthbert esteja com o meu café pronto.

E foi embora com um aceno alegre, que fez Posy olhar para ele com um certo espanto antes de puxar com alguma dificuldade o celular que soava no bolso de trás de seu jeans de grávida.

— Mattie e Tom? Quem poderia imaginar? — ela murmurou.

— O intervalo para o lanchinho do meio da manhã está sendo um pouco cedo hoje, não está? Bom, vamos procurar alguma coisa para pôr um sorriso nessa sua cara — disse Mattie, na esperança de distrair Posy de novos pensamentos perturbadores sobre ela e Tom. Mas a atenção de Posy estava em seu iPhone, para onde o Instituto de Meteorologia, a BBC e o aplicativo de previsão do tempo haviam mandado alertas simultâneos prevendo uma nevasca intensa mais para o fim da semana. Como isso afetaria o movimento da loja?

— Nós temos que fazer muito dinheiro na época do Natal para compensar os períodos do ano em que ganhamos menos — ela se afligiu, enquanto seguia Mattie até o salão de chá. — E eu já comi todos os doces que você faz várias vezes e agora estou com desejo de algo diferente e nem sei o que é. — Mattie era solidária com ela, mas Posy havia se enfiado na frente de uma fila considerável sem nem sequer um "Com licença".

— Quando a minha Cynthia estava grávida do nosso Shane, a pobrezinha tinha tanta vontade de torrada com queijo que era só o que comia no café da manhã, almoço e janta — Cuthbert contou, tentando ser útil.

Posy pensou um pouco.

— Não, eu não quero torrada com queijo. Quero alguma outra coisa, e quero que não neve, e quero me sentir como se não estivesse grávida de um par de bebês elefantes. Só quero me sentir eu mesma outra vez, entendeu?

Mattie nunca havia estado grávida, mas conhecia muito bem a sensação de não se sentir ela mesma. Nos dois anos em que estivera com Steven, ela tentara muito se transformar no tipo de mulher que ele queria, porque ele parecia ter tantas objeções ao tipo de mulher que ela realmente era. E, nos dois anos desde que deixara Steven, ela se moldara na mulher que achava que deveria ser: uma mulher que não precisava de amor, porque não era digna de amor.

Agora, Mattie começava a pensar que talvez, só talvez, fosse tão merecedora de amor quanto a velha Mattie havia sido. Aquela que amava Paris, Natal e cupcakes...

— Eu entendo o que você quer dizer — ela disse a Posy, pensativa. — Não a parte sobre estar grávida de elefantes, mas pode ser muito fácil nos perdermos de vista e só nos vermos como as outras pessoas nos veem.

— Uau! Isso é muito profundo — disse Posy, e Cuthbert pigarreou delicadamente.

— Minhas jovens, isso tudo é muito filosófico, mas vocês estão no caminho entre essas boas pessoas na fila e seus fumegantes cafés — comentou ele, e Mattie e Posy olharam em volta e viram que a fila não havia diminuído. Pelo contrário, havia ficado muito maior e estava cheia de gente olhando feio para elas.

Mais tarde, em um pequeníssimo momento de trégua em que não havia nada que precisasse entrar ou sair do forno e Meena e Geoffrey faziam um brilhante trabalho na cozinha do apartamento, Mattie pensou uma vez mais na velha Mattie e na nova Posy, que parecia totalmente infeliz no momento. Para não dizer estressada. Posy não devia ficar tão estressada quando estava tão grávida, e tinha que haver algo que Mattie pudesse fazer para aliviar o estresse da amiga e pôr um sorriso naquele rosto.

Olhou em volta em sua pequenina cozinha. Viu os azulejos roxos e verdes que nunca deixavam de animá-la e fazê-la pensar em Lady Agatha e cantar alguns versos de "Sister Suffragette", de *Mary Poppins*. Para seus jarros e frascos e latas cheios de ingredientes e suas frigideiras e panelas; tudo pronto para ela fazer sua mágica, ou, pelo menos, algo delicioso e altamente calórico, com as próprias mãos.

E, na verdade, deixar Posy feliz era fácil. Ela não os fazia havia dois anos, mas nem precisava olhar a receita; foi simplesmente pegando os frascos com os ingredientes de que necessitava. Houve um tempo em que os fazia uma, duas, três vezes por semana e, assim que começou a medir os ingredientes secos, uma espécie de memória culinária entrou em ação.

Uma hora e meia depois, incluindo uma espera para que esfriassem antes de poder decorá-los e meia hora absolutamente frenética no salão de chá, Mattie foi atrás de Posy no escritório da livraria e apresentou a ela um suporte de bolos carregado.

— Doze cupcakes de pão de mel com cobertura de canela — disse ela, depositando na mesa sua carga preciosa com um pequeno gesto teatral. — Para você, porque eu gosto muito de você e também me preocupo muito com você.

Posy, que estava com o rosto bem vermelho como se tivesse chorado, olhou para os cupcakes, depois para Mattie, que sorria feito uma apresentadora de game show na frente do prêmio principal, depois para os doces de novo.

E então, inevitavelmente, começou a chorar.

— Essas lágrimas são de alegria? — perguntou Mattie, aflita. — Por favor, diga que são lágrimas de alegria.

— Eu já nem sei mais — soluçou Posy. — Mas isso é a coisa mais gentil que alguém já fez por mim.

— Isso não é verdade. — Tom apareceu na porta do escritório. — Quando você morava aqui em cima, uma vez eu tive que te resgatar de uma aranha do tamanho da cabeça de um alfinete que estava te encarando. Aparentemente a Posy estava de pé em cima da mesa da cozinha fazia no mínimo uma meia hora — ele contou a Mattie.

— Aquela aranha era *enorme* — Posy fungou, estendendo uma mão hesitante para o cupcake mais próximo, como se tivesse medo de que fosse apenas uma ilusão. — Como você adivinhou que eu *precisava* de um cupcake?

Mattie encolheu os ombros de maneira modesta.

— Eu só tive uma intuição.

— Eu achei que você tinha dito que cupcakes eram uma trama patriarcal para acabar com o poder das mulheres — lembrou Tom.

— A necessidade da Posy era maior do que a necessidade do patriarcado de rebaixar as mulheres — Mattie disse vagamente enquanto observava Posy dar a primeira mordida no primeiro cupcake que ela fazia em dois anos.

— Ah! — Posy suspirou, sentindo na boca o pão de mel úmido e o creme de manteiga com delicado sabor de canela. Então fechou os olhos experimentando um momento de puro êxtase em que mulher e cupcake se fundiam em um único ser. — Ah!

— Está bom? — Mattie perguntou, com alguma ansiedade.

— Muito bom. Muito, muito bom — disse Posy, estendendo a mão em um pedido de silêncio para que ela pudesse dar outra grande mordida.

— Posso participar da ação dos cupcakes? — indagou Tom, inclinando o corpo para a frente, ao que Posy puxou o suporte para fora de seu alcance.

— Eles são meus — ela declarou. — A Mattie fez para mim e eles são tão bons que, por quinze segundos, eu até consegui esquecer que estava grávida, então, não, eu não vou dividir.

— Bem, então da próxima vez se vire com as próprias aranhas. — Tom se afastou da porta enquanto Posy dava mais uma mordida.

Duas mordidas mais e era o fim do cupcake.

— Pegue mais um — Mattie a incentivou. — Afinal, você está comendo por dois.

Posy fez uma careta ao mesmo tempo que selecionava outro doce.

— Infelizmente, isso é um mito, embora meu apetite seja absurdo. A ginecologista falou que, na verdade, eu só devia comer trezentas calorias a mais por dia.

— Eu imaginei que fossem necessárias mais calorias do que isso para criar um ser humano — disse Mattie, observando novamente enquanto Posy levava o cupcake à boca como um acoplamento em um satélite.

— Ai! Que droga! — exclamou Posy, devolvendo o pequeno bolo ao prato com certa violência. — Isso é ruim demais!

— Eles deixam um gosto ruim na boca? — perguntou Mattie, alarmada, tendo que procurar apoio na borda da mesa mais próxima.

— Ai! Aaai! — Posy gemeu e, por um segundo, Mattie achou que ela estivesse tendo uma reação retardada à delícia que o cupcake havia sido. — Aaai. Caramba. Ah, não.

Subitamente, Posy se agarrou à borda da mesa como se sua vida dependesse disso, e seu rosto perdeu toda cor.

— Você está bem, Posy? — Mattie perguntou, ansiosa, e Posy sacudiu a cabeça brevemente como se estivesse tão longe de estar bem que nem pudesse falar. — Você... você está *tendo o bebê*?

Posy gemeu de novo e Mattie, com o pânico crescendo dentro de si como massa fermentada, fez uma curva de trezentos e sessenta graus no lugar. Precisavam de toalhas! E água quente! E...

— Não estou tendo o bebê. Só me sinto um pouco esquisita — Posy conseguiu dizer enquanto a cor voltava ao seu rosto bonito, que ainda continuava um pouco contraído.

— Chega, Posy — disse Mattie, com a maior firmeza que pôde. — Acho que você deve ir para casa. Levantar os pés. Ou, melhor ainda, ficar na cama.

— Não, eu estou bem agora — respondeu Posy, afrouxando o aperto férreo de sua mão na mesa. — Foi só uma coisa passageira. — Sorriu para Mattie, um sorriso forçado que não chegava aos olhos. — Melhor eu voltar para a livraria. E você não tem um salão de chá para cuidar?

— Sim, mas...

— Pois então. — Posy levantou e caminhou com lentidão e dificuldade para fora do escritório, deixando Mattie sem opção a não ser segui-la para a loja, que estava quente e abafada apesar do dia frio.

Nina obviamente tinha sido inspirada por Cuthbert e seu estoque interminável de canções de Natal, porque, em vez do som das vozes animadas dos compradores de livros, era o disco de Natal de Phil Spector que soava pela loja. Era muito difícil se fazer ouvir sobre The Crystals convidando todos a dar um passeio pela maravilhosa paisagem nevada.

— Posy! Eu realmente acho que você devia descansar — Mattie chamou, sem saber ao certo se Posy a ouvira, porque ela não se virou. Em vez disso, desviou de alguns clientes que estavam esperando para usar a cabine do visco e colidiu com a árvore de Natal, que oscilou alarmantemente, agulhas de pinheiro chovendo como confetes, bolas se estilhaçando no chão, alguns gritinhos assustados de compradores de livros. Como por milagre, a árvore permaneceu firme, ao contrário de Posy, que se desequilibrou, prestes a desabar no chão, se não fosse Tom aparecer de repente e a segurar com força.

— O que está acontecendo aqui? — perguntou Nina, brava, sob o arco que levava à sala dos romances da Regência. — Eu estou tentando vender livros! Por que não tem ninguém cuidando da cabine do visco?

— O que é todo esse barulho? — Verity apareceu do arco que levava à sala dos clássicos. — Eu mal consigo ouvir meus próprios pensamentos com essa música.

Os olhos das duas pousaram ao mesmo tempo sobre Posy, que estava com uma das mãos segurando a barriga, o rosto muito pálido, enquanto Tom a conduzia devagar para o sofá, que foi desocupado na mesma hora pelos dois homens de aparência entediada que estavam sentados nele.

— Posy! — Nina e Verity gritaram em uníssono.

— Eu estou bem — disse Posy, com uma voz aguda e decididamente nada bem. — Só estou um pouco tonta.

Nina e Verity assumiram o controle. A música foi desligada, Nina lidou depressa com os clientes que esperavam para pagar, Tom cuidou dos que aguardavam para entrar na cabine do visco e Verity segurou um pano úmido na testa de Posy. Em seguida, a loja foi temporariamente fechada.

— Minhas vendas — Posy gemeu sem energia, sem protestar de verdade. — Eu não vou entrar em trabalho de parto, só preciso descansar aqui uns dez minutos.

Mattie se sentia impotente.

— Vou fazer uma xícara de chá para você. Doce e forte.

Então correu atordoada para o salão de chá, surpreendendo Sophie e Sam abraçados em um canto reservado da sala de livros de não ficção e língua estrangeira.

— Mas vejam só! — exclamou Mattie enquanto eles se separavam. — Para duas pessoas que querem manter segredo, vocês poderiam ser um pouco mais discretos.

Sophie torceu as mãos.

— É difícil ignorar *sentimentos*...

— Tentem com mais empenho — Mattie respondeu, curta e grossa. Ela não queria ser insensível, mas o momento era o pior possível. — Sam, a Posy não está passando bem! Ela falou que não está em trabalho de parto, mas...

Mattie já falava para as costas deles.

— Vou chamar o Sebastian — Sam gritou, desaparecendo pelas antessalas, de volta à sala principal.

— E eu vou chamar a minha avó! — Sophie gritou também, sumindo em direção ao salão de chá. — Ela vai saber o que fazer!

O salão de chá estava um *tumulto*. Na ausência de Sophie e Mattie, Cuthbert teve de administrar tudo sozinho e, quando os clientes que haviam sido retirados da livraria chegaram, ele fora forçado a chamar Meena da cozinha do apartamento para ajudar.

— Desculpe — Mattie repetia, enquanto se apressava entre as mesas atendendo a pedidos, recolhendo pratos vazios, repondo doces e salgados ou recebendo pagamentos.

Foram uns bons quarenta minutos antes que conseguisse voltar à livraria com um chá doce e forte para Posy, que continuava prostrada no sofá, com Sebastian de pé ao lado dela, o rosto contraído de preocupação.

— Poxa, Morland, eu te *disse* para ficar em casa hoje, de preferência deitada, mas eu me deixei ser subornado, sabotado, subjugado, seduzido... — Sebastian esgotou suas palavras começadas com "s" para descrever como Posy havia rejeitado cruelmente suas tentativas de cuidar dela.

Era tudo muito atordoante, mas Mattie só tinha olhos para uma mulher alta próxima dos setenta anos que era tão elegante quanto seu marido.

Em uma situação normal, teria sido empolgante finalmente conhecer Cynthia, a "rainha" de Cuthbert, porque ele tinha ideias muito rígidas quanto a não misturar trabalho e prazer. Ela havia sido enfermeira socorrista antes de se aposentar e chegara dez minutos depois de Sophie tê-la chamado.

Ela agora examinava Posy com mãos hábeis, mas gentis, ignorando as explicações confusas que vinham de todos os lados.

— Seu pulso está muito acelerado e sua pressão também está alta — disse ela, com delicadeza.

— Ela vive chorando — Sam contou a Cynthia, que ainda observava Posy com um olhar experiente e bastante preocupado. — E nós sabemos que ela não pode se estressar porque tem pressão alta, então acabamos deixando ela fazer coisas que no fim a deixam mais estressada ainda.

— Eu estou grávida, não inválida — protestou Posy, se esforçando para virar as pernas para fora do sofá e se sentar.

Sebastian caiu de joelhos, sem se importar com o terno caro ou a calça justa, para impedi-la de se levantar.

— Morland, eu sei que, no passado, fui culpado de fazer o que eu acho que é melhor para nós dois sem conversar primeiro com você e peço desculpas sinceramente por isso...

— Até que enfim! Um pedido de desculpas — Posy ofegou enquanto tentava se desviar do bloco imóvel que era Sebastian Thorndyke à sua frente.

— ... mas você vai ficar quieta nesse sofá nem que eu tenha que te amarrar nele.

Mattie trocou um olhar alarmado com Tom, que estava perto da porta, fazendo gestos para mandar embora clientes que tentassem entrar. Ninguém precisava presenciar mais uma briga doméstica inflamada entre Posy e Sebastian ou ouvir o que eles poderiam vir a fazer na privacidade de seu lar.

— Quer mais chá, Posy? — Mattie ofereceu. — Cynthia, quer chá? Nina, chá? Alguém, chá?

— Já faz uma hora. Será que poderíamos levar a Posy para o apartamento no andar de cima e abrir a loja outra vez? — perguntou Tom. Todos olharam para a porta, onde um grupo pequeno de clientes tremia no frio, à espera de poder entrar.

— Socorro! Parem de falar de mim como se eu não estivesse aqui — reclamou Posy.

— Eu adoraria uma xícara de chá, leite, dois cubinhos de açúcar — disse Cynthia, parada diante do sofá com uma expressão tão determinada que fez Posy, que estava prestes a protestar de novo, fechar a boca com um som audível.

Cynthia pegou a mão de Posy e posicionou os dedos em volta do pulso para conferir mais uma vez seus batimentos cardíacos.

— Eu estou bem — Posy insistiu. — Olhe! Temos clientes. Eles precisam de mim!

— Hummmm — Cynthia não parecia convencida e pôs a outra mão no ombro de Posy para mantê-la quieta. — A única coisa que precisa de você, minha jovem, é a sua cama. Quantas semanas faltam para a data prevista?

— Eu estou só de oito meses...!

— Três semanas — respondeu Sebastian, enquanto Posy lhe lançava um olhar furioso. Mattie decidiu que era hora de preparar mais chá e verificar se estava tudo bem com Cuthbert e Sophie.

Ficou satisfeita ao ver que o salão de chá ainda tinha uma quantidade considerável de clientes e que um novo lote de rolinhos de lombo de porco havia saído do forno e estava de forma muito atraente exibido em um tabuleiro de madeira sobre o balcão.

Ela atualizou rapidamente Cuthbert e Sophie sobre Posy, que "estava sendo muito difícil".

— A Cynthia é muito boa com pacientes difíceis — comentou Cuthbert, afetuoso, enquanto fazia o chá da esposa. Parecia que só ele sabia a cor precisa que ela preferia. — Daqui a pouco ela põe a Posy nos eixos.

E, quando Mattie retornou com chá e tortinhas de frutas secas, Cynthia palestrava para uma Posy visivelmente conformada, deitada novamente no sofá.

— ... a última coisa de que qualquer pessoa precisa em um dia em que o pronto-socorro está lotado no meio de uma temporada de gripe é você ocupando uma cama porque não quis escutar o conselho do seu clínico geral, sua ginecologista, sua obstetra e de uma mulher que trabalhou como enfermeira socorrista por quarenta anos. Você trabalhou como enfermeira socorrista por quarenta anos?

Posy, de olhos arregalados, sacudiu a cabeça.

— Portanto, este seu belo marido e o jovem Sam vão te levar até o carro e, quando chegar em casa, você vai para a cama e vai ficar lá até o fim da gravidez, está me ouvindo?

Posy confirmou com a cabeça.

— Eu quero ouvir uma resposta — disse Cynthia.

— Estou! — Posy jogou a cabeça para trás, contrariada. — Mas faltam só nove dias para o Natal! Quem vai cuidar da loja sem a Verity aqui?

— Você é ridícula — disse Verity, irritada. — Até parece que eu vou tirar dois dias de folga agora. Vou contar para os meus pais sobre você-sabe-o-que depois do Natal. Isso pode esperar.

— Mas o amor não deve esperar! — exclamou Posy, lacrimosa. — Eu não vou permitir isso.

— Você não vai ter que permitir ou não, porque vai estar de repouso na cama — disse Verity, em um tom de voz calmo, mas resoluto, que não admitia objeções.

— Você não manda em mim, eu mando em mim — insistiu Posy, o rosto ficando mais vermelho enquanto, mais uma vez, ela se esforçava para se levantar. — Eu mando e estou dizendo que você vai tirar esses dois dias de folga a partir de amanhã e... aaai! Ah! Droga. — Posy desabou no sofá de novo com um pequeno arquejo, as mãos apertadas em volta da barriga. — Tudo bem. Foi só mais uma daquelas indisposições.

Sebastian se ajoelhou, as mãos em posição de oração.

— Filha do vigário — ele começou, o olhar suplicante fixo em Verity, que bufou.

— Eu tenho nome.

— Verity — Sebastian corrigiu. — Querida, doce Verity. Por favor, você tiraria esses dois dias de folga conforme combinado durante o período mais movimentado do ano na livraria para eu poder levar minha amada esposa e meu bebê que ainda nem nasceu em segurança para casa? Por favor? Você faria isso por mim?

— Mas quem vai cuidar da loja? — Verity perguntou, com um olhar desesperado para o grupo reunido, como se duvidasse que houvesse algum adulto responsável entre eles.

— Eu! Eu cuido! — Nina levantou a mão. — Eu posso fazer isso. Vou tirar de letra. Estou sempre pronta para assumir novas responsabilidades.

Verity pareceu hesitante.

— Está mesmo?

— Quanta grosseria! Isso é uma injustiça — Nina a repreendeu, balançando o dedo para a colega. — Olha só como eu revolucionei a parte de marketing e mídias sociais de tudo isso aqui!

— Eu que faço o Twitter — Tom lembrou a todos. — Meus tuítes dos Doze Dias de Natal estão bombando.

— Parabéns — disse Nina, em um tom muito condescendente. — Escute, Very, eu estou pronta e sou capaz de assumir as rédeas do poder.

Mattie deu um sorriso solidário para Tom, mas, felizmente, não tinha nada a ver com aquela briga.

— Bom, se você tem certeza — disse Verity.

— A Garota Tatuada vai ficar bem — decidiu Sebastian. — E o Tom tem um monte de diplomas, isso deve contar para alguma coisa, e o Sam tem o comércio de livros no sangue. O que pode dar errado?

— É, pensando assim... — Posy refletiu sobre o que restaria na loja de sua heterogênea equipe. — Você vai ficar de olho neles, não vai, Mattie? De uma empresária de sucesso para outra, eu estou contando com você.

Como se Mattie já não tivesse trabalho suficiente!

— Será um prazer ajudar, mas tenho certeza que eles não vão precisar de mim.

— Com certeza não — Nina concordou, hostilmente.

— Vou deixar com vocês um guia de solução de problemas bem detalhado — Verity disse a Nina, contrariada, como se desejasse nunca ter ficado noiva do amor de sua vida e agora ser forçada a tirar dois dias de folga. — E me telefonem se precisarem.

— Mas nós não vamos precisar — respondeu Nina, com um pequeno gesto despreocupado, como se já estivesse mandando todo mundo embora. — Não é, Tom?

— Sem dúvida — concordou Tom, com um suspiro ultrajado. — Eu trabalho aqui há cinco anos. Há mais tempo que a Nina, caso vocês tenham se esquecido, e tenho certeza que vamos segurar qualquer tranco que o destino puser no nosso caminho.

— Se vocês estão dizendo... — Posy não parecia convencida, mas seu rosto estava com a cor normal outra vez. — Tudo bem. Sebastian, pode me levar para casa agora.

— Eu adoro o jeito que você faz parecer que tinha alguma escolha, Morland — observou Sebastian, mas sua expressão era cheia de carinho quando ajudou sua esposa a se levantar do sofá.

Oito dias para o Natal

Eles deveriam saber, depois de toda a queda de braço por causa das decorações de Natal, que o poder de estar no comando subiria à cabeça de Nina.

Embora o clima estivesse congelante, com geada cintilando nas pedras do calçamento e um vento ardido soprando em volta deles, todos se reuniram na praça na manhã seguinte para se despedir de uma constrangida Verity (que insistira em entrar na livraria para repassar o protocolo de pedidos no site com Tom e Sam uma última vez) e de Johnny, como se eles estivessem partindo para a guerra e não só indo pegar a estrada para Lincolnshire. Assim que o carro de Johnny virou a esquina para a Rochester Street, Nina bateu palmas.

— Muito bem, todos vocês — disse ela, com certa agressividade. — Não estou pagando para ficarem aí sem fazer nada. De volta ao trabalho!

— Eita! — exclamou Sam, enquanto Tom empinava o nariz (que estava rosado de frio) e olhava para sua colega embriagada pelo poder.

— Na verdade, Nina, *você* não me paga nada — ele a lembrou.

— Eu pago a mim mesma porque sou minha própria chefe — disse Mattie, o que lhe valeu um olhar furioso de Nina, mas Mattie já se apressava de volta ao salão de chá. Estava frio demais para ficar ali fora apenas pelo prazer de irritar sua colega.

E, dentro do salão de chá, era quentinho, o ar aconchegante com o cheiro de café fresco e dos cupcakes de canela e gengibre que Mattie estava assando. Sim, parecia que a proibição de cupcakes estava definitivamente superada. Por que ela deveria privar o mundo de seus cupcakes só porque eles a faziam lembrar da traição de Steven? Mattie fazia cupcakes deliciosos e o mundo era um lugar melhor por causa deles.

Além disso, a quatro libras por cupcake (o que não era caro para Londres), a margem de lucro era espetacular. Não era de admirar que Mattie estivesse de tão bom humor que até fingiu não notar que Sophie e Cuthbert usavam chapéus de Papai Noel com luzinhas.

— Da loja de uma libra — Mattie ouviu Sophie contar, orgulhosa, para uma cliente.

Embora Mattie tivesse prometido dar uma olhada na Felizes para Sempre, essa era uma promessa difícil de cumprir. O salão de chá estava com um movimento frenético e, quando ela apareceu na livraria no meio da manhã com um prato de pãezinhos doces, dizendo a Nina que esses eram grátis porque ela havia esquecido de acrescentar frutas cristalizadas neles, Nina lhe dissera, com ar muito sério: "Não me traga problemas, Mattie. Traga-me soluções".

— Eu vou trazer para ela uma xícara de semancol — Mattie murmurou para Tom ao sair da loja.

— É cem vezes pior para o Sam e para mim do que para você — Tom sussurrou de volta, de sua posição de sentinela ao lado da cabine do visco.

Mattie saiu depressa através das antessalas ao som do grito de Nina: "Você não é pago para conversar, Tom!"

Mas, por volta das quatro horas, quando o salão de chá ficou um pouco menos movimentado, Mattie achou que seria uma boa ideia conferir se Tom e Sam não haviam entrado em greve por causa das terríveis condições de trabalho em que se encontravam.

Não haviam. Embora Sam estivesse quase escondido atrás da grande pilha de livros que carregava.

— Eu não posso parar. O carro do correio vai passar para pegar os pedidos do site daqui a trinta minutos. — Mattie deu um pulo para desviá-lo do bebê rena, que ele quase atropelou.

Nina policiava a cabine do visco *e* recebia pagamentos por livros em seu iPad *e* já não parecia mais tão feliz. A cabeça que usava a coroa ou, no caso, uma tiara de festão, era bastante pesada.

— Mattie, meu anjo! — ela chamou, desalentada. — Você pode pegar para mim, por favor, um punhado de marcadores de livros, sacolas de papel e de pano na estante ao lado do balcão? Estão na última gaveta.

Nos cinco minutos seguintes, Mattie embalou livros e marcadores para uma mansa e grata Nina.

— Eu achei que estar no comando seria divertido. Mas é o oposto de diversão — disse ela, antes de bater na cabine. — Ei, vocês estão aí dentro há dois minutos! Acabou o tempo!

Aquela não era a hora de comentar que a cabine do visco não havia sido de fato uma ideia tão boa. Mattie preferiu fazer uma pergunta menos controversa.

— Onde está o Tom?

Nina gemeu.

— Está em uma das antessalas ajudando um cliente. Já faz séculos. Você poderia dar uma olhada e ver se ele se apressa um pouco?

A correria com as embalagens e marcadores havia amenizado, então Mattie atravessou a sala dos romances da Regência, passou pelas salas dos históricos, dos de não ficção e língua estrangeira e, no pequeno espaço que abrigava o bom estoque de eróticos da Felizes para Sempre, encontrou um homem e uma mulher, e Tom nos degraus do meio de uma escadinha de rodinhas velha e bastante instável, pegando livros da prateleira superior.

Mattie não queria assustá-lo quando ele estava equilibrado de um modo tão precário e com tantos livros à mão. E não só sobrecarregado com vários livros eróticos (por que a Posy insistia em vender as nada românticas *Obras completas do Marquês de Sade*?), mas com uma mulher que lhe dava ordens de uma maneira muito prepotente.

— Não, meu querido — ela resmungou. — Eu não quero uma versão resumida de *A minha vida secreta*. Quero todos os sete volumes. — Ela se virou para seu acompanhante e levantou uma sobrancelha fina e delineada com perfeição. — Meu Deus, não se fazem mais funcionários como antigamente.

Que grosseria, Mattie pensou, olhando furiosa para as costas da mulher. A aparência dela impressionava. Alta e magra, o corpo ideal para a calça e a jaqueta de couro pretas que usava, complementadas por sapatos de salto tão alto que até Nina ficaria espantada. Seu rosto estava de perfil, emoldurado por cabelos lisos, brilhantes e muito pretos, cortados na altura do queixo.

Na verdade, ela era muito mais velha do que Mattie havia imaginado à primeira vista. Tinha mais ou menos a idade de Sandrine, que estava próxima dos sessenta anos, e era igualmente bem conservada, podendo passar por quarenta e poucos em um dia bom e sob uma luz favorável. À diferença de que Sandrine não usaria uma calça de couro justa. Não que Mattie estivesse julgando.

— Amor, desculpe se isso é um tédio — a mulher ronronou para seu acompanhante, que era alto e muito em forma. Ele também estava vestido de cima a baixo com roupas de couro e, quando se virou para roçar o nariz no pescoço da mulher, Mattie pôde ver que era muito mais jovem que sua namorada. Parecia mais jovem do que Mattie, que ia fazer vinte e nove anos. Mesmo assim, ela não estava julgando. A idade era só um número, e o amor não precisava perguntar a data de nascimento para acontecer.

— É muito entediante — o rapaz concordou, com uma voz de estudado desdém, como se demonstrar em palavras alguma emoção genuína fosse muito pouco *cool*. — Que lojinha mais chata. Todos esses livros românticos... — Ele estremeceu, situando os livros românticos em algum ponto entre chorume e baratas voadoras na escala de coisas horríveis.

— Imagino que velhas solteironas e donas de casa têm que arrumar alegria em algum lugar. — A mulher deu uma risada antipática (e, sim, agora Mattie a estava julgando e a considerando bem lamentável), depois voltou a atenção para Tom quando ele deu uma tossida nervosa.

— Hã, certo, então eu vou... eu posso... — Tom não parecia capaz de articular frases completas.

— Vamos logo! Fale de uma vez. Alguns de nós têm trabalho de verdade para fazer — disse a mulher.

— Nós... nós temos os sete volumes de *A minha vida secreta* — respondeu Tom, as articulações dos dedos brancas com o esforço de segurar a pilha de livros. — Quer que eu os desça?

— Hummm, deixe-me pensar. — A mulher pousou uma unha longa e vermelha no queixo. — Um pouco água com açúcar demais para mim. O que mais você tem aí, Tommy? Sei que esse tema não é o seu forte, mas poderia pelo menos *tentar* sair do convencional...

Aquela bruxa vestida de couro conhecia o Tom? *Tommy?* Aquela mulher que estava agora com a mão possessivamente no traseiro do rapaz que a acompanhava?

Mattie achou que seu cérebro fosse entrar em curto-circuito. O que estava acontecendo ali?

Por uma fração de segundo, Tom apoiou a testa no degrau superior da escadinha. Seus ombros subiram e desceram enquanto ele respirava fundo.

— Imagino que, se a ideia é sair do convencional, você poderia experimentar eróticos com lobisomens. Tritões também são muito populares entre nossas leitoras mais aventureiras — disse Tom, educadamente.

— Cha-to! — a mulher declarou. — Mas não sei por que eu esperaria algo diferente de você, Tommy.

Já era o bastante. Ninguém ia falar com Tom daquele jeito na frente de Mattie ou tratá-lo de forma tão horrível. A única pessoa que tinha o direito de tratar Tom de forma horrível era Mattie, mas isso tinha ficado no passado e eles eram amigos agora, e amigos não deixavam que amigos fossem insultados daquela maneira.

Mattie deu um passo para trás só para poder dar um passo para a frente como se estivesse chegando na salinha naquele exato momento.

— Tom! Ah, aí está você! — ela gritou, em uma voz um pouco ofegante. Os três se viraram para olhá-la. A mulher passou os olhos por Mattie, parada ali com o avental com seu nome bordado, depois afastou o olhar com pouco interesse, assim como fez seu garoto um segundo depois. A expressão de Tom tendia para o horrorizado, embora Mattie estivesse lá para resgatá-lo, então, pela lógica, ele deveria parecer bem mais aliviado.

— Estou aqui — ele confirmou. — Precisa de mim para alguma coisa?

— Bom, a loja está muito cheia. E tem um homem italiano que ninguém consegue entender, mas eu sei que você fala latim, então achei que talvez conseguisse pegar o sentido geral do que ele quer — disse ela, com o olhar mais sedutor possível.

— Há, sim, imagino que latim antigo e italiano moderno tenham características etnográficas em comum — concordou Tom, com muita seriedade, e Mattie daria tudo para que ele lhe lançasse um pequeno sorriso conspirador. Droga, ela aceitaria até um daqueles sorrisinhos tolos que a irritavam acima de qualquer coisa.

— E tem uma mulher que quer saber em que ordem ela deve ler os romances da Jane Austen, e todos nós decidimos que você é a melhor pessoa para responder, e algo muito complicado e técnico deu errado em um dos iPads e, novamente, você é o único que sabe como resolver coisas complicadas e técnicas e... e... — Mattie parou porque estava ficando sem fôlego e também para dar um efeito dramático.

— E? — Tom indagou.

Mattie deu um risinho adolescente e inclinou a cabeça.

— E eu senti a sua falta!

— Você... sentiu? — Tom perguntou, hesitante, porque ele podia ter vários diplomas, mas não era muito rápido de raciocínio.

— Claro que sim — Mattie garantiu, com mais um olhar ultrajantemente sedutor, enquanto ele descia da escadinha. — Acho melhor você se apressar. O italiano está ficando nervoso.

Cabisbaixo, Tom passou pelo casal vestido de couro e, quando chegou em Mattie, deu um toquezinho em seu braço no que poderia ter sido um "obrigado" silencioso ou apenas um "você está bloqueando a minha saída e eu preciso dar o fora daqui".

De qualquer modo, Tom se foi e Mattie pôde olhar para a outra mulher diretamente nos olhos, com uma expressão tão gélida quanto sua voz.

— Posso ajudar?

A mulher devolveu com diversão o olhar gelado de Mattie.

— Não, minha cara. Eu vou esperar o querido Tommy voltar.

Mattie cruzou os braços, sentiu o rosto endurecer e teve certeza de que estava com um brilho de advertência nos olhos, porque o garoto deu um passo rápido para trás.

— O *Tom* não vai voltar. Como gerente de nossa livraria...

— Livraria de *ficção romântica* — corrigiu a mulher, como se ficção romântica não contasse como leitura.

— Como gerente de nossa livraria — repetiu Mattie, ignorando a grosseira interrupção — na semana antes do Natal, ele está muito ocupado, então, se a senhora quiser comprar um livro, eu posso ajudá-la. E, se só quiser tomar nosso tempo, eu posso lhe mostrar onde é a porta. Qual vai ser a escolha?

A mulher apertou tanto os lábios muito finos pintados de vermelho-sangue que eles quase desapareceram e lançou a Mattie um olhar decididamente malévolo.

Houve um momento de silêncio tão tenso e pesado que Mattie poderia tê-lo cortado em fatias finas com suas facas mais afiadas, e então a Miss Rainha do Couro baixou os olhos primeiro, porque Mattie tinha o direito e a razão do seu lado.

— Não se preocupe, minha cara, nós vamos embora — disse ela. — Venha, Ally.

Ela estalou os dedos para seu companheiro como se ele fosse um cachorrinho, e ele a seguiu depressa.

— É Alex — disse ele, em um sussurro alto. — E ainda preciso comprar um presente de Natal para a minha irmã. Foi por isso que nós viemos aqui.

— Nós vamos embora — sua amiga respondeu, com uma voz baixa e furiosa, desembestando pelas antessalas em uma nuvem de couro preto e perfume Poison, da Dior, até que chegou à sala principal e foi forçada a interromper seu ímpeto e andar mais devagar pelo meio da multidão. Precisou até dizer "Com licença" entre dentes apertados para dois jovens casais que bloqueavam a porta enquanto esperavam que suas fotos na cabine do visco saíssem da máquina.

— Desculpe — Ally/Alex balbuciou para Mattie, embora ele não tivesse nada para se desculpar, a não ser por seu gosto questionável em termos de namoradas.

E eles se foram.

Mattie soltou um suspiro de alívio e olhou em volta à procura de Tom. Ele estava fazendo alguma coisa em Bertha com uma chave de fenda, Nina ao seu lado.

— Seja gentil com ela — Nina o advertiu. — Não estou gostando muito dos seus modos com os pacientes, Doutor Amor.

— Ah, por Deus, pare de me chamar com esse nome ridículo — revidou Tom. Ele não parecia sarcástico, cansado ou superior, mas irritado como um homem prestes a transbordar.

Então levantou a cabeça de seu atendimento e cruzou o olhar com o de Mattie, mas só por um segundo. Nem mesmo um segundo. Um nanossegundo, e logo o desviou, com uma expressão tão nervosa como se não pudesse suportar que ela o visse.

Oito dias para o Natal

Se Mattie estava bem lembrada, sempre que ela fazia seus brownies de chocolate com chilli para eventos na livraria, Tom ficava por perto da mesa e pegava um extra quando achava que ninguém estava olhando. Então, naquela noite, depois de sua sessão de preparativos, ela se pôs a trabalhar na cozinha do salão de chá, triplicando as quantidades para ter brownies suficientes também para vender no dia seguinte.

Passava das dez horas quando finalmente saiu da cozinha, carregando um prato com vinte e quatro brownies de chocolate com chilli empilhados. Tinha certeza de que não vira Tom sair e, enquanto subia a escada, seu coração se acelerava a cada degrau, até estar disparado quando abriu a porta e viu Tom junto ao fogão.

Ele levantou a cabeça e olhou na direção dela tempo suficiente para ela perceber que ele ainda parecia muito constrangido, depois voltou a atenção para o fogão.

— Trouxe alguns presentinhos — Mattie anunciou, com uma voz exuberante que não combinava com ela. — Chocolate é o remédio universal para todos os males, não é?

— Não sou muito de doces e não tenho nada que precise de remédio — disse Tom, tenso, mal conseguindo olhá-la.

Mattie começou a se irritar. Ela não havia feito nada errado! Pelo contrário, ela o salvara de... Ah! Então ela entendeu. Ou, pelo menos, entendeu por que Tom parecia tão infeliz e se esforçava tanto para evitar o olhar dela. Não tinha como saber a história que havia entre Tom e aquela mulher horrível com roupa de couro, mas fora testemunha das tentativas dela de humilhá-lo. Mais ou menos como Tom tinha visto Steven fazendo *gaslighting* com ela.

Ninguém em seu juízo perfeito quer ter uma plateia em um momento de exposição e vulnerabilidade. Mattie também não queria, mas, no fim, acabara ficando feliz por Tom estar lá para apoiá-la quando ela não estava sendo muito capaz de ajudar a si mesma.

— Tom — disse ela, delicadamente, entrando na cozinha e colocando o prato de brownies na mesa. — Eu sei que você é um homem forte e inteligente que não precisa que ninguém o defenda, mas, da mesma forma que você interferiu quando o Steven estava aqui, eu não pude suportar ver aquela mulher horrível tratando você daquele jeito. Por favor, não fique bravo comigo por ter me intrometido em seu favor. Quem era ela?

Ele não respondeu e continuou mexendo o que quer que estivesse cozinhando, o que fez um som tão aflitivo de raspar no fundo da panela que Mattie se arrepiou.

Um pensamento terrível lhe ocorreu.

— Ah, meu Deus, ela é... sua *mãe*?

— Não! Credo, não! — Tom se virou. — Um milhão de nãos. Como você pôde pensar isso?

Mattie levantou as mãos, sem saber o que fazer.

— Você nunca fala da sua família! Eu não tenho muito material para trabalhar nessa área, não é? — Ela se aproximou de Tom e pôs a mão bem de leve sobre o braço dele, tão de leve que ele mal poderia sentir o toque através do algodão da camisa e da lã do abominável cardigã. — Nós temos uma regra da casa...

— Nós temos mais regras da casa do que eu consigo lembrar — declarou Tom, em um jeito mais Tom do que havia estado nas últimas horas.

— Nós temos uma regra da casa que diz que o que acontece aqui permanece aqui, então qualquer coisa que você quiser me contar, qualquer confidência que sinta vontade de fazer, eu levarei para o túmulo — prometeu Mattie. E, então, não pôde suportar mais: ela tirou o garfo, aquele garfo destruidor de panelas antiaderentes, da mão de Tom e o jogou dentro da pia. — Tenho uma garrafa de vodca no freezer. Presente de Natal do Stefan da delicatéssen sueca por ajudá-lo com...

— É contra os meus princípios aceitar presentes de Natal, você sabe como eu me sinto sobre o Natal...

— Ah, sem essa. É falta de educação recusar vodca premium de graça — disse Mattie, puxando Tom para uma cadeira. — E ela vai ser perfeita para contrastar com a ardência do chilli dos meus brownies.

Ela pegou dois shots e dois pratinhos de sobremesa no armário e deixou Tom comer meio brownie e tomar dois goles generosos de vodca antes de tentar outra vez:

— Então, aquela mulher... não é sua mãe?

Tom tinha acabado de tomar outro gole generoso de vodca e talvez tenha sido essa a razão de ter estremecido.

— Caramba, não, e pare de falar isso — Tom implorou. Sua expressão ficou séria e ele baixou o copo para poder entrelaçar os dedos, como sempre fazia quando estava ansioso. — Ela foi minha orientadora de Ph.D. por um breve período e minha namorada por um período um pouco mais longo.

Mattie precisou de todo seu autocontrole para não cuspir a vodca da boca e, como resultado, engasgou quando o líquido passou pela garganta. Seus olhos lacrimejaram e Tom lhe lançou um olhar meio irritado.

— Namorada? — ela soltou sem pensar, procurando com empenho uma maneira de processar o que acabara de ouvir. Seu olhar pousou no punho gasto do cardigã de lã de Tom. — Você não parece ser o tipo dela.

— Ah, eu era *exatamente* o tipo dela — respondeu Tom, com alguma amargura. — Eu era jovem, muito ingênuo, facilmente seduzível, do jeitinho como a Candace gosta dos homens dela. Mas, por ironia, quando eu decidi que ia escrever minha dissertação sobre os efeitos que o feminismo teve sobre a ficção romântica, ela simplesmente não quis mais saber de mim.

De novo, era demais para processar.

— Ela o quê? Pode ir mais devagar nessa história? — pediu Mattie.

E Tom voltou para quando ele chegou a Londres para fazer seu Ph.D., com um honorável diploma da Universidade Durham e muito pouca experiência com mulheres, a não ser alguns relacionamentos curtos e seis meses com uma garota chamada Lizzie, que o traíra com o proprietário do apartamento dela.

— Eu fiquei fascinado pela Candace. Ela havia escrito três livros, era uma especialista respeitada em semântica da ficção erótica e tinha entrado para a história da universidade por jogar um exemplar de *Psicologia de grupo e análise do ego*, de Freud, em um aluno que teve a audácia de dormir em uma de suas aulas. Fiquei bobo por ela. Não tinha a menor ideia de que era apenas o mais recente em uma longa fila de pós-graduandos inexperientes que ela seduzia e, depois, recriava à sua imagem.

Já haviam tomado duas doses de vodca, então Mattie criou coragem de fazer a pergunta que a vinha assombrando pelos últimos quinze minutos.

— Ela... ela... fez você se vestir de couro também?

Tom fechou os olhos.

— Sim. — Mal foi um sussurro. — Mas fica pior do que isso. Eu ia escrever minha dissertação sobre temas recorrentes de sadomasoquismo em livros românticos. A mãe dela tinha sido uma romancista de ficção romântica de muito sucesso na década de 80, e a Candace odeia livros românticos tanto quanto odeia a mãe. Agora, claro, eu entendo que se trata de um clássico complexo anti-Édipo...

— Hã?

— Não importa — ele a tranquilizou. — É suficiente dizer que minha dissertação ia ser uma crítica violenta ao gênero romântico e a suas leitoras, que estavam todas desesperadas para ser dominadas por um macho alfa para poderem abdicar de toda responsabilidade por suas pequenas e tristes vidas.

— Ah, Tom — Mattie não pôde evitar a decepção na voz. Ela não era nenhuma especialista, mas tinha lido romances românticos suficientes sobre mulheres estabelecidas em suas próprias confeitarias e cafés bem-sucedidos para saber que não. — Livros românticos não são *nada* disso.

— Sim, é verdade. Eu cheguei à mesma conclusão assim que comecei a ler partes deles. Percebi que livros românticos, a maior parte deles escritos por mulheres para mulheres, eram documentos históricos e sociais sobre o modo como os papéis de gênero se desenvolveram nos últimos cinquenta anos. Eu argumentaria, como fiz quando defendi minha dissertação, que, mais do que qualquer coisa, esses livros também são textos feministas, embora não se apresentem assim.

— Mas a Candace devia ter ficado satisfeita com a sua conscientização sobre a questão feminista. — Mattie franziu a testa. Candace parecia o tipo de mulher que não ia gostar de nenhum homem se achando melhor que ela.

— Ela ficou furiosa. Ela não gostava que não concordassem com as posições dela nem que nada interferisse em sua rígida postura acadêmica. — Tom suspirou, infeliz. Despejou outra dose de vodca no copo e a virou de uma vez, fazendo uma careta quando o líquido queimou seu estômago. — Ela me humilhou na frente da classe de graduação em que eu estava dando aula. Disse que eu era um banana e que a razão de eu não conseguir enfiar na minha mente insignificante e bem pouco notável o conceito de macho alfa era porque eu estava tão longe de um quanto era possível chegar.

Foi a vez de Mattie fazer uma careta.

— Uau. Isso foi cruel.

— Especialmente quando eu estava de pé ali, todo apertado naquela calça de couro que ela tinha me comprado — disse Tom, com um estremecimento completo dessa vez. — Aquilo me destruiu. Tudo em que eu acreditava sobre mim de repente eu comecei a pôr em dúvida.

— Mas ela não te destruiu — observou Mattie. — Você continua aqui. Ainda está inteiro e *escreveu* sua dissertação sobre feminismo, machos alfa e livros românticos, e agora você *é* um doutor.

— Tudo isso graças à Lavinia — disse Tom, e só pronunciar o nome dela já fez seu rosto se iluminar e sua voz ficar terna e afetuosa. — Eu vim à Bookends para comprar um material de leitura. Só porque era certeza que aqui eu não ia encontrar ninguém conhecido enquanto me abastecia de livros sobre machos rasgadores de corpetes.

A Bookends de que Mattie se lembrava vagamente das duas ocasiões em que a visitara para conversar com Posy sobre assumir o salão de chá era uma livraria decadente, cheia de madeira e cantos escuros. Era incrível a diferença que a pintura cinza e rosa-lavanda e algumas luminárias bem posicionadas haviam produzido no interior. Sem falar em toda a reformulação para uma livraria voltada a "atender a todas as suas necessidades de ficção romântica".

— Ainda bem que não foram a Posy, a Verity ou a Nina que te atenderam — ela comentou, sorrindo com a ideia.

Tom fez uma expressão angustiada.

— Eu fico suando frio só de pensar. Mas isso foi antes da Verity e da Nina e, felizmente, a Lavinia chegou em mim antes da Posy. Eu continuei voltando. Não só para comprar livros, mas porque gostava das nossas conversas sobre eles e, do jeito que a Lavinia era, ela me incentivou a confiar nos meus instintos e no meu intelecto em vez de tentar moldá-los para se encaixarem no modelo estúpido em que a Candace queria colocá-los.

— Eu adoraria ter conhecido a Lavinia — disse Mattie, porque tudo que ouvira sobre a proprietária anterior era adorável; uma mulher gentil, afetuosa e brincalhona que não suportava gente tola, embora Mattie não pudesse deixar de pensar em si mesma como tola. Enquanto Tom confessava como ele havia sido ingênuo para cair na armadilha de Candace, Mattie pensava na garota impulsiva e deslumbrada que ela havia sido. Uma garota tola e idiota que perdera dois anos de sua vida amando Steven.

— A Lavinia teria gostado de você. — Tom serviu mais vodca nos copos, a mão agora um pouco instável. — Ela teria ficado entusiasmada com a reabertura do salão de chá. A Lavinia adorava bolos.

— Sem dúvida ela parece ter sido das minhas.

— Nas sextas-feiras, ela fazia o que chamava de "farra dos doces" — lembrou Tom, com um olhar distante. — Ela pegava um táxi até a Confeitaria Valerie, no Soho, e comprava todos os nossos doces favoritos. A Lavinia adorava uma boa torta Bakewell. Em seu aniversário de oitenta anos, encomendamos uma gigante com o nome dela na cobertura, que veio da própria cidade de Bakewell.

Mattie também gostava muito de torta Bakewell e sua mente começou a trabalhar imediatamente nas coisas que poderia fazer com creme de amêndoas como um tributo a Lavinia. Talvez uma variação de uma torta Bakewell com framboesas frescas e...

— ... enfim, quando a Candace tentou cortar a minha bolsa de estudos para o Ph.D., a Lavinia salvou a situação. Foi muito útil ela ser particularmente amiga do diretor do departamento de inglês, que me transferiu para outro orientador bem mais acessível. A Lavinia me ofereceu um emprego em meio período, então eu pude parar de trabalhar como entregador de pizza.

Tudo aquilo era chocante.

— *Você* dirigia moto?

Tom sorriu, o que tirou toda a tensão que aquela viagem por suas lembranças lhe havia causado.

— É essa a parte que te surpreende?

Mattie sorriu de volta.

— Mas é mesmo. *Você* em uma moto?! — Ela olhou para Tom, pensativa. — Por que você não contou nada disso para a Posy e a Verity? Eu tenho certeza que elas te dariam todo o apoio.

— Ah, sim, as duas mulheres que passaram quatro anos brincando de me incluir no lendário livro de assédio sexual — disse Tom, seco.

— Eu achava que a Nina tinha inventado essa história de livro de assédio sexual.

— Foi a Verity — Tom declarou.

— Não!

— Sim! — Tom voltou a pôr os óculos, embora Mattie o preferisse sem eles. Não porque ele fosse mais atraente sem os óculos (e de onde essa ideia tinha vindo?), mas porque ele parecia mais aberto, mais acessível.

— Mas que irônico a Bookends depois ter se especializado como uma livraria de ficção romântica — refletiu Mattie.

— Sim, é hilário. Eu tentei convencer a Posy de que era uma ideia ruim, mas não teve jeito — disse Tom, com uma fungada.

— E todo esse tempo você fingiu que *odiava* ficção romântica.

— Então, na verdade eu nunca disse que *odiava* ficção romântica. As pessoas só intuíram que fosse assim. Elas criam expectativas e acreditam nelas.

— Ah, sei — disse Mattie, olhando fixamente para ele. Tom a olhou de volta e, de repente, ela ficou ansiosa quanto ao seu rosto. Não pela aparência, porque não havia muito o que pudesse fazer a esse respeito, mas porque não conseguia tirar os olhos dele e não sabia bem o que fazer com a boca. Lamber os lábios ou morder o lábio inferior, ou mesmo deixar a boca se abrir um pouco, tudo isso parecia estranho. E, quanto mais ela contorcia a boca, mas Tom a olhava. Quem poderia culpá-lo?

No entanto, o Tom para quem ela estava olhando era bem diferente do Tom que ele estivera descrevendo.

— Então... é por isso que você usa essas roupas velhas? As gravatas-borboleta, os cardigãs? Porque é o mais distante possível de usar couro preto?

— Poderíamos nunca mais falar nessa história de couro preto? — pediu Tom, depois olhou para as próprias roupas. — Acho que elas são bem o contrário do meu guarda-roupa anterior, mas também porque eu era um estudante de pós-graduação pobre com salário de meio período em uma livraria, então só podia comprar roupas de segunda mão. E eu achei divertido adotar o look do que se imagina que um acadêmico ou um vendedor de livros poderia usar...

— Sim, se ele tivesse nascido cem anos atrás. — Mattie levantou as mãos. — Não que eu esteja julgando.

— Embora, curiosamente, você fale como se estivesse julgando muito. — Tom tentou apertar um pouco os olhos ao dizer isso, mas só conseguiu algo parecido com uma careta. — E, como você é alguém que usa a mesma roupa todos os dias, eu não acho que esteja em posição de julgar minhas escolhas de vestimentas.

— Não é a *mesma* roupa. Eu tenho várias iguais — protestou Mattie. — Como um uniforme. Evita que eu tenha que planejar o que vou vestir todos os dias e, de qualquer modo, o que eu visto fica escondido embaixo do avental na maior parte do tempo.

— Eu fiquei imaginando se essas roupas todas pretas seriam para fazer você parecer menos atraente...

— O *quê*? — Aquilo queimou quase tanto quanto a dose de vodca que Mattie engoliu direto.

— Sim, porque você odeia *todos* os homens. Menos o seu irmão e o Cuthbert... — Tom se interrompeu não por causa da puxada de ar furiosa de Mattie, mas porque estava se servindo de mais uma dose de vodca. — Quem mais? Talvez o Sam. A propósito, eu peguei o Sam e a Pequena Sophie se agarrando na seção de língua estrangeira, o que foi meio constrangedor, mas estou fugindo do assunto... Você também não odeia o cara que fornece suas frutas e legumes e acho que isso é tudo.

Mattie arrastou a cadeira para trás para poder levantar e olhar Tom de cima.

— Eu não me visto de preto para ficar menos atraente para os homens. Que coisa ridícula de dizer. Você é ridículo!

Tom devolveu o olhar bravo e se levantou também.

— Você é mais ridícula! — declarou, e eles estavam nariz a nariz agora, ou estariam, se Tom não fosse uns bons vinte centímetros mais alto que Mattie.

Ela teve de levantar a cabeça.

— O quê? Você com certeza é muito mais ridículo que eu.

Era engraçado peculiar em vez de engraçado haha, mas olhar para Tom de baixo para cima deveria ter assegurado a Mattie que o pegaria em seu ângulo menos favorável, só que ele estava olhando para baixo, para ela, com o rosto todo sério e pedante, o que, na verdade, criava um efeito incrível em suas maçãs do rosto. Tom tinha maçãs do rosto?

— Você é a pessoa mais ridícula de que se tem notícia — Tom revidou, e essa era a discussão mais sem sentido, mais idiota e, sim, mais *ridícula* que Mattie já havia tido.

— Você... você é muito mais ridículo que eu. Com esses óculos ridículos de que nem precisa. — E Mattie não podia acreditar no que estava fazendo, estendendo a mão depressa para puxar os óculos do rosto de Tom antes que ele percebesse o que ela ia fazer.

Ele não piscou apertando os olhos, o que teria feito se de fato precisasse dos óculos. Em vez disso, os olhos dele eram praticamente só pupilas, intensos.

— Você não devia ter feito isso — disse ele, quase em um sussurro, o que fez alguma coisa dentro de Mattie se arrepiar de um jeito muito bom, muito inesperado.

— Por que não? — Mattie levantou o queixo de um modo que seus familiares e amigos próximos conheciam muito bem. Significava que ela estava pronta para a briga; que não ia recuar diante de um desafio. — O que você vai fazer a respeito?

Houve um momento de pausa, os dois respirando um pouco ofegantes, e Mattie imaginou que podia ouvir os batimentos de seu próprio coração frenético.

Ela manteve os olhos fixos nos de Tom, levantou o queixo mais um pouco...

— Eu vou fazer *isto*. — E, antes que Mattie pudesse perguntar o que era *isto*, Tom a estava beijando.

Tom a estava beijando!

Mattie estava beijando Tom!

Os lábios dele se moviam sobre os dela insistentes, apaixonados e com considerável habilidade, e os talentos de Mattie para beijos podiam ter ficado enferrujados e quase esquecidos naqueles dois últimos anos, mas estavam todos voltando agora.

Que delicioso era estar nos braços de alguém, as mãos dele espalmadas sobre os quadris dela, seus dedos enfiados nos cabelos dele para não deixá-lo escapar mesmo que ele quisesse.

Embora ele não parecesse querer. Na verdade, ele parecia bastante feliz por beijá-la, uma das mãos deslizando pelo corpo dela em uma subida lenta, sem pressa e inteiramente prazerosa até chegar em seu rosto.

A boca de Tom se tornou mais insistente, mais exigente. Ele virou sem soltá-la e a levantou sobre a borda da mesa, não que Mattie se importasse enquanto erguia as pernas em volta da cintura dele. Ela cedeu à insistência, à exigência, e se abriu para ele, sentindo o gosto de vodca, chocolate e chilli, que nem se comparavam ao súbito fogo em seu sangue, em seu ventre; como se ela tivesse passado os últimos dois anos encerrada em gelo e Tom tivesse aparecido com uma tocha...

Mas, espere aí! Ela não queria ser libertada. Estava muito bem em sua prisão de gelo. Não tinha frio, tinha segurança. Prisões não só impediam as pessoas de sair, mas também impediam outras pessoas de entrar. Mattie se soltou dos braços de Tom e levou a mão aos lábios formigantes.

— Uau, o que foi *isso*? — ela perguntou, devagar, porque realmente queria saber. — Você me beijou ou eu te beijei?

Tom sacudiu a cabeça e pôs a mão nos lábios, que pareciam ter duas vezes o tamanho habitual. O rosto dele estava corado, os olhos, intensos. Era como se Mattie o estivesse vendo pela primeira vez. Não o tipo de homem que ela ficaria constrangida de beijar, mesmo com aquele cardigã horrível com detalhes de couro nos cotovelos.

Ele pegou os óculos na mesa, colocou-os de volta, e Superman voltou a ser Clark Kent. Recuou, soltou-se das pernas dela e se recostou na geladeira como se não pudesse ficar de pé sem se apoiar em algo.

Ela havia beijado Tom! E não era que tinha sido beijada por ele; fora um beijo mútuo.

— O que foi isso que aconteceu? — Mattie perguntou outra vez.

Esperou Tom dizer algo sarcástico sobre como ela ainda era ridícula e, para completar, que ela beijava ridiculamente. Ele pigarreou e Mattie se preparou para vê-lo em seus momentos mais cáusticos.

— Meu Deus, Mattie, desculpe. Desculpe de verdade. Ah, caramba. O que você vai pensar de mim? — Ele tirou os óculos de novo para limpá-los com a ponta da camisa, que havia se soltado da calça. Principalmente porque Mattie a havia soltado. Agora ela podia ver a pele lisa, os músculos firmes, e teve uma súbita lembrança da sensação deles sob sua mão, e foi a vez dela de enrubescer... — Sério, Mattie, eu nem sei como me desculpar com você — Tom disse depressa, interpretando as faces coradas dela como um sinal de casto ultraje. — Não sei o que deu em mim. Como eu pude te forçar...

— Não! — Mattie tinha que interromper aquilo. — Você não me forçou. Eu também aceitei. E nem foi um caso de aceitar. *Eu te beijei.* Por que fizemos isso?

— Não sei.

Eles se entreolharam, completamente confusos.

— Eu não estou de forma alguma a fim de você — disse Mattie, porque queria que Tom e ela mesma tivessem isso bem claro.

— Pode acreditar, eu também não estou a fim de você. — Tom franziu a testa.

— Isso não deve acontecer nunca mais — declarou Mattie, com muita seriedade.

— Perfeito. — Tom deu um passo e desabou na cadeira onde antes estivera sentado, como se as pernas não pudessem mais sustentá-lo. — Escute, não precisa se preocupar... eu vou... eu vou me mudar daqui.

— Não, você não precisa se mudar — ela respondeu, enfática. — Tenho certeza que foi só o calor do momento.

— Bom, se você tem certeza. — Tom mal podia disfarçar o alívio. — E não precisa ficar com medo de que eu crie o hábito de te beijar.

— Eu espero mesmo que não! — Mattie se forçou a arrancar os olhos de Tom, sentado ali com a camisa fora da calça, os lábios inchados dos beijos, as pernas longas estendidas. Juntou rapidamente os copos e pratos e correu para a pia para não ter mais que olhar para ele, porque olhar para ele a estava deixando tonta. — Nova regra da casa: sem beijos! De acordo?

— De acordo! — Tom concordou depressa. — Então está tudo bem entre nós dois?

Estava longe de estar tudo bem. A frágil amizade entre os dois era recente e agora ela parecia em risco, e, para tornar o compartilhamento daquele espaço ainda mais complicado, eles haviam acabado de se beijar, como se beijos estivessem prestes a ser racionados.

— Claro que está tudo bem! — Mattie lhe assegurou, virando-se para lhe dar um sorriso radiante e falso.

— Então está tudo resolvido — disse Tom. — Está tudo certo.

— Nunca esteve melhor — gorjeou Mattie, virando-se de volta para a pia e fazendo uma expressão agoniada para o copo que enxaguava.

Sete dias para o Natal

Mattie mal dormiu naquela noite. Toda vez que fechava os olhos, era assaltada por uma memória sensorial de ser beijada por Tom. Um playback 3D, qualidade HD, surround de Tom a beijando e ela se agarrando a ele como se ele estivesse prestes a partir para a guerra. E então tinha que jogar as cobertas de lado para se refrescar.

Mas deve ter adormecido em algum momento, porque foi rudemente despertada pelo toque persistente do celular.

— Estou aqui embaixo com todas as suas frutas e legumes e um guarda de trânsito que está circulando o quarteirão — disse Charlie quando Mattie atendeu, e ela percebeu que havia perdido a hora e teve que descer correndo de pijama para receber a entrega. A geada havia formado uma camada espessa no chão durante a noite e seus dedos estavam azulados quando se despediu de Charlie.

O despertar brusco definiu o tom para o resto do dia. Mattie não conseguiu mais se organizar e ainda estava de pijama tentando freneticamente terminar seus quitutes para o café da manhã a tempo quando Meena, Cuthbert e, por fim, Sophie chegaram.

E foi até bom que Mattie não teve um único momento livre, porque, quando seu cérebro não estava ocupado o bastante, ele estava em Tom. Seus lábios. Suas mãos nos quadris dela. Ele… entrando no salão de chá exatamente treze minutos depois das dez, como fazia todas as manhãs. Como se a noite anterior, *o beijo*, nunca tivesse acontecido.

Claro que ele chegou durante os dois minutos em que Mattie havia deixado a cozinha para arrumar a segunda fornada de croissants da manhã, ainda quentes do forno, no balcão.

— Oi — disse ele, engolindo em seco.

— Oi — disse Mattie, agarrando a pinça como se fosse o último colete salva-vidas do *Titanic*. — Estou com um pouco de dor de cabeça esta manhã. Tive que proibir o Cuthbert de tocar as terríveis músicas de Natal até depois do almoço.

— Isso é quase uma blasfêmia — disse Cuthbert, sereno, antes de continuar a assobiar "Once in Royal David's City", que já era irritante nos melhores momentos (tanto assobiada como tocada), mas especialmente quando Mattie estava com uma leve ressaca, falta de sono e aquela insistente sensação de haver beijado. Porque ela havia beijado Tom na noite anterior. E Tom a beijara de volta.

— Enfim, a noite passada é quase um borrão — mentiu Mattie. — Eu bebi demais.

Tom concordou de imediato.

— Eu também. Não lembro de nada. A propósito, vou sair esta noite — ele acrescentou, o que pareceu para Mattie uma declaração enfática, como se estivesse preocupado que ela tivesse ideias de que teriam outra noite aconchegante em casa e acabariam se beijando de novo. Não que ele se lembrasse de que já haviam se beijado, ou pelo menos era o que ele dizia, embora tivessem sido uns beijos bem sensacionais.

— Eu também tenho planos — disse Mattie, cujos planos envolviam basicamente pedir pizza e apagar as luzes antes das dez.

— Ótimo — disse Tom.

— Ótimo — ecoou Mattie, balançando as pinças no ar. — Você vai querer alguma coisa?

O *croque missus* de Tom havia se tornado um hábito, mas, naquela manhã, ele disse que Meena havia lhe preparado um sanduíche de bacon quando o estava fritando para os rolinhos de lombo de porco na cozinha do apartamento.

— Só um café preto extraforte, se bem que ainda estou com fome. Acho que uns dois croissants, e eu consigo aguentar até a hora do almoço.

Depois disso, Mattie teria ficado bem feliz de poder evitar Tom por algum tempo, mas havia prometido a Posy que checaria o trabalho na livraria. E Posy não podia saber que, na noite anterior, Mattie havia conhecido o toque dos lábios de Tom. Ah, meu Deus! Ela precisava parar de pensar nos beijos, naqueles beijos muito bons, mesmo porque Tom nem se lembrava deles.

Felizmente, checar a livraria não exigia muito mais do que chegar no arco dos clássicos e gritar sobre as cabeças ondulantes da multidão de clientes:

— Tudo bem aí, Nina?

— Acho que sim — Nina respondeu, com voz de lamento. Mas, se ela precisasse de ajuda mesmo, teria pedido. Nina não era uma garotinha tímida e retraída incapaz de expressar seus desejos e necessidades. Muito pelo contrário.

Foi só depois da correria da hora do almoço que Mattie teve a chance de olhar seu celular e ver que havia cinco ligações perdidas de Posy e inúmeras mensagens de texto querendo saber por que Mattie não estava atendendo as ligações.

— Já não era sem tempo! — Posy gritou, atendendo a ligação de Mattie no primeiro toque. — Me ponha no viva-voz e me leve para a livraria!

— Está tudo bem, Pose? — perguntou Mattie, não gostando de seu tom peremptório. — Alguma coisa a está impedindo de ligar para a Nina ou o Tom?

Posy grunhiu de pura irritação.

— Eles não atendem minhas ligações.

O salão de chá estava só um pouco movimentado, e Sophie, que havia sumido por dez minutos, acabara de retornar com o cabelo suspeitamente despenteado e os lábios perceptivelmente avermelhados, então Mattie estava livre para atender Posy.

— Você tem ligado muito para eles? — ela conjecturou enquanto atravessava as antessalas.

— Eu não diria que muito. Não acho que ligar a cada meia hora seja excessivo — Posy refletiu.

— Mais ou menos. Então, como está indo com o repouso?

— Estou deitada neste exato momento — respondeu Posy. — Até com os pés levantados. Estou muito calma. Caramba, quanto tempo leva para andar alguns metros até a loja?

— Você não parece muito calma, Posy — disse Mattie, entrando na sala principal e segurando Nina pelo braço na passagem. — Estou com a Nina aqui para você.

Nina já estava tentando fugir enquanto fazia movimentos de cortar pescoços com a mão.

— EU ESTOU NO VIVA-VOZ?

— Está, não precisa gritar — disse Nina, virando os olhos dramaticamente. Então se soltou da mão de Mattie e puxou um livro da estante ao seu lado. — Você perfurou meu tímpano! — Depois, virou-se para a cliente que vinha logo atrás. — Este é muito bom. É uma versão contemporânea de *A feira das vaidades* que lhe poupa o trabalho de realmente ler *A feira das vaidades*.

A cliente aceitou a sugestão e Nina a levou ao balcão para pagar, com Mattie a seguindo como um cachorrinho, enquanto Posy reclamava sem parar da incapacidade de Nina atender um telefone.

— Eu sou perfeitamente capaz de atender um telefone — disse Nina. — Eu só não queria falar com você pela, sei lá, vigésima vez em uma hora.

— Que exagero!

— Você não ia ficar atrás da Verity desse jeito.

Posy grunhiu de novo. Isso não podia ser bom para a sua pressão.

— É por isso que eu estou ligando. Falei com a Very e ela disse que não vai voltar amanhã!

— Por que não? — Tom apareceu no arco dos romances da Regência. A voz de Posy era tão alta que provavelmente poderia ser ouvida em toda a Rochester Street. — É melhor que ela tenha um bom motivo. Amanhã é a última sexta-feira antes do Natal!

— Neve! — A voz de Posy soou muito estridente. — Está nevando muito em Lincolnshire e a Verity disse que as estradas estão intransitáveis. Ninguém consegue entrar ou sair da cidade.

— A neve no norte é diferente da neve no sul — disse Tom com conhecimento de causa enquanto pegava o cartão de crédito de um cliente e o escaneava em seu iPad. — É muito mais funda, dura e uniforme.

— Estou no site da BBC agora mesmo — Posy informou. — Um alerta amarelo não é bom, não é? Não, não é. É muito, muito ruim.

— Bom, não tem jeito, a Very está presa, mas podemos nos virar sem ela — disse Nina, com grande confiança e um brilho ligeiramente alucinado nos olhos.

— Mas a BBC está dizendo que essa nevasca também vai cobrir o sudeste esta noite — gemeu Posy. — Nós estamos no sudeste! Por que tem que nevar tão perto do Natal? O que isso vai fazer com as minhas margens de lucro? Justo agora que eu tenho um bebê a caminho!

— Nós não estamos bem no sudeste — disse Mattie, e Tom abriu a boca de espanto. — Quer dizer, estamos, mas estamos especificamente em Londres. No centro de Londres. Eles vão jogar sal nas ruas e o metrô é quase todo subterrâneo, então vai funcionar. Não tem motivo para preocupação.

— Tem certeza? — Posy lhe perguntou, como se Mattie de repente fosse a fonte de todo o conhecimento meteorológico.

— Absoluta — decidiu Mattie, mesmo sentindo uma súbita pontada de pânico. — Mas, como precaução, vou telefonar para os meus fornecedores e ver se eles podem fazer uma entrega esta noite de qualquer coisa que ainda tenham sobrando.

— Não é bem essa confiança que eu estava esperando — Posy resmungou, mas Mattie já estava correndo de volta ao salão de chá para calcular a quantidade exata de manteiga, ovos e leite que poderia precisar se essa tal nevasca realmente chegasse.

Seis dias para o Natal

Quando Mattie foi para a cama naquela noite, nem um único floco de neve havia caído, embora tenha assistido à previsão do tempo depois do noticiário das dez e eles estivessem usando frases como: "O Grande Congelamento" e "vinte centímetros de neve previstos para esta noite".

— Aposto que vai ser só um pouco de neve que nem vai cobrir o chão — ela dissera para si mesma enquanto escovava os dentes. — Mas vai ser neve suficiente para todos os trens pararem, por ser o tipo errado de neve.

No entanto, quando Mattie acordou naquela manhã, algo parecia diferente. Ela ficou ali deitada no escuro por um momento tentando discernir o que era, e então percebeu: era o silêncio.

Havia se acostumado com o burburinho da cidade. A pulsação distante do trânsito, a descarga das entregas matinais, o som chacoalhante característico do caminhão de lixo que sempre passava na hora em que Mattie acordava.

Mas, naquela manhã, o mundo exterior estava quieto. Já tremendo por antecipação, Mattie jogou de lado o edredom e a colcha, virou as pernas para o lado da cama e procurou os chinelos. Enrolando-se no lençol, foi até a janela, fez uma oração silenciosa e abriu a cortina. Por um segundo terrível, achou que talvez tivesse ficado subitamente cega, porque não enxergou nada.

Então usou uma ponta do lençol para enxugar o vapor condensado na janela e ainda não conseguiu ver nada, porque tudo que havia para ver estava branco.

Havia de fato nevado à noite. E ainda estava nevando. Essas eram as condições de nevasca que haviam sido previstas. Um branco total. Mattie duvidava que houvesse sal de degelo suficiente para ser jogado nas ruas da Grande Londres para manter a cidade funcionando, quanto mais para continuar com as compras de Natal.

Mesmo assim, ela tomou banho (agradecendo a todos os deuses porque os encanamentos não haviam congelado... ainda), se vestiu e desceu até o térreo.

Nunca deixava as luzes acesas no salão de chá durante a noite, portanto o lugar estava em total escuridão quando ela entrou, vindo da livraria o que não era surpresa, com a neve caindo tão pesadamente junto às janelas.

Acendeu as luzes e começou sua rotina matinal: esquentar o forno, ligar Jezebel para tomar um café e planejar seu cronograma. Mas será que adiantaria cozinhar se ninguém conseguisse chegar ao centro de Londres, quanto mais à pequena praça, para comer?

Ligou o rádio, mas as notícias eram bem pouco animadoras. Não havia trens chegando ou saindo de Londres. Ônibus haviam sido abandonados na base de ladeiras, grandes trechos de metrô não estavam funcionando, escolas haviam sido fechadas e as pessoas estavam sendo aconselhadas a não sair, a menos que fosse absolutamente necessário.

Então, com certeza, Mattie não ia fazer o dobro da quantidade usual de quitutes para o café da manhã como vinha fazendo nos últimos tempos. Seu celular tocou e a foto de Sandrine apareceu na tela.

— *C'est abominable!* Eu ia até o centro hoje terminar minhas compras de Natal, mas não posso nem sair de Hackney — disse Sandrine, assim que Mattie atendeu. — Que país! Um pouquinho de neve e tudo para de funcionar.

— Na verdade, foi um montão de neve — respondeu Mattie, prendendo o celular entre a orelha e o ombro enquanto começava a tirar a massa laminada da noite anterior da geladeira. Quando Sandrine começava a reclamar de seu país adotivo, onde ela morava feliz há trinta e cinco anos, a conversa podia ir longe.

De fato, Mattie havia moldado a primeira fornada de croissants e colocado-os no forno antes de Sandrine desligar, e havia outra ligação na espera. Era Meena, cheia de pedidos de desculpas; estava presa em Muswell Hill.

— Nenhum dos ônibus está funcionando porque não dá para entrar ou sair daqui sem ter que subir ou descer uma das duas ladeiras. É tão alto aqui que temos nosso próprio clima — disse ela, antes de prometer conferir dali a umas duas horas se a situação dos ônibus havia melhorado.

Duas mulheres a menos por causa da neve, Mattie pensou, enquanto começava a preparar os *pains aux raisins*, embora não soubesse por que estava se preocupando. Será que teriam algum cliente ou funcionário naquele dia?

— Nevou muito — disse uma voz na porta da cozinha, e Mattie quase derrubou a assadeira no susto.

— Caramba, você quase me mata do coração! — ela exclamou para Tom. — São só oito horas. O que está fazendo de pé tão cedo?

— Nevou muito — Tom repetiu.

— Sim, eu estou atualizada sobre o clima — disse Mattie, agachando para abrir o forno e transferindo os croissants para a grade inferior para poder colocar os *pains aux raisins* na grade do meio. — De novo, o que está fazendo fora da cama antes das nove?

— O silêncio me acordou — respondeu Tom, coçando a cabeça. Obviamente ele não havia parado para pentear o cabelo, que estava arrepiado em todas as direções. Mais ou menos como na outra noite em que Mattie estivera passando os dedos por ele. Ela engoliu em seco e desviou o olhar. — Estava muito quieto para dormir. Eu estou acostumado com um pouco de barulho de trânsito.

— Sem muita chance disso hoje — disse Mattie, levantando-se e dando sua primeira olhada de fato em Tom. Achava que já havia visto todas as suas escolhas interessantes e antiquadas de roupas, mas, por algum motivo, o casaco duffle azul-marinho antigo que ele estava usando lhe escapara à atenção. — Bonito casaco.

— Ironia não combina com você — Tom reclamou com uma bufada que se transformou em um pequeno arrepio, provavelmente porque ainda estavam sendo frios um com o outro. — Não tenho a menor ideia do que pode estar me levando a ter tamanho espírito público, mas me parece que tem uma pá no depósito de carvão lá fora e acho que vou abrir uma passagem pela praça.

— É mesmo uma bela demonstração de espírito público — concordou Mattie, cansada daquela atmosfera incômoda entre eles. Sim, eles haviam se beijado, e daí? Não era nenhuma grande coisa, a não ser que eles fizessem que fosse. — Quer um café primeiro?

Ele aceitou e Mattie tirou um croissant do forno e lhe deu, depois foram para a livraria, pararam para pegar a chave do depósito e espiaram a paisagem de inverno lá fora. A neve ainda caía, mas talvez não tanto quanto antes, então Tom abriu a porta e saiu. Mattie a fechou depressa para evitar que o ar frio entrasse e acenou para ele através do vidro, como incentivo.

Ele já estava coberto com uma fina camada de neve enquanto avançava devagar, como um astronauta caminhando pela primeira vez na lua, até o depósito de carvão, que ficava bem na frente da livraria e era acessado por um alçapão. Era usado para armazenar todo tipo de tranqueira, menos carvão, e Posy tivera a infelicidade de ter sido trancada lá duas vezes. Uma por Sebastian, quando os dois eram crianças, e mais recentemente por um empreendedor imobiliário canalha, mas dessa vez fora resgatada pelo próprio Sebastian.

Tom abriu o alçapão e desapareceu de vista. Demorou um bom tempo, o suficiente para Mattie voltar à cozinha para tirar as assadeiras do forno, colocar mais duas e retornar a seu ponto de observação, ainda sem ver sinal de Tom.

Com um suspiro, ela enfiou a cabeça para fora da porta e, sobre os redemoinhos de flocos de neve e o rugido do vento, gritou:

— Tom! Está tudo bem?

— Não consigo sair — veio a resposta abafada. — Normalmente, eu conseguiria, mas o casaco e as botas estão atrapalhando e, se eu tirá-los, vou ter que deixá-los aqui embaixo.

Mattie levantou os olhos para o céu e quase foi cegada pela neve.

— Não sei se eu vou conseguir ajudar — ela gritou, hesitante. — Não tenho nenhuma força nos braços.

— Mentirosa! Eu te vi amassando manteiga gelada e batendo massa tão rápido que parecia um borrão — Tom disse de volta. — Você poderia trazer um banquinho da loja?

— Isso eu posso fazer. — Mattie pegou o banquinho que eles usavam para alcançar livros nas estantes que não eram atendidas pela escada de rodinhas. Com um suspiro infeliz, saiu para a praça e lamentou instantaneamente o fato de estar sem casaco e usando seus tênis Converse, que encharcaram de imediato. Espiou dentro do depósito onde Tom estava de pé com a cabeça quase na altura do alçapão. — Você poderia pular com facilidade para fora daí.

— Isso não está ajudando — Tom respondeu, apertando os dentes, enquanto lhe estendia a pá. — Pegue aqui.

Com alguma dificuldade, porque era bem difícil andar ali com os tênis de sola escorregadia e com todas as suas extremidades em risco de congelar, Mattie entregou o banquinho para ele em troca da pá.

— Também tem dois sacos de sal de degelo aqui embaixo — informou Tom. — Você me ajuda a levá-los para cima?

— Tudo bem — concordou Mattie, mas ficou feliz porque Tom fez quase toda a força e ela só precisou arrastá-los pelos últimos centímetros.

Depois, apesar do casaco volumoso e das botas pesadas, Tom conseguiu se levantar para fora do depósito com a ajuda do banquinho, para o qual olhou pensativo, depois de novo para Mattie.

— Se eu te segurar pendurada, talvez você consiga pegar o banquinho e tirá-lo de lá — ele arriscou.

— De jeito nenhum que você vai me pendurar aí. Isso é contra todas as regras de segurança. — Mattie apalpou o suéter preto, que estava totalmente úmido. — Eu vou entrar para vestir roupas secas, mas agradeço muito por você limpar a praça e jogar sal de degelo no chão.

— Onde está a igualdade de gênero agora? — Tom resmungou, mas Mattie o ignorou e correu de volta para a loja.

Mal havia tido tempo de se trocar e colocar no forno a próxima remessa de pães quando a porta do salão de chá se abriu e Cuthbert se anunciou.

— Quanta neve — disse ele, tirando o chapéu de feltro.

— Eu notei — respondeu Mattie com um sorriso e teve de se controlar para não ceder à vontade de abraçar seu barista. — Fico tão feliz por vê-lo!

— Meu trajeto de cinco minutos levou dez esta manhã — disse Cuthbert, apontando para os pés onde velhas galochas de borracha cobriam os elegantes sapatos sociais marrons que ele gostava de usar. — Mas o jovem Tom parece que está precisando de algo nutritivo.

Mattie foi até a janela e viu que Tom havia aberto um caminho pela neve e agora espalhava sal no chão. Deu uma batidinha no vidro para chamá-lo. Ele se virou e acenou com a mão enluvada.

Era difícil fazer mímica de "Você quer um *croque missus* quando tiver terminado? Sim, aquele com ovo frito em cima", mas Tom pareceu entender a ideia geral, porque levantou o polegar para ela e voltou ao trabalho.

Quando ele veio receber seu prêmio, estava acompanhado pela Pequena Sophie.

— Minha mãe disse que eu poderia muito bem vir andando para o trabalho e que ela não me criou para desistir no primeiro sinal de problema — explicou ela, em tom de lamento. — Parece que ninguém gosta de desistentes.

— Eu gostaria de você de qualquer jeito, mas estou feliz por você estar aqui — disse Mattie, mas já passava das nove horas e não havia nenhum cliente, de modo que, enquanto juntava duas mesas para fazerem um café da manhã comunitário, ela se perguntou se deveria esperar mais uma hora e, se nada acontecesse, mandar todos para casa.

— Será que deveríamos ligar para a Posy? — ela perguntou a Tom, que estava ocupado com seu *croque missus* e só ergueu os ombros. — Não sei se começo a fazer os rolinhos de lombo de porco... Tem algum sinal de vida lá fora, Sophie?

Sophie contou que os caminhões que espalhavam sal de degelo haviam estado na Grays Inn Road e na Theobald Street e, enquanto ela prosseguia em sua "jornada arriscada", viu várias pessoas andando pesadamente pelas ruas.

— É bem interessante isso, não é? — disse Cuthbert, com entusiasmo. — O espírito de resistência. Tenho certeza que um pouco de neve não vai impedir as pessoas de continuarem com suas compras de Natal.

— Nada atrapalha o capitalismo selvagem — disse Tom, que havia terminado seu café da manhã. — Embora eu não esteja muito animado para tocar a Felizes para Sempre sozinho. Veja bem, o Sam não deveria ter tanta dificuldade para vir. Ele mora bem perto. Vou mandar um WhatsUpp para ele agora, depois é melhor eu fazer uma postagem no Twitter avisando às pessoas que vamos abrir. — Olhou para o reluzente iPad da loja com algum desgosto. Ele preferia o antigo, mas confiável, Nokia. — Às vezes eu me sinto como Schubert.

Sophie olhou para Mattie e sussurrou:

— O que ele está falando?

Mattie sacudiu a cabeça.

— Schubert? — ela repetiu.

— Quando ele chegou ao céu, os anjos lhe deram uma coroa de louros, porque ninguém havia apreciado seu talento enquanto ele estava vivo — disse Tom, com grande sentimento, porque ele era um ridículo drama queen.

— Eu fiz um *croque missus* para você — Mattie o lembrou, e se levantou depressa quando a porta se abriu e dois de seus clientes habituais entraram, batendo os pés para soltar a neve. — Bom dia!

— Suficientemente frio para você? — perguntou Gerald, proprietário da doceria na Rochester Street.

— Achei bem agradável — disse Mattie, dirigindo-se ao balcão. — O de sempre, Gerry?

Não tiveram a agitação da maioria das manhãs, mas houve um fluxo bastante estável de clientes habituais e não habituais satisfeitos por encontrarem o salão de chá aberto e servindo café quente, por isso Mattie decidiu que era melhor pôr mãos à obra na preparação do almoço e fazer tantos rolinhos de lombo de porco quanto conseguisse.

Às dez horas, ainda não havia nenhum funcionário da Felizes para Sempre à vista, a não ser Tom, que ficava vindo toda hora ao salão de chá com uma expressão de mártir para informá-los sobre todas as árduas tarefas que teria de cumprir sozinho.

— É uma pena que a internet não tenha caído com a neve — ele comentou, com amargura, em sua visita mais recente. — Toda essa gente com compras de última hora no site porque é quase o prazo final para fazerem pedidos antes do Natal. Deviam ter se organizado melhor.

Em vez de irritante, a cara de explorado de Tom era, na verdade, muito fofa, decidiu Mattie, enquanto o mandava embora com mais um doce de massa folhada para lhe dar forças. A essa altura, ele já deveria estar com a força de um gorila.

Ela foi até a porta do salão de chá dar uma olhada na praça. A neve havia quase parado. Uns poucos flocos preguiçosos ainda caíam devagar e, aproximando-se pela praça, vinha uma figura muito conhecida que, previsivelmente, ria de trajes apropriados para o frio.

Nina usava um de seus infalíveis casacos de oncinha, uma boina preta inclinada em um ângulo atrevido sobre o cabelo loiro-platinado e, nos pés, suas amadas botas de motociclista. Mas Mattie não teria ficado surpresa se Nina estivesse usando seus saltos diurnos de dez centímetros, porque ela realmente acreditava que devia ser fiel a um look.

Nina levantou os olhos e acenou ao ver Mattie. Então fez um pequeno requebrado e, quando Mattie sorriu, Nina não resistiu a transformar o requebrado em uma extravagante deslizada como se fosse Tom Cruise escorregando em um chão muito liso em *Negócio arriscado*.

Só que não era um chão muito liso, mas um calçamento de pedras, que Tom tentara limpar e salpicar com sal da melhor maneira que pôde, mas continuava bastante escorregadio nos pontos que haviam ficado sem sal.

E Nina continuou deslizando, o sorriso se transformando em um grito de pânico enquanto ela girava freneticamente os braços e tentava manter o equilíbrio. Então bateu em um dos bancos no meio da praça com tanta força que saiu voando sobre ele e aterrissou do outro lado.

Mattie abriu a porta depressa, esperando encontrá-la sentada e soltando uma fileira de palavrões, mas ela estava imóvel, só um montinho de estampa de oncinha e cabelo platinado sobre o fundo da neve branca.

Mattie saiu para a praça no mesmo instante, mas Tom foi mais rápido, disparando da porta da livraria e chegando ao lado de Nina enquanto Mattie ainda dava seus primeiros passos cautelosos.

Quando Mattie conseguiu alcançá-los, Nina estava com os olhos abertos, gemendo.

— Onde dói? — Tom lhe perguntou com delicadeza, segurando a mão dela. Ele parecia nem perceber ou se importar que estava ajoelhado na neve enquanto amparava a cabeça de Nina no colo.

— Tudo — Nina disse baixinho. — Tudo.

— Nina! Ah, meu Deus, Nina! — Mattie virou a cabeça e viu Sam caminhando firmemente na direção deles, os braços abertos para dar equilíbrio. — Ela está bem?

— Está sangrando. Machucou a cabeça — Tom sussurrou para Mattie, que tirou os olhos de Nina e viu a pequena mancha vermelho-vivo tingindo a neve. — Vá chamar uma ambulância. Ela deve ter quebrado algum osso.

— Eu nunca mais vou dançar — disse Nina, em uma voz fraca e chiada. — Vão ter que achar outra bailarina para ficar no meu lugar.

— Ou sofrido alguma concussão — Tom acrescentou.

Havia uma longa espera por uma ambulância. Parecia que as pessoas, muitas delas bem mais velhas e necessitadas do que Nina, estavam caindo como pinos de boliche, então, mais uma vez, tiveram de recorrer aos serviços de Cynthia, que chegou o mais rápido que pôde após o chamado urgente de Cuthbert.

Usando um espetacular casaco de lã cor de laranja, ela avaliou Nina rapidamente.

— Bom, com certeza você quebrou algumas costelas e, talvez, a clavícula — ela informou. — Além de uma leve concussão. Eu não gosto de ferimentos na cabeça. Eles podem ser problemáticos. Em uma situação normal, eu diria para você não se mover, mas você não pode ficar deitada aí e se arriscar a ter uma hipotermia, o que só complicaria a situação. — Olhou em volta, para o pequeno grupo de colegas preocupados e transeuntes de olhos arregalados, e apontou para Tom e Sam. — O que eu precisaria mesmo era de um par de jovens robustos, mas vocês dois vão ter que servir.

Gemendo, Nina foi transferida devagar e com extremo cuidado para o sofá, enquanto Mattie corria ao apartamento para pegar uma colcha.

Mas, quando Mattie voltou, Nina estava tremendo de choque e frio.

— Vamos enrolar você nisso — Cynthia lhe disse, pegando a colcha. — O resto de vocês não tem nada que fazer aqui se só vão ficar olhando de boca aberta.

— Não tive tempo nem de preparar a caixa registradora e agora tem uma fila de pessoas lá fora — disse Tom, e todos olharam para a porta trancada, onde um pequeno grupo de clientes trêmulos de frio esperava para entrar.

Mattie se sentia totalmente impotente e só sabia de uma coisa que poderia fazer para oferecer mais assistência.

— Alguém quer um chá?

— Com leite e dois cubos de açúcar, por favor — disse Cynthia, terminando de enrolar uma Nina atipicamente silenciosa. — Nada de chá para esta aqui, caso ela precise de cirurgia quando chegar ao hospital.

Quando Mattie retornou com o chá de Cynthia, feito por seu amoroso marido, Nina continuava imóvel no sofá, e Posy estava no viva-voz.

— Falta menos de uma semana para o Natal! Quem vai gerenciar a loja sem a Verity e agora a Nina com uma ferida aberta na cabeça?

A aflição de Posy chacoalhou a inércia de Nina.

— Ninguém falou em ferida aberta.

— Não é ferida aberta — Tom retrucou de trás do balcão, onde atendia a única cliente na loja que não estava esticando o pescoço em volta do hospital de campanha improvisado que fora montado no sofá. — A Posy está exagerando e sendo dramática, e eu vou gerenciar a loja. Afinal, eu trabalho aqui há cinco anos — ele acrescentou, irritado de verdade.

— E eu posso cuidar dos pedidos no site — Sam se ofereceu. Geralmente, ele não se oferecia para nada e tinha que ser persuadido, subornado e, por fim, ameaçado para cumprir as tarefas que era pago para fazer. — Ainda mais se estivermos com pouco movimento por causa da neve, posso cuidar disso sem problemas.

— E vocês podem ficar com a Pequena Sophie — disse Mattie.

— Tudo isso é muito bonito, mas a previsão é que pare de nevar amanhã — reclamou Posy. — Então o movimento vai aumentar de novo e eu preciso de um adulto no comando. Sem querer ofender, Tom.

— Já ofendeu, Posy — disse Tom, nitidamente impaciente. — Eu sou adulto. Sou doutor em...

— Sim, mas doutor em alguma coisa acadêmica chata, não em nada prático — Nina o lembrou: era perceptível que ela estava se sentindo melhor a cada segundo. — Além disso, você nunca fechou um caixa.

— Só porque a Verity não deixa — Tom declarou. — Tenho certeza que posso fechar um caixa. Posso arrasar em fechamento de caixa.

— Posy Morland-Thorndyke, o que eu lhe disse sobre sua pressão apenas dois dias atrás? — advertiu Cynthia.

— Minha pressão está *ótima*! Eu estou deitada!

Se aquela nevasca infernal ia parar, isso queria dizer que o salão de chá ficaria superlotado outra vez e Mattie já tinha trabalho mais do que suficiente, mas, pelo bem da pressão de Posy e da saúde de seu bebê...

— Eu posso fechar o caixa — ofereceu Mattie. — E vou ajudar o Tom, que é de fato um adulto perfeitamente capaz, se e quando ele precisar.

— Eu sou mais do que perfeitamente capaz — resmungou Tom. — Você vai descobrir que eu sou um adulto exemplar.

— Um adulto de verdade não ia ficar insistindo tanto sobre que beleza de adulto ele é — comentou Posy, agora parecendo mais feliz. — Está certo, Mattie, eu conto com você. E, Nina, melhore depressa. Bem depressa.

Posy desligou bem no momento em que ouviram a sirene distante da ambulância.

— Eu espero que eles me deem alguma coisa para a dor, porque isso dói mais do que fazer tatuagem — disse Nina, triste, enrolada na colcha de Mattie. — E, quando eu não estiver mais tão cheia de dor, vocês não sabem como vou ficar brava com a Posy por tirar a atenção de mim e fazer tudo girar em volta dela e de suas vendas.

Cinco dias para o Natal

Parou de chover na hora do almoço do dia seguinte e, por volta das três da tarde, mal havia espaço para andar na Felizes para Sempre e no salão de chá.

Depois do estado entorpecido em que haviam entrado por causa da neve, as pessoas pareceram se dar conta de uma hora para outra de que haviam perdido um tempo precioso para fazer as compras de Natal e era como se metade da Grande Londres houvesse baixado sobre Rochester Mews em um pânico histérico.

Agora que Mattie havia se oferecido para ser a adulta responsável na livraria, sentia-se aliviada por saber que o salão de chá era uma máquina bem azeitada. Podia confiar em Cuthbert para manter a lei e a ordem. Quando Sophie não estava ajudando na livraria, ela era perfeitamente capaz de servir, limpar mesas e anotar pedidos em uma única percorrida do salão, e Meena e seu amigo Geoffrey estavam recebendo um pagamento por hora bem generoso para correrem entre a cozinha do salão de chá e a cozinha do apartamento com um mínimo de resmungos. Mattie nem se importava que, a cada dia que passava, parecia haver ainda mais decora ções de Natal no salão. Se alguns cordões de festão e algumas luzinhas em formato de pudins de Natal (que, pelo menos, mantinham o tema do lugar) eram o que fazia seus funcionários felizes, que assim fosse.

Sim, Mattie gostava de pensar que tinha uma organização eficiente no salão de chá, mas a livraria, sem Verity, não era a mesma coisa. Ao contrário, era um completo caos.

Quando Tom afirmara ser um adulto exemplar, queria de fato dizer que era tão lento e metódico quanto um velho aposentado contando seus comprimidos diários. Fazia cinco anos que ele trabalhava na loja, mas ainda apertava com hesitação as teclas de Bertha como se as estivesse vendo pela primeira vez, de um modo que fazia Mattie apertar os dentes e ter vontade de gritar de desespero.

Sam, por outro lado, era tão rápido e descuidado que alguém (Tom) tinha que conferir todos os pedidos no site de novo, enquanto Sam embirrava por ser tratado como criança.

Apenas a Pequena Sophie era rápida e eficiente, quando não precisava estar no salão de chá e quando não escapava para dar uma namoradinha com Sam. Mattie os pegara outra vez no escritório dos fundos e soube que Tom também já os havia pegado no corredor da escada.

Para piorar a situação, Sebastian havia cedido à exigência de Posy de instalar uma webcam na loja, portanto, embora sob ordens estritas de fazer repouso e não se estressar, ela os estava espionando.

— Ela nem sequer disfarça — Tom reclamou, enquanto seu iPad de trabalho soava com uma das infinitas mensagens de texto de Posy. — Isso é uma violação da nossa liberdade civil.

Até então, Posy havia reclamado do tempo que eles demoravam para lidar com a fila interminável na cabine do visco e para atender cada cliente. Também ficou muito brava por eles comerem e beberem na loja (embora nunca tenha tido nenhuma objeção quanto a isso quando era ela quem frequentemente comia e bebia lá dentro). Tom acabou jogando uma sacolinha sobre a webcam para ela parar de ver o que eles faziam.

Mas nada unia tanto uma equipe descontente quanto juntar-se contra um inimigo comum, por isso os funcionários da Felizes para Sempre e do salão de chá ficavam muito satisfeitos enquanto se queixavam de Posy. Até Sam. Na verdade, especialmente Sam, já que, como ele mesmo disse, os outros só tinham que lidar com Posy pela webcam e por mensagens, enquanto ele precisava ir para casa e ouvi-la reclamando em tempo real e em carne e osso todas as noites.

Só o que mantinha a sanidade mental de Mattie era a esperança de que Verity voltasse logo para impor alguma disciplina e decoro aos funcionários da Felizes para Sempre. Verity podia ser introvertida e se recusar a ter qualquer tipo de interação com os clientes, mas era capaz de pôr nos eixos um colega folgado com um único olhar fulminante.

Mas isso não ia acontecer. Verity avisara que a nevasca ainda estava forte em Lincolnshire e havia sido preciso chamar o exército para reabastecê-los com mantimentos. Se tivesse sido qualquer outra pessoa — digamos, Nina —, Mattie teria desconfiado de uma enorme malandragem, mas os noticiários estavam cheios de imagens do mundo vestido de branco ao norte de Watford Gap. Viam-se grandes quantidades de crianças de faces rosadas deslizando em trenós pelas ladeiras, carros abandonados na lateral de uma estrada deserta coberta de neve, carneiros sendo cavados de montes de neve.

— Fico feliz de ser um sulista metido — comentou Tom, jogado no sofá de sua sala de estar com Mattie no fim do primeiro dia inteiro sem neve, sexta-feira. Cinco dias antes do Natal. Com o fim de semana ainda pela frente.

Não era de admirar que Mattie estivesse com os pés em um balde de água morna com uma generosa dose de sulfato de magnésio. E não era de admirar que, em vez de Mattie estar na cozinha preparando alguma delícia culinária rápida, eles tivessem tirado cara ou coroa para decidir quem iria ao restaurante comprar um bacalhau com fritas, um hadoque com fritas e duas porções de purê de ervilhas. Uma vez mais, usaram uma das moedas de Tom e, uma vez mais, Mattie tinha perdido. Na próxima vez, ela insistiria em usar uma de suas próprias moedas, porque, embora ela e Tom fossem bons amigos agora, ela ainda não excluía a possibilidade de ele estar corrompendo o processo democrático do cara ou coroa.

— Bom, a Verity cresceu em Hull e não parecia estar lidando muito bem com a situação quando telefonou — Mattie respondeu, cansada. Eles estavam sentados tão perto no sofá afundado no meio que quase se apoiavam um no outro. A tentação de ceder e se apoiar, talvez até descansar a cabeça no ombro de Tom, era forte. E Mattie se sentia fraca, tão fraca. — Ela disse que estava pesquisando quanto ficaria para pegar um avião e cair fora de lá, porque o aquecimento central da casa paroquial tinha quebrado e ela nunca sentiu tanto frio na vida.

— Enquanto aqui o aquecimento central está ligado no máximo e ainda continua um gelo — disse Tom, o que explicava por que ele estava usando não só um de seus coletes de tricô, mas também seu abominável cardigã com os cotovelos de couro. — Você pode parar de se apoiar em mim?

Mattie endireitou o corpo na mesma hora, como se tivesse levado um tiro.

— Ah, desculpa! — Tom provavelmente achou que ela estava se ajeitando para mais uma sessão de beijos, mas ela não estava. Não mesmo, de jeito nenhum. E, de qualquer modo, Tom havia afirmado que nem se lembrava de nada sobre beijos, por causa de toda a vodca que tinham tomado. Ao passo que Mattie tinha a lembrança total e, uma vez mais, revivia na memória a sensação da boca de Tom na dela, suas mãos...

— Não precisa fazer cara de quem vai chorar. — Tom sacudiu o braço. — É que o meu braço está dormindo.

Isso só piorou as coisas. Mattie era, de fato, um peso morto. Com alguma dificuldade, já que seus pés ainda estavam submersos, ela conseguiu se afastar para a ponta mais distante em seu lado do sofá.

— Está melhor assim? — ela perguntou, fria como as pequenas partículas de gelo que haviam se tornado acessórios permanentes nos cantos das janelas mal vedadas.

Tom se esticou espaçosamente, pôs os braços atrás da cabeça e colocou os pés sobre a mesinha de centro.

— Muito melhor, obrigado. — Deu uma olhada de lado para Mattie, que ocupava o menor espaço de sofá possível. — Meu braço já acordou. Se quiser se apoiar de novo em mim...

— Eu não estava me apoiando em você.

— É esse sofá afundado no meio, não é? Fica difícil não se apoiar um no outro, como dois ímãs — disse Tom, indiferente, como se apoiar ou não fosse algo irrelevante. Em seguida fez um gesto indicando o balde. — Essa água não está ficando fria?

— É, está esfriando — respondeu Mattie, embora estivesse cansada demais para se mover até que estivesse completamente fria, mas Tom se levantou com um gemido.

— Já que você perdeu no cara ou coroa — disse ele, recolhendo as embalagens usadas de peixe e fritas (como selvagens, eles nem sequer haviam usado pratos) —, pés para cima!

Mattie usou cada grama de energia que lhe restava para levantar as pernas e deixar Tom tirar o balde. Ele retornou um minuto depois com duas garrafas de uma cerveja importada cara e Mattie, sem saber direito como, já estava de volta no meio do sofá, com um cobertor enrolado nas pernas.

Houve um instante de movimentação para se ajeitarem depois que Tom se sentou, mas, por fim, os dois se acomodaram. Tom pôs os pés de novo sobre a mesinha de centro, um braço no encosto do sofá para que não ficasse dormente, e devagar, muito devagar, Mattie se encostou nele. Foi porque o sofá afundava no meio e ela estava cansada, e também porque era confortável se encostar em Tom e também porque, apesar de um dia longo e difícil na livraria, ele cheirava bem. De forma alguma embolorado, como Mattie sempre imaginara que ele cheiraria, mas com cheiro de Tom: livros novos e café e a loção pós-barba surpreendentemente cara cheirando a sal marinho e cítricos, de uma barbearia em estilo antigo em Piccadilly com um selo real. Não que Mattie ficasse fuçando as coisas pessoais de Tom, mas o armário do banheiro era um espaço em comum.

— Então, você não ficou a fim de sair hoje? — perguntou Mattie. O episódio de *Extreme Cakes* a que estavam assistindo não era muito interessante e ainda era uma raridade Tom ficar em casa. Ou ele saía com os Riso Boys ou... — Você não tinha algum encontro quente com uma daquelas mulheres da festa ou... alguma outra mulher? Bom, porque você estava tendo muito sucesso conseguindo números de telefone.

Se Tom de fato não se lembrava dos beijos, embora tivessem sido beijos incríveis, então ele estava livre para ter encontros quentes com quem quer que ele quisesse...

— Eu gosto de mulheres. Gosto de trabalhar com mulheres, de estar com mulheres e, sim, de sair com mulheres. Não é minha culpa que meus amigos se tornem um tamanho bando de idiotas babões na presença de uma mulher que eu acabe parecendo muito desejável em comparação a eles. — Tom sorriu. — Até o Pato Donald pareceria desejável ao lado do Phil.

— Ah, o Phil é legal! Eu gosto dele, mas ele precisa perceber que as mulheres também são parte da raça humana e não alguma espécie rara que ele tem que caçar e atordoar com sua terrível loção pós-barba.

— Agradeça por não o ter conhecido na época em que ele descobriu essa loção — disse Tom, com uma careta, e, quando Mattie deu um gemido, ele acrescentou em voz baixa: — Eu também era como eles.

— O quê? — Mattie arregalou os olhos e sua boca formou um perfeito "O" de surpresa. — Não! Você era um Riso Boy? Diga que não é verdade!

— Se eu dissesse, estaria mentindo — Tom admitiu, pesaroso. — Eles me chamam de Professor agora, mas, naquele tempo, eu era o Grão-Riso da Risandade. Bem acima do Conde.

— Ah, meu Deus. — Mattie se afastou um pouco de Tom, porque estava rindo demais para continuar encostada nele.

— Fui eu que inventei nosso grito de guerra. Quer ouvir?

— Essa é a pergunta mais retórica desde que os registros começaram...

— "Cigarro na boca, cerveja na mão, pegando as gatinhas, são os Riso Boys em ação!" — Não foi só o conteúdo absurdo do grito de guerra, mas o sotaque caricato hilário de Tom que fez Mattie deslizar do sofá para rolar no chão, abraçando as costelas doloridas de tanto rir.

— Estou. Sem. Ar. — Ofegou. — Pare. — Conseguiu se sentar no chão. — Faz de novo!

— Faz de novo o quê? — Tom perguntou em sua voz normal. — Não sei do que você está falando. — Então deu um sorriso travesso. — Nem preciso dizer que, na verdade, nenhum de nós fumava e tínhamos dezoito anos, todos recém-chegados à universidade, e nenhum de nós tinha sequer posto a mão em uma garota, quanto mais pegar alguma. — Ele baixou os olhos para ela. — Você não pode estar confortável aí embaixo, Mattie.

— Mas eu estou — ela respondeu, porque podia esticar braços e pernas, que estavam doloridos depois de um longo dia, e também porque não tinha forças para subir de novo no sofá. Acenou para Tom. — Mas me fala, como foi que você passou de Grão-Riso para... para... hã, para o que você é agora?

— Você quer dizer um doutor em filosofia e literatura sério e respeitável que anda por aí com cara de quem comeu e não gostou?

Tom fez a pergunta secamente e, embora Mattie nunca o tivesse descrito com *essas* palavras *exatas*, elas estavam bem próximas.

— É você que está dizendo, não eu. Eu quis dizer a mudança de Riso Boy para... hum... não Riso Boy? — indagou Mattie.

— Foi um processo gradual — disse Tom, levantando sua cerveja para ver quanto ainda tinha. — Eu vinha de uma escola só de meninos, mas, quando cheguei a Durham e comecei realmente a conviver com garotas, e havia *muitas* estudando literatura inglesa, eu percebi, para a minha surpresa, que elas eram seres independentes, com suas próprias vontades, pensamentos, sentimentos e opiniões. Que elas não existiam simplesmente para garotos imbecis tentarem levá-las para a cama. Mas meus amigos do grupo das cantadas engraçadinhas estavam estudando em cursos com muito menos mulheres e acabaram não tendo a mesma epifania que eu. Juro para você que foi realmente uma revelação.

— Eu entendo — disse Mattie, forçando-se para sentar direito e girar para apoiar as costas no sofá. — Deve ter sido uma verdadeira evolução em termos de aprendizagem.

— É, eu levei uns tapas na cara no processo, o que foi muito merecido — disse Tom, esfregando o queixo. — Enfim, tive uns poucos relacionamentos curtos, depois me mudei para Londres para fazer o mestrado e conheci a Candace, e, bom, o resto você já sabe.

Mattie sabia um pouco, mas parte disso ainda era um mistério.

— Mas a Candace não fez você querer se afastar de encontros e relacionamentos?

A expressão de Tom era séria enquanto refletia sobre a pergunta de Mattie.

— Bom, relacionamentos não são muito a minha praia. Talvez seja por isso que eu prefiro ser um Casanova.

— Você nunca vai me deixar esquecer disso, não é? — Mattie gemeu, inclinando a cabeça para trás e fazendo beicinho para Tom, que levantou as sobrancelhas para ela.

— Isso não deveria importar, depois de todo esse tempo, mas, cada vez que eu consigo o telefone de uma mulher, é como uma prova de que a Candace estava errada quando disse que eu era uma cópia fajuta de homem — disse Tom, e Mattie sentiu o coração pesado por ele. — Mas a emoção da conquista não deixa de ser interessante.

— Mas você pega essas garotas depois que as conquista? — ela perguntou, porque, se isso acontecia, ele certamente não as apresentava para seus colegas.

— Algumas — Tom admitiu, com um sorrisinho. — Mas é bem difícil deixar alguém se aproximar depois que outra pessoa arrancou o seu coração por pura diversão, se entende o quero dizer.

Mattie suspirou.

— Claro que eu entendo.

— É, eu acho que sim — disse Tom, e os dois ficaram em silêncio. Mattie imaginou que ele estivesse pensando em Candace, mas ela não estava de forma alguma pensando em Steven. Desde o rompimento, ele se tornara cada vez menos um demônio que a assombrava a todo momento e cada vez mais um incômodo menor, como um corte ou queimadura que coçava enquanto cicatrizava. E logo até mesmo esse incômodo desapareceria, deixando apenas uma minúscula cicatriz para atestá-lo.

Ela queria dizer a Tom que talvez acontecesse o mesmo tipo de cura para ele depois de seu encontro recente com Candace, mas, antes disso, havia outra pergunta mais urgente a lhe fazer.

— Hum, Tom, você está fazendo carinho no meu cabelo? — murmurou Mattie, depois desejou não ter dito nada, porque o carinho em seu cabelo, que estava sendo uma sensação realmente maravilhosa, parou de imediato.

Mattie ainda estava sentada com as costas apoiadas no sofá, mas Tom havia mudado de posição e, agora, estava deitado de lado com a cabeça de Mattie encostada em seu peito, que fazia um travesseiro perfeito, firme e cedendo apenas o suficiente, como se ele fosse alguém fisicamente mais ativo do que seu exterior intelectual sugeria. Por exemplo, alguém que podia pular sobre um portão eletrônico de dois metros de altura sem nem uma gota de suor.

A mesma pessoa que havia estado apoiada em um cotovelo enquanto a outra mão acariciava distraidamente o cabelo de Mattie.

— Não — Tom respondeu curto e grosso, endireitando o corpo, de modo que Mattie teve que se sentar mais reta também. — Você está cansada. Acho que deveria ir para a cama.

— É, eu deveria — Mattie concordou, sem fazer nenhum movimento para sair do chão.

— Amanhã vai ser um longo dia — disse Tom, com uma voz meio robótica, os olhos fixos nos confeiteiros na tela de TV que criavam uma cena de presépio com modelagem em açúcar. — O último sábado antes do Natal. Você não disse que estava planejando se levantar às seis para adiantar todas as suas massas?

— Sim — Mattie confirmou, sem muito entusiasmo, e, caso se inclinasse só um pouco para a direita, encostaria em Tom outra vez.

Tom enrijeceu o corpo e empurrou Mattie para a posição vertical.

— Vá logo — ele ordenou, com uma voz muito autoritária. — Já passa das onze. Para a cama.

— Tudo bem. Eu não sou criança e posso muito bem decidir a que horas ir para a cama. — Embora fossem quase onze e meia e, sim, ela havia decidido tolamente ajustar o alarme para as seis horas. Mattie se levantou com um gemido infeliz. Tom deu uma batidinha impaciente na perna dela.

— Desculpe, mas você está na frente da televisão — disse ele, como se o afago no cabelo, o corpo encostado nela, tivessem sido obra de alguma outra pessoa. — É que esse programa está muito interessante. Quem poderia imaginar que é possível usar vodca para limpar a marca dos dedos na cobertura de um fondant?

Geralmente, Mattie tinha zero opiniões sobre coberturas de fondants, mas tinha algumas opiniões sobre Tom e, naquele exato momento, elas não eram muito boas. Arrastando o cobertor atrás de si, ela saiu da sala, numa tentativa de silenciosa dignidade.

Três dias para o Natal

— Eu não sou idiota! Você! Você é um idiota! — Mattie gritou para Tom, cerca de trinta e seis horas mais tarde.

— Não, a única idiota aqui é *você* — decretou Tom, irritadíssimo. — Eu te falei que os clientes só ganhavam uma sacola de pano grátis nas compras acima de vinte libras e estou vendo que você deu sacolas grátis para todo mundo. Mesmo que tivessem comprado apenas um marcador de livros.

— Você não me falou nada disso — Mattie insistiu, porque ele não havia falado. — De qualquer modo, você acha mesmo que eu me lembraria de todas as regras estranhas e arbitrárias desta livraria? Elas desafiam todas as leis da lógica!

Estavam no escritório dos fundos, para onde haviam sido mandados pela Pequena Sophie, depois de Tom ter feito a infeliz descoberta de que não dispunham mais de nenhuma sacola "Leitor, eu me casei com ele" e dito algumas coisas bem desagradáveis para Mattie ao perceber que ela era a culpada.

E, sim, ela havia gritado com ele em uma loja lotada, mas havia dormido muito pouco (o que tinha sido total culpa de Tom, porque ele saíra na noite anterior sem nem avisar a ela aonde estava indo e ela não conseguira dormir até ele chegar em segurança em casa — sozinho) e, além disso, estava fazendo o trabalho de duas pessoas. Não, de três pessoas. De três pessoas muito ocupadas.

— É, e eu tenho certeza que a Posy ia adorar te ouvir criticando desse jeito o trabalho em que ela pôs toda a sua alma — Tom revidou, porque, se Mattie estava com um humor péssimo naquele dia, o dele não ficava atrás. — Da mesma maneira que ela vai amar saber que você nos deixou sem nenhuma das sacolas mais vendidas da loja a apenas três dias do Natal.

— Aposto que vocês têm um monte de caixas dessas sacolas enfiadas no depósito de carvão ou em algum outro lugar por aí. — Havia caixas por toda parte e, aparentemente, Verity sabia onde tudo estava, mas ela continuava ilhada por causa da neve. — Isto não é uma empresa. Isto é um caos, e um caos bem longe de ser organizado...

— Vender livros tem a ver com paixão e...

— Então você poderia demonstrar mais paixão ao atender as pessoas, em vez de parecer entediado — disse Mattie, com um dedo apontado para Tom, que estava ali de braços cruzados e parecendo muito desanimado, o que a deixou ainda mais furiosa. — A Posy me deixou no comando e o mínimo que você poderia fazer...

— Você não está no comando — Tom disse depressa, com uma expressão de puro aborrecimento no rosto. — Você não tem nenhuma autoridade sobre mim.

— Ah, se eu tivesse, você estaria demitido antes de ter tempo de abrir a boca — Mattie declarou, em um grunhido feroz. Em seguida estendeu o dedo outra vez. — E a Posy me deixou, *sim,* no comando, então eu teria cuidado, se fosse você.

Tom pegou a mão dela e a usou para puxá-la para mais perto.

— Você não ousaria — ele disse baixinho e, claro, Mattie não o faria, não quando estava presa entre Tom e um móvel de arquivo, de modo que não podia escapar, não que ela quisesse, mas, ah, Deus, ela precisava sair dali. Ela gostava de Tom. Gostava muito dele. Talvez até mais do que muito, mas Tom havia sido tão maltratado pela desprezível Candace que não estava pronto para gostar de uma mulher mais do que muito. Além disso, naquele exato momento, Mattie não gostava nem um pouco dele. Ainda que ficar assim tão perto dele estivesse lhe dando o que Posy havia chamado de "ficar arrepiada".

Houve uma pausa em que eles só ficaram olhando bravos um para o outro, a mão de Tom pressionando a mão de Mattie em seu peito, onde ela podia sentir as batidas do coração dele. Então o alarme do celular dela começou a soar, interrompendo o momento.

— Então não force a barra comigo — ela avisou, soltando a mão enquanto Tom saía de lado. — E vai ter que se virar sem mim por um tempo, porque meus cupcakes precisam da minha presença.

— Fique à vontade com seus cupcakes — Tom murmurou, quando Mattie saiu do escritório. A livraria era um amontoado de gente: a fila para a cabine do visco estava extremamente irrequieta e um grupo de adolescentes se revezava para montar o bebê rena como se fossem os favoritos nas apostas para vencer o Grande Prêmio Nacional de Corrida sobre Renas.

Mas o salão de chá também estava movimentado, portanto, se Tom achava que tinha talentos superiores para vender livros, ele que se virasse. Mattie supervisionou o próprio domínio lotado, onde tudo tinha um lugar e havia um lugar para cada coisa. Ao contrário da livraria...

Levou quarenta e cinco minutos para Tom entregar os pontos. Ou melhor, ele enviou Sam para fazer o trabalho sujo em seu lugar.

— Você precisa voltar para a livraria — Sam gemeu, apoiando-se sobre o balcão de uma maneira muito pouco higiênica. — As pessoas estão tomando liberdades na cabine do beijo. Um casal ficou cinco minutos lá dentro fazendo coisas que não deviam ser postadas no Instagram da Felizes para Sempre. E a Sophie tem que ficar toda hora subindo na escada de rodinha, mas ela não deveria, porque ela tem alguma coisa no ouvido, além disso tem um problema com a encomenda para amanhã de um dos fornecedores de livros e ninguém sabe o que fazer.

— E...? — Mattie cruzou os braços e esperou, porque sabia o que estava por vir e queria saborear as palavras.

Sam jogou a franja para trás para que seu virar de olhos teatral não passasse despercebido.

— E o Tom mandou dizer que pede desculpas e se você pode *por favor* voltar e ajudar na loja.

— *Ajudar?*

— Ficar no comando da loja.

— O Tom disse isso? Será que eu posso ter por escrito, por favor?

— Ele *sabia* que você ia dizer isso — Sam resmungou, tirando do bolso um pedaço amarfanhado de papel da bobina da caixa registradora com algo rabiscado:

Minha querida Mattie,

Eu sou mau e ingrato. Por favor, venha e fique no comando de todos nós antes que os clientes causem uma perturbação da ordem pública. Além de minha eterna gratidão, eu saio para comprar o jantar hoje. Muito obrigado,

Tom

— Vou ter que emoldurar o seu bilhete — Mattie disse para Tom quando voltou à livraria cinco minutos depois. — Ou imprimir em uma camiseta. Ainda não decidi.

— Não tem graça nenhuma em tripudiar — disse Tom, acuado atrás do bebê rena, enquanto clientes vinham em direção a ele de todos os lados. — Pessoal, por favor! Poderiam formar uma fila?

Era muito bonito ter os funcionários da loja andando com iPads de uma maneira livre e organizada pela loja, mas não quando havia só mais dois dias de comércio aberto antes do Natal. Era hora de uma atitude drástica.

Mattie se enfiou pelo meio do público comprador de livros até alcançar o balcão onde não havia ninguém atendendo, embora uma fila enorme e insatisfeita tivesse se formado. Tomara que Posy não estivesse assistindo pela webcam a toda aquela doideira, porque, se estivesse, com certeza ia entrar em trabalho de parto antes da hora.

Mattie não tinha a agilidade ou a força nos braços de Tom, mas, mesmo assim, conseguiu subir no balcão e bater palmas.

— Parou! — gritou ela e, quando ninguém lhe deu atenção, ela aumentou o volume. — PAROU!

Agora, todos os olhos estavam em Mattie, que era o que ela queria, mas, ao mesmo tempo, queria muito estar de volta a seu querido e aconchegante salão de chá, cuja clientela era muito mais civilizada do que compradores de livros. Quem poderia imaginar?

Então ela olhou para Tom, o que não era difícil, porque ele era a pessoa mais alta na loja, e ele lhe fez um aceno de aprovação com a cabeça e lhe deu um sorriso de incentivo. E ela voltou a gostar dele. Muito. Talvez mais do que muito.

— Muito bem — Mattie declarou, com firmeza. — Tom e Sam, quero vocês atrás do balcão atendendo em seus iPads. Eu cuido da cabine do visco e, senhoras e senhores, agora o limite é de um minuto e meio para tirarem suas fotos. Sophie, você fica na porta. Estamos com lotação esgotada. Não deixe ninguém entrar até que algumas pessoas tenham saído. Então, se quiserem pagar, por favor, venham para o balcão. Se já tiverem pagado, estiverem com seu tíquete de compra e quiserem usar a cabine do visco, por favor, façam uma fila junto a esta parede da direita, a sua direita, não a minha. Também gostaríamos de lhes agradecer pela paciência neste período de festas e desejar a todos um ótimo Natal — concluiu Mattie. Milagre dos milagres, a massa fervilhante de pessoas se organizou, com um certo grau de resmungos, em uma longa fila para pagar e em uma não tão longa fila para usar a cabine do visco.

Agora, só o que faltava fazer era dar um jeito de descer do balcão e telefonar para Verity e lhe pedir que ligasse para o pessoal da distribuidora de livros e descobrisse qual era o problema com eles.

Tinha sido muito mais fácil subir do que descer, mas então Tom estava ali, estendendo-lhe a mão, que Mattie segurou agradecida.

— Eu poderia pular, mas é muito apertado atrás do balcão — disse ela.

— Não se preocupe — respondeu Tom. E sua outra mão segurou com firmeza a cintura de Mattie, e ela meio que pulou e ele meio que a *levantou* do balcão, fazendo-a aterrissar tão perto dele que nem um marcador de livros da Felizes para Sempre caberia no meio dos dois. — A propósito, que talento para lidar com multidões.

— Quando adolescente, eu trabalhava nos fins de semana em um food truck de hambúrgueres no Wembley Stadium em todos os grandes eventos esportivos — disse Mattie, olhando para Tom, que parecia previsivelmente horrorizado diante da menção a um food truck hambúrgueres. — Isso me deu nervos de aço.

— E eu trabalhava em um centro de jardinagem. Isso me deu um conhecimento aprofundado de quando é a melhor época de semear plantas perenes que eu nunca mais esqueci — contou ele, sorrindo para Mattie, os olhos brilhantes atrás dos óculos, ainda que pudesse ser apenas o reflexo das luzinhas de Natal...

— Olá! Romeu e Julieta! Será que poderiam guardar as demonstrações de afeto para depois do horário de trabalho? — Mattie e Tom se viraram para um homem de rosto vermelho na frente da fila que agitava uma nota de vinte libras e um exemplar de *O visconde que me amava*. — Ainda tenho que continuar as malditas compras antes que as lojas fechem.

Eles se separaram, Tom para atender o sr. Desmancha-Prazeres, e Mattie para restaurar a ordem na cabine do visco *e* telefonar para Verity e lhe perguntar se havia uma mínima possibilidade de ela chegar a Londres no dia seguinte. Ao contrário de certas pessoas, Mattie era craque em multitarefas.

Três dias para o Natal

Naquela noite, embora já fosse bem tarde, Tom e Mattie estavam novamente no sofá, a discussão esquecida, recostados um no outro e comendo pedaços de pizza direto da embalagem para a boca.

— Eu odeio o Natal — Tom resmungou enquanto pegava outra fatia de pizza com porção extra de alcaparras e sem anchovas. — Houve muito pouca paz na terra e boa vontade entre os homens na loja hoje.

— É que foi o domingo antes do Natal — lembrou Mattie. — E o Natal já é quarta-feira, então era mesmo esperado que ficasse meio difícil, mas continuamos vivos e basicamente sãos…

— Não, Mattie, essa é a parte em que você diz que também odeia o Natal — reclamou Tom. — É o nosso ponto em comum. Nós dois odiamos o Natal.

— Ah, é! Eu odeio o Natal, não é? — Como Mattie podia ter esquecido que odiava o Natal? — Bom, trabalhar atendendo clientes na época do Natal não é muito divertido.

— Você não pode fazer melhor do que isso? Vamos lá, Mattie! Consumo desenfreado do que era originalmente uma festa pagã. Saber que você vai receber uns presentes horríveis e que, por mais que se esforce, o peru sempre vai estar seco.

— Para falar a verdade, a Sandrine é a pessoa que mais sabe acertar nos presentes que eu conheço — Mattie respondeu, com ar de desculpas. — E nós não vamos comer peru este ano. Vamos ter ganso, e tender, e uma receita do Yotam Ottolenghi para o Guy e o Didier, o namorado dele, porque eles estão tentando de novo se tornar vegetarianos. Quer dizer, eu ainda não confirmei se vou passar o Natal em Hackney, mas estou pensando em ir.

— Você está traindo a causa — protestou Tom, se afundando mais no sofá, de modo que eles ficaram ombro a ombro, coxa a coxa. — Minha mãe sempre me dá meias e o peru dela é tão seco que suga toda a umidade do corpo enquanto a gente come. Por que você virou de repente a maior fã do Natal?

Mattie não era a maior fã do Natal, mas agora tinha cupcakes de gengibre natalinos decorados com pequenas folhas de azevinho feitas de fondant no cardápio rotativo do salão de chá e até prendera os cartões de Natal dados a ela por seus clientes assíduos em uma fita colorida e os pendurara na parede atrás do balcão.

— Os tempos estão mudando. Antes do Steven, eu adorava o Natal. — Mattie sorriu de lado para Tom, que sacudiu a cabeça em protesto. — Eu começava a usar roupas com temas natalinos em novembro. Planejava para ter a árvore pronta no primeiro dia de dezembro e amava fazer compras de Natal. Encontrar o presente perfeito para cada pessoa, escolher o cartão...

— Quer dizer que você escolhia cartões individuais para cada pessoa em vez de comprar uma caixa deles de uma instituição de caridade? — Cada nova revelação natalina de Mattie era recebida com um estremecimento, até Tom chegar ao seu limite.

— Sim! É divertido. Ou *era* divertido, uma maneira de mostrar aos meus amigos e às pessoas que eu amava que eles eram importantes para mim. É o ato de pensar em cada um...

— Não! Nem mais uma palavra sentimental e clichê! — Tom tampou os ouvidos. — Não acredito que você está me abandonando em um momento destes.

Mattie o cutucou com o braço.

— Acho que você vai ter que continuar rosnando sozinho. — Então suspirou e sua expressão ficou mais séria. — Por que eu deveria deixar um único homem lixo arruinar todas as coisas que eu amo? Não é culpa do Natal se o Steven atingiu o auge de sua canalhice nessa época. Eu já me privei por tempo demais de coisas que me dão prazer, só porque me faziam lembrar dele, mas agora isso acabou.

— Quer dizer que você o superou? — Tom ficou imóvel, com uma fatia de pizza parada no ar.

— Totalmente. Na verdade, eu nunca deveria ter me submetido a ele — disse Mattie, com grande ênfase, e Tom, que enfim havia dado uma mordida na fatia de pizza, engasgou com tanta força que Mattie teve que bater em suas costas.

— Desculpe, desceu pelo lado errado — disse ele, puxando um lenço de algum lugar para enxugar os olhos. — Bom, eu fico feliz por você ter recuperado o espírito natalino, fico mesmo, mas você caiu no meu conceito.

— Eu nem sabia que, em algum momento, eu tinha *subido* no seu conceito — Mattie comentou, em tom de brincadeira, porque não havia nada para ofendê-la no modo de falar de Tom; o comentário dele havia sido bem-humorado, amigável, até *afetuoso*.

— Ah, você esteve bem alto no meu conceito há um bom tempo — respondeu Tom, mas seus olhos agora estavam fixos na TV e no episódio de *Gogglebox* a que eles mal haviam prestado atenção. — Você deve ter percebido isso.

— Bom, sim, quando não estávamos gritando um com o outro por causa das sacolinhas...

— Se pensar bem, vai descobrir que a única pessoa que estava gritando era você. — Foi a vez de Tom cutucar Mattie. — Eu falei tudo que tinha que falar em um tom de voz controlado.

— Foi arrogante, Tom. Muito arrogante e incrivelmente irritante. — Era bom tirar aquilo de dentro do peito. Se ela queria outra fatia de pizza? Não, não queria. — Enfim, é uma pena que você não tenha mudado de ideia sobre o Natal, mas pelo menos é uma pessoa a menos para eu comprar um presente.

— Você ia comprar um presente para mim?

— Bem, agora a gente nunca vai saber, não é? — disse Mattie, virando-se para Tom para que ele visse o sorriso triste que ela pusera no rosto.

— Tenho certeza que vou dar um jeito de superar a decepção — respondeu Tom, mas, por um nanossegundo, ele pareceu bastante desapontado.

Talvez, se ela tivesse quinze minutos livres entre agora e depois do expediente na véspera de Natal, quando os dois sairiam do apartamento para a casa dos respectivos pais, ela poderia lhe preparar uma fornada de brownies de chocolate com chilli para ele levar para...

— Onde é mesmo que você vai passar o Natal? — ela perguntou a Tom, que comia a última fatia de pizza, embora sem muito entusiasmo.

— Com os meus pais — ele murmurou. — Nós já falamos sobre isso.

— Tom, nós somos colegas de apartamento. Já compartilhamos alguns dos nossos maiores segredos — ela o lembrou e, enquanto o fazia, lembrou de outras coisas que haviam compartilhado. Ou de uma outra coisa, o beijo, que ela havia tentado esquecer, mas a lembrança ainda a pegava desprevenida. Estava batendo massa e, de repente, lembrava-se de Tom a abraçando. Ou logo cedo de manhã, enquanto esperava Jezebel ligar, lembrava da sensação, do gosto e do calor dos lábios de Tom nos seus e tinha de pegar um frasco de leite na geladeira e pressionar contra o rosto quente até afastar a lembrança. Então, sim, eles estavam bem longe de ser estranhos. — Só me conte de uma vez onde seus pais moram e onde você cresceu e pare de agir como se isso fosse algum grande mistério! A menos que eles estejam no programa de proteção de testemunhas.

— Sim, que irônica a piadinha da Verity sobre eu ser um agente russo disfarçado quando, na verdade, os meus pais é que eram oficiais de alta patente da KGB que desertaram no ápice da Guerra Fria — disse Tom, com uma voz tão neutra que Mattie ficou na dúvida se era sério ou não.

— Você está brincando... certo?

Tom suspirou.

— Meu pai é paisagista e minha mãe faz a contabilidade para ele.

— Devem ser Jerry e Margot, eu vi o nome deles nos agradecimentos da sua dissertação. E onde eles moram? Onde o pequeno Tom passou os primeiros anos? — Era como tentar arrancar gordura grudada no fundo do forno. — Vai, Tom! Qual é o grande segredo? A menos que você tenha nascido em algum lugar com nome engraçado como Staines ou Basingstoke.

— Eu já estive em Basingstoke e não tem nada nem remotamente engraçado nisso — disse Tom, e ele estava deixando Mattie tão irritada que ela pegou a caixa de pizza vazia e a bateu na cabeça dele.

— Fale de uma vez!

— Por quê?

— Porque eu estou ficando louca de curiosidade! — Mattie explodiu, mas era mais do que isso. Certamente não era por Tom ser um enigma que ela não conseguia decifrar (embora ele ainda fosse, em muitos aspectos); era mais porque ela queria saber tudo sobre ele. O que o fazia rir? Qual tinha sido a última vez que ele havia chorado? Qual era sua comida favorita quando ele era criança? Qual era sua comida favorita agora? (E era melhor que não fosse o panini do café italiano.)

Tom tirou a caixa de pizza das mãos de Mattie antes que ela pudesse causar mais estragos, porque seu topete já estava bem amassado, e a colocou de volta na mesinha de centro. Depois, pegou a mão meio engordurada de pizza de Mattie na sua, que estava igualmente suja. O coração de Mattie acelerou.

— Vou fazer um trato com você — disse ele, com uma voz baixa e solene, como se estivesse prestes a fazer um voto sagrado, e a atmosfera mudou de leve e brincalhona para algo mais tenso e carregado.

— Que tipo de trato? — Mattie indagou, soando quase sensual. Tom estava mesmo acariciando a sua mão?

— Se nós conseguirmos não nos matar na livraria amanhã, ou seja, se você conseguir não gritar comigo, eu te farei um tour guiado por Tom Greer, os primeiros anos. Combinado?

Por um momento, Mattie se sentiu desapontada, enganada até, depois da promessa em voz baixa de Tom e do afago em sua mão. Mas a curiosidade venceu.

— Está bem, e se você conseguir não falar comigo com aquela voz arrogante, eu faço uma fornada de brownies de chocolate com chilli para você levar para... para onde é mesmo?

— Voz arrogante? Não sei do que você está falando — disse Tom, com uma voz totalmente arrogante, mas, antes que Mattie pudesse chamar-lhe a atenção para isso, ele segurou a mão dela e o coração de Mattie acelerou de novo. — Combinado!

Ela nunca se sentira tão decepcionada com um aperto de mãos na vida.

Dois dias para o Natal

Infelizmente, não haveria uma viagem pela ladeira da memória estrelada por um Tom pré-adolescente porque, faltando dez minutos para a abertura da Felizes para Sempre na segunda-feira de manhã, o penúltimo dia útil antes do Natal, Bertha teve uma crise.

Tom era a única pessoa, além de Nina, que ainda convalescia em Bermondsey, que sabia como acalmá-la e trocar a bobina de papel, mas ele não estava em nenhum lugar à vista.

Mattie por fim o encontrou enfiado no canto mais distante da antessala de eróticos/paranormais, onde ele devorava furtivamente um panini.

Não se lembrava da última vez em que havia ficado tão decepcionada com alguém.

— O Chiro me mandou uma mensagem dizendo que fazia tempo que não me via e eu achei que não faria mal comer um, pelos velhos tempos — ele explicou, um pouco na defensiva.

Mattie tentou ser a pessoa mais benevolente. Mesmo porque todos sabiam que seus *croque guvnors* e *croque missus* eram muito melhores.

— A Bertha precisa de uma nova bobina de papel — disse ela, e o que achou que seria um tom de voz neutro acabou saindo bastante ofendido. — Parece que você é a única pessoa que sabe como trocar.

— Certo — respondeu Tom, também ofendido, e isso definiu o humor entre eles pelo resto do dia, que culminou com mais uma sessão de gritos pouco depois das três, quando Tom decidiu interromper o único intervalo que Mattie havia tido desde as sete horas da manhã.

Ela estava no viva-voz com Sandrine havia dez minutos — apenas dez minutos! — para finalizar a lista de compras para a ceia de Natal enquanto conferia uma entrega de última hora que havia chegado de um dos fornecedores de livros. Sua mãe planejava chegar ao supermercado em uma hora bem louca da manhã para fazer todas as compras e começar logo a cozinhar para a festa de véspera de Natal que fazia para seus amigos e vizinhos todos os anos.

— Eu vou ter que confiar no Ian para guardar a comida, mas já faz dez anos e ele ainda não entendeu o sistema que eu uso na geladeira — disse Sandrine.

— Ele põe *ovos* na geladeira, que tipo de monstro faz isso? Acha melhor comprarmos um frasco extra de gordura de ganso, só por precaução? — Mattie levantou os olhos e viu Tom olhando furioso para ela da porta do escritório nos fundos da livraria, onde ela havia se escondido.

— Matilda — ele rosnou. — Se você não se importar de interromper esse seu assunto tão urgente, temos uma fila para pagar e uma fila para entrar na cabine de visco, e elas estão uma bagunça, então será que você poderia vir e pôr ordem nisso tudo? Se puder fazer isso antes do Natal, seria ótimo.

— Tom! É Sandrine, *la mère de Mathilde* — disse Sandrine, com uma risada tilintante. — Não fique bravo. Isso vai pôr rugas nesse seu rosto tão bonito. Se bem que aí você vai ficar bonito *e* distinto. Vocês homens têm tanta sorte! Mas a minha Mattie já vai em um instante. *Dans une minute.*

Sandrine acreditava no poder da simpatia, enquanto Mattie só desejava que Tom caísse fora com suas exigências excessivas e aquele eterno ar de superioridade. Além disso, se eles não tivessem gordura de ganso suficiente, o Natal seria um desastre *total.*

— Eu sou paga para cuidar do salão de chá — ela começou, furiosa, assim que encerrou o telefonema. — E...

— Pois não parece que você está fazendo esse trabalho também!

Então Mattie saiu pisando duro, empurrando Tom com o quadril na passagem, e eles se alfinetaram pelo resto do dia. Talvez tudo se resolvesse se eles tivessem mais uma noite cansada no sofá, comendo comida para viagem recostados um no outro, mas ambos tinham planos diferentes.

Depois que a livraria fechou e todos, exceto Mattie, que estava furiosamente batendo massa, tinham ido para casa, um grupo de Riso Boys passou para pegar Tom.

— Nós sempre saímos na antevéspera de Natal para acabar com os estoques de bebida de Londres. A polícia já emitiu um boletim alertando as pessoas para trancarem suas filhas em casa — explicou Phil, quando Mattie, ao ouvir uma cantoria de "Olá! Olá! Olá!", saiu para investigar.

— Ah, sei, sei — disse Mattie, com uma tigela enfiada sob o braço enquanto continuava batendo a massa como se sua vida dependesse disso, e todos eles gargalharam, exceto Tom, que saiu pela porta da livraria parecendo mal-humorado e irritado enquanto vestia um casaco grosso tão antiquado e gasto quanto suas jaquetas.

— Pode vir com a gente se quiser — disse Phil, o que fez a piada sobre o perigo para as filhas de Londres. Tom passou de mal-humorado para uma cara de quem estava chupando um saco de limões, o que deixou Mattie tentada a aceitar o convite.

Mas provocar Tom não era mais a diversão que costumava ser. Na verdade, isso a deixava triste e, de qualquer forma, ela também tinha o próprio compromisso para aquela noite.

— É um convite tentador, mas tenho outros planos — disse ela, no momento em que Pippa entrava na praça, com seu andar confiante e o cabelo balançando. Ela era a única pessoa que Mattie conhecia que conseguia usar um casaco de lã branco e mantê-lo imaculado.

— Mattie! Tom! Phil! Mikey! Costa! Daquon! — Um dos muitos superpoderes de Pippa era ser capaz de lembrar o nome das pessoas, o que deixou todos os Riso Boys olhando para ela boquiabertos de espanto e admiração. — Não vejo vocês desde sua festa de Natal. Boas Festas para todos!

— Nós poderíamos ficar... — Phil começou a dizer.

— Mas não vamos — Tom interrompeu com firmeza, marchando através da praça enquanto seus colegas se demoravam na frente de Pippa, que não fazia nem ideia do amor que despertava no coração deles. — Venham logo! A cerveja não vai se beber sozinha.

Os Riso Boys saíram aos tropeções atrás dele, Daquon demorando-se um pouco mais para dizer a Pippa:

— Você está no HookUpp? Porque a gente devia muito se conectar.

— Fico lisonjeada, mas acho que não — disse Pippa, e sorriu radiante para ele, porque sabia como recusar um homem gentilmente. — Mas tenha um ótimo Natal. E eu desejaria um feliz Ano-Novo, mas acredito que ou se toma uma decisão consciente de ser feliz ou não, certo?

A julgar pela expressão atordoada no rosto de Daquon enquanto ele tentava processar a filosofia de positividade de Pippa, ele ia ter que pensar sobre aquilo.

— Hã, certo. Espero que você escolha ter um feliz Ano-Novo — ele balbuciou por fim, depois se apressou atrás de seus amigos, que Tom fazia passar pelo portão como uma mamãe gansa contando os filhotes de volta para casa.

Antes de sair atrás de Daquon, Tom parou e olhou para onde Pippa e Mattie se encontravam de pé na praça. Estava muito escuro e Tom estava longe demais para Mattie ver seu rosto, mas imaginou que sua expressão ainda se assemelhasse a um buldogue mastigando uma vespa. Ele ergueu a mão em uma saudação, mas foi embora antes que Mattie pudesse retribuir o gesto.

Então Mattie baixou os olhos para sua tigela.

— Nossa, acho que passei do ponto da massa.

— É, provavelmente sim — disse Pippa, com o olhar no ponto onde Tom havia estado, antes de voltá-lo para a tigela de Mattie. — Você está mesmo falando da massa ou está usando a massa como uma metáfora para o seu relacionamento com o Tom?

Mattie tentou encarar Pippa para fazê-la baixar os olhos, mas não funcionou. Pippa também era ótima em manter o contato visual.

— Às vezes a massa é só massa mesmo.

— Claro que sim — respondeu Pippa, tentando não contrariar a amiga. — Agora, ponha essa massa na geladeira. A mesa está reservada para as nove. Acabei de sair de uma aula de boxe fitness e estou faminta.

Quando Mattie não precisava ser resgatada de Paris, ela e Pippa tinham uma tradição de jantar em um restaurante indiano e trocar presentes na antevéspera do Natal. Depois Pippa dirigia até o chalé de pedras de seus pais nos arredores de Halifax. Ela dizia que preferia dirigir à noite para evitar o trânsito. A única desvantagem era que isso fazia Pippa recusar qualquer bebida alcoólica e ficar de olho no relógio, apressando Mattie ("coma depressa, eu quero sair antes das dez e meia"), o que resultava em Mattie tendo que engolir seu curry de camarão tão rápido que seus olhos lacrimejavam e virar sua garrafa de cerveja Cobra em tempo recorde. Desta vez, Mattie se sentia distintamente indisposta enquanto caminhava com Pippa até o escritório de Sebastian, em Clerkenwell, onde o carro de Pippa estava estacionado, com o vento forte lhes açoitando o rosto.

Em cada vitrine de loja, luzes de Natal piscavam para elas. Havia até cordões de luzinhas acesas enrolados no alto de cada poste de luz, cortesia da subprefeitura de Camden. *Que festivo*, pensou Mattie, como uma simplória apaixonada pelo Natal.

— Obrigada pelas luvas de boxe novas — Pippa agradeceu com entusiasmo, enquanto Mattie tentava não arrotar. — E eu estou muito contente por você ter escolhido ter um Natal feliz este ano.

— Eu não diria que estou particularmente feliz neste exato momento — disse Mattie, ciente de ter perdido algumas camadas de pele do céu da boca.

— Você só precisa fazer mais massa e não passar do ponto dessa vez — Pippa aconselhou, com sabedoria e um brilho nos olhos. Quando ela enfiava uma ideia na cabeça...

— Pips, quando eu disse que passei do ponto da massa, eu estava realmente com uma tigela de massa debaixo do braço que tinha passado do ponto. Não foi uma metáfora e não tinha nada a ver com o Tom...

— Eu não disse que tinha alguma coisa a ver com o Tom. É você que está tocando no nome dele — disse Pippa, pegando a chave do carro. — Interessante. Muito interessante.

— Não. É irritante. Você está sendo muito irritante.

Mas Pippa apenas sorriu de lado.

— Bem, para ser sincera, a Posy contou para o Sebastian, que não consegue guardar segredo e, então, ele contou para mim, que ela está grudada na webcam — disse Pippa, destravando as portas com um bip na chave e outro no carro.

— Isso não é novidade. Ela não para de mandar mensagens para reclamar das nossas técnicas de organização de filas e perguntar quanto dinheiro entrou no caixa a cada meia hora — relatou Mattie, desalentada.

— O Sebastian disse que ela está muito mais interessada em observar você e o Tom flertando do que na organização das filas. Embora eu tenha lido um estudo em que uma sorveteria em Venice Beach distribuiu água grátis para as pessoas que esperavam na fila...

— Não interessa. O que você disse antes? — Mattie indagou, bloqueando fisicamente a passagem de Pippa para o carro. — Flertando? O Tom e eu não *flertamos* na loja. — (Mas Mattie ainda estava indecisa se eles flertavam fora do horário de trabalho quando ficavam encostados um no outro no sofá.) — Nós quase que só brigamos na loja. Sobre as preciosas sacolinhas da Posy, entre outros motivos. Ela devia estar reclamando disso, em vez de fazer fofoca e inventar coisas.

Com sua força adquirida nas aulas de boxe fitness, Pippa moveu Mattie para fora do caminho.

— A Posy acha que as brigas são só um motivo para flertar — ela contou alegremente, entrando no carro. — Disse que ela e o Sebastian eram a mesma coisa e que, a julgar por toda a recente atividade romântica na loja, você e o Tom vão estar comprometidos antes do Dia dos Namorados.

— *O quê?* — Isso era típico de Posy. Típico de alguém que lia tantos livros românticos que tinha dificuldade de ver a diferença entre ficção e vida real. Sem falar em todos aqueles hormônios da gravidez.

Além disso, Posy não tinha como saber daquele beijo sobre o qual Mattie não ia de forma alguma ficar pensando. E, de qualquer modo, Tom não se sentia assim em relação a ela. Se sentisse, ele seria claro em suas intenções, não seria? E ele nem sequer se lembrava de eles terem se beijado.

— Então a Posy disse ao Sebastian que você e o Tom teriam que planejar o casamento de vocês para depois que ela tiver perdido o peso que ganhou na gravidez — Pippa disse com um sorriso. — Isso é uma revolução tão importante no seu desenvolvimento pessoal, Mattie! Você disse que achava que estava na hora de dar outra chance a Paris, mas nunca mencionou que ia dar outra chance ao amor também. E com o Tom!

— Eu não disse porque não é nada disso — garantiu Mattie, agora impedindo fisicamente Pippa de fechar a porta do carro. — Quer dizer, eu não sou mais tão contra o amor assim. Na verdade, eu acho que mereço ser amada.

— Eu tenho tanto orgulho de você — disse Pippa, agora sem sorrir, e com grande sinceridade. — Você merece muito ser amada. Agora, por favor, solte a porta. Eu quero estar em Halifax até as três horas, no máximo.

Mattie deu um passo de lado.

— Mas vamos deixar clara uma coisa. Esse amor... não vai ser com o Tom — declarou ela, mas Pippa havia fechado a porta e, por seu pequeno aceno e um animado polegar para cima, Mattie não teve certeza se ela ouviu.

Um dia para o Natal

Mattie foi acordada na véspera do Natal não pelo despertador, mas pelos sons inconfundíveis de alguém vomitando no exato momento em que seu celular começou a tocar.

O telefonador matinal — e, se fosse alguém fazendo telemarketing, que Deus tivesse piedade de sua alma — teve precedência sobre o vomitador matinal. Especialmente porque acabou sendo Sandrine.

— *Mon ange!* Estamos na fila para *entrar* no supermercado há duas horas — ela se lamentou, sem sequer um "Bom dia, desculpe por telefonar antes das seis". — O que vamos fazer se não tiver mais rolinhos de carne de porco?

— Eu achei que não fôssemos ter rolinhos de carne de porco pelo fato de que eu não quero ver outro rolinho de carne de porco na minha frente no mínimo até novembro — disse Mattie, acordada pela voz em pânico de sua mãe com a mesma eficiência que teria uma xícara muito grande de café preto.

— Mas todas as outras pessoas gostam deles — respondeu Sandrine, implacável. Mattie ouviu Ian gritar um palavrão ao fundo e desejar uma morte lenta e dolorosa para o motorista que acabara de cortar na frente deles. — Você vai vir para o Natal, então, em vez de passar o dia na cama?

Très bien! Quer vir hoje depois do trabalho, ou o Ian passa para pegar você aí amanhã?

Eles iam fechar às quatro naquela tarde e reabrir apenas no dia 28. Mattie não se lembrava da última vez em que havia tido um dia de folga e, embora tivesse certeza de que não ia querer ficar na cama para evitar o Natal dessa vez, bem que gostaria de ficar na cama para dormir três dias direto de pura exaustão.

Do outro lado da porta, o som de alguém vomitando ficou mais alto e, ainda que tivessem se despedido brigados, Mattie sentiu uma pontada de compaixão por Tom. Então pensou nos três dias que ficaria sem vê-lo e, embora fossem dias que passariam festejando, trocando presentes e assistindo a musicais um atrás do outro, de repente lhe pareceram três dias muito chatos.

— Sim, eu decidi participar das suas comemorações de Natal — disse Mattie. — Mas estou muito cansada e, se eu for para aí esta tarde, você vai acabar me pondo para preparar a ceia. Eu conheço você.

— Até parece que eu faria uma maldade dessas. — Então Sandrine deu um grito repentino. — Ian! *Là!* Aquele carro branco está saindo!

Os serviços de Mattie não eram mais necessários e Tom *ainda* estava vomitando. Fazendo uma careta em antecipação ao cheiro e à cena que a aguardavam, Mattie abriu a porta do quarto e saiu no corredor. A porta do banheiro estava entreaberta e, de joelhos, segurando-se ao vaso sanitário, estava... o Conde de Monte Riso.

— Você está bem, Phil? — Mattie perguntou, gentilmente.

A resposta foi um gemido, e Mattie se retirou. Cinco minutos mais tarde, quando os sons de vômito pararam, ela se aventurou de volta e encontrou um Phil envergonhado e pálido no corredor.

— Eu esperaria uns minutos, se fosse você — ele avisou. — Eu abri a janela, mas, mesmo assim...

— Eu vou usar lá embaixo — Mattie decidiu. — Tenho que começar meus croissants e meus rolinhos de... Desculpe!

À mera menção de comida, Phil teve um ataque de ânsia e levou uma mão à frente para manter Mattie longe, não que ela tivesse alguma intenção de se aproximar dele. Ela deu vários passos para trás, mas foi um alarme falso.

— Nunca mais vou beber — disse ele, com tristeza. — É tudo culpa do Tom.

— O Tom te embebedou? — Mattie perguntou, incrédula. Será que ele tinha voltado à época de Grão-Riso da Risandade? — O meu Tom?

Phil franziu a testa, confuso.

— O seu Tom? O nosso Tom! Ele disse que ia afogar as mágoas e disse que eu tinha que o acompanhar copo por copo porque é isso que irmãos de mães diferentes fazem, mas eu esqueci que o Tom é maior que eu.

Isso era dizer o mínimo. Phil era, literalmente, a metade do tamanho de Tom.

— Ele disse por que estava afogando as mágoas?

— Alguma coisa sobre mulheres. Será que era por ter que trabalhar com um monte de mulheres? Teve toda uma lamentação sobre sacolas, mas, sério, eu só lembro de alguns pedaços. Mas tenho certeza que lembro do Tom gritando que não queria mais saber de mulheres e seus cupcakes.

— Cupcakes? — Sua tímida esperança deu lugar à fúria diante da novidade de que Tom não queria mais saber dela. Eles mal haviam começado o que quer que fosse, então como ele podia dizer que estava tudo terminado sem nem ter falado com ela? — Ele vai ver os cupcakes que eu vou dar para ele!

— Ah, não! — Dessa vez a ânsia não foi só um ensaio, mas para valer. Phil correu para o banheiro de novo e bateu a porta.

— Você vai se sentir muito melhor se escovar os dentes depois — gritou Mattie. — Use a escova azul. Tenho certeza que o Tom não vai se importar!

Uma vezinha só, seria bom fazer massa laminada sem ter que descontar sua irritação na massa, mas ainda não era esse o dia.

Também não seria um dia tranquilo. Quando Cuthbert chegou, resplandente em um terno cheio de pequeninos Papais Noéis, seguido logo depois por Sophie, que viera trabalhar vestida de um elfo muito fofo, e por Sam, que viera como um elfo bem menos fofo (tais eram os poderes de persuasão de Sophie), já havia uma fila razoável do lado de fora do salão de chá.

— Uau! — exclamou Mattie, olhando para os três. A visão de Sam vestido em um macacão de elfo a acompanharia até o dia de sua morte. Quanto a Cuthbert... — Vocês capricharam mesmo!

— É Natal — disse Sophie, procurando algo na bolsa e tirando dela um par de chifres de rena que acenderam quando ela apertou um botão. — Este é para você. Eu comprei na...

— Na loja de uma libra, eu sei. Alguém devia expulsar você daquele lugar — respondeu Mattie, cruzando os braços e apertando os lábios para conter o sorriso que forçava os cantos de sua boca. — E eu não vou pôr essa *coisa* na minha cabeça.

— Desmancha-prazeres. — Sophie avançou para Mattie, que deu um pequeno passo para trás.

— A mesma desmancha-prazeres que estava planejando dar a vocês um bônus de Natal muito generoso? — quis saber Mattie.

— "A dama faz protestos demasiados" — decretou Cuthbert, pegando os chifres da mão de Sophie e colocando-os na cabeça de Mattie. — Assim está melhor!

Não adiantava discutir, decidiu Mattie. Do mesmo modo como já fazia um tempo que tinha parado de reclamar dos furtivos bombardeamentos natalinos de Sophie e Cuthbert no salão de chá. Havia agora tantos festões, faixas e correntes de papel coloridas, sem falar nas árvores de Natal em miniatura e uma infinidade de decorações de mesa com temas festivos, que era difícil dizer onde as decorações de Natal terminavam e o salão de chá começava.

O espírito festivo era contagiante: enquanto se ocupavam com as tarefas pré-abertura, Mattie até se pegou cantando em dueto com Cuthbert em "Baby, It's Cold Outside", ainda que essa fosse basicamente uma canção sobre assédio.

Os preparativos logo estavam concluídos e os primeiros cafés e doces sendo servidos, mas ainda havia uma fila impaciente no lado de fora, esperando a abertura da Felizes para Sempre. Mas nem sinal de Tom, que sem dúvida estava derrubado em sua própria ressaca.

— Ah, meu Deus, nós precisamos de mais gente! — exclamou Mattie. Sentiu a pressão subir e parar em algum ponto da pálpebra esquerda, que se contraía sem parar. — Sam, quero que você vá lá em cima e arranque o Tom da cama.

— Eu não me sinto bem fazendo isso — disse Sam, tentando se esconder atrás do bebê rena, que já estava bem deteriorado. Eles nunca iam conseguir de volta o dinheiro do depósito. Houve uma súbita agitação na porta, e Mattie, temendo que a fila estivesse prestes a se transformar em um verdadeiro tumulto, correu para lhes pedir calma. Foi quando viu Nina ali.

Só podia estar alucinando, porque Nina devia estar em casa, convalescendo depois de quebrar vários ossos do corpo, e não do lado de fora da loja, de muletas e colar cervical, sendo praticamente mantida em pé por Noah.

Mattie abriu a porta depressa para deixá-los entrar.

— Que bom te ver! — gritou Mattie, avançando para abraçar Nina, mas sendo bloqueada por Noah.

— Cuidado com as costelas! — disse ele, enquanto Nina avançava de forma muito lenta e difícil até o sofá.

— Sophie, eu preciso que você arrume as almofadas — ordenou Nina, enquanto Mattie fechava a porta e levantava as mãos para a fila para indicar que precisariam de talvez mais uns cinco minutos para abrir.

— Não acredito que você veio nos ajudar no momento em que mais precisamos! — exclamou Mattie. — Nina, isso é mesmo muito mais do que poderíamos esperar.

— Eu sei — Nina concordou, fazendo uma pequena careta ao se mover para Sophie enfiar almofadas atrás de suas costas. — Mas eu estava tão entediada em casa! Fiz uma maratona completa de *Sex and the City*, que, a propósito, decaiu um pouco, e, se tivesse que passar mais um dia trancada no apartamento, eu ia surtar.

— Ah, eu imagino. Mas... você pode trabalhar, não pode? — Mattie perguntou, ansiosa.

— Não — Noah respondeu com firmeza.

— Sim — disse Nina, com igual firmeza. — Posso ficar com um iPad para as pessoas pagarem comigo e posso mostrar a elas daqui mesmo onde está qualquer livro na loja. Na verdade, estou surpresa de vocês terem conseguido se virar aqui sem mim, mesmo por esses poucos dias.

— Ótimo! — exclamou Mattie, esfregando as mãos em agitação. — Então eu vou abrir agora. Sam! Por que você não foi lá em cima arrastar o Tom para fora da cama?

— Porque eu já levantei. — Tom entrou cambaleante pela porta que levava à escada do apartamento. — Como podem ver.

Ele mal podia ficar em pé, agarrado ao balcão e com o rosto pálido. Mattie teve compaixão zero.

— Você devia estar aqui embaixo, pronto para começar a trabalhar, dez minutos atrás. — Ela se virou bruscamente para dar uma olhada no homem que, ao que tudo indicava, não queria mais saber dela. — Vou abrir a loja agora e você vai ter que dar um jeito aqui sem mim por quinze minutos, porque eu tenho o salão de chá para administrar também.

— Por que a Mattie está com todo esse sangue nos olhos? — Mattie ouviu Nina perguntar enquanto virava a placa para "Aberto" e destrancava a porta. Mattie se sentiu tentada a lhe contar por que, mas não havia tempo.

Enquanto isso, o salão de chá estava um caos. Havia uma enorme fila impaciente serpenteando do balcão, onde Jezebel emitia uma série de assobios estranhos, como se estivesse prestes a explodir. Mattie se identificava com ela.

— O que está acontecendo? — ela perguntou a Cuthbert, que era normalmente tão imperturbável, mas agora parecia exausto. Estava de mangas de camisa, dando cutucadas em sua amada máquina de café.

— A Jezebel está muito infeliz hoje — Cuthbert explicou. — Ela não quer saber de vaporizar leite.

Mattie levou a mão à cabeça, estressada.

— Droga de Jezebel!

— É esse tipo de atitude que a fez ficar tão rabugenta — disse Cuthbert, em um lamento. — Eu liguei para o técnico, mas ele não vai mais poder vir este ano.

— Típico! — Mattie grunhiu. — Bom, então é café preto ou nada. — Um bipe frenético soou nas profundezas do bolso de seu avental. — Ah, não, é o alarme agora. Tenho coisas para tirar do forno.

Foi uma manhã dos infernos. Embora Mattie tivesse pregado um aviso na porta do salão de chá e na birrenta Jezebel, teve que explicar incontáveis vezes (pelos menos cento e quarenta e sete, em uma estimativa cautelosa) a clientes furiosos qual era a situação das bebidas quentes.

Somando-se a isso, toda hora ela era chamada para ajudar na livraria por causa das pessoas imprevidentes que haviam deixado para comprar os presentes no último minuto. Sophie tentava organizar a fila da cabine do visco, mas ninguém respeitava sua autoridade. Nina continuava reclinada no sofá como uma velha monarca e atendia as pessoas muito devagar. Sam e Tom estavam atrás do balcão, monossilábicos com os clientes.

— Eu não vi os dois dizerem "Feliz Natal" para um único cliente — reclamou Posy em seu quinto telefonema da manhã. — Vá dar uma bronca neles! Agora!

— Eu adoraria, mas não estou com tempo disponível para dar bronca em ninguém — disse Mattie, quando um dos cronômetros no bolso de seu avental começou a apitar. — Na verdade, estou voltando para o salão de chá agora mesmo.

— Antes de fazer isso, poderia ajustar a posição da webcam para eu ter uma vista melhor do balcão? — pediu Posy. Mattie nunca teve tanta vontade de jogar seu celular na poça d'água mais próxima. — E você e o Tom não tiveram nenhuma briga esta manhã, o que é bem decepcionante.

— O dia é uma criança. E, Posy, espionar seus funcionários, depois contar tudo para o marido, que depois conta tudo para os funcionários *dele*, como a minha melhor amiga, Pippa, deve violar um bocado de leis

— Mattie declarou, ofegante, enquanto desviava de clientes no caminho de volta ao salão de chá.

— De jeito nenhum — respondeu Posy, muito satisfeita; o repouso forçado evidentemente estava lhe fazendo bem.

— Eu não tenho tempo para isso — disse Mattie, desligando o telefone e jurando que, a menos que a livraria estivesse pegando fogo (e, a julgar pelo andamento do dia até ali, essa hipótese era bem possível), ela não atenderia mais nenhum telefonema de Posy. Sentiu-se muito bem com essa decisão.

E houve muito pouco com o que se sentir bem até cinco minutos para o meio-dia, quando Mattie deu uma corrida até a loja para ter certeza de que todos estavam trabalhando em sua plena capacidade e viu a gerente efetiva da Felizes para Sempre entrar pela porta.

— Verity! É você mesma ou eu estou tendo uma alucinação induzida pelo estresse? — gritou Mattie.

— Não me abrace! — exclamou Verity, afastando-se de Mattie, que tentava fazer exatamente isso. — A situação não está para abraços. A neve virou lama e nós tínhamos prometido passar o Natal com o pai do Johnny em Londres, então aqui estou eu. Mas vocês não precisam de mim para atender clientes *de carne e osso,* certo? Vou assumir os pedidos do site.

— Verity Love, é véspera de Natal. Se você não entrar atrás deste balcão e atender clientes *de carne e osso,* eu nunca mais vou falar com você — protestou Tom de onde lidava com Bertha, que estava quase tão sobrecarregada quanto Jezebel. — Pior, eu vou te inscrever em um aplicativo de fazer amigos pela internet e uma tonelada de gente vai entrar em contato com você, querendo bater papo.

— Você não ousaria fazer isso — Verity rosnou.

Aquele era Tom em sua pior expressão de desafio.

— Experimente para ver.

Verity, a adulta mais responsável da equipe de funcionários, foi para trás do balcão batendo os pés, com toda a graça de uma adolescente mal-humorada e, embora eles ainda estivessem com Posy a menos, Mattie já podia deixá-los sozinhos.

Ela subiu ao apartamento para começar a trazer os rolinhos de lombo de porco que Meena estivera fazendo enquanto Phil, deitado no sofá, reclamava que o cheiro de bacon o deixava enjoado. Por fim, o cheiro de bacon o reviveu e ele devorou cinco rolinhos que deveriam ser para clientes pagantes.

— Só mais quatro horas — Mattie murmurou para si mesma, enquanto descia novamente com uma bandeja lotada em cada mão. — Mais quatro horas e serão três dias de folga e você não terá mais que olhar para um rolinho de lombo de porco, uma tortinha de frutas secas ou um bolo red velvet fantasiado de minipudim de Natal por onze meses inteiros.

— Com licença, por que vocês não estão servindo cappuccino? — Assim que Mattie entrou no salão de chá, uma mulher com um casaco amarelo-ovo de pele sintética surgiu do nada, dando-lhe um tamanho susto que rolinhos de lombo de porco voaram em todas as direções.

— Aaaah, não é possível! — Mattie inclinou a cabeça para trás e piscou sem parar, esforçando-se para não cair no choro.

— Não adianta chorar sobre rolinhos de lombo de porco derramados — disse Sophie, solidária, vindo limpar os restos do massacre de carne de porco e massa folhada. — Você ficou sabendo que o Chiro ouviu a notícia de que a Jezebel teve um chilique? Um dos filhos dele está parado na entrada da praça avisando nossos clientes para darem meia-volta se estiverem querendo uma bebida quente com leite.

— Eu não aguento — disse Mattie, desabando na cadeira mais próxima e atrapalhando um jovem casal que dava cupcakes na boca um do outro. — Eu não aguento mais. Estou um verdadeiro caco.

— Calma, vem comigo. — Sophie conduziu Mattie até a cozinha e trouxe rapidamente um *espresso* duplo e um *pain au chocolat*, que ajudaram muito a renovar seu nível de energia, de modo que, quando Sam a chamou de volta à livraria uma hora mais tarde, ela estava quase totalmente ressuscitada.

— É só a Nina que está morrendo de vontade de fazer xixi, e também é contra a lei não nos deixar ter quinze minutos de intervalo depois de cinco horas de trabalho.

— Foram só quatro horas, já que abrimos às nove. Mas, claro, tire um intervalo.

— Então eu e a Sophie vamos até o Burger King comprar nuggets — Sam insistiu. — Isso não é negociável.

Mattie não ousou discutir. Ela assumiu o posto de Verity, que precisava acompanhar Nina ao banheiro, o que fez com que ela e Tom fossem os dois únicos funcionários que restaram na loja.

Tom estava bem menos pálido do que antes, mas continuava muito quieto atrás do balcão, atendendo os clientes de um jeito mecânico, enquanto Mattie se posicionava junto à cabine do visco.

Em vez de explicar sobre a falta de leite vaporizado para pessoas que eram perfeitamente capazes de ler um aviso, ela agora tinha que explicar que só era possível usar a cabine com um comprovante de compra para pessoas também capazes de ler uma placa.

Não era de admirar que a fila estivesse sempre tão longa, com o casal lá dentro ultrapassando muito seu tempo-limite de um minuto e meio.

— Meu queixo está saindo esquisito — a menina ficava exclamando, até que Mattie perdeu a paciência e abriu a cortina.

— Mais meio minuto e eu vou tirar vocês daí — ela lhes disse. — É só uma droga de uma selfie, vocês não estão posando para a capa da *Vogue*.

— Que mulher chata! — a menina murmurou, enquanto Mattie fechava a cortina outra vez.

— Um minuto — ela anunciou para as pessoas que esperavam do lado de fora. — Vocês têm um minuto na cabine. Sessenta segundos e só.

Houve um murmúrio geral de descontentamento, que Mattie silenciou com sua melhor cara de má.

— Eu não acho que isso seja razoável — Tom interveio de trás do balcão. — Um minuto não é tempo suficiente.

— Um minuto é tempo de sobra e eu não lembro de ter pedido a sua opinião — Mattie revidou.

— Está bem. Obrigado pelo esclarecimento. — Tom lançou um olhar bravo para Mattie por cima da cabeça de seu cliente, e ela o devolveu. Pensando bem, quanto tempo as pessoas demoravam para fazer um xixi ou comprar nuggets e, sem dúvida, se agarrar um pouco pela rua?

Quando Nina e Verity voltaram do banheiro, Sophie e Sam haviam retornado com as sobras de seus nuggets, Cuthbert havia aparecido para avisar que Cynthia lhe pedira para ir até a farmácia comprar um antiácido e uma touca de banho, e Tom e Mattie estavam frente a frente no meio da loja.

Gritando um com o outro.

De novo.

— Quando alguém pergunta para você se nós embrulhamos para presente, sua resposta não pode ser "Fala sério!" — Mattie disse a Tom, enfática, com as mãos nos quadris. — Francamente, você devia ser proibido de chegar perto do público.

— E você devia ser proibida de ficar me dando ordens, já que eu trabalho aqui há mais tempo do que você e tenho um doutorado!

— Mas em livros, e não em nada *útil*!

— Falou a mulher que tem um diploma em bolos!

— É *pâtisserie*!

— Cupcakes. Um certificado em cupcakeria — Tom zombou.

— Isso nem existe!

Eles rodeavam um ao outro agora, como dois animais selvagens tentando encontrar uma fraqueza no oponente para atacar. A multidão da véspera de Natal, seus colegas, tudo havia evaporado. Mattie só conseguia enxergar Tom e a cara insuportável e arrogante dele.

— Quando eu te conheci, eu te achei tão de bem com a vida, tão cheia de estilo com essa sua vibe Audrey Hepburn e o criativo toque francês em doces clássicos ingleses — disse Tom, como se estivesse relembrando. — Mas logo ficou claro que você era completamente rígida e controladora e a Audrey Hepburn deve estar se revirando no túmulo por você ter roubado o look dela.

Mattie abriu e fechou a boca algumas vezes. Como ele se atrevia? Como se atrevia?

— Eu... eu... — ela gaguejou, incapaz de usar as palavras. — A minha opinião sobre você não mudou, porque eu achei que você era um acadêmico chato e bolorento com aquele cardigã que só servia para jogar no lixo e, mesmo depois, quando achei que você era uma pessoa agradável e atraente, cheio de conteúdo, você acabou com várias das minhas panelas antiaderentes, esfregando talheres de metal nelas. Pronto, falei!

— Por que você é tão obcecada pelos meus cardigãs?

— Porque eles são uma afronta para os meus olhos! Aquele com os cotovelos de couro então... O que passou pela sua cabeça quando comprou aquilo?

— Que ele seria quente em uma loja com correntes de ar e prático porque eu costumo gastar os cotovelos dos meus outros cardigãs por me apoiar neles quando estou lendo. Agradável e atraente, é? — Tom chegou mais perto e ela já mal podia respirar.

— Eu não disse isso — ela negou, com uma voz baixa e rouca.

— Você disse. Ah, mas você disse mesmo — Nina interveio, e Mattie e Tom olharam em volta e perceberam que o público não era só de seus colegas, mas de toda uma loja de compradores de livros.

— Já chega — declarou Tom e, em um daqueles seus movimentos decididos e inesperadamente fortes, puxou Mattie para a cabine do visco que acabara de vagar, sentou no banquinho e a sentou em seu colo.

— Eu não sei por que você está agora todo machão se é tão evidente que não está interessado em mim. O Phil disse que você não queria mais saber de mulheres e suas sacolas e seus cupcakes, então, com certeza, você estava falando de mim!

— Eu nunca disse isso — Tom protestou, pondo os braços em volta de Mattie, o que tornou sua precária posição no colo dele muito mais confortável. — As lembranças confusas do Phil sobre a noite passada nunca seriam aceitas como testemunhos válidos em um tribunal.

— Você não pode não querer mais saber de mim se nunca nem co meçou a querer — disse Mattie.

— É você que não quer saber de mim! Você nem lembra de ter me beijado, quando aquele beijo foi um dos melhores momentos da minha vida — disse Tom, com uma voz magoada.

— Mas *você* disse que não lembrava do beijo!

— Só porque *você* disse primeiro que não conseguia lembrar. Eu não queria ser acusado de te beijar num momento em que você não sabia o que estava fazendo, se bem que, sinceramente, eu não acho que você não sabia o que estava fazendo naquela noite. — Tom franziu a testa.

— Eu sabia o que eu estava fazendo, mas agora estou confusa. Você é o rei das mensagens confusas — disse Mattie, pondo a mão aberta no peito de Tom e sentindo que o coração dele estava acelerado. — Um dia você grita comigo sobre sacolas e, no seguinte, *faz carinho* no meu cabelo. Nem tente negar de novo que você fez carinho no meu cabelo.

— Eu neguei porque é óbvio que você não sente por mim a mesma coisa que eu sinto por você. Você falou que estava pronta para começar a sair com outros homens agora que superou seu ex-namorado canalha.

— Eu não quero sair com outros homens — disse Mattie, e a expressão de Tom murchou e, embora os braços dele continuassem à sua volta, ela o sentiu se distanciar, fechando o rosto agradável e atraente e se tornando o estranho de testa contraída outra vez.

— Então você ainda odeia *todos* os homens — ele confirmou, tristemente.

— Não *todos* os homens... — Mattie começou, mas parou quando Tom apoiou a testa no ombro dela como se estivesse angustiado.

— Eu juro que não quis me aproveitar de você, Mattie — disse ele, engolindo em seco. — Eu me senti tão culpado por ter te beijado. É um terreno muito delicado para se pisar quando a gente se sente atraído por uma mulher que foi magoada por um homem que confundiu todos os limites. Se as minhas atenções não foram bem-vindas...

— O que você está falando? Eu retribuí o beijo! Até ouvi sininhos tocando! Para alguém que tem um Ph.D. em ficção romântica, você é bem lento para entender sinais — disse Mattie, puxando gentilmente o cabelo de Tom e fazendo-o levantar a cabeça e ver a ternura que havia suavizado o rosto dela. — Eu não odeio *todos* os homens, mas não quero sair com outros homens porque o único homem que eu quero é você.

Houve um momento de silêncio e Mattie não conseguia mais olhar para Tom, então baixou os olhos para o chão, para os pés dele com os sapatos marrons antiquados, até que ele pigarreou.

— Ah, entendi. Bom, isso muda muito as coisas, não?

O coração de Mattie batia tão rápido quanto o de Tom, desabrochando como uma flor, já que antes estivera fechado para a dor não o atingir

— Espero que sim.

— Eu sei que estou voando muito alto e que, se você realmente decidisse sair com outros homens, eu não seria páreo de jeito nenhum, com meus cardigãs e meus livros acadêmicos chatos — disse Tom, e Mattie pôs um dedo em seus lábios para que ele não dissesse mais nada, porque tudo aquilo que ele estava dizendo era ridículo.

— Embaixo desses cardigãs tem uns ótimos músculos — comentou ela. — O jeito que você pulou por cima do portão quando nós estávamos tentando soltar o Strumpet... Eu mal notei os bombeiros bonitões depois daquela demonstração impressionante de força nos braços.

Tom a encarou.

— Você estava de olho em mim *todo* esse tempo? Enquanto eu tentava separar trabalho de vida, negócios de prazer? — Ele quase ronronou essa última palavra e seus olhos fixos em Mattie ficaram mais intensos quando ela umedeceu nervosamente os lábios.

— Não *todo* o tempo. Na maior parte das vezes eu também fiquei furiosa com você. — Mattie pôs os braços em volta do pescoço de Tom e eles estavam de novo muito perto um do outro. — Você não está voando muito alto comigo. De jeito nenhum. Tirando meu certificado em... como é mesmo?... *Cupcakeria*, eu saí da escola com notas dentro da média e os únicos livros que eu leio são de culinária.

— Bom, ninguém é perfeito — disse Tom. — Mas a perfeição é meio chata.

— Muito chata — Mattie concordou e, como no beijo furioso de algumas semanas antes, ela não saberia dizer quem beijou primeiro; só sabia que estavam se beijando.

Quatro anos atrás, ela havia fugido para Paris. Dois anos atrás, ela fugira de Paris. E, ao longo dos dois últimos anos, mesmo enquanto construía uma vida para si em Londres, indo atrás de seus sonhos e os alcançando, a sensação ainda era sempre como se faltasse alguma coisa.

Agora, sentada em uma cabine fotográfica festiva nos braços de um homem que era um especialista em ficção romântica, os lábios dele nos seus, o polegar dele tocando deliciosamente um ponto sensível atrás de sua orelha esquerda, Mattie não estava mais fugindo. Não faltava mais nada. Ela estava onde queria estar e com quem queria estar.

— É tão mais gostoso a gente se beijar quando não estamos no meio de uma briga — ela murmurou, quando pararam para respirar.

— Acho que ainda podemos fazer com que isso seja muito mais do que só gostoso — declarou Tom, tomando a boca de Mattie outra vez. Ela não sabia por quanto tempo ficaram se beijando sob o ramo solitário de visco, mas, de repente, Sophie abriu a cortina, trazendo algo na mão. Algo que se parecia muito com uma webcam e, na outra, um celular no viva-voz, para que ouvissem Posy berrando:

— Será que vocês dois poderiam fazer isso *depois* que fecharmos a loja? Ainda temos duas horas de expediente.

— É, em um lugar mais discreto! — falou Nina do sofá, de onde esticava o pescoço para não perder nada.

— E você dando bronca em mim e na Sophie quando pegava a gente se beijando — Sam interveio, depois ficou muito vermelho quando Nina e Verity olharam para ele com grande curiosidade. — Não que a gente estivesse se beijando, mas, enfim, a questão aqui é sobre o Tom e a Mattie. Que estavam, de fato, se beijando. Olhem para eles!

Muito constrangidos, Tom e Mattie espiaram para fora da cabine e viram a enorme quantidade de pessoas que os olhava. Principalmente clientes, a maioria sorrindo, que explodiram em uma salva de palmas espontânea.

— Não precisamos de público, muito obrigada — disse Mattie, fechando a cortina outra vez.

— Concordo — respondeu Tom. — Mas tenho que dizer que talvez o Natal não seja assim tão ruim, afinal.

— Nós subestimamos muito o Natal — concordou Mattie, puxando a cabeça dele para baixo, para que as bocas ficassem no mesmo nível. — Mas por que você não está me beijando?

Natal

— Feliz Natal, Tom — disse Mattie, cutucando-o com o cotovelo para ele acordar.

Eles haviam passado a noite toda no sofá, cochilando entre aconchegos, afagos e tantos beijos que Mattie achou que seus lábios estavam à beira de decretar greve.

Tom se espreguiçou, o cabelo revolto em mil direções, os olhos sonolentos, mas focados. Ele jurara na noite anterior que realmente precisava de óculos, mas, quando Mattie tentou pegá-los para experimentar em si própria, ele bateu na mão dela para afastá-la, o que só levou a mais beijos. A muitos mais beijos.

— Você acabou mesmo de me desejar Feliz Natal? — ele balbuciou. — Você sabe que eu não quero nada com o Natal.

— Vai ter que querer este ano — Mattie respondeu, acomodando-se novamente nos braços de Tom, que a acolheu de bom grado. — O Ian vai passar para nos pegar daqui a uma hora. Minha mãe ordenou a ele para não voltar sozinho. A não ser... — Um pensamento lhe ocorreu, o que a fez franzir a testa, o que fez Tom beijá-la no mesmo instante.

— A não ser...? — ele indagou.

— A não ser que você ache que é muito, muito cedo para conhecer a minha família — Mattie concluiu.

— Na verdade, eu já conheço a sua família — Tom a lembrou. — E eu até a convidaria para passar o Natal com a minha, mas eu deveria estar no trem das seis da tarde de ontem de Euston para Wolverhampton e posso quase garantir que o fato de eu não o ter pegado me levou a ser excomungado.

Outra peça do quebra-cabeça se encaixava.

— Você é de Wolverhampton?

Tom sorriu e deu uma puxadinha em um cacho de cabelo de Mattie.

— Isso não importa neste momento. O que importa é que a única coisa que temos para comer são vários rolinhos de lombo de porco e alguns cupcakes que sobraram de ontem, então eu fico muito feliz de passar o 25 de dezembro com vocês…

— Natal! Diga isso, Tom — corrigiu Mattie, com um olhar sedutor.

— Nunca!

O celular de Mattie bipou.

— Deve ser minha mãe outra vez, querendo saber se eu tenho papel-alumínio ou se posso levar meu rolo de massa reserva. — Mattie revirou os olhos.

— Eu adoro que você tem um rolo de massa reserva — disse Tom, enquanto Mattie caçava o telefone embaixo de uma almofada.

Mas a mensagem de texto era de Posy, com uma foto de…

— Ah, meu Deus! Ah, meu Deus! Você não vai acreditar! — exclamou Mattie, passando o celular a Tom para ele ler a mensagem também.

> Tenho a enorme satisfação de lhe informar que você, o Tom e as travessuras de vocês dois me fizeram entrar em trabalho de parto antes da hora. Lavinia Angharad Lady Agatha Morland-Thorndyke (Lala para os íntimos) nasceu às sete e meia desta manhã, pesando respeitáveis 3,175 kg. Mamãe e bebê passam lindamente bem. Beijos, Posy

E havia uma foto de Posy muito sorridente sentada no chão da cozinha, apoiada no fogão (obviamente, não houve tempo de irem para o hospital), embalando nos braços um pequenino bebê todo agasalhado.

— Eu falei que ela estava muito grávida — disse Tom, embora não tivesse dito nada disso. Mas Mattie deixou passar, porque ele estava empenhado enxugando a lágrima que começara a descer por sua face esquerda. Ela mesma também sentia os olhos úmidos de alegria. — E é bom saber que a Lavinia continua presente entre nós.

— Sim, é muito bom — Mattie respondeu, com doçura.

Seus olhares se encontraram e, quando os lábios se tocaram mais uma vez, ele sussurrou:

— Feliz Natal.

A uns cinco quilômetros de distância, Verity e Johnny estavam sentados à mesa para um brunch de Natal de ovos benedict e champanhe. Quando levantaram as taças em um brinde, os diamantes no anel de noivado de Verity refletiram as luzes que piscavam na árvore de Natal, tão reluzentes quanto o brilho dos olhos dela.

Alguns quilômetros a sudeste, Nina e Noah aconchegavam-se no sofá. Bem, aconchegavam-se parcialmente, porque as condições físicas de Nina ainda não permitiam um aconchego total. Também por causa das lesões de Nina (que quase não doíam mais), eles haviam se dispensado de ir para a casa das respectivas famílias. Assim, puderam ficar no próprio apartamento acolhedor e beber todos os coquetéis e comer toda a comida que quisessem, enquanto passavam seu primeiro Natal juntos.

No mesmo momento, em Bloomsbury, Sebastian Thorndyke enfiava um peru enorme no forno sob a supervisão de Posy Morland-Thorndyke, com a filhinha de apenas três horas de vida dormindo em seus braços.

Do lado de fora, na Bloomsbury Square, Sam e Sophie (que haviam dito a seus respectivos responsáveis que só iam dar uma saidinha para tomar um pouco de ar, embora seus respectivos responsáveis soubessem exatamente o motivo real da saidinha), sentados abraçados em um banco, se beijaram, enquanto à volta deles os primeiros flocos gordos de neve começavam a cair.

E assim foi que todos os funcionários da Felizes para Sempre, livraria e salão de chá, de fato viveram felizes para sempre.

AGRADECIMENTOS

Obrigada à minha agente Rebecca Ritchie, por me ajudar na difícil tarefa de escrever um romance de Natal no meio de uma escaldante onda de calor!

Um enorme agradecimento à minha editora Martha Ashby que, quando meu espírito de Natal estava esmorecendo, me incentivou a ouvir algumas músicas natalinas e comer tortinhas de frutas secas enquanto a temperatura passava dos trinta graus. Tenho certeza de que meus vizinhos, secretamente, amaram ouvir o disco de Natal de Phil Spector repetidas vezes. Obrigada também a Jaime Frost, Emma Pickard, Eloisa Clegg e toda a equipe da HarperCollins.

Um agradecimento especial e muito bem pontuado para Simon Fox, o melhor revisor na área.

Por fim, quero agradecer a todos os leitores, bloggers, resenhistas e amantes de livros românticos que percorreram as prateleiras da Felizes para Sempre comigo. Foi um prazer enorme escrever essa série para vocês.

CUPCAKES DE PÃO DE MEL

Com cobertura de canela

Rende 15 cupcakes

INGREDIENTES

140 g de manteiga sem sal
200 g de açúcar
60 g de melaço preto
60 g de melaço claro
300 g de farinha de trigo
2 ovos caipiras mais 2 gemas de ovos caipiras
1 colher (chá) de gengibre ralado
½ colher (chá) de noz-moscada em pó
1 colher (chá) de canela
2 colheres (chá) de fermento em pó
1 colher (chá) de sal
240 ml de leite morno

PARA A COBERTURA DE CANELA

6 colheres (sopa) de cream cheese (temperatura ambiente)
75 g de manteiga (temperatura ambiente)
200 g de açúcar de confeiteiro
1 colher (chá) de canela em pó
1/2 colher (chá) de essência de baunilha

PREPARO

1. Preaqueça o forno a 190ºC. Alinhe 15 formas de papel em duas assadeiras de muffin com 12 cavidades. (Eu poria sete formas em uma assadeira e oito na outra, para assarem por igual.)
2. Bata a manteiga e o açúcar em uma tigela até ficar leve e cremoso. Adicione o melaço preto, o melaço claro, os ovos e as gemas e bata até ficar uniforme.

3. Peneire juntos a farinha, o gengibre, a noz-moscada, a canela, o fermento e o sal. Adicione metade da mistura de farinha à mistura de manteiga, depois bata junto metade do leite morno. Adicione o resto da mistura de farinha e o resto do leite e bata até a massa ficar uniforme.
4. Com uma colher, coloque a massa nas formas de papel e asse por 20-25 minutos, ou até que fique bem crescida e ligeiramente firme ao toque. Remova os cupcakes da assadeira e separe-os para esfriar.
5. Para fazer a cobertura, misture todos os ingredientes e bata com um mixer elétrico (ou com a velha e antiquada força manual) até ficar uniforme e cremoso. (Você pode acrescentar mais uma colher de sopa de leite para deixar a cobertura na consistência certa.)
6. Quando os cupcakes estiverem frios, aplique a cobertura com uma espátula ou com um saco de confeitar, se você for mais chique.
7. Salpique uma fina camada de açúcar de confeiteiro sobre cada cupcake.
8. Coma!

OS DOZE DIAS ROMÂNTICOS DO NATAL

Por Tom Greer

A doze dias do Natal minha autora romântica favorita deu para mim:

Doze casais se beijando
Onze amantes fugindo
Dez mocinhas desmaiando
Nove devassos assediando
Oito debutantes dançando
Sete triângulos amorosos
Seis machos alfa
CINCO CENAS DE SEXO!
Quatro dias em Paris
Três ligações perdidas
Dois "eu te amo"
e um felizes para sempre para vocêêêêêê!

Impresso no Brasil pelo Sistema Cameron da Divisão Gráfica da
DISTRIBUIDORA RECORD DE SERVIÇOS DE IMPRENSA S.A.